文春文庫

# 死の島

小池真理子

文藝春秋

# 死の島

それは審判の日ではなく——ただの朝だった。
みごとに晴れた朝だった。
……W・スタイロン『ソフィーの選択』より。
（大浦暁生・訳）

# 1

万事、ものごとの幕引きは、あっさりと行わねばならない。決めたことを翻《ひるがえ》そうとしたり、顔をこわばらせたり、感傷的になりすぎたり、その逆で自暴自棄になったりするのは避けるべきだった。

しかもそれを「美学」だの「美意識」だのといった、いかにも高尚な言葉で飾りたてるのはもってのほか。ただ黙って静かに幕を引く。引いた後のことは考えない。そこに意味を探したりしない。振り返って涙ながらに過去を懐かしんだりもしない。

幕が引かれれば、黙っていても観客は去って行く。客席の照明は静かに落とされる。すべての気配が遠のき、何も聞こえなくなる。あたりは闇に包まれる。

……あたかも何事もなかったかのように。

十月初旬の、小雨がそぼ降る日曜日だった。

夕方五時少し前。澤登志夫《さわとしお》は、東京文芸アカデミーの青山教室で、講師用の椅子に座り、机に両腕をのせ、いつもの癖で、左手の人指し指で小鼻の脇をごしごしとこすった。これもおれの大事な幕引きだからな、と彼は自分に言い聞かせた。

演出はあくまでも「あっさりと」だった。それ以外、何も考えていなかった。

不自然な笑顔にならないよう注意しつつ、口もとをゆるめ、目を細めながら、彼はゆったりと教室内を見渡した。

「さて、ご承知の通り、今日のこの講義をもって、僕は講師業から足を洗うことになりました。ご覧の通り、すっかり老いぼれてしまいまして、来年は古希《こき》を迎えます。せめてそれまで、と言ってくださる方もいたんですが、長年の無茶な生活ぶりが祟《たた》って、あちこちガタがきてしまいまして、どうしようもありません。今後はおとなしく悠々自適にやっていこう、と決心いたしまして、ここはいったん、引き下がらせていただこうと。で、ええっと……ご存じの方も多いと思いますが、僕は以前、文秋社《ぶんしゆうしや》という出版社に勤務していまして、そこを定年退職してから、この東京文芸アカデミーの青山教室の仕事をお引き受けした形になります。昔とった杵柄《きねづか》、とでも言いますか、小説の書き方をみなさんに教えたり、みなさんが書いた作品を読ませていただき、意見を述べたりしながら四年たちました。たったの四年、という想いと、まだそんなものか、十年以上たったんじゃないのか、みたいなね、時間感覚がはっきりしないところもありますが……ともかく、この四年間、この教室のみなさんの小説への熱い想いといいますか、物語を生み出すことに対する情熱を一身に受け止めることができて、僕としてもたいへん楽しく、勉強になることばかりでした。いろいろと手厳しくも無礼なことばかり口にしましたが、どうか恨まず水に流して、ご容赦ください。みなさんが今後、ますますスキルアップした作品を書き続けて、この教室の受講生の中から、日本を代表する作家が何人も誕生することを遠くからいつまでも応援して……」

おいおい、そのへんでやめとけ、と登志夫は内心、苦笑しつつ、自分自身にブレーキをかけた。

気のきいたことをあっさりと口にし、チャオ、でも、アデュー、でも、さらば諸君、でもいいから、おどけて片手を振り、悠々と壇から降りてみせるつもりだった。それがどうしたことか。これで最後だと思うから、一挙に気が抜けたのか。それとも、それなりのまともな社会性、自意識というやつが頭をもたげたというわけか。余計なこと、歯の浮くようなことばかりを並べたてている。しかも、にやついた顔のまま。

教室はほぼ満席状態だった。登志夫がまだ話し続けるつもりでいるのか、あるいはこれでもう、挨拶は終わったのか、誰もわからずにいたらしい。かすかに場内がざわついたと思ったら、片隅のほうで誰かが小さく拍手を始め、それに続いて、ぱらぱらと拍手の波が連鎖していった。

「いやいや、拍手なんてご勘弁を」と苦笑しながら言ってみたが、登志夫のその声は小さすぎた。彼は終了を合図するため、椅子から立ち上がろうとした。

元気だったころのように、すっと姿勢よく立ち上がることができない。永遠にできないどころか、今後、どんどん不可能になっていくことは目に見えている。

背中や腰、足の付け根にいやな痛みが走り、思わず顔をしかめそうになった。それでも、笑みは消さずにおいた。机の上のテキスト類、レポート用紙、資料、筆記具、老眼鏡などをまとめ、黒いリュックに詰めている間に、教室の拍手は次第に大きくなっていき、やがて割れんばかりに轟《とどろ》き始めた。

中央付近に座っていた中年女性が、笑顔のまま、拍手しながら立ち上がった。それにならうようにして、周辺の老若男女の受講生たちが次から次へと椅子から立ち、拍手はさらに大きくうねるように続いた。合間にいくつかの口笛も混ざった。

気恥ずかしい、というよりも、いたたまれなかった。最近の映画やドラマの影響なのか。受講生たちが、その種の派手な「演出」をしてくるとは想像もしていなかった。やり過ぎだ、と思った。

登志夫は机の脇でいったん立ち止まり、机に左手をあてがったまま、深く一礼した。身体のあちこちが鈍く痛んだが、こらえた。顔をあげ、空いているほうの手を軽く宙に掲げた。「じゃ、これで」と口にしてみたが、その言葉も拍手の音にかき消された。

おつかれさまでしたぁ、と大声で言う、若い女の甲高い声が聞こえた。澤先生、また戻って来てください、という声も聞き取れた。

たかが小説講座の講師が引退するだけだというのに、こうした万雷《ばんらい》の拍手で見送ってもらえるというのは、世の中にそうそうあることではない。そう思えば、悪い気はしなかった。

自分の受け持っている小説講座が、受講生に絶大な人気を誇っていることは知っていた。彼の講座は常に満席だった。

手術を受けるために入院した時は、うまく理由を作って二か月近く連続休講にしたことがあるが、そんなに長く休んだのはその時だけだった。週三回の定期講座を、体調を理由に二回に減らしてもらってからも、彼は休まず壇上に立ち続けた。それは受講生たちのため、というよりも、自分自身のためだった。

教壇に立ち、小説や創作に関して愚にもつかない持論を開陳していると、気がまぎれた。その間だけ、肉体の病巣に全神経が集中することから完全に逃れていられるのだった。

とはいえ、彼は受講生たちの作品には真摯《しんし》にぶつかっていった。褒《ほ》めどころを探して褒める、ということはしなかった。箸にも棒にもかからないような駄作は容赦しなかった。大勢の受講生の前で、その作品を罵倒するのはしょっちゅうだった。あまりに手ひどい言葉を投げつけるものだから、時に相手が泣き出す場面すらあった。

その熱血漢的な教え方に対して、「度が過ぎている。完膚《かんぷ》なきまでに傷つけられた受講生の気持ちもわかってほしい」だの「高い金を払って受講しているのだから、不愉快な発言は聞きたくない」だの「いくら大手出版社の文芸編集者だったからといって、自分の経歴にあぐらをかき過ぎている。傲慢にもほどがある」だの、クレームも多々あったが、登志夫は気にしなかった。

定年退職後の、もてあました時間のやりくりの仕方は人それぞれだが、彼にはもともと、釣りや陶芸の趣味もなかった。囲碁将棋にも関心が向かなかった。ゴルフは、在職中、作家とのつきあいでやっていた程度で、そもそも複数でスポーツにいそしむ、というのは嫌いだった。音楽を聴くのは好きでも、わざわざコンサートやオペラに出向くのは億劫《おっくう》だった。

四十八歳で離婚した後、ずっとマンションで独り暮らしを続けてきた。生活を営むということ自体、面倒だったから、今さら料理を習おうとか、狭いベランダのプランターで、野菜や花を育てようといった気にもなれない。まして、地域の社交ダンスサークルか何かに入り、よく知りもしない婆さん相手に気取ってタンゴを踊るくらいなら、駅のガード下で野垂れ死にしたほうがましだ、と思っていた。

本を読んだり、映画を観たりすることは好きだったが、それだけでは時間があり余る。食堂代わりにほとんど連夜、通い続けてきた近所の小料理屋で、かつて美人だった年増《としま》の女将《おかみ》を前に酒を飲むのが唯一の楽しみ、というのも情けない話だった。

亭主と別れ、独り身でいる女将からは、ごくたまに秋波のようなものが送られてくることがあった。悪い気はしなかった。もともと女将のことは気に入っていたので、旅行にでも誘ってみようか、などと思ったことは何度かある。だが、昔からよく知っている女を口説いて楽しもうという気にもなれないまま、時間が流れた。

歴史ある文化事業団体の東京文芸アカデミーから、小説講座の講師をやってみないか、という打診があったのは、彼が六十五歳で役員退職を迎える半年ほど前のことになる。週に三回、火曜と木曜と日曜、それぞれ二時間ずつ、という講座のペース配分もちょうどよく、編集者時代の経験を活かし、趣味と実益を兼ねることができる、という意味では願ってもない仕事だった。

退職後の身の振り方、時間の使い方については、何のアイデアも浮かんでいなかった。多くを考えずに飛びついたのだが、そのことを彼は今も後悔していない。

いささか残念に思うことがあるとしたら、意気揚々と講師を務め上げることができたのが、わずか一年に過ぎなかった、ということだけだった。発病したのは六十六歳の時であり、それからの三年間は、闘病を隠すためにつく嘘や、元気を装うための努力を優先するあまり、集中力を欠くことも少なくなかった。

受講生の作品に難癖をつけている時も、もし闘病中でなければ、もっと優しくいたわるような言い方ができていたのかもしれない、と思うこともあった。しかし、人生の真の苦しみや痛みを知らない若い連中が書いてくる、頭でっかちなだけの気取った青臭い作品に、ただそれだけで腹がたっていたのもまた、事実だった。

……鳴りやまぬ拍手を背に、登志夫が教室から出て、青白い蛍光灯に照らしだされた廊下を歩き出した時だった。背後から「澤先生」と声をかけられた。

振り向くと、講座でよく顔を見かけていた初老の男が登志夫を追いかけて来た。痩せた小柄な男で、うすくなった頭髪をベージュ色のハンチング帽で隠している。間違いなく登志夫と同世代だった。たいていは教室の一番前の席に座り、眉根を寄せた仏頂面で講義を受けていたものだが、その時、男は眉を八の字に下げ、目を細めて登志夫を見上げた。

「お引き止めしてすみません。長い間、お世話になりました。澤先生、どうか御達者で。私らの年になると、いつ何が起こるかわかったもんじゃないですけども、澤先生にはいつまでもお元気でいてほしくて。そのひと言だけ、お伝えしたくて……」

「ありがとうございます」と登志夫は目を伏せながら微笑を返した。「お互い様です。元気でいましょう」

「実はね、先生。去年、私は女房に死なれたんですわ。手遅れのがんでね。わかってからは、あっと言う間でした。そのことを小説に書いて、先生に読んでいただくつもりでいたんですけど……。残念です。やっと最近になって、気持ちが前向きになってはきたんですが、だらしないことに、ひとりになると今もつらくてねえ……」

その手の打ち明け話をされるのは苦手だった。同病相哀れむ、となるのならまだしも、自分と同じ病の者が死んだ話は、たとえ聞いたとしても何も言いようのないことだった。

悪いが、おれも奥さんと同じなんだよ、と言いたくなるのをこらえながら、登志夫は柔らかくうなずき、「それは大変でしたね」と言うにとどめた。

まだ何か言いたそうにしている男から、自然に離れることができたのは、運良くすぐそばに、見知った顔が現れたからだった。かつての登志夫の部下で、現在は文秋社の出版部長の座についている沼田陽一《ぬまたよういち》だった。

登志夫は「あれ?」と言った。「どうしてここに?」

「澤さんの最後の講座だと知って、ぜひともお会いしたくて、こっそり伺ったんです。最初っからいたんですよ。隅っこのほうでしたけど、気がつきませんでしたか」

「悪い悪い、全然気づかなかった。どうだった? 勉強になったろう」

「ええ、そりゃあもう」

そばを通りすぎていく受講生たちが、全員、登志夫に黙礼をして行く。沼田はそんな彼らを横目で見ながら、「澤さん……あのう……」と早口で言った。「この後、お時間ありますか。よければ、少し早いですが軽く夕食でもご一緒にと思ってるんですが」

「嬉しいね。でも、残念だな。今日は、うちの近くの行きつけの飲み屋が、おれのために勇退祝いをやってくれる、っていうんで、これからそっちに行かなきゃならないんだよ。日曜だってのに、わざわざ店を開けてくれるわけだから、遅れて行くわけにもいかないしな」

嘘が咄嗟《とっさ》に、すらすら口をついて出た。飲食に誘われて、体よく断るためにつく嘘はお手のものだった。ここ数年、何度つき続けてきたかわからない。どんなものでも食べられるし、酒もほどほどなら飲めるのだが、古いつきあいの連中と会って食事したり、知らない店に飲みに行ったりするのは気が進まなかった。なによりも、慣れない道で縁石につまずいて転んだり、階段から足を踏み外したりする可能性があることを考えると、不安が先に立つのだった。ここで骨折して身体の自由を奪われたら、ひどく厄介なことになる。かといって、腕を取られながら歩くようなまねはしたくない。

「相変わらず澤さん、隅に置けないですねえ」沼田は相好を崩した。「そういう店があったなんて、僕、知らないですよ」

「店、ったって、あの『みのわ』だよ。一度か二度、連れてったこと、あっただろ」

「ああ、あの新百合《しんゆり》の駅の近くの？　美人女将がやってる？」

「おれはほとんど毎晩、あの店で飯の世話をしてもらってるだけの野良猫みたいなもんなんだよ。そういう店が数軒あれば、ご近所猫になれたんだけどな」

「ご近所猫？　なんですか、それ」

「決まった飼い主がいないのに、ご近所の人たちにそれぞれ餌をもらって優雅に生きのびてる猫のこと。地域猫とも言うらしいけど。……沼田君、こんなところで立ち話もなんだから、ちょっとあそこの休憩室に寄ってかないか」

「いいんですか？」

「少しならまだ時間がある」

登志夫は沼田を連れて、廊下の突き当たりにある、スタッフ専用の休憩室のドアを開けた。受講生は使用できないことになっており、講師が講座と講座の合間に一服したり、スタッフとの打ち合わせをする時などに使われていた。狭苦しい小部屋だが、天井まである窓は大きく、すでに暮れ始めている青山界隈の街の明かりが、雨の中で揺れているのが見えた。

片隅に置かれた清涼飲料水の自販機を指さし、沼田が「何かお飲みになりますか」と訊《たず》ねた。

「いや、おれはいい」

「じゃ、僕だけちょっと失礼して」

沼田はポケットから取り出したＳｕｉｃａを使って缶コーヒーを買い、そそくさと戻って来た。

登志夫は彼に椅子を勧めた。窓に向けて置かれた長椅子で、とばりの降りた街の灯がよく見渡せた。

沼田と並んで長椅子に腰をおろしたとたん、臀部《でんぶ》を中心に、背中と足に強い痛みが走った。限局性の痛みではなく、身体のどこが痛いのかよくわからないような、不穏な感覚が拡がっていくのがわかった。

思わず眉を寄せ、苦痛の表情を浮かべてしまった登志夫は、沼田がそれに気づいた様子がなかったことにほっとした。沼田は缶コーヒーのプルタブを引き、最初の一口を飲もうとしているところだった。

しばらくの間、窓の外を眺めながら、文秋社の人事異動の話や新しく文学賞を受賞した若手作家について話をしていたが、やがて沈黙が流れた。

沼田が改まった調子で「澤さん」と言った。「澤さんのことで、ちょっと気になる噂を耳にしてるんです。……伺ってもいいですか」

「噂？　おれが再婚するとか？」

「え？　再婚なさるんですか」

「まさか。冗談だよ」

沼田は前を向いたまま、つと目をふせた。「お身体の加減が悪いと聞きました。ここの講師を辞めることになったのも、そのためだ、と」

そらきた、と登志夫は内心、思いながらも、徹底してそらとぼけてみせようか、それともここで潔く認めるべきか、と迷った。

「誰がそんなことを？」

「いいえ、僕が直接聞いたわけじゃないんです。文芸アカデミーの理事長が、うちの社長に打ち明けたらしくて……それが噂になって広まっちゃったみたいで」

理事長には、病気のことで文秋社の連中に騒がれたくないので、講師を辞めるまでは黙っていてほしい、とあれほど頼んでおいたはずだった。登志夫は腹立たしく感じたが、考えてみれば、そのような流れになるのも致し方ないことかもしれなかった。

社会人対象に小説の創作講座をもち、トップクラスの知名度を誇る東京文芸アカデミーは、大手出版社である文秋社と、全国に店をもつ大型書店とが経営母体となって運営されている。教室は主要都市に設けられていて、東京都内には登志夫がかかわっていた青山教室のほかにも三か所あった。

現在の理事長は、かつて文秋社の出版局を仕切っていた男であり、登志夫とも旧知の間柄だった。そのため、辞めるにあたって信頼して病気のことを打ち明けたのだが、文秋社にその話がもれ伝わるのも、ごく自然な流れであると言えた。

「実はさ、その通りなんだよ」と登志夫は飄々《ひょうひょう》とした口調を心がけながら言った。「おかしな話だよな。もしおれががんになるんだったら、肝臓がんか肺がんに決まってる、とずっと思ってきたんだけど、意外にも腎臓にきやがった」

「え？　腎臓？」

「正確には腎細胞がん、っていってね。はっきりわかったのが三年前。発病したのはもっと前だろうけどな。なにしろ検診と名のつくものは、一切、受けてこなかったから、血尿が出るまで気づくわけもない。診断が下ってからは、仕方なく手術を受けてね。おれは今、片肺ならず片腎なんだ。で、ついでに打ち明ければ、今、再発して骨に転移もしてる」

沼田は気の毒そうに首をまわし、登志夫を見つめた。「まさか……」

もっと気のきいたセリフを吐けよ、と登志夫は思った。編集者だろ？　だが、そんなことはおくびにも出さず、彼は「そうなんだよ」と言ってうなずいてみせた。「腰椎《ようつい》への転移性のがん、とかいうやつでさ。まあ、片腎になっただけじゃすまなくなったのも、当然の報いだろうね。長い間、酒もたばこも尋常じゃなかったし、食生活は目茶苦茶。ストレスは一年中、マックス状態。血圧もめっぽう高かった。不良老人って言えばかっこいいけど、ただの自業自得なんだから、どうしようもない」

沼田は身体を硬直させ、しばし沈黙した後で、「それにしても……」と言った。沈黙が始まった。後の言葉は出てこなかった。

登志夫は苦笑した。「頼むから、そこで絶句なんかしないでくれよ」

「いえ、すみません、別に絶句してるわけでは……」

「仕方ないよ。今さらじたばたしたって、どうなるもんでもない」

「でも……治療は受けてらっしゃるんでしょう?」

「まあね」

「抗がん剤とか、放射線治療とかですよね」

「それがさ、腎臓がんには抗がん剤も放射線も効果がないんだよ」

「……ほんとですか」

「うん。ただ、最近になって腎臓がんに特化された新しい治療薬が出てきたんだ。だから期待できるって医者から言われてるんだけど、どうだろうね。転移もしていることだし、どれだけ効果があるのかはまだわからないよ」

沼田は黙ったまま、今にも泣きださんばかりの気の毒そうな目で登志夫を見た。憐憫《れんびん》のまなざしに晒《さら》されることには慣れてきたつもりだが、かつての部下から、言葉を失うほど気の毒そうな目で見つめられるのは、居心地が悪かった。

その時だった。休憩室のドアに軽いノックの音があった。沈黙するしかなくなったような気まずさの中に、いっぺんに現実が飛びこんできたので、登志夫は半ばほっとした。

ドアが静かに開かれた。髪の毛を短めのボブカットにした中年女性が、控えめに顔を覗かせた。「お話し中、申し訳ありません。さっき、澤先生がここにお入りになるのをお見かけしたものですから……今、少しよろしいですか」

事務局のスタッフだった。よく顔を合わせ、挨拶される。人のよさそうな小肥りの、それが癖なのか、いつも目を伏せて目立たぬよう歩いている。名前のほうはうろ覚えで、ハシモトだったか、タカハシだったか、定かではなかった。

誰であれ、沼田とのどうにもならない会話を中断できるのはありがたかった。登志夫は長椅子の上で後ろを振り返ったまま、「どうぞどうぞ」と愛想よく言った。

室内に入って来たスタッフは、登志夫に向かって深々と一礼した。「先生、長い間、本当にお疲れさまでございました。理事長は本日、あいにく留守にしておりますが、くれぐれも澤先生によろしくお伝えしてほしい、とのことです。……で、あのう、これ、理事長から先生にお渡しするよう託《ことづ》かっているんですが……先日の送別会の時の……」

登志夫は目を細めた。「ああ、写真ですね」

手渡された白い洋封筒の中には、五枚の写真が入っていた。十日ほど前に、理事長をはじめとした東京文芸アカデミーの事務局スタッフが、登志夫のために簡単な送別会を開いてくれた。六本木の居酒屋だったが、会の終盤、全員で記念撮影をしようということになり、誰かが持参してきたカメラで、登志夫を中心にした写真を撮ったのだった。

「これは記念になるなあ。ありがとう」

そう言いながら、さほどの興味もなかったが、登志夫は五枚の写真に目を走らせた。どの写真にも、登志夫を真ん中に据えた形で何人かのスタッフが写っている。食べちらかし、飲みちらかしたものが載っている細長いテーブル。酔って赤い顔をしながら、Vサインを作っている若いスタッフたち。登志夫よりも年齢は上で痩せてはいるが、健康そのものといった様子の理事長。その隣で、どこかしらくすんだ、ひとまわり小さくなったような自分が、形ばかりVサインを作りながら笑っていた。

「それで、あのう……」と、ハシモトだかタカハシだかが、申し訳なさそうに言った。「さっきから、エレベーターホールで女性の受講生さんが三人、先生をお待ちなんです。どうしてもひと言、ご挨拶したい、っていうことで、お伝えしてほしいと頼まれまして……でも、先生、ご迷惑でしたら、私からうまく……」

「あ、別にかまわないですよ。今から帰るところだし」

「そうですか。ありがとうございます。申し訳ありません。私もご一緒しますので」

遠慮したのか、そばで会話を聞いていた沼田がゆっくりと長椅子から立ち上がった。

「澤さん。今日はご一緒できなくて残念でしたが、またぜひ、近いうちに機会を作らせてください。僕はここで失礼することにします」

「そうか。せっかく来てくれたのに、悪かったな。改めてゆっくりできる時に会おうな」と登志夫は笑顔を作り、おどけて続けた。「それにしても、人気ものはつらいよ。サイン攻めにあうかもしれない」

「いい気になって、悪さなんかしちゃだめですよ。うちの週刊誌に書き立てられますよ」

「いいねえ。元・文秋社社員、小説教室の受講生にわいせつ行為……とか？　書かれてみたいもんだ」

「澤さん、ちっとも変わってませんねえ」

さも親しみ深く、からかってみせた後、沼田はつと、畏《かしこ》まったような笑みを浮かべながら登志夫に近づき、素早く耳打ちした。「……さっきのお話は僕の胸にしまっときますから、ご心配なく」

「うん、頼むよ」

そう言ったものの、登志夫は信じていなかった。週明けには、たちまちこの話が文秋社内をかけめぐるのだろう。人の不幸は蜜の味。ストレスだらけの管理社会では願ってもない刺激なのだ。とりわけ他人の病や死の話題は、生きている者を刺激してやまない。

休憩室を出る時は三人だったが、途中、沼田は「最近、足腰を鍛えるためにエレベーターは使わないことにしてるんです」と言い訳しつつ、階段口に向かった。登志夫と短い別れの挨拶を交わし合った後、沼田は敏捷《びんしょう》な足どりで階段を降りて行った。

その健康的な、力強い筋肉に包まれた二本の足が、リズミカルに階段を駆け下りていく音は、驚くべきことに登志夫に昏《くら》い嫉妬心をわき上がらせた。なぜ、そんなことで、と思うものの、どうにもならなかった。

それは死に近づいた人間が健康な人間……がん細胞などというものに悩まされていない人間に向けた、世界で一番不条理な、恥ずべき嫉妬心だった。登志夫は自分の中に、まだそんな感情が残っていたことに、いささか驚き、呆れもした。

エレベーターホールでは、三人の女たちが登志夫を待ちかまえていた。自分と同世代か、少し年下か、と登志夫は思った。三人それぞれ、色とりどりの華やいだチュニックに黒や紺のパンツ姿で、髪形もしゃべり方も笑い方も似通っており、見分けがつかなかった。

女たちは、登志夫にこれまでの講義の礼を述べ、また絶対に教室に戻ってきてください、と言い、澤登志夫の講座がいかにためになったか、おかげでどれだけ小説というものを理解できたか、を銘々、口にした。そして、互いに顔を見合わせてころころと笑いつつ、「今日は澤先生にご挨拶できてよかった」「ねえ、ほんとによかった」「ずっとお待ちしてるつもりだったものね」などと言っては、少女のように羞《は》じらいながら身体をぶつけ合った。

にこにこと応対しながらも、登志夫は深い疲れを感じた。これからこの三人と同じエレベーターに乗り、一階まで降りる途中、どちらにお住まいなんですか、と聞かれ、正直に新百合ヶ丘、と答えて、「あら、偶然。同じ方向。表参道から地下鉄千代田線乗り入れで行かれるんですよね？　途中まで、ご一緒してよろしいですか」などと言われたら、どうやって断ろうか、とそればかりを考えた。

だが、幸いにも三人のうちの一人が「私たち、ちょっとトイレに寄ってから帰りますので」と言ってくれた。残念そうな顔をした他の二人も、即座に「あ、そうそう。そうなんです」と同調したので、登志夫は上がってきたエレベーターにひとりで乗ることができた。

事務局のスタッフを加えた女たち四人に見送られ、頭を下げられながら、登志夫は笑顔を作ったまま、一階のボタンを押した。ゆっくりと閉じられていくドアの向こうで、女たちがしきりと手を振った。今にも投げキスをしてきそうな勢いだった。

エレベーターの中でひとりになると、登志夫は素早く、すべての表情を消した。肩を落とすようにして、大きなため息をついた。中は静かだった。かすかなモーター音しか聞こえない。日曜のことゆえ、どのフロアからも呼び出しはなかった。エレベーターはするするとまっすぐ、一階に向かってすべり降りて行った。

まずひとつ、無事に終了、と思った。もうここに来ることはあるまい。生きて沼田と会うことも、おそらくないだろう。あの事務局の女とも、毎日が楽しくて面白くて仕方ない、と言わんばかりの、さっきの三人の女たちとも。

一階でエレベーターを降りた。ホールには誰もおらず、生白く感じられる蛍光灯の光が、ホール全体を冷たく照らしているだけだった。

まだ雨はやんでいないようだった。濡れた通りを行き交っている車のライトが、鮮やかにガラスドアに反射し、なめるようにして消えていくのが見えた。

折り畳み傘はリュックの中に入っていた。登志夫はいったん立ち止まって、リュックをホール内の無人の受付台の上に載せた。さっきの三人の女たちが降りて来る前に、この場から立ち去っていたかった。のんびりしてはいられなかった。

リュックの底のほうを探り、傘を取り出した時だった。ふと、ガラスの自動ドアの向こうに、若い女がひとり立っているのが目に入った。

いつも教室の前のほうの席に座り、熱心に講義に耳を傾けている娘だった。全体的に地味で垢抜《あかぬ》けない印象だったから、教室内でもまったく目立たなかったが、彼女が提出してくる作品は毎回、他を圧倒するほど図抜けていた。登志夫が彼女をよく覚えていたのはそのせいだった。

登志夫と目が合ったことに気づいたのか、彼女は閉じた傘を手にしたまま、自動ドアからホール内に入ってきた。おそるおそる、という足どりで、全身を縮め、何かを警戒する時の猫のように音をたてなかった。

ぼやけた感じのする鶯《うぐいす》色のカーディガンに白の丸襟ブラウス、裾を少しまくりあげたデニム姿で、足元は白いスニーカーだった。伸ばした黒い髪の毛は固くひっつめて、首の後ろで結わえている。化粧っ気はなく、うっすらとそばかすの浮いた顔に、まつげの長い、二重の大きな目だけが目立っていた。

「お帰りのところ、すみません、澤先生」と彼女が言った。「図々しいお願いがあります。十五分……いえ、十分でいいんです。私の話を聞いていただけないでしょうか」

どう返事をすればいいか、わからなかった。ここまで単刀直入に言われると、即座には断れない。

登志夫が、「え？　何？」と問い返すと、彼女は慌てたように目を伏せた。

「覚えていらっしゃらないかもしれませんが、私、先生の講座をずっと受講させていただいていた、宮島樹里《みやじまじゅり》と申します。以前、私が提出して、先生がすごくほめてくださった作品があります。いつか先生にあの作品が生まれた背景とか、理由なんかについて、個人的に聞いていただきたいと思っていました。……でも、なかなか勇気がなくて、ぐずぐずしてるうちに時間がたって、結局、先生がお辞めになる時を迎えてしまって……。今日、聞いていただかないと、もう二度と、先生にはお会いできないと思って、ご迷惑かと思いながらも、ずっと外でお待ちしてたんです」

極度に緊張しているらしく、声がうわずっている。額のあたりにはうっすらと汗が浮いている。あらかじめ考え、暗記してきたセリフをしゃべっているかのようでもある。

年齢が読めなかった。二十代であるのは確かだが、大人びた顔つきのせいか、あるいは、まったくと言っていいほど洒落《しゃれ》っ気のないいでたちのせいか、少し老けて見えた。

「どんな話なの？」と登志夫は折り畳み傘を手に、形ばかり訊《たず》ねた。それ以外、訊《き》きようがなかった。

「……ちょっと込み入っていて、簡単にはお話しできないことなんです」

「困ったな。僕はこれから帰らなくちゃならないんだけど、どうしようかな」

ひと言、「悪いが今日は時間がないので」と言えばすむことだった。どうしても話したいことがあるのなら、手紙にでも書いて、文芸アカデミーの事務局に預けておいてくれればいい、うちのほうに転送してくれるから……そんなふうにつけ加えておけばすむ。

だが宮島樹里と名乗る娘は、登志夫にそう言わせない、切迫感、悲壮感を全身に漲《みなぎ》らせていた。その大きな目の中には、なんとしてでも自分を拾ってほしいと命がけで訴えてくる、捨てられた子猫のような光が宿っていた。

そうだ、『抹殺』だった、と登志夫は唐突に思い出した。一年ほど前、宮島樹里が提出してきて、彼がその完成度の高さ、深部まで人間心理を抉《えぐ》っていく作者の底力に舌をまいた作品のタイトルである。

「たしか『抹殺』っていう短篇だったね」と登志夫は言った。「よく覚えてるよ。凄味があって、鬼気せまる感じがあって、すばらしかった」

その場で褒められるとは思っていなかったのか、樹里は慌てたように身体をまっすぐに立て直し、「ありがとうございます」と言いながら、深々と礼をした。

登志夫の目に、エレベーターが上階に向かっていくランプが映った。トイレに行くと言っていた例の三人組が、今まさに、一階に降りて来ようとしているのだろう、と思った。彼女たちに、同じ教室の若い女の受講生と立ち話をしている姿は見られたくなかった。

「わかった。少しならつきあうよ」と登志夫は言い、急いでくたびれた布製の黒いリュックを右肩に掛けた。そう言うしかないような気がした。「この近くにたしか、スタバがあったよね。そこで話を聞こうか」

樹里は顔を輝かせ、「はいっ」と小学生のように大きな声で返事をした。

思ってもみなかった展開に、登志夫は自分でも戸惑った。『抹殺』という、恐ろしいようなタイトルの、完成度の高い短篇を書いてきたのが目の前にいるこの娘であることと、記憶に刻まれているその小説の内容の不気味さとが、どうしても一致しない。

時代遅れなまでに地味で、印象に残りにくい娘が、あれほど大胆な設定の小説を書いたとは、にわかには信じがたかった。そのため、かすかな興味と好奇心を呼び起こされたのかもしれなかったが、仮にそうだったとしても、すっかり日のおちた雨の中、おそらくは若い連中でごった返しているであろうスターバックスなんぞに行って、どこの誰とも分からない娘とコーヒーを飲もうとしている自分が、ひどく馬鹿げて感じられた。

とびきりの美人だったらまだしも、と登志夫は内心、自分に腹をたてながら毒づいた。おれもいよいよだな。死の準備を始めた、ってのに、こんな山出しの猿に毛が生えた程度の色気のない、冴えない小娘と、小説の話をしながらスタバでコーヒーときたか。

## 2

スターバックスは、東京文芸アカデミー青山教室が入っているビルを出て、ほんの一ブロックほど歩いた青山通り沿いにあった。

入って左側がいちめん、青山通りを見渡せるガラス張りになっていて、そこにカウンター席がある。運良く、その席に座ることができれば、店内の客と目を合わせることもなく、ぼんやり道ゆく人々を眺めたり、考え事にふけったり、本を読んだりすることができるので、登志夫はたまに利用していた。

しかし、その日、樹里と連れ立って中に入った時、人気のある窓際のカウンター席は満席だった。小型のノートパソコンを叩いている一人を除いて全員が、スマートフォンに目を落としていた。

階段を上がれば、二階にもテーブル席やカウンター席がある。だが、登志夫に急な階段を登るだけの元気はなかった。もしも樹里が二階に行こうと言い出したら、足腰がきついので、階段の昇り降りはしたくない、と正直に言わねばならなかった。

幸い、オーダーカウンター近くの小さな丸いテーブル席から、今まさに、カップルが立ち上がり、出て行こうとしているところだった。登志夫よりも先にそれに気づいたらしい樹里が、機敏に動いて、空いたばかりの席の上に自分のトートバッグを載せた。

「先生はお座りになっていてください。何をお飲みになりますか。私、買ってきます」

コーヒーのあったかいのをSサイズで、と言いながら、登志夫は上着のポケットから二つ折りにした千円札を取り出し、樹里に手渡そうとした。

「いいえ、いいんです。ここは私が……」

「そういうわけにはいかないよ」

「ほんとにいいんです」と樹里は顔中に笑みを浮かべながら、紺色の長財布を片手に、そそくさとオーダーカウンターに向かった。

その時、登志夫は束の間《つかま》、別のものを見たような気持ちになって、我知らず小さく息をのんだ。それまで、魅力のかけらも感じられなかった樹里の顔に笑みが拡がったとたん、彼女がまったくの別人に見えたからだった。

オーダーカウンターは登志夫のいるテーブル席のすぐ近くにあり、カウンター越しに注文している樹里の横顔がよく見えた。財布を開き、小銭を数えたあとで、足りなかったのか、慌てて千円札を取り出して店員に手渡してから、樹里は相手の男の店員にうなずき返し、またしてもにっこりと微笑んだ。きれいな白い、形のいい歯が口もとに覗いた。黙っている時と笑顔の時の顔の印象が、これほど異なる女は珍しい、と登志夫は思った。

財布を小脇にはさんだまま、Sサイズのホットコーヒーをふたつ運んで来た樹里は、「お待たせしました」と言った。テーブルの上に置かれたトレイの中には、スティックシュガーとミルク、スプーンと共に手拭きと紙ナフキンも用意されていた。

登志夫は「ありがとう」と言い、微笑してから、わざとちらりと腕時計を覗いた。六時になっていた。「六時半になったら、ここを出るからね」

「そんなに長く、いいんですか」

「きみの話を聞くには十五分じゃ足りないだろう」

「え？」

「たぶん、そうじゃないかと思っただけだよ」

樹里は微笑み、うなずいて、大きく息を吸った。笑みが拡がったその顔に、女性的なやわらかさが拡がった。またしても彼女は登志夫の目に「別人」のごとく映った。

世間話をしている時間の余裕などない、と思ったらしい。樹里は両手をデニムに包まれた太ももの上で固く握りしめてから、意を決したように「実は」と切り出してきた。

登志夫は紙コップの中のコーヒーに口をつけながら、樹里を上目づかいに見た。

「このことは、これまで誰にも話してないことなんです。一生、誰にも話さないままでおこうと思ってました。……でも、先生にだけは知っておいていただきたくて」

登志夫が黙っていると、樹里はうつむいたまま、くちびるをわずかに震わせた。「すみません。思わせぶりですよね、こんな言い方」

「まあ、そうだな」と登志夫は言った。「それで？　続きを聞くよ」

「はい。……あの『抹殺』っていう小説は、実話なんです。本当にあったことなんです」

登志夫の頭の中で、瞬《また》く間に樹里が書いた短篇小説『抹殺』の内容が甦《よみがえ》った。細かい部分は忘れているが、大まかな物語の推移とそこに漂っていた陰惨な雰囲気、残忍ながらも美しく、詩的な描写はよく覚えていた。

夜な夜な舅《しゅうと》に犯され、絶対に誰にも言うな、ときつく口止めされていた年若い人妻が、ある晩、舅を殺害してしまう物語である。

しかし、彼女がなぜ、それまで黙って舅を受け入れていたのか、という点に関しては何も書かれてはいなかった。仕事で多忙な夫が留守がちであることに不満をつのらせていて、そこにたまたま舅からの誘いがあり、欲望に負けて、つい受け入れてしまったのか。それとも、暴力的に犯された後で、我知らず邪悪な悦びに目覚めたからなのか。

はっきりとした理由がまったく描かれぬままに、主人公はただ、水の流れに飲みこまれていくかのように、舅の愛撫を拒まずに受け続ける。いやだとも言わず、罵倒することもなく、逃げるわけでもない。いつもと変わらぬ日常生活を送り、夜を迎え、鍵のかからない寝室のドアの向こうから、しのび足でやって来る舅がベッドのかたわらから布団にもぐりこんでくるのを受け入れる。あげく、時には悦びの声すらあげる。

そして、その、理解しがたい面妖な水の流れはまもなく、濁流に変わっていって、最後、主人公は舅を殺害するに至るのだが、作者である宮島樹里はその過程を淡々と、しかし、根深く絶望的な憎しみと共に描ききっていた。

「実話、っていうことは……」と登志夫は注意深く言いながら、様々な想像が頭の中にわきあがってくるのを半ば呆然とした想いで処理していった。

目の前の、笑顔以外、何ひとつ女性的な魅力が見つからないこの若い女は、人妻だったのかもしれない。すでに子どもの一人や二人、いるのかもしれない。そして実際に、亭主の父親に犯された経験があるのかもしれない。

おれはここで、その種の、爛《ただ》れた打ち明け話を聞かされるというわけか、と思うと、登志夫はただでさえ重い身体に、鋼鉄の錘《おもり》をぶら下げられたような不快感を覚えた。

小説家を目指す女は、自分が体験したことをベースに物語を構築したがる傾向がある。中には私小説を通り越して、日記さながらの告白記を書いてくる者もいる。それが実体験なのかどうか、ということは、問い質《ただ》さずとも、読めばだいたい伝わってくる。

虚構と現実を意識して区分けしようとせず、実体験そのものを堂々と作品の主要テーマに据えたがるのは、活躍しているプロの女性作家にも多く見られる現象だった。登志夫がかつて担当していた女性作家にも、そのような作品を書き続け、大家になった者が何人かいる。

一方で、男性作家には体験重視の人間は少ない。体験が創作のベースになるのは男女ともに変わらないが、男性の場合はそれが自分の中を通りすぎたものであると読み手に知られぬよう、細心の注意を払う傾向がある。男と女の根本的な違いなのかもしれず、だとすれば女性性のふしぎを改めて感じざるを得ないことでもあった。

小説を書く上で、それがいいか悪いか、という問題ではなく、女という生き物はどうやらそういうものであるらしい、ということは充分、理解していた。だが、登志夫が教えた受講生の中で、書いた作品が自分の体験そのものである、ということをわざわざ打ち明けに来た人間は樹里が初めてだった。

「……つまり、あれはきみの実体験だった、という話を僕に聞いてもらいたい、というわけか」

樹里は激しく首を横に振った。「いえ、違います。私の体験なんかじゃないです。私は独身ですし、結婚歴もありません」

思わずほっとして、登志夫は身体の力を抜いた。実体験を書いたのでないのなら、これから聞かされる打ち明け話も、客観的に語ってもらえる可能性があった。それならばまだしもだった。

「……あの物語は、私の母が体験したことなんです」そう言ってから、樹里はひどく慌て、懇願するように登志夫のほうに身を乗り出した。「でも先生、誤解しないでください。母は祖父を殺してなんかいませんので。あそこの部分だけはフィクションですので」

登志夫は苦々しく笑ってみせた。「そんなことはわかってるよ。わかっていなかったら、殺人事件がたくさん起こるミステリー小説は怖くて読めなくなる」

そうですね、と樹里はうなずき、姿勢を戻した。目の前のコーヒーには手をつけようとせず、時折、あたかも観念したかのように大きな目で登志夫をじっと見つめてくる。そうしながら、彼女はぽつぽつと語り始めた。

三年前に他界した父方の祖父は、八王子《はちおうじ》にある宮島住宅産業の経営者だったこと。母は主婦、年子の兄がひとりいること。実家には父方の祖父母が同居していた、ということ。祖父は七十歳で会社経営を息子に譲り、隠居の身になったこと。そのころ樹里は十二歳だったが、すでに、祖父と実母が長い間、関係をもっていたのを知っていたこと……。

「きみが知っていた、というのは、どうして？」

登志夫の問いかけに、樹里は目を伏せ、落ち着かなげにくちびるを舐《な》めた。「知ってた、っていうか、気づいてたのはもっと小さい時からです。父が出張なんかで留守の晩、母の部屋に祖父が出入りしていたことに気づいてました。時々、母の細い叫び声っていうのか、泣き声みたいなものが聞こえて、怖くて……。それが何を意味することなのか、ずっとわからないままでいたんですが、だんだん、はっきりわかってきて……」

そうか、と登志夫はうなずいた。話は奇怪で哀れで、しかも不快きわまりないものだった。なぜ、そんな話をこの弱りきっているおれに、と思わないでもなかったが、目の前にいる若い女が、必死で何かを訴えたがっていることだけは見てとれた。

「それだけだったら、まだいいんです」と樹里はことばを繋いだ。「祖父は、たまたま自宅で祖母に腹をたてた時、怒りにまかせて、自分が、嫁である母と寝てきたことを全部、ぶちまけちゃったんです。ひどい話です。で、その後まもなく、祖母はアルツハイマー病を発症しました。どんどん悪くなって、誰が誰なのかわからなくなって、そのまんま亡くなりました」

「ちょっと待って」と登志夫は言った。「ずいぶん穏やかじゃない話なんだな。どうしてきみは、おじいさんがおばあさんに事実を打ち明けたことを知ってるの」

樹里は顔をあげ、正面から登志夫を見た。二つの目には、興奮と絶望が同時に宿っているように見えた。「祖父が大声をあげてた時、たまたま家にいたからです。でも、祖父母は私がそれを盗み聞きしてたってことは気づかなかったみたい。でも、いくらなんでもひどい告白ですよね。信じられない。嫁とずっと関係をもってたことを自分の妻に教えるなんて。どうかしてます。いったい、どういうつもりだったのか、私には今もわかりません」

「そうだな」と登志夫は深くうなずいた。

「でも、そんなに残酷な事実を打ち明けられても、祖母は黙ってたんです。何の質問もしなかったし、泣かなかったし、怒りもしなかった。ふつうだったら、その場で泣き叫ぶか、あたりのものを全部、祖父に投げつけて怒り狂うか、大暴れするか、するでしょう？　それが、なんにも、だったんです」

「放心してたのかもしれないね」

「そうですね。私、今年で二十六になりましたけど、物心ついてからこれまで、人を憎んだことはありません。でも、祖父だけは別。ずっとずっと、祖父が憎かった。祖父は三年前にやっと死んでくれましたが、死んでからも憎かった。もちろん母のことも許せないけど、でも、こうして大人になってみると、母には母の寂しさがあったのかもしれない、とも思えるようになって……。父にはいつも外に女の人がいましたから」

「お母さんは、きみに事実を知られてる、ってことに気づいてたの？」

「どうでしょう。それは今もはっきりしません」

「よく、黙っていられたね」

「私が、ですか？」

「うん。よくそんな大変な事実を知っておきながら、黙っていられた。誰にも相談せずに」

「怖かったんだと思います」

「そうだろうね」

「それに、そういう事実を誰かに向かって口にすること自体、想像するだけで汚《けが》らわしかったから」

「そうか」

　樹里は顔をあげて、まっすぐに登志夫を見つめた。「祖母はあんなことを打ち明けられて、たぶん、なんていうのか、防衛本能みたいなものを働かせたと思うんです。急激に脳が萎縮し始めたのはそのせいです。そうすることで自分を守ったんですね。そうでもしなくちゃ、生きていけなかったんです。私はね、先生。どうやったら祖父を殺せるか、それぱっかり考えて生きてきました。それ以外、考えたことがないくらいに。だから、覚悟を決めてあの小説を書き上げた時は、現実に祖父をこの手で殺せたみたいな気になって、すごくほっとしたんです。嬉しかった」

店内はいっそう混み合ってきた。帰って行く客よりも、入って来る客のほうが多くなった。雨のせいで湿度があり、少し蒸し暑かった。それなのに、ゆるく効かせてあるエアコンの冷気が、身体を芯から冷やしていくような感覚があった。

登志夫はうなずき、人さし指で小鼻の脇をこすってから、気を取り直してコーヒーを飲んだ。すっかりぬるくなったコーヒーが、空っぽの胃に流れていくのが感じられた。軽い吐き気を覚えた。

「だから、抹殺、だったのか」と彼は言った。「インパクトの強いタイトルだと思ってたけど、タイトルそのものが作者のテーマでもあった、ということだね」

「はい。あの時は、ほかに何も書きたいことがありませんでしたから」

「大変な経験をしたんだな。でも、だからこそ、すぐれた作品が書けたのかもしれないよ。書く、という行為は皮肉な作業でね。悩みも苦しみもなんにもない、気分がおだやかな時に書くものよりも、苦悩のどん底にいる時のほうが、いいものが書けたりするから」

「そうなんでしょうか」

「どんな場合でも自己対象化は必要だよ。でも、安穏とした暮らしの中から生まれるものと違って、大変な思いをしたことの中から生まれるものはね、やっぱり人を突き動かすものなんじゃないかな」

そこまで言ってから登志夫が大きく息を吸い、腕時計に目を走らせたのは、話を早く切り上げたかったからではない。これ以上、人いきれと雨のにおい、雑然とした人の声に満ちたこの店で、若い娘を相手に健やかな状態で会話するのは難しいだろう、と判断したせいだった。

微熱の中で人としゃべっているような倦怠感は、時間を追うごとに増していた。夜を徹して酒を飲み、声高に話し続けていた時代があったということ自体、もはや信じられなかった。体力はここにきて、ことごとく失われていた。横になりたかった。

樹里が弾かれたように姿勢を正した。「あ、先生、ごめんなさい。すっかりお時間をとらせてしまいました。あの……私はもう、これで……」

「いや、そんなに急がなくてもいいんだ。でも、帰る前にひとつ質問させてくれないかな」

「はい」

「……どうしてその話を僕に？」

樹里は大きく息を吸ってから、くちびるを強く結んで目を伏せた。「それは……澤先生が、あの作品をほめてくださったからです。身内のみっともない実話を書いただけなのに、あんなにほめていただけるなんて思っていなかったので、すごく嬉しくて。それで、先生なら聞いてくださるんじゃないか、理解してくださるんじゃないか、と思ってきました。今、こうやって、全部、お話しできて、肩の荷がおりた、っていうか、胸のつかえがとれた、っていうか……ほっとしています」

「そうだとしたら、その手伝いができてよかったよ。今後もいい作品を書き続けなさい。力は充分ある。期待してるよ」

「はい、頑張ります。……あの……先生。こんなつまらない話を聞いてくださって、改めて、本当に本当にありがとうございました」

止める間もなく、いきなり深々と頭を下げられた。近くを通り過ぎようとしていた背広姿の中年男が、樹里を一瞥《いちべつ》し、登志夫に素早く視線を走らせてくるのがわかった。

「もういいから、顔をあげて」と登志夫は苦笑しながら言った。「若い女性に頭を下げさせて、ふんぞりかえってる老人に見られるのは、ちょっと困る」

姿勢を正した樹里はあたりをそっと見回し、恥ずかしそうに微笑を浮かべた。笑みが拡がったその顔に、愛らしさがこぼれた。

金色の粉をまきちらしながら、一生懸命羽ばたいている妖精をそこに見たような気がした。登志夫は束の間、身体の疲れを忘れた。

「そうだ」と樹里は言い、慌てたようにバッグの中をまさぐって、二つ折りにしたオレンジ色のビニール袋を大切そうに取り出した。「これ、つまらないものなんですけど、先生への御礼のつもりで持ってきました。どうか、お受け取りください」

「御礼？　僕に？」

「はい。私、今は斎木屋《さいきや》でバイトしてるんです。文房具店の、あの斎木屋です。澤先生が、今日でおやめになるって知って、何か記念になるようなものをお贈りしたい、と思って」

斎木屋というのは、渋谷に本店のある老舗《しにせ》の文房具専門店だった。東京と名古屋、大阪にそれぞれ自社ビルをもっている。渋谷本店は、中でも最も大きい。商品別に分けられたフロアは全部で八つ。斎木屋に行って揃えられない文房具用品は皆無、と言われるほどの豊富な品揃えで、ビル内はいつも買い物客で賑わっていた。

手渡されたオレンジ色のビニール袋は、登志夫にもなじみ深い斎木屋のものだった。中を覗いてみると、金色の細いリボンで結ばれた細長い箱が入っているのが見えた。

樹里は口もとに笑みを浮かべたまま、羞《は》じらうように言った。「ボールペンなんです。安物ですけど」

面食らうような気持ちもないではなかったが、押しつけがましさのない、自然な手渡し方には好感がもてた。

登志夫は素直に「ありがとう」と言った。「じゃあ、せっかくだから、遠慮なく受け取らせてもらうよ。でも、僕みたいな人間に、せっかくためたバイト料を使うもんじゃない。これからはもっと、自分の楽しみのために使いなさい」

「お金のことなら、全然。大丈夫です。先生にはどうしても御礼がしたかったので。今日の話を聞いていただいたこともふくめて、先生には感謝することばかりでした。でも、あの……ああ、すみません、こんなふうにお話ししているだけで、どんどん時間がたっちゃいますね。私、ほんとにもう、これで失礼しなくちゃ。ごめんなさい」

慌てたようにトートバッグを手にした樹里は、椅子から立ち上がり、ぺこりと登志夫に向かって頭を下げた。「今日は本当にありがとうございました。こうやって会っていただけて、夢のようです。お約束の時間、かなりオーバーしちゃいました。すみません。先生、いつまでもお元気でいらしてくださいね」

澤登志夫がどこに住んでいるのか、家族構成や私生活のあれこれなど、聞き出そうと思えばなんでも質問できる状態でありながら、樹里は何も訊ねてこなかった。限られた時間を約束通り、使いきることに精一杯だったのか、話し終えたあとの彼女からは、遠慮と謙遜と感謝だけが伝わってきた。登志夫にはその気遣い方のすべてが、好もしく感じられた。

「あ、ちょっと待って」と登志夫は、立ち去ろうとしていた樹里を引き止めた。

なぜ、引き止めたりするのか、自分でもよくわからなかった。樹里から身内の問題を打ち明けられたことに刺激を受けたせいか。それとも、ただ単に疲れ果て、破れかぶれになって、すべてをぶちまけたい衝動にかられていただけなのか。

樹里が立ち止まり、素早く彼を振り返った。首の後ろで固く結わえた髪の毛が、樹里の肩のあたりで踊った。

気がつくと彼は、ほとんど何も知らないに等しい若い女に、これまで人に言わずにきたことをあっさりと告白していた。

「……実はね、僕は病人で先が長くないんだ。腎臓がんで、手術して腎臓をひとつとったんだけど、残念ながら骨に転移しちゃってね」

何を言われているのか、理解できなかったらしい。樹里は立ったまま、ぼんやりした顔つきで彼を見下ろした。

登志夫は微笑し、言葉を選びながら、ゆっくりとあとを続けた。「僕は離婚してて、独り暮らしなもんだから、いろいろ、自分のことを整理整頓していく時間が必要なんだ。文芸アカデミーの講師の仕事をやめたのは、そのためだったんだよ」

樹里は無表情のままだった。その顔に、驚きやショックのあとは見えなかった。彼女はただ、棒のようになって、そこに立っているだけだった。少なくとも登志夫の目にはそのように映った。

店の入り口が開き、若いカップルが入ってきた。高いピンヒールの靴をはいていた女のほうが、何かにつまずいたのか、前のめりになった。男が笑いながら、咄嗟にその腕をとった。直後、樹里の背中に女の肘《ひじ》が当たった。樹里は身体を大きくぐらつかせたが、見事な力で踏ん張り、バランスを保った。

樹里は登志夫をじっと見つめたまま、瞬《まばた》きもせずに立っていた。化粧のあとのない、しかし血色のいい桃色のくちびるが開かれた。白くて形のいい前歯が覗き見えた。

「あの」と樹里が言った。「……何か私に、お手伝いできることが、あるでしょうか」

死病にかかった老人の、一世一代の告白を耳にしたあとの若い女のセリフとしては、かなりしゃれている、と登志夫は思った。点数をつけるとすれば、九十八点か。

彼は必死になって笑顔を作り、目を細めた。「手伝ってもらえるようなことは何もないし、その必要もないよ。ありがとう」

樹里は表情を変えずにいたが、やがて右手の人さし指で、丸テーブルの上に置いたままのオレンジ色の袋をそっと指し示した。その指先は少し震えていた。

「失礼かと思ったんですけど……その袋の中にカードを入れておきました。私の住所と携帯番号、メールアドレスが書いてあります。ですので……その……何かあったら、いつでもご連絡ください。本当にいつでも……」

「そうか」と登志夫は言った。「気持ちだけ、ありがたく受け取っておくよ」

どう考えても、馬鹿げているほど尊大な言い方だったが、仕方がなかった。大げさに感謝の気持ちを伝え、何かあった時は遠慮なく連絡させてもらうから、などと言うことができるのなら、初めからそうしていた。

何がどうなろうとも、相手が誰であれ、人の助けを借りるつもりはなかった。依存は御法度《ごはっと》だった。それが彼の、生きる上での流儀であり、鉄則だった。

この娘は、人生の幕引きを考えている老人の力になろうとして、プレゼントに添えたカードに自分の連絡先を書いたわけではない。世話になった恩師に年賀状を出すのと何ら変わらない、ごく軽い気持ちで記したに過ぎない。今はただ、手にあまるような話を打ち明けられて困惑しているに違いなく、彼は樹里を気の毒にすら思った。

樹里は、わずかにくちびるをわななくように震わせた。何かもの問いたげな目が登志夫を見つめた。大きな目がさらに大きくなり、今にも潤み始めるか、と思われた。だが、それも束の間、彼女はすぐに目をそらし、形ばかり一礼してから、逃げるように踵《きびす》を返した。

登志夫は、店から出ていく樹里の後ろ姿を目の端で追った。カーディガンの鶯色は、すぐに扉の向こうの薄闇に消え、見えなくなった。

いくらなんでもしゃべり過ぎた。登志夫は自分の馬鹿さ加減を呪った。沼田と樹里。一日に二人の人間に自分の深刻な病状を打ち明けてしまうなど、どうかしている。そのうち、渋谷のハチ公前に立ち、拡声器を使って病気のことをがなりたててしまうのではないか。いとも自慢げに。

雨は、いつのまにかやんだようだった。彼は黒いリュックの中に、樹里から渡されたプレゼントを押しこもうとして、ふとその手をとめた。

袋の中をまさぐってみた。樹里が言っていた通り、そこにはクリーム色の四角い封筒が入っていた。

糊付けされていない封筒の中には、同色のカードが一枚。宮島樹里、という名前と、住所、携帯番号、携帯メールアドレスがボールペンの手書きで記されていた。

住所が神奈川県横浜市青葉区あざみ野、となっているのを見て、登志夫は樹里と自分との、ささやかな接点を知った。あざみ野は利用する私鉄こそ違うが、彼の住む新百合ヶ丘からそれほど離れていなかった。

問題の祖父母と同居していたという彼女の実家は、八王子だった。今は実家を出てあざみ野のマンションに住んでいるらしい。

登志夫は紺色の細長い箱を開けてみた。深い瑠璃色のボールペンが一本、うやうやしく収まっていた。

安物、と樹里は言っていたが、なかなかどうして、高級なボールペンのように見えた。試みに手にとってみると、太さといい、重さといい、申し分なかった。

こうした高価そうなものを受け取る謂《い》われはないのに、と思い、受け取ってしまったことを少し後悔した。しかし、受け取っておきながら無視するのも大人げない。そのうち礼のメールか、葉書を送るのが筋だろう。そう考えると、少し億劫になった。

彼はボールペンを箱に戻し、カードと共に袋に入れ、リュックの中におさめた。リュックを肩にかけ、椅子から立った。

たまたま、そばを通りかかった女性従業員がトレイを指さし、「おすみでしょうか」と訊いてくれたので、トレイを下げに行く手間が省けた。

その時、登志夫の頭の中をかけめぐっていたのは、家に帰って横になるまでに、表参道駅の地下ホームから地下鉄に乗り、一度乗り換え、新百合ヶ丘駅で降りて、近隣のビルの食料品売り場で何か適当に食べるものを買い、さらに歩いて行かねばならない、ということだけだった。

それは今の彼にとって、戦場での千里の距離に等しかった。

自分が決めた最後の最後まで、ごくふつうに、健康な人間なら誰もがそうしているように、生活していきたかった。これまでもできる限り、そうしてきた。

だが、そろそろ、やめてもいい頃合いではないのか。少しでも疲労感が強かったり、電車に乗るのが億劫に感じられたりする場合は、どこに行くにもタクシーを使えばいいのである。たしかに無駄な出費ではあったが、今さらケチケチと金を蓄える必要がどこにあろうか。

店の外に出ると、舗道の向こう、表参道の交差点付近に向かって人の流れが続いているのが見えた。吹く風は秋めいており、かすかに雨のにおいをふくんでいた。

風に頬を撫でられながら、その時、彼は唐突に「しまった」と思った。初めからタクシーで帰ることに決めていれば、話の流れ次第では宮島樹里を途中まで乗せてやれたかもしれない。あざみ野と新百合ヶ丘は、同じ方角である。車中、シートに背をもたせかけ、楽な姿勢をとりながら、『抹殺』と題された作品の話の続きをすることもできたろうに。

そんなことを考えている自分に、少なからず驚いた。おれにもまだ、現役の余裕があるじゃないか。たいしたもんだ。

彼は内心、そんなふうに自身を茶化してみた。だがそれは、面白いどころか、ほとんど痛々しい冗談でしかなかった。

病の進行は予測がつかない。いつ思ってもみなかった形で容態が変わり、当初の計画が大幅に狂ってしまわないとも限らない。年若い異性にむけた現役の余裕など、すでに遠い絵空事だった。

　樹里に打ち明けた通り、彼には家族がいなかった。三十二になる娘が一人いるが、もう何年も会っていない。娘は初めから母親側についていた。今さら、娘に近づいていったとしても、娘は蛇蝎《だかつ》のごとく憎い相手を見るような目で一瞥をくれるだけだろう。

　金目当てであろうが、そうでなかろうが、とりあえず愛想よく最後まで面倒をみてくれそうな関係の女はおろか、腹を割って話せる同性の友人もいなかった。

　彼の息子ほどの年齢の主治医は、無愛想ながら心やさしい人物だった。なんでも相談できるし、治療上のわがまま勝手も許してもらっている。しかし、そんな主治医に向かって、ぐだぐだと、個人的死生観の話などするつもりもなかった。

　最晩年、煩雑な家族関係に悩まされずにすんだ、という意味では幸運とも言えたが、こうなった時に気持ちを委ね、よしなしごとを聞いてもらえる相手が誰もいない、というのは、一般的に言えば不運なのかもしれなかった。

　しかし、嘆いていても始まらなかった。いずれにせよ、彼は厳然として独りだった。それは彼が意識的に辿《たど》ってきた自身の人生のエンディングとして、当然の帰結であるとも言えた。

　遠くから、空車のランプをつけたタクシーが近づいてくるのが見えた。車に向かって左手をあげようとしたのだが、その時、右肩にかけていたリュックがずり落ちそうになった。一瞬、動作に隙《すき》ができた。

すぐ背後から、大きな声で笑い合う若い男女が、彼の目の前に飛び出してきた。黒いリュックを肩にかけ、足元がどこかおぼつかない老人が、もたもたとタクシーを停めようとしていることなど、まったく目に入らなかったらしい。女は彼を押し退《の》けるようにして空車タクシーに向かって背筋を伸ばし、活発な仕草で大きく手を振った。その長く伸ばした髪の毛から、甘いフレグランスの香りが漂った。

タクシーは登志夫ではなく、若い男女を乗せ、たちまち夜の街に消えていった。

# 3

マンションの居間の、ベランダに面したガラス窓を一匹の痩せた大きな緑色のバッタが必死でよじ登ろうとしている。よく見ると、後ろの左脚が欠損している。

なぜ、こんなにつるつるしたガラス面を登らねばならないのか、わからない。死にかけて跳べなくなっているからか。脚を失おうが、触角を引きちぎられようが、生命《いのち》ある限り、一か所に長くとどまっていることができない習性をもっているからか。

残った脚と触角をしきりと動かしながら、バッタはガラス面で立ち往生するが、痛々しくも諦めずに再び動き出そうと試みる。しかし、何をやろうが、ほとんど先に進めない。後ろ脚を失ったことに気づいていないのか。力尽きるのは時間の問題だと思われた。おれは、小さな虫けらに自分を重ねようとしている。そう感じたとたん、登志夫は自身の内面を埃《ほこり》で汚れたガラスの上に見たような想いにかられた。

脚を一本なくして死にかけているバッタも自分だったし、何年も拭き掃除ひとつせずにいて、雨滴のあとに付着した埃や排気ガスで汚れきっているガラスもまた、自分だった。

宮島樹里と青山のスターバックスで話をした翌々日の火曜日。朝からよく晴れ、気温が少し上がったものの、湿度が低いせいか、空気は乾いていた。

その日、登志夫は午後二時に、新百合ヶ丘の駅近くにある小さなホテルで、人と会う約束をしていた。かつて登志夫の離婚原因のひとつにもなった、三枝《さえぐさ》貴美子《きみこ》の妹、久仁《くに》子《こ》である。

久仁子とは、貴美子と恋愛関係にあったころ、一度会ったに過ぎない。顔もろくに思い出せなかったが、その久仁子から登志夫の携帯に電話がかかってきたのは、九月も半ばを過ぎたころだった。

覚えておいででしょうか、三枝貴美子の妹、久仁子です、と言われ、さも懐かしげに挨拶をされた。

本当にご無沙汰でした、と形ばかり応じながら、彼は即座に「何かあったな」と直感した。久仁子が彼の携帯番号を知っているはずはなかった。

かつて貴美子と待ち合わせていた喫茶店に、貴美子が久仁子を連れて来たことがある。早い結婚をした久仁子には、当時、すでに小学六年生の娘がいた。ちょうど夏休みだったその日、貴美子が働くラジオ局を見学したい、という娘とその友人母子を連れて、局を訪ねて来たところだという。

登志夫と約束していることを教えたところ、会ってみたいと懇願された。そう言って貴美子は苦笑し、妹を彼に紹介した。娘とその友人母子は、先に帰したとのことで、久仁子は一人だった。

登志夫は既婚者だったが、独身の姉の恋愛相手に対して、久仁子が内心、反感を抱いている様子は見られなかった。値踏みするような目つきをされることもなく、小一時間、彼は姉妹を相手にコーヒーを飲みながら楽しく歓談した。

久仁子は姉とよく似た華やかな顔だちながら、姉とは似ても似つかない扁平な胸をしていた。姉妹でも乳房の大きさがこれほどまで異なるのだ、と妙に感心した時の記憶が、鮮やかに思い出された。

きっといやな知らせだろう、と登志夫は思った。そうでなければ、久仁子が今頃になっておれに電話をかけてくるはずがない。

久仁子は「突然なんですが」と電話の向こうで切り出した。「お知らせしたいことがあって、ご連絡しました。実は先月、姉が亡くなりました。六十三歳。……がんでした」

思わず息をのんだが、登志夫のその気配が相手に伝わった様子はなかった。久仁子は淡々と、あたかもそうすることだけが、今の自分の義務であるかのように話し続けた。

姉がずっと独身でいたこと、最後まで自宅で生活を続けると決意し、治療はすべて拒否していたこと、今年の春からは在宅訪問看護を受けていたこと、本人の強い要望で、七月末に在宅医から鎮静剤を投与してもらったこと、結果、八月初めに自宅のベッドでまったく苦しまず、眠ったまま静かに息を引き取ったこと、故人の遺志により、葬儀一切は行わなかったこと……。

その後、遺品整理のために久仁子が姉の部屋の片づけに赴いた際、生前、かかわりのあった人々に向けて書かれた短い遺書めいたメッセージが何通か見つかり、その中のひとつに、澤登志夫あてのものがあった。登志夫の携帯番号が、そのメッセージの中に記載されていたため、失礼かと思ったものの、連絡させていただいたのだ、と久仁子は言った。

「でも、正確に言うと、澤さんあてに遺されたメッセージ、っていうわけではなかったんです。手書きで書かれたレポート用紙が一枚、二つ折りにされて一冊の本にはさまっていて、それは私あてのメッセージでした。自分が死んだら、いつでもいいから時間のある時に、この本を澤登志夫さんに渡してほしい、久仁ちゃんはこの絵が嫌いだったけど、澤さんならきっと、好きになってくれるはずだから、って書いてありまして……。日付は亡くなる二週間くらい前のものでした。そこに澤さんの、この携帯番号も書かれてたんです。ベッドで寝たままボールペンを走らせたみたいで、文字は乱れてましたが、ちゃんと読み取れました」

「本、ですか」と登志夫は訊き返した。

「画集にも見えるんですけど、ちょっと違います。ふつうの画集よりも小さくて、解説書みたいな感じです。図版、っていうんですか？　絵が何枚も載ってます」

「何というタイトルの？」

「『ベックリーン　死の島』」と久仁子は改まった調子で答えた。「姉は、ベックリーンっていう画家が描いた『死の島』が大好きでした。でも私はちょっと苦手で……。不吉で暗くて、怖い感じがしたもんですから」

そう聞かされても、登志夫には何の心当たりもなかった。貴美子とのかつての会話の中で、ベックリーンの名が出てきた覚えはなかった。「死の島」と題された絵についても、話した記憶はないし、彼自身、その絵を見たことがなかった。

「お忙しいようでしたら、ご自宅あてにお送りしますが、でも……」と言って久仁子はわずかに言葉を詰まらせた。「……これも姉の望んだことだと思いますので、もし、澤さんさえよろしければ、お会いして直接お渡しできれば、と思っておりまして。私は今、主人と呑気な二人暮らしですから、時間だけはたっぷりあります。ご都合のいい時に、ご指定の場所に出向きますので、いつでもおっしゃっていただければ……」

訊きたいことが山ほどあったが、その時は何も訊かずにおいた。現在の自分の深刻な病状に関しても、何ひとつ口にしなかった。会った時に、と思い、悔やみの言葉も言わずにおいた。

登志夫は十月四日の午後ならばお目にかかれます、と言い、今は新百合ヶ丘に住んでいるので、近くまでいらしていただけたらありがたいのだが、と頼んでみた。

新百合なんですか、うちも同じ小田急線沿線です、お近くだったんですね、と久仁子は言った。

六つ年下の貴美子とは、登志夫が四十四歳の時に出会った。貴美子は当時、東京のラジオ局に勤務し、トーク番組のディレクターを務めていた。毎回、新しく斬新な切り口をみせていた当時の人気番組である。貴美子はすでに、優秀な敏腕ディレクターとして名を馳せていた。

その番組に、毎週土曜日、四回の約束で登志夫が担当する男性作家が出演することになり、その事前打ち合わせの際、登志夫は初めて貴美子と顔を合わせた。

貴美子は当時三十八歳。若々しく利発で、きびきびしており、人に対してきめ細かな気遣いができる女だった。どちらかというと大柄で、並ぶと登志夫とさほど背丈が変わらなかった。迫力のある身体つきが性的な魅力を放ってはいたものの、ボーイッシュなショートヘアがよく似合う顔は小さくて、子鹿のような愛らしい目には固い意思と、奔放な情熱が同居していた。

初めからうまが合ったとしか言いようがない。打ち合わせの最中に、結婚歴のない独身、ということも知ったし、現在、特定の恋人はいない、ということも聞き出した。

作家のラジオ出演が無事に終了した日、打ち上げ、と称して登志夫は貴美子をふくめた番組スタッフ全員を食事に誘った。目的は貴美子だったから、貴美子が多忙を理由に断ってきたら無意味な食事会になる、と半ば、覚悟していたのだが、貴美子はむしろ嬉々として参加してくれた。

全員で気軽な中華料理店の円卓を囲み、食べ、飲み、話に花を咲かせた。貴美子は登志夫の隣の席につき、せっせと彼のために料理を取り分けたり、紹興酒を注いでくれたりした。笑い方も相槌《あいづち》も、何もかもが華やいでいながら清潔で、出しゃばったところがなく、登志夫はいっそう心惹《ひ》かれた。

午後十時半をまわったころ、もともと酒にそれほど強くなかった作家が赤い顔をし、澤さん、僕はそろそろ酔っぱらってきました、と言い出したのをしおに、会はおひらきになった。

スタッフたちは、まだ仕事が残っていたため、全員、局に戻っていった。作家をタクシーに乗せ、社のタクシーチケットを手渡して恭《うやうや》しく頭を下げて見送り、気がつくと路上には、貴美子と登志夫だけが残されていた。

人生の幾多の夜の中でも、深く記憶に刻まれる幸福な夜が、その瞬間から始まった。登志夫は貴美子を西麻布の静かなバーに誘った。バーテンダーが一人いるだけのカウンターバーで、居合わせた客は一組しかおらず、バーテンダーはほとんどの時間、その中年カップルと談笑していたため、会話の邪魔をされずにすんだ。

貴美子は登志夫に輪をかけて酒に強かった。いくら飲んでも顔色ひとつ変えず、放たれる言葉の数々はいっそう魅力的で、彼を刺激してやまなかった。何より、間近に感じる彼女の肉体の豊かさは、匂い立つようだった。

午前三時近くになって、登志夫から言い出し、貴美子をせき立てるようにして店を出たのは、こらえきれなくなったからだった。

店の外の、人けのない、闇にのまれたようになっていた地下の階段ホールで、貴美子と向き合った。貴美子の子鹿のような目が、闇の中できらりと光を放った。

その直後、猛烈な抱擁と口づけが始まった。好きで好きでたまらず、ほしくてほしくてたまらなかった。初めて会った時からそうだったのだ、と思った。

燃え盛るにまかせた欲望の炎が、あたりの闇をオレンジ色に輝かせたように見えた。あの凄まじい夜のことを登志夫は今も忘れていない。

以後、人目をしのんで逢瀬を重ねた。貴美子が住んでいた自由が丘のマンションに通い続け、妻には作家との取材旅行だの出張だのと偽って、何度も部屋に泊まった。

だが、どれほど烈《はげ》しい情熱も、例外なく、時と共に落ち着いていくものらしい。そして、ひとたび変容した情熱は、かたちこそ変わっても、二度と元には戻らなくなる。元に戻したければ、別の相手と同じことを始める以外、方法はない。

貴美子と別れたのは、彼が四十八で離婚した後のことになる。離婚前、妻が悪意と嘲笑をもって口走ったいくつかの彼の浮気の中には、明らかに貴美子との関係もふくまれてはいたが、妻はそれだけを理由に彼に離婚を迫ったわけではない。初めから、たとえただの一時的な浮気であっても、妻以外の女との関係を結婚生活の中に必要としてきた彼の、その理解しがたい「獣性」にはもう、到底、我慢ならない、あなたは病的な家庭生活不適格者だ、というのが妻の言い分だった。

離婚成立後、煩雑な手続きや引っ越しなど、一切の面倒ごとが一段落してからは、貴美子と大手をふって再び二人で出直すこともできた。だが、その時すでに、皮肉にも互いの情熱が失われていることが、はっきりしたのだった。

交際中、貴美子に他の男の影がちらついていたこともあったし、登志夫自身、貴美子以外の女と遊んだりもした。そしてそのことを互いにほのめかし、じゃれ合うように嫉妬し合ったりする遊びも繰り返してきた。それなのに、その実、何ひとつ嫉妬など感じない間柄に、二人はなっていたのだった。

代わりに貴美子とは、肉体関係をもたない、陽気な飲み友達同士になるのに時間はかからなかった。それはそれで快適だったものの、そのうち、何があったというわけでもなく、どちらからともなく疎遠になった。やがて、メールでたまに近況を報告し合う程度になり、そうこうするうちにそれすらもなくなった。

そのため登志夫は今の今まで、貴美子がどこで何をしているのか、元気でいるのかいないのか、まったく知らずにいたのである。

別れて何年にもなる女が死んだ、と知らされても、咄嗟には感情が動かなかった。何かが記憶の芯の部分で、冷たく凍りついているような気すらした。

連絡を取り合わなくなっていたから、貴美子が自分同様、末期がんだったということはむろん、知る由《よし》もなかった。もし知っていたら、連絡を取って慰め合ったり、励まし合ったりできる仲間同士になれたのかもしれない。

だが、一方では、そうならなくてよかった、という想いもあった。そんなふうに、弱った自分を見せて慰め合うのは、自分たちにはもっともふさわしくないことのような気がした。

貴美子が在宅のまま尊厳死を選んだ、というのは、いかにも貴美子らしい、と登志夫は思った。在宅医から鎮静剤を投与してもらった、というのは、終末期鎮静のことだろう。ターミナル・セデーション、というやつだ。最期《さいご》が近づいた時、点滴も経管栄養も行わず、延命のための措置を一切やめた上で鎮静剤を投与してもらうと、深く眠ったまま苦痛のない死を迎えることができる。

そうしてほしい、という本人の確固たる意思が証明できなければ、医師による自殺幇《ほう》助《じょ》が疑われて、法に触れるかもしれない、といった慎重論もあるようだが、少なくとも登志夫は、そのような選択肢があることは人間にとっての最後の救いである、とかねがね思っていた。

おれたちは似たもの同士だったんだよ。だからこそ、お互い、あんなに夢中になれたんだ。何をしゃべっていても楽しかった。しゃべればしゃべるほど、共感し合えたし、共感すればするほど、嬉しくて抱きたくなった。求めても求めても飽きなかった。それがおれたちだった。だからきっとおれたちは、死ぬ時も、似たようなことを考えるんだよ。そうだろう？

そう思ったとたん、あれほど冷静に受け止めていたはずの貴美子の死が、急激に決壊したダムのごとく、烈しい感情となって襲いかかってきた。

貴美子の死を知らされたその日、彼は「みのわ」に行かなかった。誰とも会いたくなかった。街の喧騒の中に出ていくのはいやだったし、「みのわ」の女将と交わす、代わり映えのしない会話も億劫だった。

彼はその晩、自宅マンションから一歩も外に出ないまま、冷蔵庫に長い間、入れっぱなしだった白ワインを抜いた。グラスに一杯飲んだだけだったのに、ひどく酔いがまわった。

酔いと共に、わけのわからない雑多な感情がこみあげてきた。浅い眠りの中で繰り返し見続ける、意味不明の悪夢のようだった。彼は倒れこむようにしてベッドに突っ伏した。

自分が通りすぎてきた時間が、渦をまいて突き上げてくるような感覚があった。気が遠くなりそうなほど膨大な時間を生きてきたはずなのに、振り返ればすぐそこに、何十年も前の自分、まだ少年だった自分がいるのだった。

昔の女が死んだ、ということとは別に、彼の感情を揺さぶったのは、貴美子が選んだ死に方、それ自体だった。全部、独りで考え、独りで決めたのだろう。見事なことだ、あっぱれだ、と思った。

彼はまとまりのつかない気持ちのまま、ふとんに顔を押しつけて低く呻《うめ》き声をあげた。涙は流れなかったが、胸がいつまでも震え続けていた。

そして、それが自分でも気づかない種類の、深い感動によるものだとわかるまで、長い時間を要したのだった。

久仁子と待ち合わせたホテルは、新百合ヶ丘駅に隣接するビルの中にあった。七階部分がフロントになっている。

約束の二時少し前に登志夫がエレベーターを降りてラウンジに入っていくと、一人の女が立ち上がり、深々と礼をしてきた。先に来ていた久仁子だった。

貴美子と似た華やかな顔だちは、あまり変わっていない。ほっそりと痩せた身体つきも昔のままだった。

白いレース地のブラウスに紺色のジャケットスーツを合わせている。染めているのか、どこまでも漆黒の髪の毛を肩までの長さに切りそろえ、ゆるく内巻きにしていた。その清楚で落ち着きのある外見から、波風の立たない人生、安定した結婚生活を送ってきたことが窺《うかが》われた。

「お変わりないですね。すぐにわかりました」

顔を合わせるなり、悔やみの言葉を口にするのも憚《はばか》られた。登志夫がお愛想でそう言うと、久仁子は少しの間をあけた後で「澤さんもお変わりなく」と言いながら目をそらした。

呆れるほど演技の下手な女だ、と登志夫は思った。変わっていないはずはなかった。幸い禿《は》げずに済んでいるが、つやのない髪の毛はいっそう白さを増し、ひとまわり痩せ、顔つきも肌の色も、老いと病の只中にある。

互いに向き合って椅子に座り、オーダーを取りにきたギャルソンに、そろってコーヒーを注文し、もう一度、どちらからともなく座ったまま一礼し合った。

「ご病気だったとはまったく知りませんでした」と登志夫は重い口を開いた。「連絡を取りあわなくなって、十四、五年はたったんじゃないかと思います。でも、苦しまずに逝かれたそうで、何よりでした」

「ご存じと思いますが、姉はああいう人でしたから、いったんこうと決めたら、テコでも動かなくて。私はそういう死なれ方はどこか納得いかなかったんです。なんとかして最後まで生きててほしい、諦めないでがんばってみてほしい、と思ってたんですけど。でも、やっぱり、それは苦しいことだったんでしょうね。姉の気持ちを尊重してやってよかった、と今は心から思います」

登志夫は静かにうなずいた。「今さらですが、発病したのはいつだったんですか」

久仁子は苦々しく微笑んだ。「もともと丈夫で、病院になんか行かない人でしたから。現代人は身体の検査をしすぎるから、病気になるんだ、って言ってましたし。だから、いつから症状が出たのかはよくわかりません。すごく体調が悪くなって、這《は》うようにして病院に行って、はっきり診断を受けたのは一年くらい前です。膵臓《すいぞう》がんでした。余命半年、って言われまして。医者は抗がん剤を試してみませんか、って言ってくれたんですけど、本人は、そんなのとんでもない、何冗談言ってんの、って、そういう調子で。

それでさっさと帰ってきて、自宅マンションの寝室を病室に替えて、あちこち電話して準備を整え始めて……。なんか、変な言い方ですけど、海外旅行の準備でもしてるみたいに、いそいそしてました」

登志夫が思わず、不謹慎ながらも小さく笑ってしまった時、ギャルソンがコーヒーを運んできた。会話が途切れたので、その間、彼は久仁子の胸を観察することができた。

相変わらず扁平な胸だった。下着で矯正している様子もない。

豊かな乳房と共に、すみずみまで申し分なく健康で力強い肉体をもっていた貴美子のことが思い出された。あのにおいたつような肉体も、打てば響くような溌剌《はつらつ》とした知性も、男まさりとしか言いようがないほど大胆なくせに、ガラス細工のように繊細で脆《もろ》いところがあるのを必死で隠し続け、生きるための哲学を早くから確立させてきた、その生き方も、何もかもがこの世から消えたのだ、終わったのだ、と思った。しかも、いかにも彼女らしい、冷静で見事な幕の引き方で。

久仁子は、自分は結婚してからずっと、小田急線の豪徳寺《ごうとくじ》駅の近くに住んでいるが、姉が終《つい》の住処《すみか》として、奮発して購入したマンションは、辻堂《つじどう》だった、と言った。「ですから、私の家からは少し遠すぎて、あんまり気軽には会いに行けなかったんです。でも、こんなに早く逝ってしまうとわかっていたら、もっと頻繁《ひんぱん》に連絡とって、遊びに行ったりしていただろうし、そうしていれば、姉の病気にもっと早く気づいて、対処できたかもしれない、って思うと……」

「いやいや、そういうふうにお考えになるのはよくない。いくら仲のいい姉妹でも、家庭をもっていれば、そうなるのは自然なことですよ」

登志夫はあたりさわりなく返しながら、貴美子が鎌倉や湘南が好きだったことを思い出していた。

かつて、一緒に鎌倉を散策したことがあった。紅葉が終わりかけた小寒い初冬の午後だった。萌葱《もえぎ》色のマフラーを首に巻いた貴美子は珍しくうっとりとした口調で、老後はこのあたりの海の近くに住みたいな、と言った。

「おれも住みたいよ。一緒に住もう」

登志夫が大まじめにそう言うと、いたずらっぽい目で牽制された。

「だめだめ。老後は一人でいるに限るの。男が一緒にいるなんて、めんどくさいだけ」

強がりだったのか。それとも本心だったのか。そう言って豪快に笑う、まだ四十代だった貴美子に、老後、という認識はどの程度あったのか。

何もかも、もはや知ることはできない。病み衰えながらも自分の始末を自分でつけようと覚悟を決め、最期を迎えた時、貴美子が何を感じ、何を考え、何を思い出していたのか。すべて想像するしかなかった。

「姉が澤さんに渡してほしい、と言っていた本なんですが……」と久仁子が言い、持ってきた大きめのバッグをまさぐって、オレンジ色の袋を取り出した。

何の偶然か、それは斎木屋の袋だった。登志夫はふと、二日前、青山で会った宮島樹里を思い出した。

「適当な袋がなかったものですから、こんなものに入れてきてしまって……すみません」

礼を言って袋を受け取り、中の本を取り出してみた。スイス人の美術史家が、スイスのバーゼル生まれである画家のアルノルト・ベックリーンについて論評した本で、久仁子から聞いていた通り、中には図版が何枚も掲載されていた。

ふつうの新書よりもひとまわり大きいサイズの四六変型判。画集とは言えない、明らかな美術解説本だった。巻末に大きめの絵が一枚、三ページ分の厚手の紙を使い、折り込み式で添えられていた。それこそが、「死の島」と題されたベックリーンの代表作だった。

海なのか、湖なのか、昏《くら》い水面に一艘《そう》の小舟が浮いている。こちらに背を向けて櫂《かい》を手にしている人物が一人。その人物の少し先、小舟の中央付近に、全身、白いものに覆われた、背の高い者が一人佇《たたず》んでいる。さらにその向こうには、柩《ひつぎ》を思わせる白い箱のようなものが見える。

小舟は今まさに、険しいが光を湛《たた》えた巨大な岩と、背の高い黒い糸杉の木々に囲まれた、島とおぼしき場所に向かおうとしている。空は夜のそれのごとく、どこまでも荒涼としており、水面をかく櫂の音すら、聞き分けられそうな静寂に満ちている。

その島は明らかに、巨大な霊廟か、墓所を連想させる。櫂を漕《こ》ぐ人物と、小舟に立って死者を島に送り届けようとしている人物以外、生きているものの姿はない。

しかし、島に向かう一艘の小舟には、あたかも神から授けられた最後の月明かりのように、静かで揺るぎのない、落ち着いた光が射している。その光によって照らし出された柩には、白装束姿の人物の影がやわらかく落ちている。

登志夫は思わずその絵に見ほれた。自分自身の亡骸《なきがら》が、その白い柩の中に入っていて、今にも静かな水音と共に、永遠の安息を約束してくれる島へと運ばれていくような気がした。

「電話でも言いましたけど」と久仁子が言った。「私はその絵が好きになれなくて、姉がどうしてわざわざ、そんな陰気な絵を好んでいたのか、理解できなかったんです。でも、落ち着いて眺めてみると、わからないでもないですね。さびしいだけの絵ではないのかもしれません。澤さんなら好きになってくれる、って姉が書き遺していたのも、妹の私に、絵を鑑賞するセンスがまったくないことに呆れて、半分、腹をたててたのかもしれないな、って」

「いい絵だと思います」と登志夫は言った。「とてもいい。すばらしいです。貴美子さんの気持ちが伝わってきます」

「そうですか。よかったです、こうやってお渡しすることができて。姉も喜んでいると思います」

「いつからこの本が貴美子さんのところに？」

ちをしっかりてし、ていさ、たやすを言っと会いね、しかたてな！」と言ってたらいたうよ。「…」

「さあ、前から持っていた本なのか、病気がわかってから手に入れた本なのかはわかりません。でも、ベッド脇の、手を伸ばすだけで届くようなところに、本を収納できる棚があって、そこにいつも置いてありました。私が行った時に、姉がその絵を眺めてたことがよくあったんです。私、思わず、もっと明るい絵のほうがよくない？　って言っちゃって。姉は、そうかな、って言ったきり、何も言いませんでした。内心、むっとしてたのかもしれません」

登志夫は微笑を返した。「今日からは僕が彼女の代わりに、この絵を鑑賞させていただくことにしますよ」

早晩、貴美子さんと同じ島に行くことになりますので。……喉まで出かかったその言葉を、彼は慌ててのみこんだ。

久仁子は口をつぐんでいたが、やがて正面から登志夫を見つめ、「なんだか」と言って目をうるませた。「すごく懐かしいです。澤さんとは一度しかお会いしたことがなかったっていうのに、今、私の中に姉がいて……なんて言うのか、私を通して懐かしがってるみたいな感じがして……」

登志夫はうなずいた。何かこの場にふさわしい言葉を口にしてみたいと思ったのだが、思い浮かばなかった。

頭の中のどこか深いところで、懐かしいメロディーが流れていた。ギターとハモニカの音が次第に大きくなった。歌声が記憶の奥底から甦ってきた。

祭りのあとの淋しさが
いやでもやってくるのなら
祭りのあとの淋しさは
たとえば女でまぎらわし
（中略）
祭りのあとの淋しさは
死んだ女にくれてやろ

特に吉田拓郎に心酔していたわけではない。若いころはフォークよりもロックやジャズを好んで聴いていた。

それなのに、中年になって以降、彼はカラオケに行くたびに、決まってその歌を歌うようになった。貴美子と酔い醒《ざ》ましのカラオケを楽しんだ時も、何度か歌った。貴美子にも他の誰にも言わずにきたが、歌詞が好きだった。とてつもなく胸に刺さった。時には恥ずかしげもなく、その切なさに溺れそうになった。

そうだよ、人生は常に、祭りのあとなんだよ、と彼は思う。祭りの華やぎは花火のように消え失せて、そのあとにはいつも、さびしいような、いたたまれない虚しさのようなものが押し寄せてくる。その繰り返しが死ぬまで続けられる。

さびしい気持ちは、死んだ女にくれてやるのがいい……若いころなら、青臭いような武者震いと共に心底、そう思えたかもしれない。だが、今は違った。

死病を抱える六十九の男に、そんな威勢のよさは残っていなかった。とうの昔に終わってしまった祭りの賑わい、歓声、砂利を踏みしだく大勢の人々の足音、間断なく鳴り響く囃子《はやし》の音を思い出しながら、自分もまた死んだ女同様、どうにも仕様のないさびしさの只中にいる、としか思えなくなっているのだった。

登志夫は一番知りたかったことを訊ねた。

「貴美子さんは、ずっとお独りだったんでしょうか」

「ええ。もともと結婚願望がなかった、って言うのか、結婚する気になったことのない人でしたから。でも、今年に入ってから、一度だけ、姉らしくないことを言ってたのを覚えてます」そう言って、久仁子は力なく微笑んだ。「子供を一人、産んでおけばよかった、って。作る機会ならいくらでもあったのに、今頃気づくなんて、私って馬鹿ね、って」

「僕が知る限り」と登志夫は間をおかずに言った。間をおいたりしたとたん、泣きだしてしまいそうで怖かったのだ。「貴美子さんには、子供を作って家庭をもって落ち着くっていう発想が、ほとんどなかった」

ただの強がりだったのかもしれませんが、と付け加えようとして、登志夫は慌ててその言葉を飲みこんだ。所帯もちの自分と深くかかわって、強がりを言わざるを得なかった貴美子の気持ちが、あろうことか今になって初めて痛いほどわかるような気がした。

久仁子はうすい微笑を向けた。「そうですね。好きなように自由に人生を楽しんで生きてた人でした。でも、最期が近づくにつれて、やっぱり心細くなったんじゃないかと思います。肉親と呼べる人間が、私以外、いませんでしたから。札幌の両親は、とっくに亡くなっちゃいましたし……」

「お父さんを早くに亡くしているのは聞いてましたが、たしか、お母さんはお元気だったはずなんじゃ……」

「いえ、九年前になりますけど、母は冬に自宅で倒れてそのまま。急性心不全でした」

「そうでしたか」

「実家は売却してしまったもんですから、札幌にはもう帰るところがありません。そういうことも全部、姉はさびしく思うようになってたんじゃないかな、って。いろいろ本当に、がんばって独りで最期まで、って覚悟を決めてたくせに、私や娘が会いに行った時なんか、赤ちゃんみたいに顔をゆがめて、大泣きされることもあって……あの気丈な人が、と思うと、やっぱりね、そういうのを見てるのは辛かったです。姉に、姉の家族がいたらどんなによかっただろう、って何度も何度も思いました」

登志夫は曖昧《あいまい》にうなずき、しばし沈黙してから改まって訊ねた。「在宅でのケアに関しては準備も万全だったんでしょうね。目に浮かびます。彼女らしいことです」

「ええ、そうですね。私なんか、そういうこと、なんにもわからなかったんですけど、姉はものすごい速さでいろんなことを調べあげて、とにかく初めから、びっくりするくらい詳しかったんです。私のほうが、病人である姉を頼りにしちゃったくらいに。最後のほうは二十四時間態勢にしてました。昼間はもちろん、夜も泊まりのヘルパーさんが入るようになってて、定期的に来てくれる在宅医と訪問看護師はずっと丁寧に、緩和ケアを続けてくれましたし」

「そういうことも、全部、彼女が事前に準備をしてたんですね」

「はい。いろんな場面を想定して、こうなったらああする、ああなったら、こうする、って、細かく考えて、それぞれ取り決めをして。その計画書、まだ少し元気だったころ、私にもコピーして渡して、一つ一つ説明してくれました。こんなふうに言うと、なんか変かもしれないんですけど、なんて言うのか……たった一人で高層ビルを建てるために、細かい図面を引いてみせた孤独な設計士みたいなね……そんな感じのする計画書でした」

久仁子のその比喩は、あまりにも的確だった。貴美子は「図面通り」に、自らの死を構築したのだ。登志夫は言葉が出てこなくなるのを感じた。

「……その計画書にもきちんと書いてあったんですけど」と久仁子は続けた。「そろそろ、っていう時がきたら、早めに妹である私のところに、在宅の先生から連絡がくることも決まってたんです。だから私、いつ連絡がきてもいいように、姉のところに泊まり込んで付き添うための荷物の準備もすませてました。それなのに、姉ったらあんまり急に……」

登志夫がそっと久仁子を窺うと、久仁子は小鼻を震わせながら涙ぐみ、片手で口をおさえた。「……ごめんなさい。私、看取れなかったんです。死に目に会えなかったんです。姉が息をしていないのを見つけたのは、ヘルパーさんで……夜の泊まりのヘルパーさんが、ずっとそばについててくれてたんですが、洗い物と片づけをするのに、ほんの少しキッチンに立ったそうなんです。ほんとに三、四分くらいの短い時間だった、って言ってました。その間に、姉ったら、何の前触れもなく、すうっと息を引き取っちゃって……。それからすぐに、決められた通りに在宅医に連絡がいって、お医者様が来てくださって、死亡が確認された、っていう、そういう流れでした」

「本当に最後の最後まで」と登志夫は言った。「独りで、決めた通りに、と思ってたんでしょう。絶対に意思を曲げない。そういう人でしたね」

はい、と久仁子は言い、バッグから薄い桃色のタオルハンカチを取り出して目の縁と鼻の下を拭った。「もうちょっと、世話をやかせてくれてもよかったのに。きちんとし過ぎです」

「確かにね」と登志夫は言い、小さく微笑してみせた。

我知らず、こみあげてくるものがあって往生した。視界がうるみ始めるのを止めようがなくなり、彼はくちびるを固く結んだまま、天井を仰いだ。

彼の胸の中に渦巻いていたのは、同情でも共感でもなく、憐れみでもなかった。哀しみ、切なさ、といった感傷的なものとも少し違った。

生きとし生ける者が例外なく迎える最期の瞬間を、かつて愛した女が自分で演出してみせた。実際、それは見事な演出だった。辣腕《らつわん》ディレクターだったからといって、何もそこまで演出しなくてもいいものを、などと登志夫は内心、皮肉まじりに思いながら、貴美子の死に、誰もが簡単にまねのできない崇高さ、気高さのようなものを感じたのだった。

「貴美子さんはきっと」と登志夫は嗄《しやが》れた声で言いながら、傍らに置いたベックリーンの本を手にとった。「いまごろ、この死の島で、永遠の安息を味わっていますよ。気にいったドレスを着て、木の幹によりかかって、寛《くつろ》ぎながらワインなんかを飲んで……」

そうですね、ほんとにそうですね、と言って久仁子はくちびるを少し震わせ、目を閉じた。

その時、登志夫の中にふと、事後にベッドの中で、満ち足りて眠る貴美子の寝顔が甦った。正面に座っている、目を閉じた久仁子の顔が、元気だったころの貴美子の寝顔を思い出させたのだった。

肌を合わせた後の、ベッドの中のけだるいぬくもりが甦った。残されたまま消えない、互いのかすかな体臭。何という名のトワレだったのか、貴美子が欠かさず身体のどこかに吹きつけていた、甘く清潔な香り。サイドテーブルの上には、小さな陶器の白い灰皿がひとつ。中に吸殻が数本。二つ並べたグラスの中の、とっくに気が抜けたビール。丸めたティッシュペーパーの数々。どこか遠くから聞こえてくる救急車のサイレンの音……。

何という目的もなく、シーツに片肘をついたまま、貴美子の寝顔をぼんやりと眺める。気づかぬうちに時間が止まり、地球上で生きているのは自分たちだけであるような感覚に襲われる。

口紅がおちた貴美子のくちびるは、性を交わしたあとの悩ましい色を見せつけている。その端に小さく口づけをする。それだけでは足りなくなって、思わずくちびるを塞ぎ、そっと胸をまさぐり始める。

たちまち目を覚まし、幼い子供のようにむずかり声をあげて寝返りを打とうとする貴美子を無理やり抱きしめる。シーツにくるまったまま、彼女の上に馬乗りになり、ふざけて腰をつかってみせる。シーツの中からは、むせ返るような男女のにおいが立ち上ってくる。

互いに額と額をくっつけ、見つめ合い、くすくす笑い合った、あの、二度と還らない日々……。

久仁子と別れ、自宅に戻ってから、登志夫は『ベックリーン　死の島』の本の巻末にあった、折り込み式のカラー図版を改めて開いた。

「アルノルト・ベックリーン《死の島》　1880年　カンバスに油彩　111×15

5㎝ バーゼル美術館」という記載が小さく添えられている。ソファーに身を沈め、楽な姿勢をとりながら絵を眺めた。

見つめているうちに、絵の中に吸い込まれていきそうになるのが不思議だった。一艘の小舟に載せられている白い柩の中に、貴美子の青白い亡骸が横たわっているのが透けて見えてきた。

背の高い黒々とした糸杉の木々を囲むようにして、茶色い岩肌の城砦を思わせる建物がそびえている。よく見れば、その内側に白っぽい四角いものが幾つか。霊廟なのか。一羽の鳥の姿もない。生き物の気配のない死の島に向かって、小舟がゆっくりと水面を進んでいく。柩は今まさに、静寂に包まれた島の霊廟に安置されようとしている。

貴美子は今、ここに……この世のどこにもない「死者のための島」にいて、穏やかな眠りを貪《むさぼ》っているに違いなかった。時をおかずして、自分もまた、この島に向かっていくのだと思うと、彼は深く和んだ気分に包まれた。

世俗の華やぎも快楽も、ほしいままに平らげる料理や酒や女も、成功も野心も達成感も、ふつうの人間が人生の楽しみとして数えあげることの何もかも、一切合切、もう何もいらなかった。不要だった。

登志夫は鋏《はさみ》を持ってきて、そっと絵を切り離し、折り目を丁寧に伸ばしてから、それをリビングルームの壁にピンで留めた。

壁の近くの肘掛け椅子を引きずっていって座り、しばらくの間、腕組みをしながら絵を眺めた。少しぼやけるので老眼鏡をかけ、顔を近づけた。

クリーム色の壁紙に、二十二センチ×十八センチほどの小さな四角い安息所ができたような気がした。自分の意思で自分の人生に幕を下ろすためのスイッチが、そこに設《しつら》えられたような気もした。

何にせよ、いい風向きじゃないか、と彼は目を細めながら思った。万事、お誂《あつら》え向きとはこのことだ。貴美子が死に、おれにこれを遺した。何の魂胆があったのかは知る由もないが、魂胆など別に何もなかったのだろう。ただ単に、おれが今のような状態であることなど夢にも思わないまま、「ねえ見てよ、この絵。いいでしょ？　この絵のよさをわかってくれるのはあなたくらいのものよ。ただし、言っとくけど、あなたの審美眼をほめてるわけじゃないんですからね。あなたって人はいつだって、人と違うことを言いたがるシニカルな人間だったでしょ？」などと言い、勝気な少女のように笑ってみせたかったのだ。

いずれにせよ、それはまったく貴美子らしいプレゼントだった。

小舟に揺られて、おれも行くことにするか、と彼は思った。日当たりのいい縁先の座布団に座って、ぼんやりとよしなし事を考えている時の老人のように、眠気を誘われるような温かな気分だった。

なんだかもう、舟に乗ってる気分になってきたよ。湖面は真っ黒にみえるほどに暗いが、島が近づくにつれて、月明かりが煌々《こうこう》と射してくる。冷たい水をゆっくりと漕ぐ櫂の音が、瑞々《みずみず》しく聞こえてくる。
ああ、いい気分だ、と彼はひとり、声に出して言った。安心するよ。
そう口にしてみることが、ただそれだけで彼を幸福にした。

# 4

登志夫が初めて血尿をみたのは三年前。六十六歳になった年の九月だった。

時刻は遅い朝。場所は新百合ヶ丘の自宅マンショントイレ。肉眼でもはっきり、それとわかる血尿だった。

八月の暑い盛りに、寝不足と冷房にやられて夏風邪をひき、治った後も体調がすぐれなかった。それなのに、連日のように深酒をしていたのは、酒が入ると、いくらか身体の状態がよくなったためである。

馬鹿なことをした、いい年をしてそんな生活を続けていれば、どこかおかしくなるに決まっている、と思ったが、それ以上のことは考えなかった。

出版社に在職中、ストレスと深酒と寝不足が続いた時に、驚くほど濃い茶色の尿が出たことがあった。その話を同僚や親しい作家に打ち明けたところ、何人かが、年齢に関係なく、仕事で疲労困憊《こんぱい》している時に深酒をし、「濃い茶色の尿が出て怖くなった」経験をしていることがわかった。

だが、自宅の白い便器を染めた登志夫の尿は、明らかな「赤」であって、「茶色」もしくは「褐色」ではなかった。

夏風邪をひく前から、原因のわからない倦怠感や微熱、なんとはなしの食欲低下を自覚することが多くなっていた。ひねった覚えもないのに、左の脇腹のあたりが鈍く痛むこともあった。

いやな予感がしたわけではなかった。そんなことよりもむしろ、ぼんやりと自覚し続ける身体の不調が不快だった。寝込むほどではなく、普段どおりに日常生活を送ることができる、というのも、いかにも中途半端な気がして腹立たしかった。

ちょっとした生活の自制、あるいは医師から処方された薬を服用すること、その程度で症状がぴたりと治まってしまうことも考えられた。

インフルエンザになった時と、生牡蠣《なまがき》にあたって七転八倒した時以外、彼は医者にかからなかった。在職中、義務づけられていた健康診断も、作家との取材旅行や接待、地方在住作家の訪問、もしくは前夜の深酒による二日酔いなどを理由に回避してきた。逃げていたわけではなく、ただ単純に面倒だったからだ。

そんな彼が、自宅近くの雑居ビルに大きな看板を出しているクリニックを受診してみる気になったのは、血尿をみたからというより、むしろ、不快な症状が続いていて、それを早く治したいと願う気持ちが強くなったせいだった。

十月に入ってまもなくの、よく晴れた日の午後、いよいよ症状が気になってきたため、登志夫はそのクリニックを訪ねた。ごく最近、開業したと思われる新しいクリニックを選んだのは、外観がいかにも小ぎれいに見えたのと、標榜しているのが内科と泌尿器科だったからである。

院長が泌尿器科、副院長が内科を担当し、両名の姓が同じところをみると、夫婦であるようだった。夫婦だろうが兄妹だろうが、小さなクリニックに医師が二人いるというのも、なんとはなしに心強い感じがした。

ビルの三階の、お世辞にも広いとは言えない待合室では、その日、五、六人が順番を待っていた。ほとんどが内科受診の患者だった。そのため、泌尿器科受診を申し込んだ彼は、待ち時間に読もうと思って持参した文庫本のページを開いて読む間もなく、すぐに名前を呼ばれた。

医師は五十前後と思われる、小柄だがよく日に焼けた、額の広い筋肉質の男だった。大きな声で陽気に話し、どこで鍛えているのか、半袖から伸びている太い両腕の筋肉が自慢げで、おまけにやけに愛想がよかった。

丁重に患者用の丸椅子を勧められ、登志夫が腰をおろした時、またしても脇腹が鈍く痛んだ。いやな痛みだった。

彼は一人語りするかのように、かいつまんでこれまでの症状を訴えた。てきぱきと順を追って説明する、その無駄のない話しっぷりが、かつて在職中、頻々と開かれていた編集会議での自身の発言を彼に思い出させた。ひとくさり、担当する作家の新作についてほめ言葉をまじえながら披露する時も、おれはよく、こういうしゃべり方をしていたな、と思いつつ、彼は思い出す限りの症状を順番に、適切な表現で医師に伝えた。できるなら、血尿が出たことを打ち明けたのは、話の最後の段になってからだった。

血尿の件は隠しておきたいと思う気持ちがあったせいだった。

それまで穏やかな表情で登志夫の言うことに耳を傾けていた医師が、血尿と聞いてわずかに顔を曇らせるのが見てとれた。

慌てて、血尿というのは言い過ぎで、尿が濃かっただけと言ってもいいのかもしれません、と言い足してみた。

医師は否定も肯定もせず、それまでパソコンに向けていた顔をゆるりと登志夫のほうに向けた。少し前までは、飲み屋のカウンターの向こうにいる、ジム通いが趣味の陽気なバーテンダーさながらに見えていたのが、医師はその時、いきなり医師の顔になった。

「明日は水曜日で、うちでは毎週水曜の午前中は泌尿器科の検査に充てています。明日の午前中に、もう一度、ここにいらっしゃることはできますか？」

「できますが……。でも、何の検査を？」

「血液検査と尿検査、それに腹部エコー検査を受けていただきましょう。ただし、朝食を召し上がらない状態……つまり空腹の状態で、いらっしゃるようにしてください」

大げさな、と登志夫は半ば苛立ちを覚え、舌打ちをしたくなった。血液検査と尿検査をされることはわかっていたし、それには応じるつもりだったが、この段階で腹部エコー検査を受けろと言われるとは、思っていなかった。

強気を装っていたつもりなのに、これまで経験したことのない不安がたちまち、黒雲のようになって襲いかかってくるのがわかった。検査、というものは、受けたが最後、何か必ず思ってもみなかった結果が出てくるものだ。そうした思い込みに近いものが、彼の中にはあった。

登志夫が不承不承、了解すると、医師は何事もなかったかのように、にっこりした。

「では、明日、九時に予約を入れておきます。それでよろしいですか」

「いや、すみません、九時はちょっと早すぎますね。職業柄、若いころからの習慣が直らなくって、この年になっても、困ったことに遅寝遅起きなんですよ」

「九時以降、ということですと、ああ、別の予約が入っちゃってますねえ。一番早くて十時半になってしまいますが」

「それで結構です」

「わかりました。では十時半ということで。繰り返しますが、朝は何も召し上がらないでいらしてください。水、お茶などの水分はかまいません。エコーはその場で結果がわかります。血液検査と尿検査の結果は、三十分から四十分ほど、お時間をいただくことになります。ご都合が悪ければ、結果は併せてお知らせするので、翌日以降、またいらしていただければ……」

「時間はあります」と登志夫は言った。口の中が少し渇き始めていたが、無理やり笑顔を作った。「しかし、先生、僕はいったいどこが悪いんでしょうか。疑わしいと思われる病気があるとしたら、今、ここでお伺いしておきたいですね」

「明日の検査は、それを調べるための検査ですからね。まず、検査を受けていただかないことにはね」

うまいこと逃げやがったな、と内心思いながらも、登志夫はそれ以上の追及は控えた。代わりに、自分は出版社で文芸編集者をしていたが、退職してからは小説講座の講師をやっている、ということを喋った。べらべらといったい、おれは何を喋ってるんだ、と思ったが、止まらなくなった。

医師はにこにこと聞いていたが、彼の話に格別に興味を抱いた様子もなく、「では、明日、お待ちしています」と言った。医師の傍らに、命令を待つ忠実な番犬のごとく立ち続けていた若い女性看護師は、にこりともしなかった。

翌朝、彼は早く目が覚めてしまったが、何も口に入れず、ミネラルウォーターだけ飲んで予約した時刻に再びクリニックを訪れた。待合室はやはり、内科受診の患者で混み合っていた。

クリニック内のトイレを使って、尿検査のための尿を白い紙コップにとって渡すと、次に廊下の突き当たりにある検査室に案内された。まず、座った状態で血液検査のための血液を採取され、その後、検査室内にあるベッドの上に、ズボンのベルトをゆるめた状態で仰向けになるよう、指示された。

指示してきたのは、前日、仏頂面をして立っていたのとは別の、中年の女性看護師だった。仏頂面よりも外見は遥かに劣るが、愛想は格段によく、ぽっちゃりとした餅肌には色気が感じられた。

医者の女房をもち、同じクリニックで診察を続けながら、あの筋肉野郎はタイプの異なる二人の看護師にこっそり手を出しているに違いない、と登志夫は思った。

腹部エコー検査を受けるのは初めてだったが、そんな馬鹿げたことを想像していると緊張感がうすれていくのがわかった。

くだんの筋肉質の医師が入って来て、登志夫に短く挨拶をした。直後、すぐに室内の明かりが消された。

餅肌の看護師によって、腹部にゼリーを塗りたくられた。ベッドの右横には、エコーの画像が映し出されるモニターがあった。医師は時折、「大きく息を吸って」「はい、そのまま止めて」と言った。ひとたび医師が沈黙すると、耳に入ってくるのはかすかなモーター音と、画像を記録する時に鳴る、ピーッという器械音だけになった。

左脇腹付近を幾度も幾度もなぞられた。鈍感な人間でも、その執念深さには異様なものを感じるに違いない、と思われるしつこさだった。

何か悪いものでも見つけられたのか、と登志夫は思ったが、左脇腹というのが、内臓のどの部分にあたるのかはわからなかった。

ひどく長い時間が過ぎたようにも思えたが、実際には十分もかからない検査だった。看護師が腹部に残されたゼリーを丁寧にタオルで拭きとってくれた。女にこんなことをされたのは久しぶりだ、と彼は思った。

はるか昔、まだ若かったころ、ベッドの中で彼が放った精液が彼自身の腹部にこびりついてしまったのを、女が濡れたタオルで拭いてくれたことを思い出した。つんと鼻をさす独特のにおいが漂い、女は「栗の花のにおいがする」とつぶやいた。あの女は誰だったろう。その種の記憶はすべて漠としていて、つかみどころがなくなっており、まるで古い映画の中のワンシーンのように他人行儀だった。

タオルを使っている看護師に向かって、何か色っぽい冗談でも言ってやろうか、と思ったが、その元気はなかった。医師が左脇腹部分を執拗に調べていたことが気になっていた。

待合室に戻って待つように言われた。三十分たっても四十分たっても、声はかからなかった。持参した文庫本を斜め読みしてみたが、中身は頭に入ってこなかった。異常性愛の男が連続殺人を犯していく、イギリスの作家が書いたミステリーだったが、捜査の過程を理解することはおろか、登場人物の名前も覚えられない、というありさまだった。

やっと名前を呼ばれ、泌尿器科の診察室に入った時、彼は自分が立たされている情況が深刻であることを知った。

医師の表情はひどく暗かった。よそよそしい感じがした。少なくとも前日、丸椅子を勧めてきた時の陽気さはかけらもなかった。おまけにその日の医師は、よく見ると半袖ではなく長袖のドクターウェアを着ており、あれほど自慢げだった筋肉を見せていなかった。

パソコンの大きな画面を見つめ、何度かマウスを操作した後、医師は回転椅子を回し、重々しい表情で登志夫に向き直った。そして、貧血があること、尿には血液反応があること、左側の腎臓に明らかな変形がみられること、なるべく早く大きな病院に行き、CT検査を受けなければならない状態であること、こちらで紹介状を書くということをひどくゆっくりとした口調で、仰々しく告げてきた。

「病名は何なんです」と登志夫は訊ねた。怒りを抑えているような口調になっていた。「今ここで、教えてくれませんか」

医師はたいそう言いにくそうに言った。「CTを撮らないと確定診断はできません。ですので、まだなんとも……」

「でも、何かの疑いがあるんでしょう。何の疑いなのか、それを伺いたいんですよ」

「腎臓に病変があります」

「左側の腎臓？」

「はい」

「先ほど、エコー検査で左の脇腹あたりを何度も診《み》ておられましたね」

「まあ、そうですね」そう言って医師は、パソコンに取り込んだ超音波画像を彼に見せ、その一部分を指さした。「このあたり、はっきりした変形がみられるんですよ」

画像は壊れた白黒テレビの画像さながらで、このあたり、と言われても登志夫にわかるはずもなかった。

彼は「何が何やら、わかりませんね」と低く言った。抗議のつもりでもあった。こいつは患者が、エコー画像を即座に読み解けると信じているのか。「ともかくそれは……何かまずいもんなんですか。がん、なんですか」

「……伺っている症状と照らし合わせて、貧血がある上に腎臓が変形している、となると、腫瘍の可能性が高い、ということになります」

とってつけたみたいに遠回しに言いやがって、と登志夫は苛立った。表現のセンス、というものが何もない。ゼロだ。

医師は新宿区内にある総合病院の名をあげて、そこの泌尿器科に紹介状を書きます、と言った。よく聞く名前の大病院だった。

かつて登志夫が担当した作家の妻がそこに入院し、甲状腺の腫瘍を摘出する手術を受けたことがある。とってみないと悪性かどうかはっきりしない、というので作家はひどく不安げだったが、手術の結果、良性の腫瘍であることが明らかになった。そのことがはっきりした日の晩、登志夫は作家の妻を見舞ったあと、作家と共に、クリスマス商戦で賑わっている新宿の街に繰り出し、祝杯をあげたものだった。

明日でも明後日《あさって》でも、ご都合のいい時に紹介状を受け取りに来てください、受付で言っていただければお渡ししますので、と医師は言い、とってつけたように口元に笑みを浮かべながら彼を見た。

翌日は木曜日で、文芸アカデミーでの講義があった。駅に向かう途中にでもクリニックに立ち寄り、紹介状を受け取ることはできたが、彼は行かなかった。このままうっちゃっておいたら、どうなるのか、などと考えた。紹介状を受け取りに行かなかったからといって、法にふれるわけでもない。まして、検査や治療を放棄するのは個人の自由だ。

確かにその通りではあったが、それは自分でもうんざりするほど、子供じみた発想に過ぎなかった。

登志夫がクリニックに出向き、受付で紹介状を受け取ったのは、さらにその翌日の金曜日だった。相変わらず内科は混み合っていた。

診察室から子供が泣きじゃくる声が響き、「大丈夫よぉ、すぐにすみますからねえ」と穏やかに励ましている女の声が聞こえてきた。言葉のセンスのかけらもない筋肉野郎の女房だ、と思うと、顔を拝んでみたくなったが、実際、そんな馬鹿げたことでも考えていないと、いたたまれない気持ちだった。

受付で渡された紹介状を封筒ごと丸め、上着の内ポケットに押し込んだ。外はすでに日暮れていた。

その足で迷わずまっすぐ、「みのわ」に向かった。暖簾《のれん》を出したばかりの閑散とした肌寒い店内で、忙しく準備に精を出している女将を相手に埒《らち》もない世間話に興じた。ぬるいビールを手酌で飲んだ。病気の話はしなかった。

何度か手洗いに立ち、そのつど、尿を観察した。血尿はなかった。

何かの間違いだろう、と彼は思った。血尿が出たのはたったの一度きりだ。

やぶ医者め、と胸の中で毒づいた。一度くらい赤いションベンが出たくらいで、言うことなすこと、全て大げさなんだよ。

「澤さん、今日はちょっと飲み過ぎじゃない？」と女将にやんわりとたしなめられるまで、その晩、登志夫は日本酒や焼酎をたて続けに飲み、壊れた車のラジエーターさながらに煙草の煙を吐き続けた。

久しぶりに会った顔なじみの女性客から、「澤さん、少しお痩せになった？」と訊かれた。「なんだかほっそりされたんじゃないですか」

いやなことを言うやつだ、と思いながらも、登志夫は「そうですか？　幾つになっても相変わらず、苦労が多いもんでねえ」と笑顔で返した。

内心、煮えくりかえっていた。顔を合わせたとたん、痩せただの、太っただの、顔色が悪いだの、余計なことをすぐに口にする輩は多い。相手の状態をわきまえもせずに、見た通りの感想を言い放つ。その鈍感さは、何よりも許しがたかった。

十時半になってから店を出た。ひどく酔いがまわっていたが、足どりと意識だけは確かだった。

ひんやりした夜風にあたったとたん、たちまち現実が舞い戻った。これまで感じたことのない種類の、得体の知れない不安が彼に襲いかかった。

そういえば、と彼は思った。ここのところ体重計には乗っていないが、痩せたことは明らかだった。ズボンやデニムのウェストがゆるいと感じることが多くなっていた。着古したせいで、生地が伸びたのだろうとしか考えまいとするのは、あまりにも浅はかだった。

何かが確実に自分の体内で起こっていることを登志夫は悟った。ようし、いよいよ、おいでなすったか、と胸の内でつぶやいてみた。

人生にはいつ何が起こるか、わかったものではない。そのことは、ずっと若いころから知り尽くしていたつもりだった。

土台、運命というのは皮肉なものである。人格とか、意思とか尊厳とか、これまで積み重ねてきた努力とか、さらに言えば思想だの哲学だの、人が懸命になって自分を支えるために編み出した、ある意味では高尚な思考のプロセスなどにはまったく目もくれない。情け容赦なく、運命は人の人生に影をおとす。あんなにツイてなかったのだから、今度こそ、という儚《はかな》い希望すら、一瞬にして無残にも打ち砕く。

四十八歳の時、登志夫は五つ年下の妻の典子《のりこ》から離婚を切り出された。以来そのように考える習性が身についてしまった。

典子は当時の言い方で言えば、スチュワーデス出身。妻子もちの上司との恋愛で傷ついたという理由で、航空会社を辞めた彼女は、六本木の小さなクラブでバニーガールのバイトをしていた。登志夫は、大御所の男性作家に連れられてその店に行き、彼女と知り合った。初めて会った時から、少女のような感受性の強さが新鮮で魅力的に感じられた。

その後、たびたび店の外でも会うようになった。彼女は育ちもよく、健全に躾《しつ》けられた血統書つきの犬さながらだった。紹介された両親は、心理学の教科書にそのまま載せてもいいような、綻《ほころ》びの見えない「人格者」夫婦だった。そういう家庭に生まれついた女が、「スッチー」であることをやめ、尻にピンク色の丸い尾をつけてバニーガールのバイトをしている、というギャップが彼の好みに合った。

だが、結婚し、娘が生まれ、妻が母親の顔をするようになったころ、彼は自分が大きな失敗をしでかしたことに気づいた。典子の頭のよさは女性週刊誌やワイドショー的な通俗の枠内でしか発揮できず、感受性の強さは猜疑《さいぎ》心にしか通じない、ということを認めざるを得なくなったからだ。

知的高等芸だとほめてやってもいいような、いかにもさりげない嫌味と皮肉のオンパレード。時にそこにヒステリックな叫び声が混ざる。彼の人格はたちまち全否定される。彼女は彼を否定するためにこそ、言葉を駆使した。その表現力の豊かさは、そこらの小説家よりも上だった。

連日のようにそれらに晒《さら》されているうちに、彼は次第に、もうどうでもいい、と思うようになっていった。すべてが煩《わずら》わしかった。生活も家庭も、よき社会人、よき夫、よき父であろうと努力することも。妻と別れるのはむしろ望むところでもあった。

だが、妻と別れる、ということは娘とも別れる、ということでもあった。それは彼にとって、耐えがたい地獄の責め苦だった。

　娘は彼にとって絶対的な、唯一無二の存在だった。海で娘と妻の両方が溺れ、一人しか助けられない情況に遭遇したとしたら、自分は迷わず娘を助ける、と彼は思っていた。実際、そのようにして娘に接してきたつもりだった。

　だが、そんな愛娘《まなむすめ》の里香《りか》は初めから母親の側についていた。里香は当時、まだ十一歳だった。たったの十一歳！　それなのに、彼女はまるで百人の男を知っていると言わんばかりの大人びた、けだるい顔つきをしながら、憎々しげに彼を遠ざけた。

　優しく話しかけても、その強張《こわば》った表情は変わらないどころか、母親そっくりの憎しみのこもった目つきで一瞥された。娘が父親を憎むように躾けるために、妻はあらゆる手を使った……。そう悟ったとたん、登志夫はもう、これ以上、何もできないと思った。

　離婚に応じた後、東横線の綱島《つなしま》駅近くに所有していたマンションを妻子に渡して家を出た。彼の古い知り合いの一人に、新百合ヶ丘にあるマンションの一室を所有している人物がいた。２ＬＤＫ、50㎡の部屋で、たまたま空いていると聞き、賃貸契約を交わし終えたばかりの時だった。

　マンションは新百合ヶ丘駅から徒歩で三、四分。走れば二分。駅周辺には独り身の男にとってありがたい飲食店やスーパーが多数あり、暮らしていくには便利な場所だった。通勤にかかる時間も、以前とさほど変わらない。

引っ越しをすませた日、積み重ねた段ボール箱の横で、何もする気がおこらないまま、彼はウィスキーの小瓶に口をつけ、らっぱ飲みした。酔いが悲しみと苛立ちを増幅させた。カーテンのないサッシ戸の向こうには、夏の夕暮れが拡がっていた。近くの木立では、油蟬が真っ昼間のように鳴き狂っていた。

離婚して娘を妻に奪われた男なんぞ、世間にごまんといる。そうわかっていたが、娘が恋しかった。すべてをかなぐり捨てても、胸にかき抱いていたいと思えるような子だった。宝に等しかった。

娘が恋しい分だけ、妻が憎かった。そして、結局のところ、そういう女を選んだのも、彼女との関係を他人同様のものにしてしまったのも、まぎれもなく自分であったという事実だけが残された。

平凡な人生、とは何なのか、と登志夫は時折、考える。波風たたない結婚生活。可もなく不可もない家庭、子供たち。いやなことばかりではない、たまには心底、面白がることのできる仕事をもっていること。オッケー、それが平凡な人生だとしたら、おれはまったく非凡な人生を送ったということになるのだろう。おそらくは自分自身の、もって生まれたこの、どうしようもない性格のせいで。

それに加えて襲いかかってきたのが、病気というやつだった。

あんなに狂ったみたいに酒を飲まなければ。煙草を早くにやめていれば。食生活に留意し、自分で調理する習慣を身につけ、新鮮な野菜や果物をもっとたくさん食べていれば。定期的に検診を受け、定期的な運動を続けていれば。そして、なんとなく疎遠になりかけていた貴美子を渾身《こんしん》の思いで引き止め、貴美子と一緒になっていれば。まさに、文秋社の人気週刊誌で毎号、特集される健康記事を見習ったような暮らし。それをまじめに続けていれば、どうなっていただろう。他の人生があったのか。問答無用に容赦なく、人をずたずたにしてくる運命から、永遠に逃れられていたのか。理想的な生活習慣をもち、貴美子と一緒になっていたら？　おれはこんな病を抱え込むこともなく、また、貴美子も自宅で一人、死んでいくという選択をせずにすんだのか。

文芸アカデミーの講座がない日を選び、その翌々週、登志夫は紹介状を手に、新宿の大病院を訪れた。ＣＴ検査の結果、左の腎臓に四〜五センチ大の腫瘍が見つかった。細胞診をし、腎細胞がんという診断が下された。

左腎臓を摘出する手術を受けた。再発転移にびくびくすること、それ自体が日常になった。生活そのものというよりも、精神世界が激変した。朝目をさまし、眠りにつくまでの間中、彼は病のことだけを考え続けた。かつて、恋しい女を想い続けていた時のように。

二か月に一度、定期的な通院を続けた。時が流れた。その間は、幸運の女神が彼の味方をしてくれた。新たな宣告は下されなかった。

だが、六十八歳になったころ、原因のわからない腰痛に悩まされるようになった。足の付け根の痛みもたびたび感じられた。

そのつどマッサージを受けたり、鍼《はり》治療を試したり、風呂に入ったりしてみたが無駄だった。きたな、と彼はまたしても思った。

定期検査の際、おずおずとそのことを告げると、医師から、ただちに「骨《こつ》シンチ検査」を受けるよう促された。注射で放射性同位元素を体内に注入し、放射線をスキャンして、がん細胞が集まっている箇所を特定する検査だった。手術後の経過観察として、CTの造影検査は行ったことがあったが、骨シンチ検査は受けていなかった。

結果、ステージⅣの、腰椎への転移性がんと宣告されたその時、登志夫はいくらかの強がりと共に、「まあ、こんなもんだろう」と思った。そう思うしかなかった。

そして、その瞬間を境に、ふしぎな現象が起こるようになった。自分がこれまで送ってきた人生のひとこまひとこまが、脳内のスクリーンに映し出された映像のように、次から次へと甦ってきた。もうこれ以上、見たくないと思っても、流れ続ける映像は止《と》まるところを知らなかった。

かつては確かに自分のものだった健康な肉体。その肉体が織りなす記憶の数々。妻との諍《いさか》い。娘と過ごした時間。あらゆる風景の連鎖が、次から次へと、しかも時系列をまったく無視して、淡々と再生されてくるのだった。それらを眺めているだけで、たちまち過去に引き戻され、彼は烈しく疲弊《ひへい》した。

それはうねるような映像と音声の繰り返しでもあった。甦る記憶がそれぞれ唐突で、順を追って人の一生を物語るようなドラマには仕上がっていなかったというのに、しかし、そこには彼にしかわからない情景があった。そのことが彼の胸を熱くさせた。あんなことがあった、こんなこともあった。人生の途上でかかわった人々が口にした言葉、笑い声、ふとした表情。その時流れていた音楽。味わった料理、酒。読んだ本、観た映画の数々。怒り、悦び、苛立ち、興奮……あらゆるものが映像を伴い、甦っては消えていった。

彼は連日連夜、脳裏に再生され続ける自身の人生のドラマと向き合った。そして、自分の中を流れ去った時間の膨大さに言葉を失い、呆然とした。

腰椎に再発転移したがんの痛みは、処方された鎮痛剤を飲んでさえいれば、なんとかごまかすことができた。鏡に映る自分は、多少瘦せたものの、急激に老いたことを除けば、以前とさほど変わらなかった。飲食もふつうにできた。

腎臓がんに単独で効果のある抗がん剤はない。放射線治療もほとんど効き目がない。副作用に苦しめられる抗がん剤が初めから適用されない、というのはある意味、幸いだと思って、自分を慰めるほかはなかった。

主治医からは、がん細胞だけに届き、攻撃してくれる、分子標的薬という化学療法を勧められた。比較的新しく開発されたもので、近年では腎臓がんに特化された薬も出てきた。抗がん剤よりも遥かに副作用が少なくてすむ、ということだった。

内服で日に一度、服用する。弱いものから試していき、身体の状態や効果のほどを確かめつつ、随時、替えたり減薬したりしていくのだという。

がんに限らず、世間ではいかなる苦しみにも、ささやかな救いが与えられるようになっている。少なくとも、そのようなシステムだけはあらかじめ形式的にせよ用意されていて、本人が利用する気にさえなれば、実際に救われることもある。

だが、ステージⅣの患者はいったい何をすればいいというのか。

すがる思いであらゆる可能性に賭けるのか。何かの宗教に入信し、朝な夕な、祈り続けるのか。雪山の中に落とした一本のピンを探すようにして、あるかなきかの可能性を探しまわり、くたくたに疲れ果て、それでも「希望」という名の、できすぎた幻を追い求めるのか。

そうやって生きていく者もいる。だが、そうやって生きていくことを拒絶する者もいる。

つい投げやりな気持ちになって、分子標的薬を飲まずにいる日が増えていった。体調によっては、副作用とおぼしき下痢や食欲不振などの症状に襲われることもあり、そういう時もまた、彼は勝手に服薬を中断した。

主治医にはそうしたことは細かく話さなかった。話せば薬を替えることもふくめて、他の様々な方法を模索しようとしてくれることはわかっていた。必死で生命を保たせようとしてくれている医師の勧めを、傲慢なだけの屁理屈をひけらかしながら、いちいち断るのは大人げなかった。

だが、自分が今後、どうなっていくのか、ということについて彼には確かな予測がついていた。

運がよければ、骨以外の他臓器への再転移がないまま、このまま静かに終わりを迎える。運が悪ければ、さらに肺か、もしくは脳に転移する。二つに一つだった。

後者であってくれれば、彼にとってむしろ問題はなかった。痛みは、現代医学の恩恵を借りればなんとかなる。脳に転移して意識がなくなってくれれば、自分でもわけがわからなくなるのだから、それはそれで万々歳だった。問題は前者の場合だった。

「再発はしましたが、澤さんはご自分で想像なさっている以上に、長く生きられますよ」と主治医は言った。何かはっきりとした根拠のありそうな、自信ありげな言い方だった。

「どのくらいですかね」と登志夫は訊ねた。

主治医は、それには答えなかったが、「澤さんが想像しておられる以上に、長く」と言った。「この先、歩行が難しくなっていきます。残念ながら、そこからは逃げようがないのですが、たとえそうなっても、快適に生活を続けていくための方法はいくらでもあります。鎮痛剤さえ、状態に見合ったものを使っていけば、日常生活もさほど変わりなく送ることができるんです」

通常、ステージⅣの末期がんと診断された患者は、主治医からそのように言われたら嬉しく思うに違いなかった。ステージⅣなのに、まだまだこの先、人生は続きますよ、と主治医から太鼓判を押されて喜ばない患者はいない。だが、登志夫は違った。

「想像以上に長くもつ」と言われたことが彼の不安をかきたてた。

それは家族のいない、恋人もこれといった友人もいない、すでに現役から退き、古希を目前に控えた独り暮らしの男にとっては、恐怖にも等しい不安と言ってよかった。

# 5

十月も半ばを過ぎたが、のどかで暖かな日が続いた。

季節はずれの暖かさのせいなのか。あるいは病が次の段階に入ったからなのか。登志《とし》夫《お》は本を読みながら、うとうとすることが多くなった。

はたと目覚めればとっくに外は日暮れており、明かりのない室内に、置き時計が時を刻む音だけがしている。時には、あまりに深く寝入ってしまったせいで、一瞬、今がいつなのか、自分がどこにいるのか、わからなくなり、我知らず慌てることもあった。

その日も登志夫は、午後遅くなってから開高健のエッセイ集を手に、リビングルームのいつものソファーに横になった。

開高の担当になったことはない。若いころ、文壇関係の集まりで遠くから見かけたことがあった程度だが、開高はもともと彼の好きな作家の一人だった。かつて、PR雑誌の編集の仕事についた経験のある作家には、抗《あらが》いがたい共感を抱くことが多い。とりわけエッセイには軽妙なユーモアと皮肉がちりばめられていて、胸がすくようだった。

何度目かの再読だったが、楽しんで読み進めていながら、しばらくたつと早くも眠気に襲われた。本が手からすべり落ちたことにも気づかないまま、よほどぐっすり寝入ってしまったらしい。黒い砂底から這い上がろうとする時のような、ひどく不快な気分のまま目が覚めた時、時刻はすでに七時をまわっていた。

矢継ぎ早に身体が蝕《むしば》まれていっている時に、なぜこんなに眠ってしまうのか。寝ても覚めても、常に肉体のどこかが絶え間なく痛みを発している。漠然とした不快感が拭えない。そんな状態にもかかわらず、ニキビ面の少年のように眠りを貪り続ける理由は、ひとつしかなかった。

死んでいくための身辺整理や準備には、おそらく思っている以上の時間がかかる。あれもこれも、考えられるすべてのことはすでに頭の中で箇条書きにしてある。そのために仕事も辞めた。一日二十四時間、オールタイムフリーの状態を作った。なるべく人と約束をしないようにしてきた。

それなのに、準備を始めること自体が彼には煩わしいのだった。それ以上に、とりあえず生きていくためにしなければならないことをするのは、もっと煩わしかった。何もしたくなかった。

彼はやっとの思いで上体を起こした。頭の中に藁《わら》がぎっしりと詰めこまれているような気分だった。喉がからからで、口の中は苦く、錆《さ》びたような味がしていた。空になっているはずの胃袋はその感覚すら失っており、空腹なのかどうかさえわからない。そのような状態の時に決まって感じる生温かい吐き気に襲われて、彼は一瞬、座ったままの姿勢で軽くえずいた。

何も食べたくなかったし、何もしたくなかった。だが、このまま、何も食べずに再び寝てしまうのがよくないことだけはわかっていた。かといって冷蔵庫を開けて、今から簡単に作ることのできる料理を考えようとする気にもなれない。

久しぶりに「みのわ」に行くか、と彼はけだるい気分の中で考えた。文芸アカデミーの仕事を辞めてから「みのわ」に行くのは、それが初めてだった。

こんなに長く顔を出さずにいることはめったにない。女将《おかみ》も気にしているのかもしれず、これ以上、行かずにいると、次に行った時には顔を合わせたとたん、何をしていたのか、元気でいたのか、と質問攻めにあいそうで、それに答えるのもまた億劫だった。

彼は足の不自由な老人のように背を丸め、よたよたと小股で歩きながら、壁のスイッチを探して明かりを灯した。洗面所に行き、口をゆすぎ、顔を洗った。

鏡に映る自分の顔を凝視した。目ばかり大きくぎょろぎょろとし、古くなった蛍光灯のせいもあってか、死人のような顔色に見えた。

着替えをするのはひどく億劫だったが、膝の浮いたジャージー姿のまま外出する気はなかった。「みのわ」の美人女将に、平気でそんな姿を見せられるほど、おれは落ちぶれちゃいない。自分にそう言い聞かせた。

彼は寝室に行き、黒の丸首セーターとダークグレーの着古した上着を身につけた。この上着を最後にクリーニングに出したのはいつだったろう、と考えたが、思い出せなかった。

いつものように腕時計をはめ、老眼鏡やら玄関の鍵やら携帯電話やらを押し込んである小型バスケットに目を移した時、登志夫はふと、樹里《じゅり》からボールペンをもらったことを思い出した。

樹里のこともボールペンのことも、忘れていたわけではない。それどころか彼は、宮島樹里という名の化粧っけのない、地味な印象の受講生が、祖父に対する復讐心をこめて書いたという短篇小説のことをたびたび思い返してきた。笑みを浮かべた時だけ、別人のように愛らしい顔になる彼女が彼の病気を知り、「何か私に、お手伝いできることが、あるでしょうか」と言ってきたことも。その時、彼女がふと見せた真剣な表情も。

メールアドレスも住所も知っている。だが、彼はまだ、ボールペンの礼の言葉を送っていなかった。

講師の仕事を辞めてからは、定期的な外出も減ったので、筆記具を持ち歩く必要がなくなってしまった。編集者にとって切り離せない持ち物のひとつだった筆記具も、今の彼には不用品と化している。

しかし、そのボールペンはどう見ても余裕のある暮らしをしていそうにない若い娘が、おそらくは生活費を切り詰めて買って、彼に贈ってくれたものに違いなかった。礼をしないどころか、箱に入れたまま抽斗《ひきだし》に押し込んでしまう、というのは、死んでいこうとする人間の傲慢さ、尊大さの表れであるように思われた。

彼はチェストの小抽斗を開け、中に入れておいた細長い箱と封筒を取り出した。箱には青いボールペン、封筒には樹里の連絡先が記されているカードが入っていた。なくさないようカード入りの封筒を戻してから、彼はボールペンを上着の内ポケットに差し挟んだ。まるで彼の上着のために作られたかのように、ボールペンは軽さといい、長さといい、申し分なくぴったりと快適に、そこにおさまった。

「みのわ」は彼の住むマンションから徒歩で六、七分。駅にもほど近い、昔ながらの商店街の中にある。

女将は箕輪《みのわ》淳子《じゅんこ》という名で、年齢は定かではないが、おそらくは五十代半ばと思われる。不動産屋を経営していた男と離婚してからは、シングルマザーとして息子を成人させた、という話だった。

昼間に比べて気温が下がったとはいえ、それでもぬくもりを残す夜の街を歩いて登志夫が「みのわ」の前まで行くと、彼と入れ違うように会社員ふうの中年男が三人、店から出て来た。これまで見なかった顔ぶれで、三人ともひどく酔っている様子だった。中でも足どりが怪しくなっていた男が、爪楊枝《つまようじ》をくわえたまま、すれ違いざま、登志夫を見るなり、「え、まじかよ」と言って立ち止まった。ぎょっとしたように見開かれた目に、恐怖と不安が宿ったのが見てとれた。「おい、おやじ、こんなとこで何やってんだよ」

何言ってんですか、やめてくださいよ、お客さんですよ、恥ずかしい、と残る二人が笑いながら諫《いさ》めた。だが、爪楊枝男は呂律《ろれつ》のまわらない口調で「先月死んだばっかりの父親にそっくりなんだよ。びっくりだよ」と繰り返した。丸く見開いた目はそのままだった。

ほんと、すみません、と二人の男が爪楊枝男を両側から支え、登志夫に向かって頭を下げた。「ちょっと飲み過ぎちゃいまして。申し訳ありません」

登志夫は目を細めて「いやいや」と言い、うすい微笑を浮かべてみせてから、「みのわ」の引き戸を開けた。

「いらっしゃい」と女将が迎えた。「まあ、澤さん。お久しぶり」

いつもの甘ったるい言い方だった。客は誰もいなかった。店内には、さっきの三人組が吸ったに違いない煙草のにおいが残されていた。

女将はカウンターのハッチを開けるなり、急ぎ足で出て来て、白い手で登志夫の腕に軽く触れながら、「ねえ」とわずかに眉をひそめた。「今、外でからまれたんじゃない？　初めてのお客さんだったのよ。開店直後から入って来て、ものすごい勢いで飲むんだもの。べろべろだったでしょ。大丈夫だった？」

「からまれてなんかいないよ。先月死んだおやじさんに、おれがそっくりなんだそうだ」

「あらやだ。縁起でもない」

「ほんとに似てたんだろうから、仕方ないさ。幽霊でも見たような顔、してたよ」

「別にいいさ。ビールくれる？　喉がかわいた」

「だからって、何も……」

女将は即座ににっこりし、「はぁい、ただいま」と言いつつ、腰をゆらしながらカウンターの向こうに戻って行った。

紺色の絣《かすり》の着物に白い割烹着《かっぽうぎ》をつけている。長めに伸ばした髪の毛を襟元でゆるく団子にしている。女将はいそいそと用意を始め、グラスとお通しの小鉢を載せた小さな丸盆をカウンター越しに手渡した。

「ずっとお見えにならなかったから、心配してたのよ。講師のお仕事、引退するって伺ってたから、旅行に出てるのかしら、って思ったり、具合を悪くして寝込んでるんじゃないのかしら、なんて思ったり」

「ずっとうちにいたよ。仕事から完全にリタイヤして、やっと手にいれた自由時間だからね。じっくり味わってたんだよ」

「そうだったの。そうよね。やりたくてもやれなかったこと、たくさんあったでしょうから、これからが楽しみね」

「うん。でも、毎日が日曜日だと思うと、さぼり癖がついちゃってさ。今日なんか、本読みながらうたた寝して、起きたらこの時間だった」

「ああら、いいご身分。でもよかった。すっごく嬉しい、澤さんがいらしてくれて。とってもお元気そうだし」

明らかな世辞だとわかっていたが、登志夫はにこにこと微笑んだ。「元気なもんか。どこもかしこも老人だよ。よぼよぼ、くたくた。生きてるのがふしぎなくらいだ」

「何おっしゃってるの。全然、そうは見えないですよ。ねえ、今夜はもう、思い切って看板にしちゃおうかしら。久しぶりに澤さんの隣に座って、一緒に飲みたい気分」

見事なシナを作りながら女将が差し出すビールをグラスに受け、登志夫は「商売っ気がないね」と言って苦笑してみせた。「まだ九時にもなってないんだよ」

「ん、もう。澤さんたら、いつもそう。逃げるの、うまいんだから」

「逃げてなんかいないよ。ほらほら、つまらないこと言ってないで、グラス、グラス」

女将は「あら、すみません。いただいちゃっていい？」と言いながらグラスを手にした。そして腰から胸、首にかけて柔らかく揺らすような仕草をしてから、両手でグラスを差し出し、登志夫が傾けてやったビールを受けた。

古い日本映画でよく見かけた女優と、どことなく似ている女だった。大きな目、厚い鼻、厚いくちびる、何もかもが大きいのに、顔そのものが小さくて、両手ではさむと壊れてしまいそうに華奢《きゃしゃ》な印象を受ける。そのくせ、小柄な身体は肉付きがよさそうで、年のせいなのか、それとも生まれつきなのか、笑った時や少しうつむいた瞬間などに顎がわずかに二重になるのも、妙に肉感的で色気があった。

登志夫が「みのわ」を知ったのは、離婚して新百合ヶ丘で暮らし始め、さらに貴美子とも疎遠になったころだった。偶然、近所を通りかかり、落ち着いた好もしい感じのする小料理屋だと思って、ふらりと入ってみたのが最初だった。

女将の嫌味のない色っぽさと、全品手作りだという酒の肴のうまさ、手頃な値段、客層のよさに感心した。以来、十五、六年にわたって通い続けている。

がんが発覚し、入院手術を余儀なくされた時だけ、女将に内輪の話として打ち明けたが、見舞いだの何だのと騒がれるのがいやで、入院先など詳細は一切、教えなかった。病気の詳しい説明も省いた。

退院後、しばらくぶりに店に顔を出すと、女将は目に涙を浮かべながら「お帰りなさい。お待ちしていました」と言った。

病気について質問されるかと覚悟していたが、女将はそれ以上、何も訊ねなかった。小うるさい親戚のように、身体にいい食べ物だの、生活習慣だのについて、助言してくることもなかった。

利口な女だった。一見、絶えず甲高く囀《さえず》る小鳥のように無駄口を叩いているように見えて、その実、彼女は話題にしていいことと悪いことを明確に線引きしており、口も堅かった。

したがって、女将は今も、彼がどんな状態にあるのか、知らずにいる。少なくとも知らないふりをしていてくれる。がんが再発転移したことも、彼が自身の残された時間について、何をどう考えているのか、ということも。

登志夫のために、里芋の煮ころがしと牛スジ肉の煮込みを小皿にとって渡し、冷蔵庫を開けたり閉めたりしながら、鼻にかかった声で世間話をしていた女将が、「そうそう」と言った。「澤さんがいらしたら、聞いてみようと思ってたことがあるの」

「何？」

「澤さん、たしか信州の佐久《さく》に、別荘、お持ちだったでしょ？　今も持ってらっしゃるわよね？」

「手放してはいないよ。別荘、なんていう優雅なもんじゃないけどな。ただの小汚い掘っ建て小屋だよ」

「佐久って、どんなところなの？　いえね、私の高校時代の友達に、ご主人に早くに先立たれて、今、江戸川のほうで独り暮らししてる人がいるんですけどね。保険外交の仕事してて、けっこう成績優秀なの。で、なんていうの？　ヘッドハンティング？　そういうもんだと思うけど、長野の佐久支店に移る話が出てるんですって。佐久のほうで優秀な年輩の外交員を探してるとかでね。彼女、根っからの東京下町育ちで、長野どころか地方には全然、詳しくなくて、迷ってるみたいだったんだけど、その話を聞いてた時、真っ先に澤さんのこと思い出したのよ」

「たまに行ってた程度だから、詳しいわけじゃないけど」と登志夫は言った。「でも住みやすいところだとは思うよ。最近は都市生活者が定年退職してから引っ越して、夫婦でのんびり暮らす、ってのが増えたみたいだな。新幹線に乗れば東京からも近いしさ。病院やクリニックも充実してるし、都会と違って動きまわらなくても、ほとんどの買い物ができて便利だし。その人、車、運転できるの？」

「ドライブ大好き人間」

「なら、全然問題ないよ」

「でも、寒いところなんじゃない？」

「冬はそれなりにね。でも、軽井沢ほどじゃない」

「澤さんの別荘はどのあたりなんですか」

「新幹線が停まる佐久平《さくだいら》の駅から車で、そうだな、三十分、ってとこかな。ちょっと丘を上がったところの、古くからある小さな別荘地の中」

「最近は？　しょっちゅう行かれてます？」

「何だか億劫でね。ここ数年、行ってないな。少なくとも病気になってからは一度も、だよ」

女将は病気については聞こえなかったふりをした。

「しばらくぶりで行ったら、お掃除とか大変でしょうね。お布団だって、干さなくちゃいけないだろうし」

「一応、掃除とか管理は頼んであるんだ。地元の不動産会社が、頼めばそういうことの代行もやってくれるんだよ。去年は軒下にでっかいスズメバチの巣ができてる、って連絡があってね。すぐ撤去してもらった」

スズメバチが巣を作る家は繁栄する、っていう言い伝えがあるんですよ……撤去後、登志夫が礼の電話をかけた際、管理を任せている不動産会社の男は、上機嫌でそう言ってきた。

巣が大きければ大きいほど、縁起がいいんです、澤さん、よかったですね、きっといいことがたくさんありますよ……。

デジタルカメラで巣を撮影した画像が送られてきた。巨大なスイカほどの大きさだった。スズメバチに巣を作られる家は縁起がいい、などと言われ、内心ひそかに、これでもう再発はないだろう、転移もせずにすむだろう、と彼は束《つか》の間、気をよくした。

結果がまったく逆になったのは、言い伝え自体がまやかしだったからか。それとも、巣をまるごと壊されたスズメバチの復讐だったのか。

「いいわねえ。私ももう少したったら、自然がいっぱいあるところで暮らしたいな。それが夢なの」と女将がうっとりした口調で言った。口の中に唾液があふれてくるような喋り方で、客によっては好き嫌いが分かれるだろうが、登志夫は女将のその、いささか潤いのありすぎる話し方が嫌いではなかった。「私ね、田舎育ちなもんだから、虫とかもへっちゃらなのよ。朝早くから起きて畑を耕して、野菜なんか作って。ニワトリを飼えば、毎日、新鮮な卵がいただけるし……そういう暮らしをするのが夢。ね？　幸せじゃない？」

「いいね。頰かむりして汗たらして畑仕事をしてる女将も、なかなか色っぽいだろうね」

「ふふ、若ければ、でしょ？」

登志夫は首を横に振って微笑した。飲んだのはビールをグラス一杯だけだったが、すでに酔いがまわり始めている感があった。

彼は柔らかい牛スジ肉の煮込みを口に運び、温燗《ぬるかん》の酒を女将に頼んだ。あまり食欲はなかったものの、女将の作る料理はするすると喉を通っていった。

客がやって来る様子はなかった。時折、外を行き交う車の音だけが聞こえた。

女将は「よいしょ」と言いながら一升瓶を持ち上げて、清酒を銚子《ちょうし》に注いだ。ふくよかな顎がうっすらと二重になり、くちびるが半開きになった。「ねえ、澤さんがその別荘を買ったのは、まだ結婚なさってた時だったの？」

「離婚して何年もたってたよ」

「じゃあ、ご家族で使うために別荘を買ったわけじゃないんだ」

「おれが、そんなに家庭的だったように見えるか？」

女将はにっこりと笑った。「わかりませんよ。男の人なんて、外の顔と内の顔があるんですもの。澤さんだって、案外、家庭的だったかもしれないじゃない」

「ほめ言葉で言ってくれてるんだとしたら、完全な誤解だね」

「そうなの？」

「あの小屋を買ったのはいろんな偶然が重なったからなんだ。まず、おれの離婚があって、その後、おふくろがクモ膜下出血で急死した。そのうえ、たて続けにおやじが死んじゃってね。肺がんだったんだけど、ずいぶん悪くなってたみたいでさ。風邪ひいて肺炎おこして、あっという間。おやじは長く証券会社に勤務してたんだけど、株でもうけた金を銀行の秘密口座に隠してたんだよ。死んだ後、そのことがわかって、大阪にいるおれの弟が金ほしさに飛んできたんだ」

「へえ、澤さん、弟さんがいらしたの。知らなかった」

「年子《としご》なんだよ。最悪に仲が悪い。というか、今じゃまったく没交渉。他人よりひどい。若いころから金にしか興味のないやつでね。ずっと怪しげな商売をしてる。弟と相続のことでもめるのは真っ平だったから、おれはおやじが遺した現金をそっくりくれてやったんだ。代わりにおやじが所有してた小さな土地と家はおれが相続する、ってことで話をつけて、家と土地はすぐに処分した。千葉の田舎のほうで、たいした金額にはならなかったし、そんな金を後生大事に持ってるつもりもなくてね。全部使って、小さな山小屋を買おうと思いついたんだよ。佐久を選んだのは、ほんの気まぐれ。たまたま情報誌で見つけただけ」

「そうだったの。でも、澤さんのとった行動、わかるような気がする」と女将はしみじみ言った。「そうやって手に入ったお金って、なんか、ぱーっと使っちゃいたくなるもんじゃない？」

「そういう経験、あるの？」

「経験、っていうのか……私の場合は、ほら、別れた亭主からもらったお金……ほんの端金《はしたがね》だけどね、それだったの。受け取ってすぐ、息子と一緒にぱーっと使っちゃった。気持ちよかった」

登志夫は微笑した。女将が「さ、どうぞ」と言いながら、銚子を差し出してきた。ちょうどよく温まった酒だったが、彼はほとんど飲まず、軽く舐《な》めた程度で猪口《ちょこ》を丸盆の上に戻した。

妻子と別れ、両親が相次いで他界し、貴美子とも連絡をとらなくなり、一人になった時に、登志夫は急に何か俗っぽい楽しみ方をしてみたい、と思いたった。あえてスノッブな場所よりも、なじみのない土地に建つ古い山荘を探したのは、自分の目的それ自体がスノッブなものではないことを自ら証明したかったからに過ぎない。

在職中は、文秋社の部下たちを招いて小屋に泊まらせ、早い時刻から飲み始めて、朝までどんちゃん騒ぎをした。だが、それが、当初思い描いていた通りの、本当に楽しいものだったのかどうか、彼にはすでにわからなくなっている。

山荘の外の、雑草に覆われた庭で楽しんだバーベキューも、娘ほどの年齢の若い女性社員たちと並んで花火を手にしていた時の、くすぐったいような感覚も、愚にもつかない小説論、文学論、果ては終わることを知らずに続けられた現役作家の作品批評、他社の悪口を言い合う楽しみも、その何もかもが、深い霧の向こうに滲《にじ》んで消えた風景のように、何の実感もわかないものに変わっているのだった。

最後に山荘に行ったのはいつだったか、登志夫にははっきりした記憶がない。がんが発覚した年は、どことはなしに体調がすぐれなかったので、行かなかった。となると、行ったのはその前の年だったか。

一人で行って、何もせず、ぼんやりと揺り椅子に座って缶ビールを飲み、庭を眺め、本を読み、たった一泊しただけで帰ってきた。庭に自生の白いコスモスが咲いていたのを覚えているから、九月も半ばを過ぎたころだったかもしれない。

登志夫は銚子を手にし、「どう？　少し飲まないか？」と誘った。

「嬉しい。待ってたの。いただきます」

「差しつ差されつだな」と登志夫は女将の猪口に酒を注いでやりながら言った。「差しつ差されつ、なんて言っても今の若いやつらには通じないだろうけど」

「あら、そう？　澤さんの生徒さんたちだったら、全員知ってるんじゃない？」

「どうかな、怪しいもんだよ」

女将の猪口がすぐに空になったので、登志夫はまた注いでやった。背筋を伸ばしてすいっと飲みほし、猪口の縁についた口紅を指先で軽く拭うと、女将は潤んだ目で彼を見つめてきた。「澤さん、最近、何かいいことありました？」

「いいこと？　たとえば？」

「そうねえ、なんかこう、わくわくするようなこと。きれいな若い女性からモテたとか」

「モテる、ってのが、どういうことだったのか、忘れて久しいね。おれ、いろんな面で引退したからさ」

「何言ってるの。嘘ばっかり」

「生命力が衰えると、男なんてのはみんなそうなるんだよ。あ、そうそう。そういえば、モテ話じゃないけど、文芸アカデミーの最後の講義の日に、餞別《せんべつ》もらったよ。若い女の受講生から」

そう言いながら、登志夫は上着の内ポケットを探り、わざと自慢げに青いボールペンを取り出して宙に掲げてみせた。

「あら、素敵」

「受け持ったクラスで一番、優秀な子だったんだよ。才能を感じさせる作品を書いてきてね。印象的だった」

「なんだか妬《や》けるわ」と女将はさも芝居がかった調子で口をとがらせた。「美人ちゃんだったんでしょ」

登志夫は眉を寄せて笑ってみせた。「残念ながら、ちょっと違うかな」

「なかなか、映画やドラマみたいなわけにはいかないわね。でも、それだけ優秀な生徒さんだったら、もしかするとプロの作家になれるんじゃないですか？　あら、これ、書き味もすごくいい。軽くて使いやすいし、趣味がいいわ。いいもの、いただいたわね、澤さん」

女将は白いコースターに落書きをし、感心したようにうなずいてから、両手を添えて丁重にそれを登志夫に返した。「はい、大切にしてなくさないように」

　登志夫はそれを再び上着の内ポケットに戻した。『抹殺』というタイトルの恐ろしい小説を書いた理由を懸命になって述べていた時の、樹里の顔を思い出した。まだほんの二週間ほどしかたっていないというのに、青山のスターバックスで向き合っていたのが、はるか昔のことのように思えた。

　明日は樹里に礼のメールを送ろう、と彼は思った。

# 6

東急田園都市線は、神奈川県の中央林間駅と東京の渋谷駅とを結んでいる。渋谷からは東京メトロ半蔵門線に乗り入れており、そのまま墨田《すみだ》区の押上《おしあげ》駅まで行くことができる。

昭和五十年代以降、この路線の周辺……とりわけ溝の口から青葉台付近にかけての区域は、猛烈なスピードで宅地開発されていった。「田園都市」という名前の響きの美しさも影響してか、建売住宅は完成するとすぐに完売の勢いをみせ、低層マンションを中心にした集合住宅も増えていった。医療機関や学校、しゃれたファッションビルやスーパーが充実しており、都心まで乗り換えなしで行くことができる好条件が重なって、現在も変わらぬ人気を保っている。

宮島樹里が住んでいるマンションは、その田園都市線で渋谷駅から三十分程度のあざみ野駅で降り、徒歩十分ほどの場所にある。五階建てで、一階が駐車スペースになっており、新築ではないが、まだ充分、真新しい。

マンション前の広い舗道は、銀杏《いちょう》並木となっている。晩秋の季節ともなれば、黄色い銀杏の葉が一斉に舞い落ちて、坂の向こうまでが黄色く染め上げられる。マンションの少し先を右手に折れれば、住宅地が拡がっている。明らかな新興住宅地とはいえ、庭つきの、意匠を凝らした家々が並ぶ様はそれなりに圧巻である。

アルバイト暮らしをしているに過ぎない樹里が、そうした贅沢なマンションに住んでいられるのは、父方の叔母夫妻から長期の留守番を頼まれたからだった。

父方の叔母は章子《あきこ》という。美大を卒業しており、一時期は、イラストの仕事を引き受けていたこともあるが、今は何もしていない。夫の尾崎宗男《おざきむねお》は、大手自動車会社に勤務する会社員で、夫妻には子どもがおらず、そのせいもあってか、若いころとさほど変わらない生活をしていた。

昨年夏のことだったが、宗男にニューヨーク支店への転勤辞令が出た。文字通りの栄転だった。

ただちに夫婦そろっての渡米が決まったが、数年前に購入したばかりのあざみ野のマンションをどうするか、ということで、夫妻は頭を悩ませた。期間限定とはいえ、安易に見知らぬ人間に貸すのも不安だったし、そもそも家具から小物類に至るまで、そのままにしていくつもりでいるのだから、おいそれと他人には貸せない。一番いいのは、気のおけない、信頼できる身内に留守を守ってもらうことだった。

そうなると樹里ちゃんしかいない、っていう結論に至ったのよ、と樹里は章子から改まって頼まれたのだった。

樹里は車の運転免許を持っている。八王子の実家に住んでいた時はしょっちゅう、父の車を乗り回していた。ドライブが趣味というのではない。誰にも邪魔されない空間でハンドルを握り、漠然と車を走らせていることが好きなだけだったが、いずれ自分だけの車を手に入れたい、という気持ちもあった。

章子は樹里が車の運転を好むこともよく知っていた。渡米にあたり、当然ながら、自分たちの車はそのまま置いていくことになる。使ってやったほうが長持ちするので、買い物や仕事に自由に乗りまわしてほしい、と言われたことも、樹里の気持ちを大きく動かした。

夫妻の車は国産の、ありふれた地味な小型四輪駆動車だった。休みには山道をドライブしたいからと、宗男が選んだものだと聞いている。

留守番役を引き受けるだけで、２ＬＤＫの、もったいないほどの夢のような住まいに、車までついてくる、と聞き、樹里はその話に飛びついた。期限つきとはいえ、夫妻の渡米期間は二年の予定であり、帰国が延びることはあっても早まることは決してないという。何より、八王子の薄汚れたような空気に包まれた実家から出るための正当な理由ができたことが、樹里をほっとさせた。

口に出して言ってきたことはなかったものの、章子は樹里が、八王子の家で何かいやな経験をしてきたのではないか、と疑っている様子だった。一度ならず、それとなく樹里の父親で自分の実の兄の、かつての愛人、現在の愛人たちについて訊かれたこともあった。また、樹里の母親がまだ四十代だというのに、よくぞ、そんな男に黙って従っている、悪いけど私には理解できない、といったようなことを口走ったこともあった。だが、それ以上のことは詮索されなかったし、樹里もまた、何も仄《ほの》めかさなかった。

叔母夫妻から、留守中の禁忌事項として念を押されたのは、二つだけだった。

友達を泊まらせないこと。騒がしい飲み会などに使用しないこと。

でも、彼氏を連れてくるんだったら、いいわよ、と叔母は言い、ふざけてウィンクしてきた。私はそこまでものわかりが悪いわけじゃないからね、と。

部屋に招くような男など、樹里にいるわけがない。今後もできるはずがない。叔母がそう確信しているのは疑いようもなく、事実、その通りであることが樹里を妙に納得させた。恋愛には興味がなかった。それ以上に、嫌悪感に似た想いがあった。

あざみ野駅周辺には、隣接するたまプラーザ駅のように、百貨店や巨大ショッピングモールはない。生活するのに便利な店や飲食店、各種クリニックなどはすべてそろっていたが、騒々しい街の賑わいというものとは無縁で、はるかに落ち着いた佇まいを見せている。

その日、樹里が高校時代の友人、佐久間美香《さくまみか》と待ち合わせたファミレスも、駅前の静かな商店街の中にあった。

樹里のアルバイトが休みになる水曜日の午後。住んでいる中目黒のアパートから、あざみ野まで行く、と言いはった美香が、例によって交際相手の男とうまくいっていない様子なのは、声を聞いただけでわかった。

美香が言外に、マンションまで訪ねて行きたい、行ったらだめかな、と匂わせてきたのはわかっていたが、樹里は伝わっていないふりをした。

友人を泊まらせるのではなく、ただ少し、お茶を飲むためだけに中にあげるのであれば、叔母夫妻との約束を破ったことにならない。それでも樹里は、美香に限らず人を中に招じ入れたくなかった。それは留守役としての義務というよりも、樹里自身が、自分の住まいに他人を入れることに、強い抵抗感を抱いているからだった。

「でさ、そんなわけで、もう頭ん中がぐっちゃぐちゃ」と美香はため息をついた。

ファミレスのテーブルの上には、美香が注文したバニラアイスクリームの器が置かれていたが、中は空だった。前の晩から何も食べていない、というので、何か食べるよう勧めたのだが、美香は食欲がないと言い、そのわりには、アイスクリームを瞬く間に食べ尽くしたのだった。

美香は今にも泣きそうな顔をして、コップの水をひと口飲み、傍らのバッグをまさぐって煙草を取り出したが、「あ、ここ、禁煙席だったね」と言って、また元に戻した。

乳首のあたりまで長く伸ばした髪には艶がなく、シャンパンゴールドのカットソーから覗く胸元の素肌には、そばかすが目立っていた。カットソーとよく似た色合いの揺れるピアスが、時折、長い髪と絡まり合ってしまうものだから、それを気にして美香は何度も耳元を指先で触った。

話の内容は、以前と何ひとつ変わっていなかった。二年前から深い関係になったという、アルバイト先のバーのマスターが、彼女の他にも何人かの女とつきあっていたことが発覚。その全員と別れるからと約束したものの、今も果たされていない様子である。それなのに、彼女と交わるたびに、僕は美香を手放したくないんだ、本当だ、これだけは信じてほしい、と繰り返す。もう、疲れた、何もかもが信じられない。……そういう話だった。

どんな話をどんな角度から聞かされても、聞かされれば聞かされるほど、美香の望むような形になど、なりようがないだろう、と樹里は思っていたが、口には出さなかった。真剣に苦しんでいる人間に向かって、たとえ真実であれ、否定的な分析をしてみせるのは、樹里の性に合わなかった。

「優しいから、かえって残酷なんだよ」と美香は言った。「冷たくしてくれれば、こっちだって諦めもつくのに。最低だよね。女を振り回して喜んでるのかも」

「きっと彼は美香のこと、本当に失いたくないんだと思う」と樹里は言った。精一杯の励ましだった。「美香の前で、プレイボーイを気取りたいだけなんじゃないの?」

「何のために?」

「わかんないけど。それか、本当は気が弱いだけの人なのかな。女の人が途切れない男には、そういうタイプもいるみたいだから」

「そうかな。気が弱いとは思えないよ。こっち向いてにっこりして、愛してる、って言って、背中を向けたとたん、舌出してるみたいな？　そんなやつに思えることもある」

「そうなの？」

「でもさ、こういう状態って、マジでつらくって。毎日、頭痛がして、体重も三キロ減っちゃったよ」

美香は色白の小太り体質で、相変わらず身体全体がつきたての餅のように柔らかそうだった。とても体重が三キロ減ったようには見えなかったが、樹里は眉を寄せた。「痩せたなんて、よくないね」

「お酒の量も増えちゃって。気分はどん底。きっとまた、新しい女ができたんだと思う。最近、店によく来るようになったモデルの子がいるのよ。顔がこんなにちっちゃくて、スタイル抜群で。その子が来るたびに、彼、でれでれ。絶対、そのうち手出すな、って思ってたの」

「お客商売なんだもの。愛想よくするのはふつうなんじゃない？」

いやいや、と美香は言い、烈しく首を横に振った。「その子が来るようになってから、LINEの数がめっちゃ減ったし、なんか様子がおかしいし。絶対、何か始まったに決まってるんだってば。私だって、同じ仕事場にいても、四六時中、彼だけを監視してるわけにはいかないじゃない。そういう隙をねらって、連絡先交換かなんか、したんだと思う」

「絶対に浮気しないで、って頼めばいいのに」

「何度も頼んだよ。でも、浮気は浮気、風が吹き過ぎればそれで終わりだけど、本気の相手は美香しかいない、って。その一点張りだからね。何かっこつけてんだよ、これ以上、調子こくなよ、って言いたい」

樹里は美香が勤める渋谷のワインバーに、数回行ったことがある。斎木屋の近くだったので、バイト帰りに立ち寄るには都合がよかった。

美香の恋人であるくだんのマスターは、長身で胸板の厚い、三十過ぎの結婚歴のない男で、都会生まれの都会育ち。スポーツはなんでもこなすのだといい、見た目もさわやかな印象だった。黙っていても女が寄ってくる、と言わんばかりの余裕を見せるものの、ひとたび深くかかわってしまえば、捨てることができないというタイプで、女が自ら去ってくれるまで待つか、業を煮やした女に刃傷《にんじょう》ざたを起こされるか、いずれにせよ、厄介ごとの多い人生を送りそうなのに、その実、そうした状態を楽しんでいるようにも見受けられた。

樹里が行くと、愛想よく対応はしてくるが、化粧っ気のない、時代遅れの格好をしている樹里のような娘に、彼が何の興味も持っていないのは一目瞭然だった。何度顔を合わせても、樹里が近くの斎木屋でバイトをしている、ということを忘れ、「今日はどちらから？」などという、とんちんかんな質問をしてくる。樹里はそのたびに同じ返事を繰り返し、消え入りたくなるようなさびしさを味わうのだった。

「でさ、樹里。ちょっと見てくれない？」美香がそう言いながら、シートの傍らに置いていたスマートフォンを取り上げた。「樹里は、LINE、やってないから、わかんないかもしれないけど、相手が読んでくれると、既読マークってのがつくじゃない」

樹里は苦笑した。「そのくらい知ってる。読んでくれた、ってことがわかるんでしょ？」

「そうそう。なのにね、ほら、見て。昨日と一昨日《おととい》、昼間の時間帯にLINEを何度もしたのに、既読がつかないのよ」

スマートフォンの画面を見せられた。見てもよくわからなかった。

樹里は「そうか」と言い、「でも」と言い直した。「夜はお店で会ってたんでしょ？そのこと、確かめなかったの？」

「悔しいもん。LINE、読んでくれてないね、なんて、絶対、言いたくない」

「そっか」と樹里は言い、微笑し、ぬるくなったコーヒーを飲んだ。

およそ、友人と呼べる唯一の人間が美香だったが、美香がなぜ、恋愛の愚痴をこぼすために自分を選んでいるのか、樹里にはよくわからなかった。

たまたま互いのバイト先が渋谷にあり、よく会うようになったとはいえ、恋愛相談を受けるのに自分はふさわしくないだろう、と樹里は思っていた。だが、愚痴をこぼし、それを静かに受け入れて聞いてくれる相手、というのは、思っているほど世間には多くないのかもしれなかった。

小うるさく助言をしたり、見当外れの分析をしたり、ありふれた意見を述べてきたりされるのは、愚痴をこぼしたい人間にとって不快なだけなのだ。余計なことを言わず、黙って聞いてくれるだけでいいのだ。

もしもそれが友情というものなら、自分は確かに美香と友情を交わし合ってきた。高校時代の同級生。卒業してからの、決して疎遠にならない、習慣的な友達づきあい。世界中、どこでも繰り広げられている、罪のない女同士のおしゃべり。でも……と樹里は思う。

私はこの人から、何も与えられていない。この人は私について、何も知らない。

美香が「ねえ、樹里」と言いながら、シートに寄り掛かり、腕組みをして足を組んだ。

「樹里もそろそろＬＩＮＥ、やれば？　なんでやらずにいられるのか、わかんないよ。やってない人なんか、いないのに」

「必要ないから」

「なんでぇ？　必要とか不必要とかじゃなくてさ、ＬＩＮＥやんない人って、なんて言えばいいのか……息してない人と同じだと思うけど」

その形容の仕方が可笑《おか》しくて、樹里は肩を揺すって笑った。「じゃあ、私、息してないんだね」

「んもう。笑い事じゃないよ。よくそれで不便じゃないね」

「だって、メールがあればすむことでしょ」

「メールより超簡単なの。一発なの。何度も言ってるようにね。耳にタコかもしれないけど」

「うん、そうみたいね。でも、私はいい」

「樹里には、彼氏ができるまでは無理なのかもね。でも、恋人ができたら、まじでLINEなしじゃいられないよ」

「そうなんだろうな、ってことだけはわかる気がする」

「で、どうなの？　最近は」

「どう、って？」

「彼氏になりそうな人、できた？」

樹里は微笑を浮かべ、目をふせた。「私、そういうこと、全然、似合わないじゃない。美香、わかってるくせに」

半年ほど前、バイト帰りに美香の勧めるワインバーに寄った時、たてこんでいた店のカウンター席で、偶然隣に座った若い男に話しかけられた。隣の雑居ビルの一階に、無農薬野菜と玄米だけで作られた弁当を売っている店がある。その店でバイトをしている、という、樹里と同年齢の男だった。

自分から話しかけてきたくせに、どちらかというと寡黙で、会話がうまくつながらなかったが、その静けさが深い理由もなく、樹里を安堵させた。

どちらからともなく店を出て、誘われるままに、近くのホテルに連れ立って入った。特別に酔っていたわけではなく、気分を発散させたかったからでもない。ただ、その晩はそうしたかったというだけの話で、樹里は流れに逆らわずに男と寝た。男はいささか乱暴に樹里を扱ったが、事後は途方もなく優しかった。

ホテルを出る時、連絡先を教えてほしい、と言われた。ＬＩＮＥとかやってないので、と樹里が言うと、男は黙って引き下がった。

ひと月ほどたってから、ちょうど昼休み時だったが、樹里は男がバイトしているという、玄米弁当屋に行ってみた。

「医食同源　善屋」という名の弁当屋で、入り口付近には「無農薬」だの「玄米」だの「健康」だのと書かれた赤い幟《のぼり》が何本も立っていた。

店内は細長い造りになっており、奥が全面ガラス張りの調理場。手作業で野菜を切ったり、弁当を詰めていたりする従業員の姿が何人か見えた。

店内でも食べられるよう、テーブルと椅子が並んでいたが、そこで食事している人は誰もいなかった。何人かのＯＬふうの女性が、買ったばかりの弁当を手に、ショーケースの中の飲み物を選んでいた。

入ってすぐ右脇にある売り場に立っていた男は、樹里を見つけると驚いたような顔をした。こんにちは、と樹里は言い、微笑みかけた。何食わぬ顔をした。どれが一番、おいしいですか、と訊ねた。

男は少し戸惑った様子をみせながらも、玉子焼きが入っている弁当を指さした。「女性にはこれが人気ですけど」

「じゃあ、それ、ひとつください」

男は束の間、樹里を正面から見つめ、何か言いたそうにしたが、樹里が財布を開くと、口を閉ざした。代金を受け取り、弁当を紙の袋に入れ、樹里に手渡し、男はまたしても、「あの……」と言いかけた。樹里はにっこり笑って、「ありがとう」とだけ言った。

男の名前を聞いていなかったことを思い出した。また会いませんか、とひと言、言えば、会えるような気もした。あるいは、男は、また会おうよ、と言おうとしているのかもしれない。そう思って、少し後悔した。

樹里は歩いて近くの小さな公園に行き、ベンチに座って弁当を食べた。ふつうの弁当よりもはるかに値段が高い分だけ、弁当は健康的な食材ばかりを使っていて、美味だった。

一週間後、雨の中、再び樹里は「医食同源　善屋」を訪ねた。売り場に男の姿はなく、代わりに中年の女が立っていた。前にここにいた男性はどちらにいらっしゃいますか、と訊ねると、女は怪訝《けげん》な顔をしながら、「誰のことですか？　もしかして、香川《かがわ》君のこと？」と訊き返してきた。

名前はわからない、と言おうとしたが、言えなかった。樹里が「そうです」と言うと、女は「辞めましたよ」と答えた。「昨日だったかな、一昨日だったかな。ああ、一昨日だったわね」

美香にその話はしていない。しようとも思わない。

弁当屋の「香川君」とかいう男と、初めて会った日の晩にホテルに行ったことも、その後、弁当を買いに行くのを名目にして、店に行ってみたことも、できればもう一度、彼と交わりたいと思っていたのかもしれない、ということも。ついでに言えば、なぜか、今一番、会いたいと思えるのは、文芸アカデミー青山教室の講師の仕事を引退してしまった、澤登志夫であることも。その何もかもを樹里は、言葉にすることなく、胸に秘めたままでいた。

樹里に浮いた話などあるわけがないと、美香が内心、決めつけていることは、樹里自身、わかっていた。色事を唆《そそのか》すようなことを言ってみたり、恋愛がらみの近況を訊きたがったりするのも、ものついでに儀礼的に口にしているに過ぎない。

しかし、その時、美香は珍しく真顔になった。「ねえ、樹里。恋愛が似合わない、だなんて思いこんでるの、ほんと、よくないよ。思いこみのせいで、チャンスをなくしちゃってるだけなんだから。たとえばね、その、首の後ろんとこで、ぱつんぱつんに縛ってる髪の毛、たまにはサイドの毛だけカールして、ゆるく垂らしてみたらどうかな。メイクがめんどくさかったら、睫毛《まつげ》エクステに行って、睫毛つけてもらうだけでもいいし。樹里はモテる要素、たくさんもってるんだから。なんにもしないで、恋愛が似合う似合わない、なんて言うの、もうやめたほうがいいよ」

樹里は両肩をすくめ、「怒られちゃった」と冗談めかして言いながら、両耳の後ろに指先をあて、ほつれてもいない髪の毛を撫でつける仕草をした。「もう長いこと、この髪形で慣れちゃってるんだ。それに私、目をこする癖があるから、睫毛エクステなんか、絶対無理。炎症起こして、即、病院行きよ」

「ね、ちょっとここで、髪の毛、ほどいてみて」

「いや」

「いいじゃない。別に恥ずかしいことじゃないでしょ」

強く勧めているようでいて、実際は思いつきの領域を出ていないのは明らかだった。

「ったく、もう。相変わらずだね。しようがないなあ」と美香は苦笑し、軽く咳《せき》払いをした。「ああ、煙草吸いたい。でもやめとく。今から喫煙席に行ったりしたら、ばんばん、吸っちゃいそう。私、今、ストレスの固まりだからね」

そうこうするうちに、やがて話題は、再び美香自身の話に戻っていった。公園の噴水が、吹き上がってはまた循環して集められ、再び吹き上がることを飽きず繰り返すように、美香の話はそこにしか戻っていかない。自分と、そして、自分を悩ませている男。美香の世界は、その対立構造だけで出来上がっている。

話せば話すほど、男に向ける怒りが増幅し、それに伴って感情表現もまた、どんどんあからさまになる。だが、あからさまになった分だけ、悲劇的な色合いが薄らいでしまうものだから、いつしか語られることそれ自体が、陽気なコントのような様相を呈していく。そのため、長く聞いていても退屈せずにすんだのが、樹里にとってせめてもの救いだった。

やがて、「あーあ、彼にどんなにムカついてるか、喋るのも疲れてきちゃった」と美香は言い、片方の肩をもんで、首をぐるりとまわした。すでに店で会ってから、一時間半経過していた。

美香は席を立ってドリンクコーナーまで行き、自分と樹里の分を注いだコーヒーカップを二つ、手に席に戻って来ると、次に勢いこんだように芸能界のゴシップ話をし始めた。そこには、恋人の悪口を言った時と同様か、あるいはそれ以上の熱気がこめられていた。

四十代の人気お笑い芸人が、二十歳になったばかりのグラビアアイドルと不倫、というゴシップを持ち出し、絶対に許せない、あの人のファンでいるの、もうやめる、と憤ってみたり、かと思えば、モデル上がりのハリウッドスターのなんとかという女優は、毎日、メロン一切れとナッツと胚芽《はいが》クラッカー二枚しか食べないんだって、すごくない？　と言って目を大きく見開いたりした。

いつものことだが、樹里は、美香が口にしてくる有名人の名の半分も知らない。テレビは、室内に音がほしい時につけっ放しにしておくが、ニュース番組以外、真剣に観ることはほとんどなかった。週刊誌のたぐいもめったに読まず、たまに女性誌を書店で立ち読みする程度で、世間でいったい何が起こっているのか、よくわからない。知りたくなったら、スマートフォンで検索すれば一発でわかるため、流行に関して無知でいることを別に恥ずかしいとも思っていない。

世の中の流行《はや》りものがランキングで表示され、人々がその情報をもとに行動したり、自らの嗜好《しこう》を作っていったりすることが樹里には信じられなかった。ランキング上位の映画や本で、樹里が観たい映画、読みたいと思う本はひとつもなかった。それは食べるもの、着るもの、俳優やタレントについても同様だった。

美香からもこれまで何度か、世の中のことに興味がなさすぎる、と批判されてきた。世の中のことに興味をもたないから、洒落っ気もなくなるのよ、きれいな顔だちしてて、痩せても太ってもいなくて、私なんかよりずっとまともな体形してるのに、関心をもつものがふつうの女の子と全然違うなんて、それっていったい何？　宝の持ち腐れのまんま、年とってく気？　と。

「ねえ、わかる？　私たち、あっと言う間に三十になっちゃうんだよ。で、もたもたしてるうちに、四十だもん。中年のおばさんって呼ばれる年代になったら、いろんなこと、もう取り返しがつかなくなるんだから」

「もたもたしてるうちに四十だったら、もっともたもたしてたら、すぐに五十でしょ。そうなったら、六十になるのもあっと言う間じゃない」と言って樹里は笑った。「人生は短いね。私ね、早く年を取っておばあさんになりたいんだ」

「えーっ、なんで？」

「おばあさんでいるほうが楽じゃない？」

「それ、意味わかんないけど」

「人生の残り時間が短いほうが楽だと思うんだ。未来がいっぱいあって、この先どうなるのか、全然見えてこなくて、それでもとりあえず生きてかなきゃいけない、っていう状態より、先がはっきりしてるほうが、ずっと安心できるような気がして」

樹里がそう言った時、「はぁーっ」と美香は呆然とため息をついたものだった。「結局、樹里はさ、ミステリアス過ぎてわかんないところが多すぎるね。ミステリアス、って言うのが褒めすぎだったら、頭がいいんだか悪いんだか、わかんない、って言うほうが正しいのかもしれないけど」

「私、頭悪い？」

「っていうか、やっぱ、いろんな面でふつうじゃないよ」

……樹里と会ってすっかり気分がほぐれたのか、美香は、「ね、なんか食べない？」と言ってきた。「おなか空いてきちゃった」

樹里が縦長の大きなメニューを差し出すと、美香はあれこれ迷いながら、チキングラタンを指さした。「こういう、あったかくて柔らかいのがいいな。樹里は？　せっかくの休みにつきあってくれたんだから、今日は奢《おご》る。なんでも食べて」

樹里は微笑み、「じゃあ、私もそれにする」と言った。「それとね、バナナジュース」

「なんか可愛いね。オッケー」

従業員にオーダーをすませた美香が、「ちょっと失礼」と言い、バッグを手にトイレに立った。樹里はぬるくなった水を飲み、腕時計を覗いた。三時半をまわろうとしていた。

こんな時間にグラタンを食べるのだったら、夕食は遅くし、適当に冷蔵庫をあさって何か簡単なものですませればいい、などと考えた。樹里は、コンビニで買う弁当や惣菜よりも、ありあわせのものを使って自分で調理するのが好きだった。面倒がらずにスーパーに行き、金をかけずに食材をそろえて保存しておく。ちょっとした工夫をすれば、同じ食材を様々な料理に使える。そのほうがずっと安上がりで、第一、美味なのだった。

店内は八割がた、席が埋まっている。透明なパネルの向こうの喫煙席の一番手前、樹里からよく見える場所に、一組のカップルがいた。四十歳前後に見える主婦らしき女が、どう見てもただならぬ関係にありそうな会社員ふうの若い男を前に、何やら深刻そうな表情でむっつり黙りこくっている。男もまた沈黙したまま、しきりと煙草を吸い続けている。時折、弱り果てたように女を見つめ、うすく口を開くのだが、女は何も反応しない。

やがて女が俯《うつむ》いた姿勢のまま、嗚咽《おえつ》し始めた。男は慌てたようにポケットに手を突っ込んで紺色のハンカチを取り出し、女に差し出した。女の肩が細かく震えているのが、はっきりと見てとれた。

女の傍らには、近所のスーパーのポリ袋が置かれていた。その袋から、先端が青々とした二本の長葱《ながねぎ》が元気よく飛び出していた。こんな場所で、昼日中から場違いなことをしている女を長葱が嘲笑《あざわら》っているかのようだった。

樹里は目をそらし、大きく息を吸った。こういうシーンは小説に使える、と思った。主婦と明らかに年下の若い男。昼間のファミレスでの痴話喧嘩、もしくは別れ話。そこに、買ってきたばかりの二本の長葱があることで、場面に圧倒的な深みが加わる……。そういうことはすべて、文芸アカデミーの小説講座で学んだ。人生模様をよくある形で描写しても、これまた平凡で抽象的な表現にしかなりません、そういう時には生活の中のありふれた小物を加えてみてください、説明過剰になることなく、それだけでいっぺんに作品に深みが加わります……講師の澤登志夫がそう述べ、例としていくつか、先人の作家たちの文章を披露した時のことが思い出された。

美香はまだ戻らない。トイレに入るたびに化粧直しに時間をかけるのが常だったから、まだ鏡の前にいるのか。恋人からLINEが入って、夢中でそのやりとりをしているのか。

喫煙席にいる男女は、同じ姿勢で向き合っている。テーブルをはさんでうつむいているだけの、一対の陰気なブックエンドのようでもある。樹里は持ってきたトートバッグに手を伸ばし、スマートフォンを取り出した。

着信ランプが点灯していた。メールが二通。二通とも覚えのない同じアドレスからのもので、一通目の件名には「御礼」、二通目には「追伸」とあった。

『澤です。先日、いただいたボールペン、愛用しています。どうもありがとう。御礼が遅くなって申し訳ない。今後もさらなる良質な作品を書き続けていってください。応援しています。

澤登志夫』

『追伸です。書き忘れました。あなたはあざみ野に住んでいるのですね。僕の住まいは新百合ヶ丘です。

澤登志夫』

樹里は思わず膝の上で、スマートフォンを伏せた。悪いことをしている時のように、視線を泳がせた。何故、自分がそんなことをしているのか、わからなかった。

トイレから美香がまだ出てこないことを、素早く目で確認した。おそるおそるスマートフォンを手にし、もう一度、メールを読み返した。

澤に贈るボールペンに添えたカードに、住所と携帯番号、メールアドレスを記した。だが、澤からこのような形で連絡がもらえるとは夢にも思っていなかった。

青山のスターバックスで会った時、澤は再発したという深刻な病について打ち明けてくれた。死に近づきつつあるという六十九歳の独り暮らしの男が、時間をもて余している健康な若者のように、気軽にメールを送ってよこすなど、まず考えられなかったし、期待もしていなかった。

残り時間の少ない老いた人間が、さらに死病にかかると、どんな想いにかられるものなのか。その痛みも真の苦しみも悲しさも、樹里には想像するしかなかったが、かといって決して理解できないわけではなかった。むしろそれが、あの澤登志夫の痛みであるならば、すみずみまで理解することが可能であるようにも思われた。

身辺整理と病気治療のこと以外、考える余裕もなくなっているに違いない澤に、呑気にボールペンを贈り、思わせぶりに連絡先を書いたカードを添えてしまった。事情をまったく知らなかったとはいえ、いかにも間が抜けている。樹里は、自分がしたことを後悔すらしていた。

だが、その澤登志夫から、礼のメールが送られてきた。樹里の気持ちは躍った。長く待ち焦がれていた人からのメールが来た時の気持ちに似ているのが不思議だった。

受講中、樹里はひと言も澤の言葉を聞き逃すまいとして、全神経を集中させるのが常だった。教えられる数々の事柄が、澤が発する言葉を通して、素直に胸に響いてくるからだった。

澤にどう読まれるか、それればかりを考えて、作品を書き続けてきた。自分自身を作品に投影させながら夢中になって書いていると、澤登志夫と親密にうちとけ合っているかのように思えてくることがたびたびあった。何ひとつまじりけのない気持ちで、樹里は自分の父親以上の年齢の男……想像すらつかない世代の男を、心底、尊敬していたのである。

トイレから戻って来た美香が、そう訊ねながら席についた。わずかな風が起こり、ふわりと甘い香りがあたりに漂った。

「あ、メール中？」

「ううん、違う。読んでただけ」

「嬉しいメールでしょ。そういう顔してる」

「まさか。バイト先からの連絡メール」と樹里は言い、表情を変えまいと注意しながら、スマートフォンをバッグに戻した。

美香は丹念に化粧直しをしてきたようで、頬には薔薇色のつやが戻り、ちょうどいい具合にグロスが塗られたくちびるは、濡れた輝きを放っていた。トイレに行って戻ってくるたびに、くたびれた薄皮を一枚、剝《は》いできたかのように甦る。そんな美香は樹里の目にいつも、ふしぎな生き物のように映った。

熱いチキングラタンが運ばれてきた。フォークですくい、ふうふう息を吹きかけながら、美香は思い出したように訊ねてきた。「最近、バイト、どう？」

「どう、って？」

「忙しい？」

「そうでもない。毎週水曜日はこうやって休めるし。前もって言っておけば、他の日も半休とか、場合によっては完全に休めたりするの。でも、その分、全然、お金にならないんだけど」

「いいよ、樹里んとこは。親が金持ちなんだから。いつだって助けてもらえるじゃん」

「全然、金持ちなんかじゃないって」

「お父さん、社長だし。宮島住宅産業、って言ったら、八王子で知らない人、誰もいないよ」

　樹里は短く笑った。「八王子でだけでしょ？　それに、ただの下請けだから。親会社がつぶれたら、いつでも木っ端みじん」

「でも樹里はえらいよ。親の世話にならずに一人で頑張ってるもん。お金だって、絶対、くだらないことに使わないじゃない。小説講座の費用としてお金を使うなんて、えらすぎ。私なんか、知ってる？　カツカツの生活してるくせに、ほしい服とかアクセとかあると、我慢できなくなってすぐ買っちゃう。最低だよね」

　樹里は優しい目で美香を見た。「自分で稼いだお金なんだもの。何に使ったって、いいと思うけど」

「ま、そうなんだけどさ」と美香は言い、グロスで輝くくちびるを軽くひと舐めした。「自分が何したいんだか、よくわかんないし。そのせいなのよね。お金の使い方もめちゃくちゃ。計画性ゼロ。樹里はいいよ。夢があって」

「夢？」

「小説家になるんじゃなかったの？」

　ふっ、と樹里は苦笑し、目をそらした。「なりたいだけだったら、誰だって言えるじゃない」

「青山の小説講座、頑張って通ってるんでしょ？」

「うん、でも」と樹里は言い淀んだ。まだ決心がついていることではなかったし、この段階で美香に話すようなことでもないとわかっていたのだが、つい口がすべった。「講座はもう、辞めようかと思って」

「えーっ？　なんでよ。やっぱりお金、続かなくなった？」

「それもないわけじゃないけど、一番の理由はね、すごく尊敬してた講師の先生が引退しちゃったから」

ふうん、と美香は、あまり理解できないといった表情で樹里を見た。「そんなに尊敬してたんだ」

「してた。その先生の講座を受けられなくなって、すっかりやる気がなくなったみたいな、そんな感じになってるの。毎週木曜と日曜に受講してたんだけど、この間の日曜も行かなかったし、明日も行かないつもり」

「受講料、払ってるのにもったいないね。その講師の先生がイケメンだったとか？」

樹里は短く笑った。「そういうこととは全然、関係ないよ。もう七十歳近い人だから」

「おじいさんにだって、イケメンで色っぽい人、いるじゃない」

「そうだけど、ほんと、全然、関係ないの。男の人として見てきたわけじゃないし。恋愛対象とか、全然そういうんじゃなくって……それにその先生は大きな病気にかかってて、それで講師を辞めたんだ」

「そっか」

「治療しても助からないみたい」

「末期がんとか？」

樹里はうなずいた。「そう」

「気の毒だね」

青山のスターバックスで、澤が自分だけに打ち明けてくれた病気のことをぺらぺら友達に話してしまっている。そう思うと樹里は自分に嫌悪感を覚えた。いくら美香が澤のことを知らなくても、そういうことは安易に口にすべきではない。

樹里は急いで話を変えた。「その先生がね、少し前のことになるんだけど、私の作品、ほめてくれたことがあったの。それがすごく嬉しくて、励みになってたんだ。そういう先生だったから、その先生の講座を受講できないんだったら、通う意味もなくなった気がしちゃって」

「そっか」と美香は言い、グラタンの最後の一匙をすくって、口に入れた。「そういうことって、あるんだろうね。わかるよ」

「そう？」

「わかるわかる。子どもはほめてやるとうまく育ってくれる、っていうじゃない。人間ってさ、ほめられるとどんどん成長するし、魅力も倍増していくんだよね。ああ、それなのに、彼ったら、私だけじゃなくて、他の女の子たちみんなにも、おんなじこと言ってほめてるんだから。そんなにたくさんの女の子たちを成長させる必要、いったいどこにあんのよ。そう思わない？」

また、話がそこに戻った、と思ったが、樹里は微笑してうなずき返した。

喫煙席にいたカップルは、いつのまにか姿を消していた。秋の西日が、喫煙席の向こうのすりガラスから一斉に店内になだれ込んでいるのが見えた。

あと一回、文芸アカデミーの青山教室に行ったら、それを最後に講座に通うのはやめよう、と樹里は思った。つい今しがた送られてきた澤のメールが、その決心を固めさせてくれた。澤登志夫の代わりが務まる講師がいるとは思えなかった。その可能性は万に一つもないだろう。

早く美香と別れて、どこかでゆっくり澤にメール返信したかった。樹里に限らず、澤がメールした相手に即レスを求めるような人間ではない、ということはわかっていたが、あまり時間をおいてから返信するのは失礼にあたるだろう、と思った。何よりも、澤が新百合ヶ丘に住んでいる、ということに驚き、嬉しく思った気持ちを一刻も早く、正直に伝えたかった。

叔母夫妻の車を走らせて、新百合ヶ丘にはしょっちゅう、出かけている。田園都市線の隣の駅のたまプラーザより、樹里は新百合ヶ丘のほうが好きだった。

たまプラーザは典型的な新興住宅地だった。住人の生活レベルが高く、一応、おしゃれな街とされており、店は数えきれないほどあったが、すべて中途半端に高級なだけで個性がなかった。樹里にはどれも似たりよったりにしか思えない。

一方、新百合ヶ丘は、街全体が、住まう人々の実質を重んじる庶民性を漂わせていた。どの店に入っても、ただ歩いているだけでも、懐かしい場所に戻った時のような居心地のよさがあるのだった。

新百合だったら、いつでも行ける、と樹里は思った。必要とあらば、今からだって行ける。道順は頭にたたき込んである。用途に応じて、どこに車を駐車させればいいか、ということも熟知している。渋滞する休日の昼間さえ避ければ、十五分もあれば気軽に行くことができるのだ。

美香は食後のコーヒーをすすりながら、合コンの話をしている。こっちも、がんがん遊んでやるんだ。合コン、私が企画するから、樹里、絶対、来てよね。平気平気。その日、着ていく服は貸してあげるし、メイクだってしてあげるから、任せてよ……。

「楽しみっ！」と美香は一人で興奮しつつ、腕時計を覗いた。「あ、やばい。もうこんな時間」

「これからまっすぐ渋谷？」

「そう。せっかくここまで来たんだから、樹里と一緒にたまプラまで行って、駅ビルっていうの？　駅に大きなショッピングモール、あるでしょ？　あそこをざっと見てまわろうかと思ってたんだけどな。五時過ぎには店に入らなくちゃいけないから、もう時間なくなっちゃった」

「残念」と樹里は心にもないことを言った。「じゃ、そろそろ出る？」

「そうだね」と美香はうなずき、大きなバッグの中をごそごそと手さぐりして、財布を取り出した。「ほんとに今日は樹里と会えてよかった。全部話せてすっきりした」

「だったら、よかった」

店の前で別れ際、美香は「合コン」と言って、右手の人指し指をワイパーのように宙で動かしてみせた。「ドタキャンはＮＧだからね」

「わかった」と樹里は言い、微笑を返した。「その前に、彼とうまくいけばいいね」

美香は「だよね」と言って、少し思いつめた表情をしたが、すぐに気を取り直したのか、陽気に手を振った。「でも、たとえ彼とうまくいっても、合コンはしちゃうよ。このまんまじゃ、やってられないもの。じゃ、樹里、またね」

「気をつけて」

すっかり日が傾いた夕方の舗道を、駅に向かって歩いて行く美香の後ろ姿をしばし見送ってから、樹里は踵を返した。

そこから叔母夫妻のマンションまで、徒歩十分もかからない。秋の暮色が漂い始めた、ゆるやかな坂の並木道を歩きながら、樹里は頭の中で、澤に返信するメールの文章を組み立てようとした。

長すぎず、かといって決して儀礼的ではない、気持ちのこもった文章にしたかった。

難しいことではあったが、ああでもないこうでもない、と考えるのは楽しかった。

初めて送るメールである。しかも相手は、様々な理由からメール交換などできるはずもない、と最初から諦めていた人物だった。その人物に自分は、全部とは言わないまでも、これまで決して人に話さなかったこと、話せなかったことを明かしている。小説、という形に変えて。

樹里の中には、今まで感じたことがなかった種類の、心地よい緊張感が漲《みなぎ》っていた。息があがるほどの坂道ではないというのに、自分自身の呼吸音が異様に力強く、耳に響いた。首の後ろできつく束ねた髪の毛が、ずっしりと重たく左右に躍った。

髪形など、どうでもよかった。メイクも流行のファッションも合コンも。樹里はもくもくと歩き続けた。

# 7

恐ろしくて、二度と思い出したくないほどいやな出来事というのは、誰もが経験する。生きている以上、経験しないわけにはいかない。

たまたま見舞われた災害や事故。思いがけない怪我、病気。愛するものの予期しなかった死。巻き込まれてしまった犯罪。目の前で人が殺されたこと。血しぶきや肉片を見てしまったこと。ビルから投身自殺した人間が、わずか一メートル先に降ってきたこと。一瞬にして全財産を失ったこと。信じていた人間から受けた、途方もない裏切り……。

樹里は自分が知ってしまったものが、そのどれにも当てはまらないことを知っている。災害でもない。まして事故でもない。知ったからといって、自身の肉体に実質的な痛みが走ったわけでもない。

確かに、裏切り、という感情に近いものには襲われた。だが、裏切り、という言葉だけで単純に括《くく》ってしまうことはできそうになかった。

それは樹里にとって、長い時間をかけて自分を蝕《むしば》んできた、かたちが定かではない嫌悪感に近いものだった。怒りであり、憎しみであり、屈辱、さらに言えば絶望に通じるもの、虚無感を呼びおこすものでもあった。

見聞きしたもの、感じたものはいつだって、細部まで克明に思い出すことができた。まるで録画したディスクを大画面に再生した時のように、忌ま忌ましい情景はたちまち甦った。

そこには常に、今も耳について離れずにいる「音声」と「気配」があった。おかしなことに、樹里は「それ」を見たわけではない。目にしたことは一度もない。あくまでも樹里の耳がとらえたものに過ぎない。それなのに、再生されてくる情景は鮮やかだった。まるで今、この場で耳にしていることのように。

……床を踏みしめるかすかな足音。ぎい、とドアが開けられる時の蝶番《ちょうつがい》の軋《きし》み音。思わせぶりな長い沈黙。やがて始まる、ベッドのヘッドボードが壁に打ちつけられる音。抑えつけたあげく、迸《ほとばし》り出る母のうめき声。祖父の囁き声。二人の恐ろしく大きなため息。そしてまた、ぎい、と蝶番が鳴る音。しのび足で人が廊下を立ち去って行く気配。風呂場で長々と湯を使う音……。

年子の兄ともども、樹里は小学三年生になった年の春、個室を与えられた。兄の部屋は二階で、樹里の部屋は一階の、両親の寝室の隣だった。

その前の年に、庭の離れと母屋をつなげるための改装工事が行われた。母屋にも手が加えられ、一階の、床の間つきの広い和室だった部屋は、壁で仕切られた二間の洋間に替えられた。

いずれ樹里が成長して家を出たら、再び壁を取り払って一間に戻す、という計画だった。そのためなのか、壁は薄く作られており、静かにしていると隣室の気配や物音が伝わってきた。

時には深夜になって帰宅した父と母の口論で、目を覚ますこともあった。父の恐ろしく大きないびきが聞こえてくることもあったし、両親がクローゼットを開け閉めする音や、スリッパをはいて室内を歩き回る音も間近に聞こえた。まだ小学校低学年だった樹里が、独り寝の寂しさや不安を感じないでいることができたのは、そのおかげでもあった。

個室を与えられた年の夏。かき氷を食べすぎて腹下しをしていた樹里は、腹部の不快感を覚えたような気がして、深夜、はたと目を覚ました。あたりは静まりかえっていた。

便意はなかったので、トイレに行く必要はなさそうだったが、仰向けに寝ているうちに、どんどん心細さが増していった。部屋を出て隣の部屋に行けば、母がいる。父はその前の晩から、出張と称して留守にしていた。母は夜更かしをするのが常だったから、まだ起きているのかもしれず、そうであればなおさら、母に甘えたかった。

樹里がベッドに上半身を起こし、腹をさすっていたその時だった。隣室から、妙な音が聞こえた。

ぎしぎし、とも、バタバタとも違う、もっと弱くかすかな、何かが壁にこすれるような音だった。部屋を仕切っている壁を誰かが撫でているかのような。

壁のすぐ向こうに、両親の寝るダブルベッドがあることは知っていた。母が何かの意図があって、ベッドにいながら樹里の部屋に通じる壁を撫でているか、あるいはこすっているか、しているのかと思った。しかし、何のために？

息をひそめていると、かすかに男の声が聞こえてきた。何を言っているのかはまったく聞き取れなかったが、明らかにそれは祖父の声だった。母の、低く甘えるような声がそれに重なった。

なぜ、祖父が、父不在の晩、両親の寝室にいるのか、と思った。何かの用があったに違いない、と考えるのが妥当だったが、幼いなりに樹里には、そうではないことが感じられた。

当時、祖父の宮島譲《ゆずる》は六十七歳。七十になったら、息子である樹里の父親、宮島達《さとる》に宮島住宅産業を継がせ、隠居暮らしに入ると周囲に宣言し始めたころでもある。すでに仕事の大半を息子に任せるようになっていたので、彼の暮らしぶりは悠々自適だった。祖母の民子《たみこ》も祖父と同年齢。祖父母は樹里が生まれたころから、同じ敷地内にある離れに暮らしていた。

母屋と離れとは短い渡り廊下でつながっており、自由にいつでも行き来することができた。離れにも台所や風呂場はついていたが、孫たちと一緒に過ごしたい、という理由で、譲も民子も暇さえあればしょっちゅう、母屋に入り浸っていた。

譲はゴルフ好きの健康体で、よく日に焼けており、年齢よりも若々しく見えた。民子は孫娘である樹里をたいそう可愛がり、樹里もまた祖母に懐いたが、譲が目をかけていたのは樹里ではなく、嫁である早苗《さなえ》のほうだった。

樹里の母、早苗は小柄でおっとりした気質の女だった。多忙な夫をもつ家庭の主婦として、これ以上似合う女もいない、と言えるほど、めったなことでは不満を口にせず、家事雑事に精を出した。子どもたちを叱ることも稀で、ころころとよく笑った。生きていることがそれだけで楽しい、と言わんばかりに見える明朗さが早苗の絶対の利点であり、ふだんそこに、秘密やうしろめたさ、封印した悲しみの影はみじんも見出すことはできなかった。

だが、樹里は幼いころから、なかなか家に帰らない父のことで、母がさびしがっていることに気づいていた。そして、そんな母に向けた祖父の、特別な感情、特別な欲望にも。

祖父はよく、台所に立っている母に近づき、冗談めかして耳元で何か囁いた。母が流しで洗い物をしながら、うつむき加減にくすくす笑うと、祖父も笑いながら、そんな母の肩を軽く抱いた。そして去りぎわに、するりと母の尻やウェストを撫でた。

大人同士の、気軽な触れ合いのようには見えなかった。それは幼い樹里の目にも、ひどく不快なふるまいに映った。

……隣室ではまだ、異様な気配が続いていた。樹里は、今、騒いではいけない、と必死になって自分に言い聞かせた。間違っても大声をあげて、母を呼んだりしてはならない。おじいちゃんと何をしているのか、などと問い詰めたりしてはならない。それだけは守らねばならない、と思った。

やがて隣室からは、母が苦しみに喘《あえ》いでいるような声がもれてきた。これまで耳にしたことのないような、ぞっとする声だった。

恐ろしかった。身体の芯が震えるような感じがした。

まず思ったのは、母が急病になったのかもしれない、ということだった。母もその日、昼間、樹里と一緒にかき氷を食べた。そのせいで、母もお腹が痛くなったのだろう、と思った。

だが、もしそうだったとしても、今は祖父がそばにいる。祖父がなんとかしてくれる。だから騒いではならない、と樹里はまたしても奥歯を嚙《か》みしめながら、不安な気持ちを押し殺した。

母の苦痛に喘ぐような声は、途切れることなく続いた。樹里は布団をかぶり、目をきつく閉じた。耳を塞いだ。どうして今、自分が部屋から飛び出し、隣室に飛び込んで「お母さん、大丈夫?」と聞かずにいられるのか、自分でもわからなかった。

夏休み中のことだったので、翌朝は兄もまじえて、祖父母、母、五人で朝食のテーブルを囲んだ。

母は何かに緊張しているような様子ではあったが、つややかな表情をしていて元気そうだった。樹里、ごはんのお代わりは?　と聞かれ、樹里は「いらない」と答えた。お代わりどころか、一膳食べるのもやっとだった。

母はやわらかく微笑し、「もう、かき氷、食べすぎちゃだめよ」と言った。祖父が軽く咳払いをした。祖母が漬け物をかじる音が響いた。樹里は上目づかいに大人たちの顔を盗み見ようとした。ちょうど窓に向かって座っていたせいか、そのどれもが逆光の中でハレーションを起こし、白く弾けたようにしか見えなかった。

父には、常に母以外の女がいた。入れ代わり立ち代わりだったのか、それとも複数が同時に存在していたのかはわからない。公言しないまでも、その関係は大胆にも大っぴらに続けられていた。

父が外泊してくるのはしょっちゅうで、その言い訳は出張だったり、親会社とのつきあいゴルフだったり、海外視察だったり、多岐にわたったが、そのいずれもが嘘であることは明らかだった。

父は天性の女好き、と樹里は思っている。相手は誰でもかまわない。たまたま出会った女が好みの女であれば、それでよく、父自身、どういう女が好みなのかも、おそらくはよくわかっていないに違いなかった。

離婚して家庭を壊すことだけは決してしない。それどころか経済的に家庭を守ることにかけては天賦の才を発揮する。だが、父は、妻以外の女を常時、必要とし、それを承知で、すました顔をしていられる女しか、彼の妻にはなれないのだった。

いずれにせよ、樹里に言わせれば、どっちもどっち、だった。父は外での女性関係をやめられず、母は母で、移り気な夫の不在をいいことに、自宅で男遊びをしている……。そんなふうに割り切って考えようと努力したこともあった。そして、本当に割り切ることができたと思える時期もあった。だが、なぜ、母の相手が、祖父でなくてはならなかったのか。なぜ、寝室に連れ込む相手を、樹里の知らない男にしてくれなかったのか。

隣室からもれ聞こえてくる「音声」は、その後も何度か繰り返されたが、樹里が小学五年生になったころから、いつのまにかやんだ。耳をすませていても、父が留守の晩、隣室から耳を覆いたくなるような気配が伝わってくることはなくなった。

両親はこれまで通りに暮らしていた。祖父母もまた同様だった。家の中に表立って変わったことは何も起こらなかった。

母が祖父を呼ぶ時の「お義父《とう》さん」という声音の中に、隠しようもなく滲んでいた淫《いん》靡《び》な湿りけも、いつのまにか感じられなくなった。どんな話し合いが行われたのかはわからないが、樹里が小学校を卒業するころ、両親は別々に寝るようになった。父の寝室は従来通り、樹里の部屋の隣だったが、母のそれは二階の、樹里の兄の部屋の隣に移された。そのころを境に、何かが完全に終わった。

時間が流れた。少なくとも、樹里の中学校時代だけは平穏に過ぎていった。

家族に目を向けている暇はなかった。樹里の意識はおのずと、自分と同年代の仲間たちに向けられた。ものを考える時間が増えた。本を読むことが増えた。図書館に足しげく通った。学校で友達はできなかったが、図書館で知り合った本好きの、他校だが同年の女生徒と親しくなった。

図書館帰りに並んで歩きながら、小説の話をした。樹里が「いつか小説を書いてみたいんだ」と打ち明けると、その生徒は「ほんと？　私も！」と言って嬉しそうに飛びついてきた。

頻繁《ひんぱん》に携帯メールを交換し合った。どちらかが、作品と呼べるものを書きあげたら、真っ先に相手に読ませる、という約束もした。

だが、その生徒は、樹里が高校に入ってまもなく、信号無視で右折してきた大型トラックにはねられた。夏を思わせるほど暑い、五月のよく晴れた日の午後だった。彼女は青い虚空に向かって流線型を描くように、勢いよく飛ばされた。電柱に激突した身体は、くの字に折れ曲がったまま、そばにあった植え込みの中に沈んでいった。救急車が到着した時、すでに息はなかった。

学校を休んで、樹里は告別式に参列した。まさにその日が、樹里の人生を決定づけることになるとは夢にも思わずに。

葬式帰りに、泣きはらした顔で自宅に帰った樹里は、開けっ放しだった母屋の玄関から中に入り、のろのろと靴を脱いだ。母屋は静まりかえっていた。鼻をすすり、ため息をつき、うつむき加減になって家にあがったとたん、離れから祖父の怒鳴り声が聞こえてきた。樹里は思わず身体の動きを止めた。

父はもちろんのこと、母もどこに行ったのか、不在だった。兄はまだ学校から帰っていなかった。

渡り廊下の向こうに、祖父母が暮らす離れに通じるドアがある。ふだんは閉められているのが常だったが、その時、ドアは大きく開け放されていた。

祖父母ともに、七十四歳になる年のことだった。老いが目立つようになっていたものの、祖父は相変わらず口だけは達者だった。もともと亭主関白を気取りたがる男で、それまでもよく、つまらないことで祖母を怒鳴りつけたり、延々と叱りつけたりしていたものだが、その数年前から、自らの老いに向けた苛立ちを祖母に向けることが多くなっていた。

お茶のいれかたが雑だ、いちいち口答えするのが気にいらない、といった些細《ささい》なことが発端になって、祖母の性格や習慣に難癖をつけ、罵倒し始める。

祖母が「はいはい、わかりました。すみませんでした」と謝ることで、一件落着となるのだが、時にはその謝罪の言葉が気にいらず、いっそう、声高になって荒れ狂うことも稀ではなかった。

だが、その日、樹里が耳にした祖父の怒鳴り声は、悪意と憎悪、怒りに満ちていた。ふだんとは明らかに違っていた。祖父はひどく興奮しており、時折、声が裏返るほどだった。

「馬鹿野郎！」と祖父が怒鳴った。「それが亭主に向けた言葉か。え？　おれを何だと思ってるんだよ。何様のつもりなんだよ。黙って聞いてりゃ、何のことはない、自己弁護してるだけじゃねえか。かわいそうな私……だと？　いい年して、馬鹿言ってんじゃねえよ！　おまえなんかより、もっともっとかわいそうな女が、世間には山ほどいるんだよ。図に乗るな、ってんだよ」

祖母がそれに続いて、何か言った。だが、声が小さすぎて何を言ったのかは聞き取れなかった。

「なんだと！」と祖父がさらにいきり立った。「ああ、わかったよ。そこまで言うなら、こっちにも考えがある。いいか。これはな、言わないでおくつもりだった。墓まで持っていくつもりでいたよ。でもな、たった今、この場で教えてやらにゃいかん、という気になった。おまえは息子をあんなふうに甘やかして育てた母親として、この話を聞く義務があるんだよ。義務だぞ。いいな？　よく聞け！　おれは、おまえが驚くような相手を抱いてやったことがある。一度だけじゃない。何度か抱いた。わかるか。え？　相手が誰かわかるか、って聞いてんだよ。早苗さんだよ。……ああ、そうだよ。ただし、誤解するなよ。早苗さんの色気につられて、ふらふら寝たわけじゃねえぞ。おれはそんな男じゃねえし、彼女だって、そういう女じゃねえ。おれは彼女があんまり不憫《ふびん》で、抱いてやっただけだ。本当に不憫だった。達があんな状態で、ろくにうちにも帰らない。まだ若いのに、彼女はほったらかしにされて、どれだけ辛かったか。それをだな、おれがだな、救ってやったんだよ。おれしか救ってやれる男は……」

長い間、樹里の記憶の中で、祖父の言葉は、あたかもすんなり書かれた文章のようになって残されてはきた。だが、実際は違う。興奮しきった祖父の吃音《きつおん》ぶりは烈しかった。言葉はすべて、途切れ途切れだった。声は醜悪なほど裏返っていた。あまりに酷《ひど》い告白をしている、ということが本人にもわかっていたのか、今にも止まるかと思われるほど荒い呼吸が合間に混ざった。

祖母がどんな反応をしたのか、樹里にはわからなかった。怒りと驚きで絶句するしかなかったのか。それとも嗚咽《おえつ》をこらえながら、ぶるぶると震えていたのか。目の前の男を殺してやろうと思い、その方法を考えていたのか。

離れは一瞬、静まり返った。祖父の声も聞こえなくなった。樹里は息をのんだまま、渡り廊下の手前に立ち尽くしていた。

やがてわずかに、空気が動く気配があった。人が動きまわる時の、もぞもぞとした衣《きぬ》擦《ず》れのような音、低い咳払いの音が聞こえた。

「そういうことだ」と祖父が、改まったように低く言う声が聞こえた。「わかってるだろうが、誰かに話したら、ただじゃすまないからな。これはおれとおまえの問題なんだ。おれが仕事で忙しいのをいいことに、おまえが息子をわがまま放題に育てて、あんなふうにしなかったら、おれはな、ここまでしてはいなかったんだ。……義理の父親として、さびしがってる嫁に、他に何がしてやれたっていうんだ。え？　そうだろ」

続いてまた、衣擦れの音がした。こちらに向かって歩いて来る足音が聞こえた。樹里は慌ててその場から離れ、母屋の自室に駆け込んだ。

告別式帰りで、黒い厚手のストッキングをはいていたため、廊下を走る足音を聞かれずにすんだ。祖父が母屋の居間に入って行く気配があった。誰かに聞かれはしなかっただろうか、と不安になったのかもしれない。

母屋の中を調べてまわるのか、と思い、樹里は素早くベッドにもぐりこんで頭から布団をかぶった。万一、見つかったら、具合が悪くなって戻り、ぐっすり眠ってしまった、と言うつもりだった。

口の中がからからに渇いていた。心臓の鼓動は烈しすぎて、今にも止まってしまいそうだった。

だが、祖父はまさか樹里が帰っているとは思わなかったらしい。樹里の部屋のドアは開けなかった。そのまま、再び離れに戻って行った。

息をこらしながら、耳をすませた。言い争う声も、怒鳴り声も泣き声も、一切、なかった。母屋と離れはいずれも、森閑《しんかん》とした静寂の中に沈みこんでいた。

その後、祖父がどうしたのか、祖母がどうなったのか。その晩、母と夕食のテーブルを囲んだのかどうか。祖母がどんな顔をして樹里の前に現れたのだったか。自分が祖父母にどんな顔を向けたのか。

トラックにはね飛ばされて死んだ女生徒の記憶を除き、前後のすべての記憶は、樹里の中から消え去っている。今もはっきり甦るのは、あの時、祖父に対して抱いた、めらめらと燃える殺意のような気持ちだけである。

樹里は今も、時折、心の中で叫ぶ。祖父はすでに鬼籍に入ったが、それでもかまわずに叫ぶ。

なぜ、おばあちゃんにあのことを教えたの。どうして言う必要があったの。あの秘密は、打ち明けたら最後、おばあちゃんを殺すも同然のことだったのに、それがわからなかったの？　わかってて教えたの？　そんなにおばあちゃんが憎かったの？　あの秘密を知ってしまったとたん、おばあちゃんの脳は萎縮し始めたんだよ。脳を萎縮させる以外に、もう、耐えていく方法が見つからなかったんだよ。かわいそうなおばあちゃん。優しくて純粋で控えめだったおばあちゃん。そんなおばあちゃんを早くから廃人にしたのは、おまえなんだよ！　お・ま・え！　わかってんの？　この、くそじじい！

# 8

樹里の祖母、民子がみるみるうちに痩せていくことに、気づかない者はいなかった。腹まわりを中心にして、ふっくらと肉付きのよかった身体が、空気を抜かれた風船のように急速にしぼんだ。顔はひとまわり小さくなった。頬がこけ、表情は虚《うつ》ろで、険しくなった眼窩《がんか》が目立つようにもなった。

もともと譲とは正反対の、おとなしく穏やかな女だった。与えられた環境を受け入れ、決してことを荒立てようとせず、何事にも愛情をもって接した。

時折、その眼鏡の奥の目に、癇《かん》の強い少女のような光を走らせることもあったが、それはおそらくはただの表情の癖に過ぎず、民子が人をなじったり、疑ったり、やみくもに悪く言ったりすることはなかった。周囲との協調を心がけ、波風立たぬようにするための配慮を怠らなかった。譲との間で衝突が起こっても、ほとんどの場合、自分から折れていき、根にもつことはなかった。

そんな民子が、異様な変貌ぶりを示したのだった。どう見てもふつうではないというのに、家族や周囲の者は皆、誰が先にそのことを言い出すか、互いに様子を窺《うかが》っていたところがあった。

民子が悪い病気にかかったのではないか、と真っ先に口にしたのは、樹里の母、早苗だった。

「ねえ、最近、おばあちゃま、急に痩せたと思わない？」

母から改まってそう訊かれた樹里は、「痩せたよね」と乾いた声で応じた。「しかも、激痩せ」

「ここだけの話よ。……もしかしたら、がんになったんじゃないのかしらね」

「がん？」

「あんなに急に痩せるのは、がんしか考えられないでしょ。顔色もよくないし。話しかけても、時々、聞いてないこともあるし。でもね、食欲がないわけでもなさそうで、食べる時は食べるのよ。おじいちゃまは、元気だから大丈夫、って。老人になると急に痩せ始める人も少なくないから、あれは体質だよ、って言うの。でも、お母さんはね、そんなんじゃないと思う。手遅れにならないうちに、病院で診てもらわなくちゃいけないのに、お父さんは相変わらず忙しいし……。お母さん、心配で心配で」

祖母が急激に痩せ、顔つきまで変わってしまったのは、肉体のどこかに病巣があるからだと、母は信じている様子だった。それが、心の問題からきた可能性がある、とは夢にも疑ってはいないのだった。

何が起ころうが、地球は変わらずに廻り続け、月が沈むと日がのぼる、と無邪気にも信じている。自らのあやまちも、表沙汰にならなかったという幸運に恵まれた。刹那《せつな》の快楽を貪《むさぼ》った罰も与えられなかった。秘密は未来永劫、守られた。

おまけに誰をも傷つけなかった、恨まれもしなかった、神はこれほど罪深かった自分を見逃してくれた……そう思いこんでいる。それゆえ舅《しゅうと》との記憶は、妙な甘美さを伴って残されて、早苗自身をひとつも貶《おとし》めてなどいない。

そんな気配が伝わってくるからこそ、樹里は母を前にすると苛立ちを隠せなくなっていた。

この期に及んでも母は、祖母の異変に対してさえ、がんかもしれない、などと呑気《のんき》に案じたふうに口走っている。夫の口から嫁との不貞を明かされた老いた女が、発狂しそうになる気持ちを抑えるために、必死になって生命を削っているとは、毛筋ほども想像していない。

そんな母を見ていると、樹里は腹がたつというよりも、こめかみがぴりぴりし、いやな頭痛が始まってくるのを覚えた。

いっそ、すべてを教えてやろうか、と思ったことも一度や二度ではない。喉まで出かかったこともあった。

だが、言えなかった。知らぬふりを装い続けようとする気持ちの裏には、樹里の、母親に対する冷たい憐れみの情があった。

家庭をないがしろにする夫が自分を相手にしてくれない、という母のさびしさは理解できないでもなかった。同性として理解してやりたいような想いもあった。だが、母のそのさびしさは精神ではない、動物的な肉欲から生じるもののように思われた。母が祖父に恋心を抱いていたはずはなかった。その種の感情など、かけらもないに違いなかった。

母はただ、肉欲の処理をしていただけ。生まれたばかりの子猫が、母猫の舌を使ってもらうことでしか排泄できないのと同じように、もっとも身近にいる男の肉体を使って、母は日頃の鬱憤《うつぷん》を「排泄」していたに過ぎない。

母はつまり、それだけの女だった、と樹里は思う。祖父の愛撫を受け、思わず歓喜の声をあげてしまっていた母は、ただそれだけの行為にうつつを抜かした女として片づけてしまうことができた。記憶は汚らわしく忌まわしいが、それだけの女、と冷やかに考えれば、真にそれだけなのだった。

母がもし、祖父に恋愛感情を抱き、事態を複雑にしていたとしたら、と樹里は今も考える。もしそうだったとしたら、自分は祖父のみならず母をも即座に「抹殺」していたことだろう。澤登志夫に提出した作品『抹殺』の中でも、母を惨殺するシーンを嬉々として描ききっていたことだろう、と。

そんな自分の中にもまた、母の血が半分流れていることを樹里は知っている。絶え間なく女性を必要とする、あの放埒《ほうらつ》な父の血も。

どんな形になるにせよ、いつか自分もまた、母のように生きることになるのかもしれない。父のように、祖父のように生きてしまうのかもしれない。それは何よりも恐ろしいことだった。

人生の最晩年は、祖母のような女でありたい、と樹里はいっそうの皮肉をこめて思う。夫から平然と、嫁と関係していたことを打ち明けられ、その衝撃に耐え抜くために、いとも賢明に脳を萎縮させていった祖母。祖母は、あらゆる酷い記憶……どうひっくり返っても、たとえ離婚するなり、相手を刺し殺すなりしたとしても、決して消し去ることのできない穢《けが》れた記憶を抹殺し、誰よりも平穏な気持ちで息をひきとろうとした。

それは想像を絶する苦しみだったに違いないが、正しい選択だった。おそらく祖母にとって、あれはただ一つの正解だったのだ、と樹里は思っていた。

樹里には自分に、膨大な未来が用意されていることが信じられない。未来の時間など、すべて過去に使い果たしてしまったような気もする。

生まれて二十六年。たった、と言うべきか、もう、と言うべきか。

その二十六年の間、身の回りに起こった出来事の数々の中で、誇らしく語ることができるものなど、何ひとつなかった。鈍重な蝸牛《かたつむり》のように、見聞きしたことをすべて殻に閉じ込め、仕方なくそれを引きずって歩いてきただけのようにも思える。

しかし、誰かにこんな話をしたら、尊大だ、と思われるに違いなかった。苦労知らずのお嬢ちゃん、本物の苦労を知らないね、まあ、いいさ、そのうちにわかるよ、と酒くさい息の中、中年の男から苦笑まじりに言われることも想像できた。

いつかそんな話も澤登志夫に明かしてみたい、と樹里は思った。『抹殺』という作品を読みこみ、深く理解を示してくれた澤だった。近づく死を受け入れながら、澤は澤ならではの思考のあとが見える、誠実な反応を返してくれそうな気がした。

想像するだけで、樹里の胸ははずんだが、同時に澤の病が気になった。末期のがんが再発転移した、という事態の深刻さはとてもよく理解できた。確実に近い将来、死んでいくということがわかっている人間の、心身の痛み、不快感、ほつれてほどけなくなった想いの数々を想像し、息苦しくなった。

六十九歳、という澤の年齢は樹里にとっては未知のものである。だが、それほどの年齢に至った独り暮らしの男が、末期がんに冒されて自宅にひきこもっていたら、どんな想いにとらわれるのか、樹里には樹里なりの想像が働いた。想像の翼を拡げるほどに、自分なら、現在の澤の状態を誰よりも深く理解してやることができそうな気もした。

澤先生が私を必要としてくれたらいいのに、と樹里は思った。あざみ野と新百合ヶ丘。車を使えば、目と鼻の距離。いつだって飛んで行ける。ほしいものがあったら、手にいれてすぐに持っていくこともできる。力不足には違いないだろうが、話し相手にもなってあげられる。

樹里は、澤が不治の病であってくれてよかった、と思った。澤の重病をいとおしくさえ思った。澤が健康体だったら、ちょっとした家庭内の悲劇を題材にして綴った作品など、「またか」と思われて、目にとめてもらえなかったかもしれない。

『抹殺』は、一見、刺激的だが、その実、扱っている題材は古典的なものであることを樹里はよく知っていた。現代ではもう流行らない、古びた大仰な深刻さに彩られていて、読後感が悪いどころか、読み手をげんなりさせる種類のものでもあった。

澤にとって、多少の才気を感じさせる受講生や新人作家など、星の数ほどいたはずである。文章がうまい者も、読ませる力をもっている者も、毛色の変わったものを書いてくる者も。そんな中、古典悲劇をそのまま扱ったような樹里の作品に目をとめてくれたのは、澤が人生の晩年にさしかかって不治の病を抱えこみ、人の心の奥底の、どうにもしようのない小さな闇に関心が向かうようになったからかもしれない……。

そうでなかったら、宮島樹里、という娘など、澤にとってはその他大勢の、箸にも棒にもかからない、凡庸な受講生をひとまとめにした塊の中に、押し込まれ、忘れ去られていたに違いないのだ……。

9

樹里はかつて短期間だったが、雑誌記者として働いていたことがある。アルバイトではなく正社員だった。

就職先も決まらないまま、都内にある、あまり程度のよくない私立大学の文学部を卒業した。その直後だったが、オピニオン社という雑誌社が求人広告を出していることを知った。『月刊オピニオン』という、文字通りのオピニオン雑誌を発行している小さな雑誌社だった。

書くことは読むこと以上に好きだった。雑誌記者として働くことができるなら、と思い、樹里は面接試験を受けに出向いた。一人の枠に五名の応募があり、樹里が採用された。読書量が他の応募者に比べて圧倒的に多く、浮ついたところのない真面目そうな態度が採用の理由だったということは、後に上司から聞かされた。

『月刊オピニオン』で扱うテーマは堅苦しいものばかりではなく、一般誌やタブロイド新聞などでも取り上げる、軟らかいものも少なくなかった。毎号、二人のベテラン作家が連載小説も掲載していたため、樹里は小説の担当をさせてほしい、と願い出た。

いずれ自分でも小説を書くつもりでいた。その周辺の空気を吸えるだけでも、現場でのいい勉強になる、と期待したのだ。だが、それはすぐに見果てぬ夢と化した。

小説の担当になるどころか、樹里はまず、記者が取材に出る際に同行し、取材の際のノウハウを学ぶと共に、取材したことをそのつど原稿にまとめる、という練習を命じられた。

掲載してもらえるわけでもないのに、書き上げた原稿をそのつど、デスクに提出しなければならなかった。ただでさえ、慣れない原稿に頭を抱え、なんとか仕上げたものはいやと言うほど細かくチェックされた。新入社員としての勉強とはいえ、それは果てることのない拷問にも感じられた。

就職したら、八王子の家を出て、どこかに部屋を借り、自活するつもりでいた。だが、部屋を探す精神的な余裕はもちろん、時間的余裕もなくなった。

そうこうするうちに、その年の夏、祖父の譲が他界した。朝、なかなか起きてこない祖父の様子を母の早苗が見に行ったところ、ベッドから落ちて意識を失っていた。すぐに救急車で搬送されたが、病院に到着した時はすでに心肺停止状態で、蘇生が叶わなかった。急性心不全、ということだった。

慌ただしく通夜と告別式が営まれた。祖父の死は、その前年、認知症を患いながら突然の脳出血で倒れ、そのまま還らぬ人となった祖母の死以上に、樹里の中ではきわめて冷淡に処理されていった。そして、忌引明けからは再び、編集部のパソコンに向かうだけの毎日が始まった。

興味のないテーマについて書かされる原稿は、苦痛以外の何ものでもなかった。勉強不足だと言われてばかりいたので、そのつど、関連本を読みあさった。圧倒的に時間が足りず、家と社の往復をするのが精一杯で、身なりにもいっそうかまわなくなった。

女性社員の少ない雑誌社だった。編集部にいた女性は一人だけ。昔なら職業婦人と呼ばれていたであろう、一糸乱れぬスーツ姿の五十がらみの女で、樹里を見る目は他の男性記者たちよりも冷やかだった。

ものを深く考える間もなく、時間だけが過ぎていった。そんな中、樹里が仕事を通して知り合ったのが時田《ときた》という男だった。

彼は運命の男だったのだろうか、と今も時折、樹里は考えることがある。だが、時田に思慕や恋情を抱いたことはなかった。それに似た感情を抱いた瞬間すらない。樹里が初めから失っていた父性を与えてくれた人、というのでもなかった。

時田は、疲弊していた樹里を憩わせるために必要なものをすべて持っていて、それを惜しげもなく提供してくれた。そして、後々の樹里の人生のための資金まで残してくれた。

そのために、自分にとって必要な男と化していっただけなのかもしれないが、樹里には未だに、自分がなぜ、時田に言われるまま、時田の女になったのか、わからずにいる。それほど彼は口がうまかったのか。初めから時田流の仕掛けが施されていて、まんまと引っかかっただけなのか。

時田は、自己啓発セミナーで話題を集めている研究グループ、「時田研究所」の所長だった。自己啓発に関する著作も数多い。そんな時田に、『月刊オピニオン』誌が長時間インタビューを申し込んだのが始まりだった。

樹里は、ホテルの一室でのインタビューに同席するよう命じられた。任されたのは雑用に過ぎず、飲み物や軽食のルームサービスを頼んだり、グラスに水を注ぎ足したり、エアコンの調節をしたり、帰りのタクシーの手配をしたり、といった程度の仕事だった。

インタビュー終了後、時田を囲んで居合わせた記者やスタッフが歓談した。その際、時田は樹里をちらりと見ながら、「ずいぶん、お若い方がおられるんですね」と微笑ましげに言った。「アルバイトですか？」

「いえ、正社員です」と先輩記者が教えると、それはそれは、と時田は目を細め、名刺をいただきたい、と言ってきた。

樹里がおずおずと差し出した名刺を受け取り、四方八方から眺め、時田は「じゅり」と澄んだ声で発音し、微笑んだ。「素敵なお名前ですね」

さもお愛想めいた言い方だったが、不快な感じはしなかった。時田の口調には初めから、一定の距離を保ちつつ相手を安心させる、友好的なものがふくまれていた。

先輩記者が完成させたインタビュー記事を時田に校正してもらう事務的な仕事は、樹里に一任された。そのほとんどがパソコン画面上でのやりとりだったが、二度ほど電話で話もした。

時田の口調は常に穏やかで丁寧だった。新米記者である樹里に向かって尊大な言葉づかいは決してせず、流れるような敬語を使って話してきた。

時田は当時、五十歳。樹里とは二廻り以上、年が離れており、わずかだが父親よりも年上だった。

整った顔だちをしていたが、好々爺《こうこうや》のような枯れた風貌の、小柄で痩せた男だった。いとも紳士的で丁寧な物言いは、実態がよくわからない怪しげな自己啓発研究所の代表者とは思えない、清々《すがすが》しい印象を樹里に残した。

今回は、とても気持ちのいい仕事をさせてもらいました、と時田は言い、インタビュー記事が掲載された『月刊オピニオン』誌が市場に出回った数日後、樹里と記事を書いた記者を食事に招待してきた。なぜ私が、と樹里は驚き、戸惑ったが、時田が樹里も是非一緒にと言っているとのことで、たいそう断りづらくなった。

時田に気にいられたのなら、以後、時田から周辺の話をさらに突っ込んで聞くことができるようになるかもしれない、と編集部は樹里がその食事会に出ることを大歓迎した。時田研究所はそれなりの世間への影響力があるにもかかわらず、内部が謎のヴェールに包まれていたこともあって、時田本人と記者との良好な関係は、社としてもありがたいのだった。

食事会は暮れも押し迫ったころ、赤坂の目立たないが高級な日本料理店で行われた。

先輩記者からは、ごく内輪のものらしい、と聞いていたが、案内されて入った座敷は二十畳ほどもあり、床の間を背に座っている時田の他に、十名近い男たちが細長く巨大な掘炬燵《ほりごたつ》式のテーブルを囲んで、ずらりと座っていた。全員、仕立て上がったばかりのような真新しい濃紺のスーツにネクタイ姿。愛想がない、という以前に、険のある表情の男ばかりだった。

時田だけが終始、にこにこしていた。自分に近い席に樹里と記者とを座らせ、居合わせた男たちに、この二人は大変優秀な方々なんだよ、と笑顔で言った。「特に、若いに似合わず完璧な仕事ぶりを見せてくれたのが、このお嬢さんだ。宮島樹里さん。新入社員でしたね?」

そうです、と樹里が小声で答えると、時田はまるごと真綿でくるんでくるような、いとおしげな目で樹里を見た。父親ほど年上の男から、そんな目で見つめられたことがなかったので、樹里は慌てた。

日本酒が運ばれてきた。時田は真っ先に樹里の猪口《ちょこ》に酒を満たした。僕にもお願いします、と言われてお銚子を手渡された。

不器用ながら、樹里が時田の猪口に酒を注いでいる時、時田の指がよく見えた。女のそれのように細くて白い、繊細そうな指だった。

他の男たちは全員、時田研究所の所員と紹介された。よく見ると、年齢はまちまちで、若い男もいれば、中年にさしかかっている男もいた。皆、示し合わせたかのように無口で、もくもくと料理に手をつけ、酒を飲み、時田が何か言うと、異様なほど畏《かしこ》まって正座し、傾聴したり、深くうなずいたりしていた。

時田だけが時折、笑い声をまじえながら、ゆっくりとしゃべり続けた。話し方はインタビュー時と同様、穏やかで明晰《めいせき》だった。

どことはなしに居心地が悪かったのか。初めから何かを警戒していたからか。樹里の隣にいた先輩記者は、注がれた酒にほとんど手をつけないまま、時田の話に相槌《あいづち》を打ち続けた。時折、腕時計を覗き、上着のポケットからわざとらしくスマートフォンを取り出したりしつつ、落ちつかなげだった。

ひと通り、出された料理を食べ終わったころだった。勧められるままに飲んだ酒がまわっていたせいもある。樹里は、時田に思いがけず親しみを覚え、「時田さん」と呼びかけた。「時田さんはふだん、どんな本を読んでらっしゃるんですか」

「この仕事に関係する本ばかり読んでいるわけじゃないですよ」と時田は笑顔を作りながら、丁寧な物言いを崩さずに答えた。「もちろん、小説も読みますしね」

「ほんとですか」と樹里は喜ばしく思いながら聞き返した。「時田さんが小説も読んでらっしゃるなんて、ちょっと想像しなかったです。どんな小説ですか」

「いろいろ読みますよ。一番好きなのは三島由紀夫ですが、村上春樹も読みますし、ベストセラーになったミステリーなんかも。海外翻訳もののミステリーは大好きです」

「わあ、すごいですね。時田さんは読書家だったんですね」

「おい、ちょっと待った」とその時、座敷の中央付近に座っていた男が、やおら中腰になって大声をあげた。「今、何て言った」

虚を衝かれて、樹里は押し黙った。あたりが水を打ったように静まり返った。

まさか自分に向かって言っているとは思わなかった。だが、男の視線はまっすぐに樹里に向けられていた。

「もう一度言ってみろ！　時田さん、だと？　なんで、あんたみたいな小娘が、目上の、しかも尊敬すべき人間のことを平然と、さん付けで呼んだりするんだよ」

「やめなさい」と時田が眉をひそめ、野太い声で窘《たしな》めた。だが、男は聞かなかった。

「先生、じゃないのか。え？　あんたみたいな立場で、時田さん、って呼ぶのは失礼だろう。時田先生、だろう。常識ってものがないのか。恥を知りなさい、恥を」

「いや、その……」と樹里の隣の先輩記者が間に割って入ろうとした。「彼女は何もそんな……」

男は畳の上に仁王立ちになって、まっすぐに樹里を指さした。「そこのおまえ！　おまえに言ってるんだ！　今ここで、手をついて先生に謝れ！」

樹里は呆然とするあまり、身体の芯が震え出すのを覚えた。酔っぱらいにからまれているのか、と思ったが、そうでもなさそうだった。

相手の言わんとしていることは理解できた。だが、親しみをこめて「さん」付けで呼んだことが、それほど不当に怒鳴られなければならないことだとは、到底、思えなかった。

座敷に並んでいる男たちが、いっそう不気味に感じられた。彼らが研究所の所員で、時田の絶対の信奉者であることは伝わってきたが、そこには何か常軌を逸したものが感じられた。

だがともあれ、その場を収めなければならなかった。姿勢を正し、目を伏せ、すみません、と言おうとして樹里が口を開きかけた時だった。

時田がやおら、仁王立ちになっている男に向かい、それまで見せなかった険しい表情を作りながら、低い声で命じた。「座りなさい。大切な客人として私が招待した方に向かって、無礼にもほどがあるだろう」

初め、男は釈然としない顔つきを見せたが、やがて「申し訳ありません」とすねた少年のような口調で言うなり、座布団にどかりと腰をおろした。

座がいっぺんにしらけた。時田をふくめ、誰もが互いに不自然な気遣いをし始めた。誰かが座敷の襖《ふすま》を開け、「お酒、追加して」と大声で注文し、奥から「はぁい。ただいま」とのどかな女の声が響いたが、それでも室内に流れた陰鬱な空気は変わらなかった。

時田は束の間、眉根を寄せたまま沈黙していたが、やがて再び時田らしい表情を取り戻し、樹里に向かって「本当に申し訳なかった」と謝った。囁くような小さな声だった。「彼は所員の中でも一番の熱血漢なんです。ものごとに熱くなるあまり、過剰な言動に及ぶことが少なくないのですが、実に優秀な人物です。いや、こんなことを言っても、あなたが納得できないのは充分わかっていますが……ひとまずここは私に免じて、どうか許してください。こうでもしなければ、私の気持ちがおさまりません。この通りです」

やおら正座をしたかと思うと、時田は畳に手をつき、樹里に向かって深く頭を下げてきた。座敷中に雪崩のようなざわつきが起こった。

やめてください、と樹里が言っても、時田は頭を上げなかった。困惑した樹里が助けを求めようとして、隣の先輩記者の顔を見上げようとした時だった。

宙から何か目に見えない紐で引っ張られたかのように、時田はゆるゆると身体を起こした。

改まったように樹里を見つめるその両目には、危うくこぼれ落ちそうになるほどいっぱいの涙がたまっていた。それを見て、なぜ、馬鹿げた芝居にもほどがある、と思わずにいられたのか。なぜ、軽蔑の苦笑、失笑をもらさずにいられたのか。樹里には今もわからずにいる。それどころか、樹里は、その瞬間、時田の心根に触れたような気がしたのだった。

時田と二人きりで会ったのは、年が明けてまもなくのことだった。

先だってのお詫びをしたい、という電話が、樹里のスマートフォンにかかってきて、その時の言い方が、時田らしくもなく、ひどく緊張した様子だったのが、樹里の胸に響いた。内密にということを時田はひと言も言わなかったが、樹里は時田からの誘いを社の誰にも口外しないまま、こっそり指定された店に出向いた。

渋谷の街はずれにある、静かな和食店だった。半個室になった部屋のテーブル席で向き合うと、時田は両手を膝におしつけて姿勢を正し、「本当に先日は」と言って目を伏せた。「申し訳なかったです。さぞ、気分を害されたことでしょう。あのままじゃ、私の気がすまなかったので、こうしてお誘いしました」

「いいんです」と樹里は言った。「もう、忘れました。それに、言葉づかいには気をつけなくちゃいけない、っていうことを教えていただいたことには感謝しています。私のほうこそ、失礼な呼び方をしてしまって、本当に申し訳ありませんでした」

「いや、謝ったりなさらないでください。あなたに非はひとつもありませんよ」

「そんなことないです。時田先生をリスペクトなさっている方からすれば、私みたいな世間知らずの若い者が、気安く時田さん、なんて呼ぶことは許せないと思います。叱られて当然だった、って思ってます」

「そうではない。違います。これは……一から十まで、私の問題なんです」

「先生の問題……？」

「いや」と言い、時田はうすく微笑んだ。生々しさのまったく感じられない、風に吹かれ続けたあげく枯れていった木のような、うすい肩がわずかに震えた。「そんなこと、あなたが知る必要もないし、気になさる必要もないんです。さあ、今夜はここの料理を味わってください。なかなかうまいものを食わせる店ですよ。お気に召すといいんですが」

運ばれてくる料理は、暮れに時田と会った赤坂の店のものよりもはるかに素朴で、親しみがわくものばかりだった。勧められるままに燗酒《かんざけ》を飲み、寛ぎながら、樹里は時田の発する言葉に惹《ひ》かれていく自分を感じた。

難しいことは何ひとつ口にしなかった。かといって、若々しい現代的なユーモアに満ちている、というわけでもない。時田は何を話す時も、今の時代がいつだったのか忘れさせるような、淡々と流れていく水のような話し方をした。

たゆたう水に思わず身を任せたくなり、聞き入っていると、知らぬ間に質問を投げかけられる。樹里が正直にそれに答えれば、また、冬の日だまりを思わせる静かな笑顔が向けられてくる、といった按配《あんばい》だった。

日頃の仕事の疲れが洗い流されて、樹里は平らかな気分に満たされた。ろくに知りもしないというのに、目の前にいる年上の男がこれほど神々しく見えてくるのは、もしかするとすでに、一種の洗脳のようなものにかけられてしまったからかもしれない、とも思った。

時田のやっている仕事は、多忙な現代人のための生き方指南、心理カウンセリングのようなものと言うこともできた。実際、時田理論によって救われていく人間も多いと聞いていたが、先日の赤坂での一件を思い起こせば、その裏には、樹里の想像もつかないような、組織立った企み、もしくは異様な思想があるのかもしれなかった。

『月刊オピニオン』編集部でも、所員と称される時田の手下たちが、時田の熱狂的崇拝者であることはつかんでいた。だが、そこに政治的絡みはまったくなさそうだった。かといって思想と呼べるほどのものは見当たらず、両者の関係は純粋な同志的結合と言ってよかった。そこにこそ謎があることは事実だったものの、今ひとつ斬り込むための材料は希薄なままだったので、研究所内で周到な「洗脳」が行われているかもしれない、というのは、ただの野次馬が楽しめる仮説に過ぎなかった。

そうしたことを踏まえながら、どこからどう観察しても、樹里の目に、時田という男はすみずみまで草食動物のように安全そうに映った。手を伸ばせば、時に優しく舐《な》めてくれるかもしれないが、それ以上のことはしてこない。午睡《ひるね》の添い寝にこれほど似合う相手はいない、と思えるほど人を穏やかにさせる名人で、ましてや性的なことを連想させるような点は、何ひとつ見当たらなかった。

食事がすみ、デザートに供された汁粉と小さな金柑の砂糖菓子を平らげた樹里が「おいしかったです。こんなにおいしいお食事、久しぶりです」と言うと、時田はまたしても、やわらかな視線を樹里に投げてきた。

「私は今夜は、この近くのホテルに泊まります。定宿にしているホテルがあって、気がむくとよく泊まるんですが……よかったらこの後、私の部屋にいらっしゃいませんか。そのほうが、寛いで話ができるかと思うので」

そう言われた時、自分の中に巻き起こった感情、そして疑問が何を意味することだったか、樹里は今ならはっきりと言葉にすることができる。

それは、女性らしい洒落っ気が何もない、身だしなみ以外に、外見にこだわらずにいた自分のような垢抜けない娘を堂々とホテルに誘ってくる時田は、もしかすると変態なのかもしれない、ということだった。

変態だとすれば、彼がこれまで樹里に見せてきた、不自然なほど裏表のなさそうな、徹底した穏やかさの説明がつくようにも思われた。

「そんなことをしたら、奥さんに誤解されます」と樹里は咄嗟《とっさ》に言った。ぎこちなく微笑んだ。「そういうのは、私、困ります」

いやいや、と時田は目を細め、わずかに頰を赤らめた。「訊かれなかったので、あえて言わずにきましたが……私は独り身なんです。離婚したわけでも死別したわけでもなく……縁がなかったんでしょう、結婚歴もありません」

樹里は短い間に、頭の中をぐるぐるまわり続ける数々の疑問符を飲み込もうとした。飲み込んでしまいさえすれば、それでいいのかもしれない、と思った。いったん深く考えてしまったら、後戻りできなくなるほど深く迷い悩み、今のこの、たいそう寛いだ気分を台無しにしてしまいそうだった。

会計をすませた時田と並んで店を出て、タクシーに乗った。五分もかからずに到着したホテルのロビーを横切り、やはり並んでゆっくり歩きながらエレベーターに乗った。時田は並ぶと、樹里とほとんど同じくらいの身長しかなく、エレベーターの黒い鏡面に映る立ち姿は、樹里よりひとまわり小さく、華奢《きゃしゃ》に見えた。

時田の部屋は広々としていて豪華な造りだったが、樹里のような年代の娘を気後れさせるほどではなかった。

ルームサービスで時田がオーダーしたシャンペンのハーフボトルを分け合って飲み、BGMでクラシックの室内楽を聴きながら、大きな窓の向こうに拡がる夜景を眺めた。少し寒く感じられたので、正直にそう言うと、時田はエアコンの温度をあげ、さらに毛布を持って来て樹里の膝にかけてくれた。

時田以外、知っている人の誰もいない、異国の夜を二人で過ごしているような気がした。ずっと昔、まだ幼かったころから傍にいて、互いに暮らしのすみずみまで知り尽くした相手と、地球上にたった二人、残されてしまったような。

その晩、樹里はキングサイズのベッドに、服を着たまま時田と共にもぐりこんだ。時田から「こちらにきませんか」と言われたからだが、そう言われて素直に応じることが別に異常なこととも思わずにいられた。

時田はほんの少し、おざなりのようにゆるく樹里を抱きしめ、頬と額にぎこちないくちづけをしてきた。樹里は身体を固くしたが、それ以上の行為に及ぶつもりは毛頭なかったようで、時田はまもなく仰向けになりながら、シベリア鉄道に乗った時の話を始めた。

人けのない、凍えるような駅に少女が一人、立っていましてね、と彼は言った。「夢かうつつか、と思えるほど美しい少女でした。今も忘れられません。色白の人形のような……。髪は黒く、長い睫毛も黒くて、くちびるだけがほんのり赤く輝いていて……。どこの誰なのかも知らないし、見かけたのは列車が停車していた間の、ほんの数分に過ぎなかったんですが、以来、私はずっと、彼女のことを想い続けているんです。忘れたことがありません」

「お幾つの時ですか」

「今のあなたよりも少し上。二十八、九でした」

「それからずっと、変わらずに？」

「そうです」

「すごいですね。永遠の片思いになった人が、ちょっと見かけただけの人だったなんて」

「恋は片思いに限りますよ。片思いでいてこそ、恋なんです。あなたの若さではまだわからないでしょうが。……恋人はいるんですか？」

「いません」

「恋人、っていうほどじゃなくても、ボーイフレンドと呼べるような人の一人や二人、いるでしょう」

「全然、です」

「それは驚いたな。なぜ？」

「たぶん、そういうことに興味がないんだと思います。今の仕事が忙しすぎて、時間もないですし……」

「じゃあ、時間がある時なら、たまに私とこうやって会っていただけますね」

どう答えればいいのかわからなかった。樹里は黙ったまま、小さくうなずいた。

帰り際、時田は封筒を手渡してきた。ホテルのネームが印刷された封筒だった。

怪訝な顔をした樹里に、時田はあっさりと「八王子までのタクシー代です」と言った。

「こんな時間に、酔っぱらいだらけの電車に乗ってほしくないですから」

「深夜の電車には慣れっこです。全然、平気です」

「今日は私のお詫びを聞いていただくために会っていただいたんですからね。これは気持ちの問題です。最後まで私に面倒をみさせてください」

仕方なく受け取った封筒を樹里はそのまま、バッグの中に入れることができなかった。まるでそれが使い古したハンカチか何かであるかのような気軽さを装って、封筒を手にしたまま、時田に向かって一礼した。「今日は本当にありがとうございました。おいしいお料理、ごちそうさまでした」

「こちらこそ、ありがとう。楽しかったですよ」

「私もです」

「よかった」と言い、時田は目を糸のように細めて微笑した。「また連絡します」

ホテルエントランス前に恭しく停まっていたタクシーに乗り、八王子に向かう途中、樹里は封筒を開けてみた。驚くべきことに、一万円札が五枚、入っていた。

都心のホテルから八王子までタクシーを使っても、五万円もかかるはずがない。どういうつもりで、こんな多額の現金を、と訝《いぶか》しく思った。

二度目に時田と会った際、樹里はタクシーの領収証と共に、何かのお間違いだろうと思いますので、と言いながら、タクシー代を引いた残りの金を封筒に入れて差し出した。時田はにこやかに笑ったが、決して受け取ろうとしなかった。

三度目の夜、前回と同じホテルの一室で、樹里は時田に身を任せた。愛撫は完璧だった。やさしい指先の動きは鳥の羽のごとくだった。ひとつもがつがつしたところがなかった。樹里を慈しむ気持ち、癒そうとする気持ちだけが伝わってきた。

だが、時田は完全な性的不能者だった。いつからそうなったのか、初めからなのか、それとも何かの病気のせいなのか、理由はわからなかった。

四度目も五度目も、それ以降も同じだった。入念な愛撫が施されたが、時田と交接することはかなわなかったし、時田もまた、決してそうしようとはしなかった。

かといって彼は、そのことを恥じ入るわけでも言い訳するでもなかった。悲しげな表情も見せなかったし、内心の苛立ちを感じさせる言動も皆無だった。

そして、帰り際には必ず、決まった習慣のように封筒を手渡された。タクシー代と称して、中にそれを上回る額の現金が入れられているのも同じだった。

タクシー代だけいただければ充分なので、これからはやめてください、と何度言っても、時田はその習慣をやめようとせず、樹里が返そうとする金を受け取ろうともしなかった。

後日、タクシー代の領収証と共にまとめて、すべて時田に返さなければ、と樹里は思った。そのつど、釣り銭は羊羹《ようかん》の空き箱に保管し、自分の部屋に置いておいた。たちまち中は一万円札や五千円札、小銭でいっぱいになった。

いちいち数えたことはなかった。それは樹里の金ではなく、時田の金だった。必ず返さなければ、と決めていた。どうしても受け取ろうとしないなら、現金封筒に小分けに入れて、直接、研究所のほうに送ってしまえばいいのだから、とも思った。

だが、樹里は、自分が時田に金で買われているわけではないことを知っていた。若い娘に帰りのタクシー代を多めに手渡し、釣りはいらない、という俠気《おとこぎ》に満ちた態度をとってみせるのは、中年男のささやかな愉しみなのだ、ということもわかっていた。

ただそれだけのことに、いちいち生真面目に反応するのは無粋なことであるような気もした。時田との関係を金銭に置き換えて考えるのは、ある種、清々しくも感じられた。タクシー代として渡される現金の残りが多額だったとしても、それはそれで素直に受け取り、よかった、得しちゃった、とでも思っていればいいのかもしれなかった。

恋愛感情はないが、誘われれば苦もなく応じることのできる相手だった。恐怖や不安、怯《おび》えや猜疑心をまったく呼び起こさない関係……時田と過ごす時間は、仕事の疲れや、これまでの樹里の人生の苦しみを忘れさせてくれた。

同時に、それはいつでも終わらせることができる関係でもあった。何よりもその気楽さこそが、時田との関係の絶対的な美点であるような気もした。

時田との関係は時に間遠になったり、近づいたりしながら、一年ほど続いた。別れることになったのは、会うのが面倒になったからではなく、時田のことが疎ましくなったからでもない。時田が心理学の研究のため、と称して渡米することが決まったからだった。

二年の予定だが、帰国したらまたこうやって会ってもらえるだろうか、と問われた。樹里は笑みを浮かべながら、ゆっくりと首を横に振った。

時田は樹里の意志を知っても、執念深さを覗かせたり、悲しんだりする素振りはまったく見せなかった。何事もなかったかのように、その場で樹里の気持ちを柔らかく受けとめた。わずかな抵抗も見られなかった。

最後に会った時、別れ際、時田からいつものように封筒を渡された。タクシー代にしては嵩張《かさば》っているように感じられた。思わず中をあらためると、一万円札が十枚、入っていた。すべて、折り目ひとつない新札だった。

「こんなにたくさん、いりません」と樹里は言った。「これまでも、先生からはいただき過ぎてるんです。お返ししなくちゃいけなかったのに、それもしないまま……」

いや、と時田は樹里を遮《さえぎ》った。「ほんのわずかですよ。私の気持ちだと思って受け取ってください。あなたと過ごす時間は至福でしたから」

「いえ、でも、こんなことをされる理由は……」

「受け取っておいてください。さもないと私は……」

時田が、その先の言葉をのみこんだのがわかった。深い感謝の気持ちを金に換算することの意味が、樹里にはその時、初めてわかったような気がした。時田は金を使うことでしか、感謝の念を表すことができないのだった。

時田と別れて少したってから、樹里はオピニオン社に辞表を提出した。毎日毎日、居残り練習をさせられる小学生のように、決して人の目に触れることのない原稿を書かされ、赤字でいっぱいにして突き返される。練習原稿を書いていない時は、先輩記者の雑用係として駆り出され、昼夜の別なく、使い走りのような仕事だけをやらされる。そんな毎日に嫌気がさしたからだった。

小説を書きたい、という想いがふくれあがったのも、そのころだった。興味も何もないテーマで、読者受けをねらうためだけに書かされる原稿にはうんざりだった。どうやれば、すぐれた小説を書けるようになるのか、早く知りたかった。学びたかった。かねてより気になっていた、文芸アカデミーの小説講座を受講したいと強く思ったのも、同じころだった。

斎木屋でのアルバイトが決まったのと、ほとんど同時期に、文芸アカデミーの青山教室に受講申し込みの手続きをすませた。受講料は思っていたよりも高かった。

記者時代の給料は少なかったが、夜遊びや贅沢をする習慣がなく、両親のいる家に住んでいた樹里には少額ながら蓄えがあった。だが、後に自活する際、役立てるつもりでいたので、それに手をつけるわけにはいかなかった。

樹里は迷わず、羊羹の空き箱に貯めておいた時田の金をそっくりそのまま、受講料に充てた。親に無心したり、言い訳をしたりせず、堂々と小説講座を受講することができるようになったのも、そこで澤登志夫の講義を受けることができたのも、そして、『抹殺』という作品を仕上げ、心の底に澱《おり》のように溜まっていたものを吐き出せたのも、さらに言えば、それを澤から高く評価してもらうことができたのもすべて、あの、時田のおかげだった。

佐久間美香とファミレスの前で別れ、叔母夫妻のマンションに戻った樹里は、車道とは反対側の、中庭に面した窓を開け、室内の空気を入れ換えた。秋の夕暮れのにおいが、室内を充たした。どこかで犬が吠えていた。

古くなった薄茶色のブルゾンを着たまま、樹里はスマートフォンを手にリビングのソファーに腰をおろした。メールは送信ボタンを押さない限り、気がすむまで読み返し、打ち直すことができる。だからといって、一言一句にこだわり過ぎると、冗長で読みにくい文章になるのはわかっていたので、気をつけなければいけなかった。

長い時間をかけて文章を打ち込んだ。丹念に読み直してみたところ、多少、長さが気にはなるが、二、三の言い回しを直すだけで、あとは悪くないように思えた。

遠くで車が行き交う音がしていた。近くの民家の庭で、ヒヨドリがけたたましく鳴く声が響いた。

樹里はおもむろに、澤登志夫にあてたメールを送信した。

『澤先生。メールをありがとうございました。お贈りしたボールペンを使っていただけているそうで、とても嬉しいです。そして、先生が新百合ヶ丘にお住まいだと知り、本当に驚きました。お近くだったのですね。私が住んでいるあざみ野のマンションは、渡米中の叔母夫妻のもので、私は留守番のために住まわせてもらっているだけです。でも、家賃はタダだし、叔母夫妻の所有する車も自由に乗り回していいことになっています。私は車の免許をもっています。先生のご希望があれば、お申しつけの通りに車で新百合まで伺って、お買い物などの手伝いをすることもできます。いつでもご遠慮なくおっしゃってください。

宮島樹里』

ややあって、樹里は澤同様、短い「追伸」を送った。

『追伸です。文芸アカデミーは、今月限りでやめることにしました。澤先生がいらっしゃらない講座には、通う気がしません。ではまた。

宮島樹里』

# 10

一瞬の、痛みとも言えない違和感を感じた、と思ったら、下顎にじわりと血がにじみ始めた。登志夫は舌打ちをして剃刀《かみそり》を放り出し、ティッシュペーパーを押しつけた。電池式のシェーバーが壊れていて、慣れない剃刀を使ったのがいけなかった。たいした傷でもないのに、なかなか血は止まらなかった。

若いころから、髭《ひげ》は濃いほうではなかった。老いて病を得てからは、いっそううすくなり、億劫《おっくう》なのも手伝って髭剃りを怠《おこた》るようになった。鏡で肌をざっと点検する習慣も、絶えて久しい。

小さな吹き出物でもあったのか。たるんだ皮膚ごと、うっかり切ってしまったのか。病み衰えた肉体でも、これしきのことで血があふれ、止まらなくなるのは、不思議というよりも腹立たしかった。

「みのわ」に行き、早めの夕食も兼ねて何か少し、まともなものを食べてくるつもりだった。開店直後に入れば客もおらず、女将《おかみ》の淳子とも気兼ねなく世間話を交わせる。女将の色香に満ちた仕草や潤った声に包まれながら、どうということのない話を続け、温燗《ぬるかん》を一本、ちびちびと飲む。野菜の炊き合わせやめばるの煮つけをつつく。最後に小さな塩むすびでも握ってもらい、赤だし味噌汁をすする。……人生最後の晩餐《ばんさん》も、そんな献立にしたいものだ、などと思いつつ洗面所に立った時、思いの外、白黒まじりの無精髭《ぶしょうひげ》が伸びていることに気づいた。

ただでさえ肌つやの悪い病人顔がいっそう小汚く見えた。せっかく「みのわ」に行くのだから、と殊勝にも剃刀を手にしたことを彼は悔やんだ。今さら女将の前で気取る必要もない、というのに。

十一月も半ばになろうとしていた。朝晩はさすがに肌寒く、季節はどんどん冬に向かいつつある。

これといって何もしないまま、時間だけが人を小馬鹿にしたかのように規則正しく流れていくのが業腹だった。住まいの片づけ、写真や書類などの不用品の整理、処分など、やらなくてはならないことは山のようにある。再読しておきたいと思う本、見納めに観ておきたい映画のＤＶＤもあった。なのに、ぼんやりと過ごす中で時間が流れ、気づけばもう、日が暮れている。

彼の状態を知る、数少ない文芸アカデミーの関係者や文秋社の沼田からは、ごくたまにメールで遠回しの見舞いのメッセージが送られてきた。だが、登志夫が無難な短いメールしか返さないものだから、すぐにやりとりは途切れた。

仮に誰かが誘ってくれたとしても、出て行く気はなかった。そのくせ、どこからも誰からもその種の誘いがなくなると、妙にしらじらとした救いようのない孤独感に襲われた。

これでもう何日、人と会っていないだろう、と考えた。一週間？　二週間？　……自分が人と会うどころか、何もせずにいたことを思い出し、時折、怖くなった。孤独が恐ろしいのではなく、そんなつまらないことに怯えている自分が怖いのだった。

美人女将に会いに行くために髭を剃る。顔を洗って小ざっぱりする。老醜を少しでも消すために、うすくなった頭髪を丹念に撫でつける。リステリンで口をゆすぐ。入り口の暖簾《のれん》をくぐったとたん、「あらぁ、澤さん、来てくださって嬉しい」などと女将から色っぽく声をかけられる。その瞬間の喜びをバネにして、珍しくいそいそと髭を剃り始めたというのに、彼は急に「みのわ」に行く気がしなくなった。

今しがたまでの勢いは急速に冷めていった。全身の血液が滞《とどこお》ってしまったかのように、身体が重たく沈んでいった。

彼は口をへの字に曲げ、鏡を凝視した。髭を剃り損なったついでに、この剃刀を頸動脈にあてがって、少し力をこめるだけで楽になれるのだ、と考えた。人は大量出血のさなかでは意識を失ってしまうのがふつうで、痛みも苦しみも感じない、という話を聞いたことがある。

洗面台についている蛍光灯が投げかけてくる光は、灰色に煤《すす》けていた。ただでさえ生気のない顔が、鏡の中に幽鬼さながらに浮き上がっているのが見えた。

傷口の様子はわからなかった。老眼鏡はリビングのセンターテーブルの上……積み上げた新聞紙や週刊誌の上に載せてある。だが、ほんの数歩の距離を歩いて取りに行くことすら億劫だった。

彼は洗面台についているキャビネットの扉を開け、中をまさぐった。どこかに手鏡が入っているはずだった。

水垢と埃にまみれた棚の奥から、スタンド付きの四角い鏡が出てきた。表面がふつうの鏡、裏面が拡大鏡になっている。ずいぶん前に、役に立つと思ってドラッグストアで買っておいたものだった。

拡大鏡のほうに傷口を映してみた。自分の目がかすんでいるからか、それとも鏡が曇っているせいなのか、ぼやけてよく見えなかった。

ばかばかしい、と思った。傷口など調べてどうする。

深いため息をつき、首を左右に振った。洗面台の縁に寄りかかりながら、じっとしていた。

ややあっておもむろに顔をあげた。洗面台の鏡に、手鏡を手にした自分が映っていた。ゆっくりと手鏡を上下左右に動かしてみた。手鏡の中には、手鏡を手にして心もとなく突っ立っている自分の顔があった。さらに、その手鏡の中にも、またその中にも、同じ自分が連なっていた。

窓のない、うすぐらい洗面室で、汚れた洗面台の縁に寄りかかったまま、彼は思わず、

「あ」と低く声をあげた。

唐突に、昔、貴美子から聞いた話が甦った。

「ねえ、明治の粉ミルクって覚えてる?」……と貴美子は言った。「円筒形の缶に入ってたじゃない。私は母乳で育ったんだけど、妹は粉ミルクだったの。だから、家にはいつも粉ミルクの缶が置いてあったのよ。缶には可愛い女の子の絵がついてて、その女の子は絵の中でも同じ粉ミルクの缶を腕に抱えてて、その絵の中の粉ミルクの缶の中の少女も、やっぱり同じ缶を抱えてるの。わかる? それが永遠に続いてるんだな、って考えたら、くらくらしてきちゃって。だからね、誰もいない日の午後なんかに、私、母が使ってた三面鏡の前に缶を持って行ってね、三つの鏡を閉じて、その真ん中に入りこむような姿勢をとって、鏡に映る自分を眺めてたの。三面鏡の中には、三人の私がいるわけでしょ? 三人の私はそれぞれ、粉ミルクの缶を持ってるの。で、その缶には女の子の絵が描かれてるわけだけど、女の子は私が持ってるのと同じ缶を手にしてて、さらにさらに、その絵の中の缶にもまた、おんなじ女の子の絵があって……それが三面鏡の三枚の鏡のせいで、気が遠くなりそうなくらいたくさん、生まれてるわけよ。ちっちゃな三面鏡の前にいるだけなのに、それだけでもう、宇宙の果てにまでいっちゃったみたいなね。何だか、悠久《ゆうきゅう》を知ったみたいな気分になって、半分怖くて、でもすごく楽しかった。私の秘密の遊びだったの」

その話を聞いた時、登志夫は貴美子の感受性の豊かさに舌を巻いたものだった。なるほど、と唸《うな》った。

彼の弟も、やはり粉ミルクで育てられた。そのため、自宅には常に粉ミルクの缶が置いてあったから、明治の粉ミルク缶のことはよく覚えていた。

鮮やかな朱色と白の缶だった。缶の表面には青いワンピースを着た足の長い、どこか日本人離れした可憐な少女が描かれていた。絵の中の少女が腕に抱えているのが、同じ粉ミルクの缶だったことは気づかなかったが、言われてみればその通りだった。

貴美子はひとしきり粉ミルク缶の話をした後、当時、幼い女の子たちの間でブームだったミルク飲み人形やバービー人形の話を始めた。ね？　あなたも知ってるでしょ？と逐一、相槌《あいづち》を求められたが、彼はミルク飲み人形にもバービー人形にも興味はなかった。貴美子の話に微笑ましくうなずきながら、彼はその、豊かな肉体が今しがたの交情の名残をとどめているのを、指先でそっと確かめていただけだった。

悠久を知ったみたいな……。

貴美子は、三面鏡の前で粉ミルク缶を手にした時の気持ちを、そう表現した。

そうだな、全くそうなんだろうな、と登志夫は思いながら、手鏡を通して、老いぼれて病んでいる男が何人も何人も、遠く長く連なっているように見えはしないか、と期待した。洗面台の鏡に映る手鏡の中には自分がいて、その自分もまた手鏡を手にしていた。うまく手鏡を扱って目をこらせば、そこには何人もの自分が映し出されているはずだった。

貴美子は時々、ふつうの女なら決して使わないような種類のことばを使って話した。知性や教養をふりかざしていたわけではない。貴美子はごく自然に、そうした言葉に囲まれ、当たり前のように使いこなしていた。

悠久、という言葉が、性を交わした後のむせ返るようなベッドの中で、ふと口をついて出てくる、そんな貴美子を思い返すと、登志夫の胸は熱いもので充たされた。

煤けた蛍光灯の明かりの中、登志夫は毳《けば》だった歯ブラシや洗面台に散らかる血のついたティッシュペーパー、いたるところに点々とこびりついている歯磨きクリームの白い跡を一瞥《いちべつ》しながら、「悠久」を見いだそうと試みた。合わせ鏡の中に現れて、無限に連なっていく粉ミルクの少女を思い描こうとした。それを表して「悠久」と言った貴美子の、利発な少女の面影の残る、活き活きとした表情、声を甦らせようとした。

貴美子に会いたい、と登志夫は痛烈に思った。そう思ったとたん、胸が張り裂けそうになった。我知らず、鼻の奥がじんと熱くなった。

家庭など振り返ろうともしなかった。外で好き勝手なことばかり続けていた。それなのに娘のことだけは気になって、常に深い罪の意識に苛《さいな》まれていた。苛まれているくせに、その絶望的な八方塞がりの気分が、かえって欲望を加速させた。家庭から遠ざかれば遠ざかるほど、彼は貴美子を烈しく求めた。

あなたは獣だ、と妻は叫んだ。その瞳には、めらめらとした憎しみと軽蔑の火が燃えていた。

彼は洗面室のうす暗い天井を仰ぎ、深く息を吸った。当時の露《あら》わな性の情景を思い返そうと試みた。貴美子の性器、乳房、あえぎ声。興奮の度合いが増すほどに、湿り気を帯びてくる肌。何もかも弾き返してくるかのような、華やいだ肉体のすべて……。

そうした性的な記憶を甦らせ、そこに浸ることができれば、たとえ一瞬であろうが、ささやかな欲望が甦るかもしれなかった。死に向かっていることの恐怖と不安、さびしさから逃れることができるかもしれなかった。

だが、貴美子の肉体や貴美子の声、貴美子と交わした会話や貴美子に向けていた想いはいくらでも思い出せるというのに、かつて確かに彼の中にあった猛々しい欲望は微塵も生まれてこなかった。近づく死は一足早く、彼の中の性の残滓《ざんし》、あるかなきかの残り火をきれいさっぱり、消し去ってしまったのかもしれなかった。

それなのに彼は貴美子が恋しかった。恋しくてたまらなかった。

登志夫はうろたえた。痛む足腰から急速に力が抜けていき、上半身がぐらりとよろめくのを感じた。慌てて洗面台の縁に両手をついて身体を支えた。

ひどく弱っている、と感じた。衰弱、というのとは少し違う、それは、精神の絶望的なみじめさに通じる弱さであるようにも感じられた。

彼は自身を嘲《あざわら》笑った。病に冒され、弱ったまま、意志も持たずに生き存《なが》らえようとするのは滑稽《こっけい》だった。いっときの感情に流されて、自らを憐れみ、絶望のぬかるみに足をとられていたら、何も始まらないし、何も終わらない。

彼には密かに決めていることがある。いつそれを決めたのだったか、記憶は定かではない。だが、がんが再発転移していることがわかってまもなく、彼の気持ちがじわじわと、その決断に照準を合わせて動き始めたことだけは確かだった。

今はまだ、それをはっきりと言葉に替えて具体化し、しかるべき行動に移すことから目をそらしていることができる。気づかずにいるふりをし続けることさえできる。だが、早晩、覚悟を決めなければならないことはわかっていたし、そもそも、決めた以上は決行するつもりだった。だらだらと引き延ばされる猶予期間など、彼にはまったく不要だった。実際、そんなものは、くそくらえ、だった。

とはいえ、油断は大敵だった。過ぎた時間の折々の記憶は、ともすれば彼の中にあふれ返って、とどまるところを知らなくなった。

若かったころの自分。精力的にものごとに取り組み、徹夜しても一晩中、女を抱いたとしても、翌日は頭をフル回転させることができた自分。目にした数々の美しい風景。世界の輝き。月、太陽、風、星々。浜辺に寄せる波の音。間断なく繰り返されてきた夜と昼。そんな中で、いつも活き活きと存在し、病むことから遠く離れていることのできた頑丈な肉体の記憶の数々……。

記憶はたちまち、どうにも仕様のない苦しみに変わっていく。失って二度と戻らないとわかっているものにすがるのは滑稽のきわみだが、わかっていてもすがりたくなる気持ちの底には、自身に向けた強い軽蔑と憐れみがあって、それがかえってつらい。

いたずらにそんなものに惑わされそうになるたびに、彼は自分の中にある「怒り」を呼び覚まそうと試みた。嘆いたり不安がったり懐かしがったりするのではなく、また、ものごとを達観すべく虚しい努力を続けるのでもない。何かに怒りを感じている時のほうが、よほど気分がよくなることを彼は長い闘病の中で、よく知っていた。

世間に怒り、現実に怒り、自ら抱えた病に怒り、ふと弱気になる自分に烈しい怒りを向ける。くだらねえよ、と口にしてみる。冷笑する。自分にも他人にも、精一杯の皮肉をこめた言葉を投げつけ、そのセンスのよさを自画自賛する。怒りは生命の輝きでもあった。

結局、その日、登志夫は「みのわ」には行かなかった。

食欲はなかったが、何か食べなければならなかった。冷凍庫をあさり、賞味期限が切れかかっている冷凍炒飯《チャーハン》を皿にあけて電子レンジに押し込んだ。

半分も食べられなかったが、プロセスチーズ一切れと共に、少量の缶ビールで腹に流しこんだ。朝起きてコーヒーに浸したビスケットを食べて以来、その日初めて口にする、食事らしい食事だった。

食料を調達してくる必要があった。しかもできるだけ早く。冷蔵庫の中の食材はあとわずかしか残っていない。

積極的に食べてほしい、と主治医から推奨されている野菜や果物は皆無で、野菜室の奥にはしなびて形を失っているエノキダケが転がっているだけだった。日持ちするはずの林檎も、いつ買ったのか忘れているほどだったから、すでに食べられなくなっている。

そのつど出前を頼む、という方法もあったが、食べ残しを始末し、食器を洗って外に出しておく、という手間や、配達してくる人間と顔を合わせる煩《わずら》わしさから、注文することはなくなっていた。

近所のコンビニまで行けば、すぐ口にできるにぎり飯やおでん、惣菜パンが簡単に手に入るが、食事のたびごとにコンビニまで行くのは面倒だった。納豆でもハムでも野菜類でも、保存がきく食材を買い置きしておいたほうが、家から出ないで生活するためにも便利だった。

炒飯を食べただけで、全身が疲労感に包まれた。少量しか飲まなかった缶ビールが、胃の中で泡立ち、脂くさい胃液と共にせり上がってくるような感じがした。

彼はソファーに寝ころがり、漫然とテレビを観るともなく観ながら小一時間すごした。同じ報道ばかりを繰り返している各局のニュース番組を観て、天気予報を観て、もう何も観る気がしなくなり、リモコンを使って消音にした。

何もする気がなかった。かといって眠たいわけでもない。疲れ果てたようになった肉体は何の役にも立たなくなっているというのに、頭だけはその必要もないのに絶えず動き続けていた。考えても詮ないことばかりが生まれては消えていった。その繰り返しを味わっているだけで、さらに疲労感が増した。

彼はソファーに仰向けになったまま、テーブルに載せてあるスマートフォンに手を伸ばした。暇さえあればスマートフォンを覗きこもうとしている。唯一、外部と自分とをつなげてくれるツールであることを思うと、やはり今は、無視できない。

おれはまるで、永遠に生きられると信じている二十歳の学生だ。そう思い、彼は自分自身をせせら笑った。

今も文芸アカデミーでの仕事を続けていたのなら、受講生たちに「小説における真の諧謔《かいぎゃく》」と題して、今のおれのような男を表現する方法を話してやったことだろう。末期がんの、古希《こき》に近づいた身寄りのない独り暮らしの男。外出ひとつせず、連日連夜、スマートフォンを手に、誰かから連絡がこないか、と待っている。

その「誰か」が誰なのか、本人もわかっていない。具体的な誰かを思い描いているわけでもない。何を待っているのかすら、わからない。それなのに、男は漠然と何かを待っている。待っている、ということ自体が、生存の証になっている。しかし、自分が生きているということを証明しようにも、連絡すべき相手もいない。そんな皮肉の中で、男は今日も、何かを待ち続けている……。

相変わらず、どこからも新しいメールや着信は入っていなかった。十月半ばに送られてきた宮島樹里からのメールが、最後にして最新のものである状態に変わりはない。

彼はソファーに横になったまま、樹里からのメールを読み返した。たいした内容のメールでもないし、とりたてて読み手の気を引くような文言が書かれてあるわけでもない。返信もせずにいたというのに、なぜ、今ごろになってそんなまねをしているのか、自分でもわからなかった。

たまたま近くに住んでいた、正直で心根の優しい、親切な娘だった。ついでにほめてやれば、優秀な、という形容詞をつけてやってもよかった。少なくとも、文芸アカデミーの青山教室では群を抜いて優秀な受講生だった。

だが、親切で優秀な小娘から、「なんでもお申しつけください」と言われたからといって、スーパーで買い物をしてきてくれ、などと頼むのはもってのほかだった。買ってきたものを部屋まで運んでくれた彼女に向かって、ありがたがって手を合わせ、涙ぐむふりをしてみせる老人になってみるのも一興だ、と思わないでもなかったが、そんな芝居はできるはずもなかった。そんなことをするくらいなら、さっさと剃刀で頸動脈を切って、血の海の中で事切れてしまうべきだった。

彼女を部屋に招き入れ、ワインなど飲ませ、隙《すき》をみて肩に手をまわしたり、キスしたりしようとする、若々しい牡《おす》としての根性が残っているのなら、まだしもだが、と彼は皮肉まじりに考えた。だが、そんなものはかけらもなかった。第一、樹里は、彼がその種の対象にし、想像の中でひそかに楽しむことができるような娘ではなかった。

樹里は彼にとって、あくまで一人の優秀だった受講生にすぎない。少なくとも、講師の職を退いた今になって、考え続けるに値する娘でもなかった。

それなのに、気づけば彼は、絶望的なまでに垢《あか》抜けない風貌の娘について、思い出すことが多くなっていた。近くに住んでいるというのが、そうさせる理由の一つだったかもしれないが、それだけではなさそうだった。

すでに、生きていくための努力をするどころか、死んでいくための努力を始めることすら面倒になっている。足腰をいたわりながら外出するのも面倒なら、通信販売で買った杖を引っ張りだしてきて散歩に使うのも、定期的に病院に通うことも、人と挨拶したり、まともな会話を交わしたり、説明したり、言い訳したり、元気を装ったりすることも、そのすべてが煩わしかった。

彼が好むのは、自宅で楽な姿勢をとって、しなければならないことをすべて後回しにし、日がな一日、あてどのない想いの中をさまよい続けていることだけだった。

ボールペンを彼に贈り、メールの返事をくれた、親切な若い娘のことをぼんやりと思い返すのも、そんな自堕落な毎日の中のささやかな習慣の一つになりつつあった。例えて言えばそれは、公園ですれ違った一匹の犬の無邪気さを懐かしく思い返し、あの公園に行けば、あいつに会えるかもしれないな、などと、何とはなしに夢想することにも似ていた。

これといって会いたい人間などいなかったが、彼は樹里となら会ってもいいような気がした。彼女を前にして、病気の話も死んでいく話も過去に通りすぎてきた数々の厄介なできごとの話も一切せず、ただ、好きな小説の話、好きな作家の話を思いつくままに話し続けるひとときのことを想像すると、思いがけず気持ちが和んだ。

相手は少なくとも、懸命に小説を書こうと努力している、純朴な若い娘だった。自らがくぐり抜けてきたものを小説の中で昇華しようとして、ものごとに真摯《しんし》なまなざしを向けている様子なのが微笑ましい。

笑顔が思いがけず魅力的で、よく見れば整った顔だちをしていた。整っているのに、何やら泥つき大根や泥つき人参を連想させる土くさい素朴な逞《たくま》しさがあった。登志夫を妙に安心させ、素直にさせるのも、そのあたりに理由があるのかもしれなかった。

彼を敬い、彼の言うことに無条件に従おうとしてくる姿勢も単純に喜ばしく、ありがたかった。人生に幕をおろそうとしている病んだ老人に、あそこまで純粋な敬意を払ってくれる若い娘など、どこをどう探したっていやしないだろう。

何よりも彼は、樹里、という名前に縁を感じていた。実の娘、里香と同様、「里」という文字がついているからだった。

里香は今、三十二歳だった。三十二歳！　子鹿のように細く形のいい足をもっていた少女はもう、大人の女を通り越して、驚くべきことに、あと少しすれば中年と呼ばれる領域に入る。死んでもいないのに、死んだ子どもの年齢を数えるような気持ちで、登志夫は娘の年齢を考え、娘の現在の姿を想像した。

里香が高校を卒業するのを待って、別れた妻の典子は再婚した。相手が外資系の企業に勤務する、三つ年下の日本人の男、ということ以外、彼は何も知らされていない。

里香からは今も昔も、何の便りもなかった。典子がそうさせているのではなく、本人の意志によるものだろうということは、うすうす気づいていた。

都内の有名私立大学を卒業してから、大手銀行に就職したことまでは典子から聞いて知っていたが、その後、典子からの連絡も途絶えて久しい。里香がどこでどうしているのか、結婚したのか、したのなら子どもはいるのか、まだ独身でいるのか、といったことは想像するしかなかった。

離婚して妻が引き取った娘は、大人になると別れた父親が恋しくなる、という話はよく聞く。だが、里香に限って言えば、そういうことは断じて起こらないだろう、と彼は思っていた。

多感な少女期に母親の、父親に向けた怒り、憎しみ、軽蔑の念をいやというほど吹き込まれている。記憶に禍々《まがまが》しく刻印されたそれらは、たとえ長い歳月が流れたとしても、永遠に消えない傷となって残され、彼女の人生そのものを支配し続けるに違いなかった。

里香から本気で憎まれていたことを登志夫は知っている。里香の中で自分は、世界で一番軽蔑すべき男、吊るし首にしたいほどの極悪性犯罪者同様に分類され、唾棄《だき》すべき筆頭の人物として位置づけられている。

それこそ「抹殺」だな、と登志夫は皮肉まじりに思い、ソファーの上で湿った咳をしながら短く笑った。

樹里は祖父を意識の中で抹殺し、そのことを小説に書いた。里香はきっと、父親であるおれのことを抹殺し続け、いくら抹殺しても足りないまま、今に至っているのだろう。

そして、そんな実の娘よりも、樹里は遥かに若いのだった。彼にとって樹里は未知の生き物……図鑑でしか見たことのない、遠い外国の島に生息している、見慣れぬ小動物のようでもあった。

未知であるがゆえに、安心できた。中途半端に相手のことがわかっていたら、煩わしいだけだった。

追伸もふくめて二通のメールが樹里から送られてきてから、すでにひと月近く経過していた。昨今、若い連中は、たいていLINEを利用し、瞬時にやりとりを交わしている。樹里も友達や家族とLINEをやっているはずだから、ひと月も何の音沙汰もない相手など、初めからいなかったも同然のような心持ちになってしまうのではなかろうか。

別に用事があるわけでもなく、伝えたいことがあったわけでもない。だが、登志夫は「みのわ」に行かなくなった代わりに、樹里にメールを送ろう、と思った。

何かできることがあれば喜んで手伝いたい、という温かいメールを受け取ったきり、無視し続けるのはいくらなんでも申し訳ない、という気持ちもあった。

彼はスマートフォンを手に、件名に「こんばんは」と入れた。ソファーに寝ころがったままの姿勢でいると、腕や背中や腰がつらくなるので、上半身を起こし、クッションに寄りかかった。

ガラケーからスマートフォンに切り替えて長い。だが、決して使いこなせているとは言えず、未だにメール文を打つ時に、タップする指がうまく動かない。打ち間違えて何度も削除しなければならなくなる。

「先日はメールをありがとう。返事が遅くなり、申し訳なく思っています。小説講座を辞める、とのことでしたが、その後、お元気ですか」……そう入力するだけで、長い時間がかかった。しかも、読み返すと誤字だらけだった。彼は全文を削除し、改めて簡潔な文章に書き替えた。

『小説講座をやめた由《よし》。どんな毎日ですか。当方、ほとんど家から出なくなりました。引きこもりのヒッキーです。新百合においでの節はお知らせください。

澤登志夫』

驚くことに、ものの五分もたたないうちに、樹里からの返信が届いた。しばらくぶりで耳にするメール着信音に我知らずどきりとしつつ、彼はメールを開いた。

『澤先生、メール嬉しかったです！　ありがとうございました！　どきどきしています！　私はいつでも、先生のご都合のいい時に新百合まで行けます。ご連絡、お待ちしています！

宮島樹里』

絵文字は使われていなかったが、エクスクラメーションマークがあふれたメールだった。若々しい生命が、手に手をとって踊っているかのような文面だった。

だが、「いつでも」と言われると、彼にも応えようがなかった。冗談めかして、「今すぐ」と返信してみたら、どんな反応が返ってくるだろう、とちらりと思ったが、すぐに馬鹿げたことだと思い直した。樹里には会ってもいいとは思うが、今すぐ会う気など、さらさらなかった。

登志夫は壁にかけているカレンダーに視線を移した。いつでも会えるのなら、明日でも明後日でもいいが、待ち合わせをどこにするか、何時にするのか、など考え、ひとまず提案し、相手に連絡しなければならないのが面倒だった。

彼は樹里にならって、すぐに返信した。

『いつどこで、ということは、あなたが決めてくださってかまいません。

澤登志夫』

二通目の樹里からのメールもすぐに届いた。

『了解いたしました！　日にちと場所を考えて、明日中に、またご連絡させていただきます！　ご連絡、本当にありがとうございました！

宮島樹里』

翌日の昼過ぎ、登志夫は自宅マンションにマッサージの出張を頼んだ。

数日前から足腰の鈍い痛み、背中から肩、首にかけての凝り、軽い頭痛を覚えていたのだが、それらの症状は次第にひどくなっていった。早めにマッサージをしてもらうと、いくらか楽になるのは、これまでの経験上、わかっていた。

やって来たのは、以前、時折、来てもらっていたのとは別の、初めて見るマッサージ師だった。年齢が読めなかった。頭髪には白いものが混ざっていたが、もともと童顔なのか、顔だちは幼かった。

独り暮らしの、刻々と死が近づいている老人の寝乱れた寝室を他人に見られたくなかった。彼はリビングの床にタオルを二枚重ねて敷き、そこでマッサージを受けた。

相手がマッサージ師とはいえ、無音の中に他人と過ごすことは耐えがたかったので、テレビはつけっ放しにしておいた。地上波はタレントの面白くもない馬鹿騒ぎや騒々しいCMばかりで、めったに観ない。彼がCS放送にチャンネルを合わせたのは、たまたまオールディーズのCDをセット販売するCMが流れていて、音楽が耳に心地よかったせいだった。

マッサージを受けている間に、いつのまにか次の番組が始まった。キューバのハバナの海で泳いでいて、巨大な鮫《さめ》に足を食われたアメリカ人男性の、壮絶な体験をもとにして作られたドキュメンタリー番組だった。

男は海中に引きずりこまれて鮫に片足を食われ続けたまさにその絶体絶命のさなかに、モハメド・アリのことを思い出していた、という。

朦朧《もうろう》としてくる意識の中、男はモハメド・アリにならんとして、最後の力をふりしぼった。鮮血に染まる海水をいやというほど飲みこみながら、無我夢中で鮫を殴り続けた。そして、ふいを喰らった鮫が一瞬、彼の足を口から放したすきに、猛然と浜辺に向かって泳ぎ、浜に辿り着いたとたん、意識を失って、海岸にいた人々に救助された。

現在は義足になっているその男が、カメラに向かって当時を思い返しながら語る恐ろしい話に、それまでほとんど何も喋らずにもくもくと登志夫の身体をもんでいたマッサージ師が、強い反応をみせた。

「いや、しかし、すごい人もいるものですねえ」と言い、マッサージ師は感嘆のため息をついた。「鮫に足を食われるなんて、ふつうの人なら気絶してますよ。諦めない、っていう気持ち、やっぱり大切なんですね。何事も諦めたらおしまいですね。勇気が出てきますね」

誰もが言いそうな、ありふれた感想をもったいぶって言ってやがる、と登志夫は思った。こういう鈍感なやつは、きっと家に帰ったらこの話を嬉々として子どもに教え、諦めないことがいかに大切か、ひとくさりつまらない説教をするのだろう。

登志夫はそれに応えずに、「痛いよ」と呻《うめ》いた。「強すぎる。もっとゆるく頼むよ」

「あ、申し訳ございません。ついつい、鮫の話に気をとられまして……」

鮫に足を食われながら、モハメド・アリの死闘を思い出して奮起したという、そのアメリカ人の男は、登志夫にとっては遠い、別世界の人間に過ぎなかった。病魔に冒されていない若い肉体と、健全な精神を併せ持つ者に与えられた力こそが、死にかけていてさえ、自身を救う。

だが、潔く諦めることそれ自体が自身を救うケースもあるということを、健康に恵まれた人々は知らずにいるのだ、と彼は思った。

「おれなら、その場でお陀仏《だぶつ》だな」と登志夫はうつ伏せになったまま、くぐもった声で言った。「足どころか、全身を食われて、滓《かす》も残らないよ」

「そんなこと、ございませんでしょう。勇敢に戦われるんじゃないですか」

「無理無理。海に行くだけでもしんどいんだ。そもそも家からほとんど出ないんだから、鮫と出くわす機会もない」

マッサージ師はあまり可笑しくなさそうに笑った。「それですと、ふだん、運動の習慣はおありではなく?」

「全然だね」

「失礼ながら、お身体、ずいぶん固くなっておられます」

「そうだろうな」

「簡単なストレッチでもよろしいですから、できるだけお身体を動かしていきませんとね」

「そんなことはわかってるよ」

「お時間、ないですか」

「時間の問題じゃないよ。だるいから身体を動かすのが億劫なんだよ」

「身体を動かさなくなった方はみなさん、全員、そうおっしゃいます。悪循環ですね。でも、そこをなんとかなさらないと、今後……」

別段、苛立ちを感じたわけではなかった。事情が何もわからずにいる相手に向かって、力んでみても仕方がない。だが、するりと言葉が口をついて出た。「あのさ、申し訳ないけど、おれ、そういうことはもう、どうでもよくなったんだよ。おれ、がんだからさ。しかも末期でね。転移もしてる」

はっ、と露骨に息をのむ気配が伝わった。登志夫の腰のあたりをもんでいた手の動きが、一瞬、止まるのがわかった。

思わず流れてしまった沈黙に抗《あらが》おうとするかのように、マッサージ師は慌てて「お気の毒です」と蚊の鳴くような声で言った。

馬鹿にされたような気もしたが、あとの言葉が続かないのは幸いと言えた。末期がんから生還した知人の話をし始めたり、がんに効くツボだの民間療法だのを語ろうとしない分だけ、こいつはましだったのかもしれない、と登志夫は思った。

登志夫の腰にあてがわれた手が、人間を慰めようとするロボットのそれのように、不自然にリズミカルに動き始めた。

何か気のきいたこと、ほれぼれするようなすばらしい皮肉を言ってやりたかった。だが、言葉が何も出てこなかった。

登志夫は「いや、まあ、そんなわけで」と言った。言えたのがそれだけだったことが、彼自身をみじめにさせた。彼は自分に怒りを覚えた。

マッサージ終了後、一時間分の料金を手渡し、「少し楽になった」と登志夫は言った。

嘘だった。頭痛はおさまったが、揉んでも押しても叩いても、人の手のぬくもりで温めてもらっても、身体の深いところで生まれてくるかすかな痛み、不快感は消えずに残った。

マッサージ師は、てきぱきと領収証を切り、彼に手渡した。終始、事務的な態度だった。一切、病気見舞いのようなことを言われなかったのが、せめてもの救いと考えたかったが、その実、彼は孤独を感じた。

外は小雨が降りしきっていた。買い物に行かなければ、食べるものがなくなっていた。雨を理由に出かけずにいるのなら、結局は出前を注文するしかなくなる。そば屋、ラーメン屋、鮨屋、ピザ屋……真に食べたいものはどこにもない。

登志夫はのろのろと支度を始めた。

何を買うのかも決めていない。卵も牛乳も、主治医が奨励してやまない野菜も果物もなかった。パンもカップ麺も冷凍食品も。新鮮な肉や魚も。手の込んだ料理は「みのわ」の世話になるにしても、ふだん、自宅で日常的に簡単に口にするものは、一通り、揃えておかねばならない。

最低限必要なものを買い、それらを運んで帰るのかと考えると、うんざりだった。いっそ餓死したほうが楽ではないか、とすら思えた。

ネットで買い物ができることは知っている。近いうちに登録をして、そのようにしなければならなくなるかもしれない。あるいは、高齢者のための、栄養計算された惣菜セットとやらを定期購入し、毎週、冷凍状態で届けてもらうか。

身体が動く間は、何もかも自分でやりたかった。人の手を借りるのは、かえって煩わしかった。

降ったりやんだりの小雨だったので、傘をささず、帽子をかぶったままの格好で出かけた。何日ぶりかで、外の空気を吸い、大勢の人間を見たような気がした。

カートを押しながら、よたよたとスーパーの中を回った。納豆のパックやカップラーメンを手にとったとたん、意識を失って床に倒れる、という光景を何度も想像した。世界中の独居生活をしている老人の中には、そのようにして倒れ、病院に運ばれ、二度と自分の住まいに戻れないまま、生命が尽きる者もいるのだろう、と思った。

余計なものは買わないよう努力したが、それでも量は減らせなかった。両手にスーパーのポリ袋を幾つも下げながら、再び来た道を引き返した。かぶっていた帽子は霧雨に濡れ、身体は火照っているというのに、首のあたりが冷えていた。

マンションの部屋に戻り、彼は買ったものをキッチンの床に放り出した。洗面所で手を洗い、タオルで首すじやこめかみを拭き、うがいをした。息があがっているわけではなかったが、胸苦しい感じがした。病気のせいなのか、単なる運動不足からくる疲労のせいなのか、わからなかった。

樹里からのメールが着信したのは、彼がソファーになだれこむようにして腰をおろした直後だった。

『澤先生。今週の金曜日、18日の午後2時に、新百合ヶ丘駅前、エルミロード1階のスタバでお待ちしています。いかがでしょうか。ご都合が悪ければ、お時間や場所など、いくらでも変更しますので、おっしゃってください。先生に合わせます。先生と再びお目にかかることができるのは夢のようです。

宮島樹里』

登志夫はクッションに頭をのせて横になり、軽く目を閉じた。手にはスマートフォンを握りしめたままでいた。

まだ二十六歳の、自分の娘よりも若い女から届けられたばかりのメールが、そこにあった。掌《てのひら》を通して、生命の暖かい躍動が伝わってくるような気がした。

彼は目を開けた。「了解です」とだけ打ち込んで送信し、深く息を吸った。

樹里とまた、スタバで会うことになった、と思った。いかにも樹里らしい店の選び方のように感じられた。手が届かないほど年上の、病に冒された老人と待ち合わせるのに、高級そうな気取った場所を選ぼうとするなどの妙な気遣いをしない。それが樹里のよさだった。

　気のはらない相手と、家の近くの、気のはらない場所で会う。病や死とは無縁の、小説の世界の話に浸る。しかも、相手にはすでに自分の病状を打ち明けてある。今さら隠すものは何もない。いい子だ、と彼は思った。

　その晩は、買ってきたばかりのインスタントの鍋焼きうどんをガスで温めて食べ、ソファーに寝ころがったまま、テレビを観続けた。眠いわけではない。どこかが決定的に痛むわけでも、気分が悪いわけでもない。だが、本を読む気力も、映画を観る気力もなく、漫然と流れる映像を視界におさめていること以外、したくなかった。

　騒々しいＣＭの数々、タレントたちの馬鹿騒ぎ、グルメ番組に旅番組、ニュース、天気予報……そのどこにも、彼自身はすでに生きていない。彼は世界から疎外されていた。すべては虚しいノイズに過ぎなかった。

　それなのに、彼はソファーに横になるたびに、気がつくとテレビのリモコンを手にしていた。聞き取れなくなるほど音声をしぼり、時には消音にしたまま、何かに取り憑《つ》かれたようにチャンネルを替え続けた。

　気分のすぐれない時は、ＣＭ画面のめまぐるしい動きやハレーションを起こしているかのような光の点滅を目にしているだけでも、めまいがしてきた。そんな時は目を閉じ、画面が変わるのを待った。

テレビなど、いっそ消してしまえばいいと思う。それなのにまた目を開けて、観るともなく画面を見つめている。そこには自分でも認めたくない、病者の孤独と侘《わび》しさがあった。

そんな中、ごくたまにではあるが、思わず音量を上げ、目を離せなくなる番組もないではなかった。

人生の終末期にさしかかった者や彼らを看護する人々、医師らを取り上げたドキュメンタリーか、それに類した番組。その種のものは、できれば観たくなかった。今さらその必要もない、と遠ざけていた。

それなのに、目に留めたとたん、我知らず見入ってしまう。無意識のうちに、自分自身の今後のヒントを探そうとする。一言一句、聞き逃すまいとして集中する。

だが、時に、一般的には深い感動をもって受け入れられるに違いない看取りの臨床心理士、あるいは宗教家のことばに、神経を逆撫でされることもあった。

感謝、ありがとう、という気持ちをもつことが、死の恐怖を打ち消してくれると語る、中年の女性臨床心理士が登場したことがあった。実際、看取りの現場では多くの死にゆく者たちが、そうした感謝の気持ちをもって、静かに自分の最期を受け入れていくのだという。家族や友人、医療関係者らに感謝しつつ、穏やかに凪《な》いだ気持ちで自分と向き合える人たちは皆、不安も恐怖も消えて、穏やかな最期を迎えることができるのです、と彼女は聖母のような表情で語った。

周囲に対する感謝の気持ち……それだけのことが、死を目前に控えた人間を救うのか、と彼は疑った。まるで小学校時代の道徳の教科書だった。まわりの人に感謝しなさい。働くお父さんにも、毎日、家の中の仕事で忙しいお母さんにも、おいしいお米を作ってくれる農家の人たちにも、みんなを守ってくれる警察の人たちにも、大勢の人たちに感謝して生きなさい……。手垢のついたことば、偽善にまみれたことばが、どうしてそう簡単に、長く生きてきて死に近づきつつある人間の胸に響いてくるものか。

少なくともおれは違う、と彼は思った。百歩譲って、ある種のことばが死の恐怖やさびしさを和らげてくれるのだとしても、おれなら、ありがとう、などということばだけで、単純に救われたりはしないよ。感謝？　これだけ野放図に生きてきた人間が、最後にものみなすべてに感謝を捧げて息を引き取れば救われる、というのか？　安易すぎる。人生は少女漫画なんかじゃないんだよ。笑わせるなよ。

彼は宗教をもっていなかった。何も信じていなかった。神も仏も。それでよかった。かろうじて信じられたのは自分だけだが、その自分は、おそらくは世間的には信じるに値いしない人間なのだった。愛する女と交わっている時しか、世界を信じられなかった男が、ありがとう、などと言って救われるはずはなかった。

ドキュメンタリーふうに制作されている番組には、彼と似通った境遇の老人も何度か登場した。家族のいない、身寄りのない独居老人で、しかも患っている人々……。彼らは一様に「孤独」「悲惨」といった、救いようのない負のイメージと共に紹介されていた。

介護は家庭で、という政府の福祉政策が登志夫には気にいらない。誰もに家族がいて当たり前、という発想は、いったいどこからくるのか。朝、寝床で目を覚ますと、どの家にも温かな気配が漂い、台所から味噌汁に入れる葱《ねぎ》を刻む音がしてくるのか。食事も買い物も入浴も、全部、家族の誰かがやってくれるのか。医師との会話も会計も処方箋薬局に行くことも、全部家族に任せて、あとは車椅子の中でうつらうつら、まどろんでいられるというのか。そんな風景は、今やまぼろしに過ぎなくなっていることをあいつらは知らないのか。

戸籍上の家族がいても、離散して暮らしている者。同居していても、事実上、家庭が崩壊しているケース。様々な事情があって、家族を捨て、独りで生きざるを得なくなった者たち。終末期に、何らかの形で支えてくれる家族や身寄りを一人も持っていない人間が、現実に驚くほど多く生きているのだ。

もっと目を見開いて見てみろよ、と彼はテレビに向かって怒鳴りちらす。千人の人間がいたら、千通りの人生がある。ひとつとして定型通りのものはない。それが自然だろう。なのに、定型の生き方からはずれ、こぼれ落ちれば、最後には孤独死が待ち受けている、という悲劇の物語が初めからできあがっている。人々は何よりも、それを恐れながら生きている。そうさせたのは誰なのか。

尊厳という言葉は、今やいたずらに一人歩きするようになった。だが、誰もが本物の尊厳を手に入れることができずにいる。

独りで生き、独りで死んでいく、ということ、その生き方を自分で選び、受け入れていくことの中にこそ、真の尊厳があるはずなのに、それはほとんどの場合、痛ましいこと、おぞましいこと、さびしいこととしてしか扱われない。

どれほど高尚な人間でも、独りになることが怖いのです、独りでさびしく死んでいきたくはないのです、それは自然な感情です、だからこそ、早くから手を打たなければならないのです……誰もがわかったふうに、そんなことを口にする。荘厳であるはずの、個人の生命の営みは、たちまち安っぽい手垢のついたことばでまとめ上げられてしまう。

野垂れ死にしないよう、あらゆる手だてを使って、まだ生きているうちからあれこれ動きまわらなくてはならなくなる。人に迷惑をかけないよう、万全の準備を整えておくことこそが、長く生きた者の最後にして最大の責務と化していく。死に近づく者は、残り少ない時間をつまらない準備のために使い果たす羽目になる。

確かにそうだろうよ、と登志夫は四方八方に唾を吐き捨てたくなるような気持ちの中で思う。

たとえろくでもない家族だったとしても、家族と呼べる人間がいれば、そりゃあ、死ぬ時はいろいろな意味で便利だし、助かることが多いだろうよ。施設や病院に入るための手続き、動かない身体を使っての移動、持ち物の整理、貴重品の管理、ほしいものを家から持ってきてもらうとか、死んだ後のことについて頼みごとをするとか。

むろん、老いて認知症がひどくなったら、そんなことすら、どうでもよくなるのはわかっていた。

施設で首によだれかけを掛けながら、大勢の老人たちと並んで食べたくもない刻み食を口の中に突っ込まれること。娯楽室で無理やり、歌いたくもない昔の歌を歌わされたり、手拍子をとったりさせられること。節分に鬼の面をつけて鬼役をやらされ、雛祭りともなると、どこの誰かもわからない、しぼんだ老婆と並んで、内裏雛ごっこをさせられること。……いずれの場合でも、無表情に黙していられるようになるのだ。別段、侮辱も感じない。苛立ちもしない。感情はいつのまにか均《なら》されていって、自分でもどう感じているのか、わからなくなる。

だが、仮にそうなったとしても、家族もしくはそれに準じる人間がいたら、たまには何かうまいものを持ってきてくれたりするのだ。そればかりか、親切にも背中や肩をさすってくれたりもする。手を握って、にっこり笑いかけてくれる。運悪く施設で密かに虐待を受けていたとしても、その「家族」がいち早く見抜いて、助けてくれるかもしれないのだ……。

だが彼には家族がいなかった。いないのだから、仕方がなかった。誰のせいでもない。いないものはいない。そのことを今頃になって、あれこれ後悔し、悲嘆にくれる気はさらさらなかった。

彼が気にいらないのはただひとつ。すべての人間に家族がいる、という大前提でものごとが決められていくこと、それだけだった。

政府の福祉対策がどうなろうが、孤独死がどう思われようが、世界のどこで何が起ころうが、知ったこっちゃない、とも思う。今の自分には関係ない、決めたことを実行するのみだ、とも思う。だが、そう思いながらも、人間にとって真の救いとは何か、などということについて考えこむことが多くなっていく。そしてそれはやがて、肥大化し続ける抽象的な概念と化し、かえって彼を日夜、苦しめることになるのだった。

その晩、深夜過ぎまで、登志夫はリビングのソファーに横たわったまま、天井を眺めたり、テレビをぼんやり眺めたりしていた。

いやな一日だったのか、それほどでもなかったのか、わからなくなった。肉体の疲労に加え、抗いようのない倦怠感があった。久しぶりにマッサージを受けたせいもあるかもしれなかった。

家にやって来たマッサージ師が、「末期がん」と聞いて一瞬、手の動きを止めた時のことを思い出した。樹里が、青山のスタバで彼の病気の告白を聞いた時、「何か私に、お手伝いできることが、あるでしょうか」と言ってきた時のことを思い出した。その時、口紅をつけていないくちびるの奥に覗いた、形のいい白い前歯のことも。

一切が夢まぼろしだったかのように感じられた。自分自身がたどってきた膨大な時間、かかわりをもったすべての人々、その何もかもが、現実にあったものとは思えなくなる。

そういう瞬間が増えてきた。

死が近いせいなのか、それとも、恣意《しい》的に生み出そうとしている死を目前にして、心の平穏を保たせようとする本能のせいなのか。

恐怖がないわけではない。底知れぬ不安もある。悲しみも苦しみも切なさも、すべての感情は若いころ、健康だったころとまったく変わらずある。

それらと向き合いすぎて、緊張感がほぐれない時は、迷わず安定剤や睡眠導入剤を飲むことにしていた。眠りこそが唯一の安息だった。

だが、とろとろと一日中、不快な睡魔に襲われている日もある。気がつくと眠っている。頭はかろうじてはっきりしているのに、肉体が死んでいる感じがする。その日もそうだった。

薬など何も飲まなかったというのに、いつのまにかうとうとしていた。時間にして三十分ほど。エアコンの暖房のせいもあってか、空気が乾燥していた。登志夫はひどい喉の渇きをおぼえて目を覚ました。

口の中に乾いた砂をばらまかれているような感じがした。喉が張りつきそうだった。

ソファーに手をつきながら、転げ落ちないように注意し、よろよろと立ち上がった。キッチンに行き、冷蔵庫を開けてみたが、冷えたものは飲む気がしなかった。水道の水をコップ一杯飲み、ひと息ついてから、急須に茶葉を入れ、湯沸かしポットの中の湯を注いだ。

緑茶を注いだマグカップを手に部屋に戻った。つけっ放しにしていたテレビでは、ドキュメンタリー番組が始まっていた。

孤独死した男の部屋の後始末に行く、遺品整理業者が映し出された。死んだのは、都内のアパートでたくさんの猫と共に独りで暮らしていた、六十九歳の男だった。

自分と同じ年齢であることを知り、彼はマグカップに口をつけるのも忘れた。思わず画面に吸い寄せられた。

死因は急性心不全か、そのたぐいのもので、いわば突然死ということだった。几帳面な人間だったはずなのに、家賃が滞納されたままだった。戸口には新聞がたまっていた。梅雨に入ったころ、次第に室内から悪臭がもれ出すようになった。合い鍵を使って中に入った大家が死んでいるのを発見したのだという。死後、二か月以上経過していた。

死んだ男には結婚歴があったが、三十代で離婚していた。別れた妻との間に子どもはおらず、兄弟姉妹、遠い親類をふくめ、身寄りはなかった。緊急時の連絡先も不明だった。

室内には、男が可愛がって飼っていたという猫の死骸が複数、転がっていた。男の遺体が運び出されていった後も、猫の死骸は放置されたままだった。早急になんとかしなくてはならなかった。

大家はやむなく自腹を切ることに決め、遺品整理業者に室内の清掃を依頼した。やって来たのは二十代から三十代、といった年回りの男、三名だった。

死んだ男の部屋が映し出された。小さな古い木造アパートの二階。六畳の和室に台所を兼ねた小さな板の間、ユニットのバストイレがついている。画面ではフィルターがかけられ、見えないよう処理が施されていたが、室内のいたるところに、十四近くにのぼる猫の死骸が重なるように横たわっていた。飼い主が急死したため、餌や水を与えられなくなり、閉め切られた室内から出て行くすべも持たず、猫たちはケージの中や畳の上、汚れた布団、台所の片隅で、哀れにもそれぞれ餓死していた。

業者の男たちの顔が大写しになった。彼らは一人残らず、声を殺して泣いていた。独り暮らしだった男の、雑多なものがあふれ返る室内に、猫のために設えられた真新しいケージがあった。猫のための餌入れ、水の容器が幾つもあった。どれも空だった。寝床の脇には、死ぬ直前まで遊んでやっていたのか、猫用のおもちゃも転がっていた。眉をひそめ、涙を浮かべながら、男たちは無言のまま、ゴム手袋をはめた手で丁重に猫の死骸を抱き上げては袋に入れる、という作業を繰り返した。カメラは彼らの姿を黙々と追い続けるだけだった。

気がつくと登志夫は泣いていた。嗚咽《おえつ》がこみあげてきて、止まらなくなった。よりによって、なぜ、こんな切ないものを観てしまったのか、と思った。ことばが出てこない。六十九歳。身寄りのない、年金暮らしの男。唯一、彼を癒してきたのであろう猫たち。飼い主の生命の灯が消えれば、猫たちの生命もまた尽きる、という皮肉な結末……。はからずも、孤独な彼と運命共同体の中にあった猫たち……。

なぜ、こんなに泣いてしまうのか、と彼は思った。涙に濡れた頰をティッシュペーパーでごしごしと乱暴にぬぐった。

三日後、樹里と会うのだから、と必死になって自分に言い聞かせた。樹里と会うことと、今しがた目にした番組の衝撃の、いったいどこが関係してくるのかわからなかった。

彼は自分が、樹里と会うことに取りすがろうとしていることに気づいた。馬鹿げている、とわかっていたが、嗚咽はいつまでもおさまらなかった。

# 11

金曜日の午後二時、という時間帯に空席が目立つのは珍しいことだった。よく晴れた日で、ガラス越しに秋の光が降り注ぐ店内には、まばらにしか客の姿が見えなかった。入り口近くの席で声高にしゃべっている女子高校生らしき娘たちを除き、ほぼ全員が独り客だった。

ざっと見渡した店内に、樹里の姿はなかった。この地に越してきて以来、数えきれないほど何度も入ったことのある、駅前のスターバックスである。店の造りは少し複雑で、入り組んでいた。外からは見えないが、奥のほうに小ぢんまりとして落ち着けるコーナーがあることは、以前から知っていた。

登志夫は、座席の脚につまずいたりしないよう、ゆっくりと気をつけながら店内を進み、奥のほうまで行ってみた。

思っていた通り、樹里はすでに来ており、一番奥の席に座っていた。テーブルの上にスマートフォンを載せ、それに片手を置きながら落ちつかなげに視線を泳がせていたが、登志夫を見つけるなり、勢いよく椅子から立ち上がった。

デニムに紺色のスニーカーをはき、クリーム色の、いかにもデザインが古びた感じのするタートルネックセーターを着ていた。固くひっつめて首の後ろで結わえた髪形といい、化粧のあとのない顔といい、青山で会った時の樹里と何ひとつ変わっていなかった。

両手を膝につけ、深々と一礼した樹里のくちびるには、緊張したような笑みが浮かんでいた。二重の大きな目を瞬《しばた》かせ、「わざわざ、ありがとうございます」と言うなり、彼女は再び頭を下げた。「お呼びたてしてしまって、ごめんなさい」

「お呼びたてだなんて、大げさな」と登志夫はやわらかく言いながら、彼女の前の席に腰をおろした。「メールにも書いたけど、ぼくは元祖・引きこもりのヒッキーだからね。こうして外に出るのも久しぶりなんだよ。だから、誘ってもらえてよかった。……今日はアルバイトに行かなくてよかったの？」

「はい。いつもは水曜日が休みなんですけど、今週は変更してもらいました。たいした仕事をしてるわけじゃないので、いつでもなんとでもなりますから大丈夫です。……先生、何をお飲みになりますか？」

コーヒーにするかな、と登志夫が言うと、樹里は大きくうなずいた。「ホットでSサイズ、ですよね？　それとも今日は、ひとつ上のサイズにしましょうか」

青山のスタバでの注文を覚えていてくれた、と思い、登志夫は嬉しく思った。「そうだね。そうしよう」

「じゃあ、トールで」

「トール、って言うんだっけね。どうしてS、M、L……にしないのか、前から不思議だった。年寄りにはわかりづらいだろうに」

樹里はくすくす笑った。「そう思います。私もずっと、Sっていうのが Sサイズのことだと思ってました。ショート、っていう意味のSだ、って知った時はびっくりして」

久しぶりに爽快な笑いがこみあげてくるのを覚えながら、登志夫は訊き返した。「きみの若さでそれを知らない、っていうのは珍しいんじゃないのかな」

「そうみたいですね。いつも私のことを時代遅れだ、って言ってくる高校時代からの友達にも、すっごくバカにされました」

「でも、Sが一番小さいサイズだってことがわかってるんだから、それで何の問題もないよ」

「ほんとにそうです」

登志夫は声に出して笑った。樹里も笑った。

「じゃ、先生、少しお待ちくださいね。買ってきます」

「あ、ちょっと待って」

登志夫は急いで上着の内ポケットをまさぐり、千円札を二枚取り出した。「他にも何か食べたいものがあったら、これで買ってきなさい」

樹里は束の間、逡巡《しゅんじゅん》していたが、すぐに「ありがとうございます」と言った。「でも先生、これ、一枚で充分です」

千円札を一枚、登志夫に戻すと、樹里ははずんだ足どりでオーダーカウンターに向かって行った。その後ろ姿を見るともなく見ながら、登志夫は再び上着の内ポケットに手を入れ、指先でボールペンに触れた。

今しがた千円札を取り出そうとした時、これが樹里の目に入っただろうか、と思った。

店内には低く音楽が流れていたが、ざわざわと響いてくる人の声や気配のほうが大きくて、何の曲なのかわからなかった。

しばらくして戻って来た樹里は、「お待たせしました」と言いながら、テーブルの上にトレイを載せた。

トレイには、トールサイズの二つのホットコーヒー、スプーン、フォーク、スティックシュガーとミルクに加え、ドーナツが載っていた。ドーナツの皿には、白い紙ナフキンが敷かれていた。

「お釣りです」と言い、樹里は小銭を登志夫にそっと差し出した。

登志夫は小銭を受けとり、上着のポケットに戻しながら、「これ」と言って内ポケットに挿したボールペンを見せた。「使わせてもらってるよ」

樹里の視線が彼の胸元に注がれた。そばかすの浮いた顔がわずかに赤らんだ。

「書き心地がいいね。気にいってる」

「よかったです。色もお好みに合いましたか？」

「もちろん。とてもいい色だ」

樹里はまた微笑み、小さくこくりとうなずいた。「……あの、ドーナツも買ってきました。シュガードーナツ。これ、おいしいですよね。一人ひとつだと多すぎるかと思って……よろしければコーヒーと一緒に、半分こずつしませんか」

「それがいい」と登志夫は言った。半分こずつ、という幼い言い方が、彼をいっそう和ませた。

文芸アカデミーの青山教室を辞めた日、この娘に声をかけられなかったら、と彼は今さらながら、樹里との縁の不思議を思った。

黙っていても病は着々と進行していく。日々、気力体力は衰えていくばかりである。幕引きを独りで実行しようと決めている老いた病人が、秋の日の午後、スタバの奥まったテーブル席で、小説好きの若い娘と気分のいい会話を交わすひとときがくるなど、生命ある間に経験できるとは思っていなかった。それは一種の僥倖《ぎょうこう》と言ってもよかった。

「小説講座、やめたそうだけど……」と登志夫はおもむろに言った。すすったコーヒーが妙に苦く感じられた。熱すぎるせいなのか。味覚が変化しているせいなのか。彼は咳払いをし、小さなミルクの容器を開けて注いだ。「……今後も通うつもりはない、っていうこと？」

「はい。私は澤先生から、充分すぎるほどいろいろなことを教えていただきましたから。もう誰からも何も教わらなくていいんです」

「そう言ってもらえるのはありがたいけど、ぼくはなにしろ、めったに作品をほめないので有名な、天《あま》の邪鬼《じゃく》だったからね。上から目線の講師とかなんとか、蔭で悪口言われてたのも知ってるよ。小説家を目指すきみみたいな人に、本当に役に立つようなことを教えてやることができたかどうか、怪しいもんだけどね」

「上から目線、だなんて、全然です」と樹里は言い、元気よく頭を左右に振った。「厳しく教えていただくことができて、ほんとによかったと思ってます。それに私は、先生から作品をほめていただくことができましたし。そのことは一生、忘れません。私の宝物みたいなものです」

「いやいや」と登志夫は曖昧に言い、笑った。「優秀な作品をほめただけのことだよ。ぼくじゃなくても、きみのあの作品は高く評価したよ」

「私は澤先生からほめられたかったんです」と樹里は言った。「他の先生がほめてくださったとしても、こんなに嬉しくなかったと思います」

「それはまたどうして」

「……うまく説明できないんですが」と言い、考えこむような表情で樹里はくちびるをこすり合わせた。「澤先生にしか理解していただけないことを小説に書いたみたいな……初めっから、そんな感じでした。私が澤先生の講座を受講していなかったら、あのことは書かなかったと思うし……なんていうのか、すごく言葉足らずなんですが、澤先生は小説のテクニックだけを教えてくださったんじゃなくて、私には伝わってくるものが別にあって……ああ、ごめんなさい。ほんと、うまく言えないんですけど、とにかく先生だったら、私が経験してきたことをぶつけて小説に書いても、変に受け取らないで、そのままわかってくださるだろうって、そう信じてて……」

「そうか」と登志夫は深くうなずいた。何か応えてやりたかったが、彼のほうもうまく言えそうになかったので、ややあって話題を替えた。「それにしても、こんなに近くに住んでたとはね。先月、青山できみが先に帰った後、もらったカードに書かれた住所を見て驚いたよ。世間は狭いな」

「ええ、私もびっくりしました。メールいただいて、嘘でしょ、って。信じられませんでした」

「今住んでるあざみ野のマンションは、叔母さんご夫妻の住まいなんだってね」

樹里は目を輝かせながらうなずき、飲みかけていたコーヒーをテーブルに戻した。

「父方の叔母なんです。叔母夫妻には子どもがいなくて、ゆとりのある暮らしをしてたんですけど、だんなさんの転勤でニューヨークに行くことになって。帰国するまで、知らない人に部屋を貸したりしたくないし、かといって、電気とかガスとか水道とか、全部止めて、車も置きっぱなしにしていくのも不安だ、って」

「きみに留守役を頼むとは、いいアイデアだったね」

樹里は、くちびるに愛らしいカーブを作りながら慎ましく笑った。「早く実家から出たかったので、渡りに舟の話でした。叔母は私の父の女性関係を知ってますし、ずっと私のことを心配してくれてたところがあるみたいで。偶然、こうして澤先生のお近くに住むことができたのは、叔母のおかげですから、私、頭が上がりません」

登志夫は目を細めて微笑みかけた。何か気のきいた都会的なジョークを口にしてやりたかった。だが、全く頭がまわらなかった。

かといって、気分が悪いというのではなかった。頭の芯にぼんやりした生温かな空洞があり、その中でまどろんでいるような感覚があった。

「先生、とってもお元気そうです」と樹里は言った。細心の注意をはらって、言葉に気をつけている様子が窺えた。「お身体のほうは、いかがですか」

「なんとか大丈夫だよ。あんまり動きたくないだけで、どこといって困るような症状が出てるわけじゃないから」

「すごく、心配していました」

「ありがとう。でも、本当に問題ないよ」

「病院には定期的に行かれてるんですか」

「いや、まあ、適当にね」

聞きたいことが山のようにある様子だったが、樹里はその質問を最後に、賢明にも病気を話題にするのをやめた。

彼は病についての話はしたくなかった。とりわけ樹里とは、病と次元の異なる空間を共有していたかった。

樹里はしばらくの間、あざみ野という街の話や、新百合ヶ丘まで車で来る途中の風景の話、今日も叔母夫妻の車で来ていて、近くの駐車場に停めてある、といったような話を続けていたが、やがて、ふとスイッチを切り換えたかのように、いったん口を閉ざし、「あの」と言って登志夫を見つめた。「私、今日、先生にお会いしたら、真っ先にお話ししたいと思ってたことがあるんです」

「ん？」

「先生の講座を受講してた方が、犬のことを小説に書いたの、覚えてらっしゃいますか？」

「犬？」

「去年の春でした。三月だったか四月だったか。教室で合評会をやった時、取り上げられた作品で、わりと年輩の方が書いた短篇でした。その中に、過去に実在して歴史的に有名になった犬のことについて書いた箇所があって、先生が間違いを指摘されてたんですけど……」

「ああ、あれか」と登志夫は言った。記憶が甦った。

才能は感じられなかったが、そこそこまとまりのいい短篇だった。書いたのは五十代後半とおぼしき女性の受講生だった。

講師時代、不定期ではあるが、時折、登志夫が選んだ受講生の短い作品数篇を全員に行き渡るよう事務局に頼んでコピーしてもらい、気まぐれにみんなに読ませて合評させることがあった。

良質の作品ばかりではなく、欠点の多い作品も選出し、受講生同士で小説論を戦わせようと考えたのは、真にその必要があったからではない。体調がすぐれない時でも、講義の準備をする必要がなくなり、さらに講義の間中、自分が喋らずに楽にしているためには、その方法が一番と思いついたからだった。

「ライカっていう、犬のことを書いた短篇だったね。いや、犬そのものについて書いたんじゃなくて、作中、そういう表現があっただけで、ほんの一部だったけど、そこにぼくが嚙《か》みついた」

「そうです。先生、ほんと、嚙みついてらっしゃいました」樹里は可笑しそうに笑みを浮かべた。「歴史的なできごとについて触れる場合は、正確に書かなくちゃいけない、小説＝フィクションだからって、決していい加減なこと、うろ覚えのことを書いちゃいけない、たとえそれが、物語の本筋に関係のないことだったとしても、本を読んだり人に聞いたりして調べる作業をおろそかにしちゃいけない、って」

「うん、そう言ったね」

「はい」と樹里は言い、改まったように背筋を伸ばした。「三日前の夜、私、うちでダンボール箱の中身を整理してたんです。実家から叔母たちのマンションに運んできたダンボール箱なんですけど、本とか衣類なんかは取り出してたのに、今もまだ、箱ごと置いてるものもあって。そうしたら、その中のひとつから、あの時の合評会で使った作品のコピーが出てきたんです。なんだか懐かしくなって、ちょっと読み返してみました。

そしたら、そこに書かれてた、ライカっていう犬のことがすごく気になってきて……」

「ソ連のスプートニク何号だったっけ、人工衛星に乗っけて、初の地球軌道周回をさせた犬だよね。一九五七年だったか、八年だったか、そのくらいに。結局、犬は死んじゃったわけだけど」

「そうですね」

「その犬のことが、ライカ犬、って大々的に報道されて、今になっても、そう覚えこんでる人間が多いんだよ。合評会の時の作者も、作中の会話でライカ犬、って書いてたから、その間違いをぼくが正した」

「はい」

「ライカ犬じゃなくて、あれは、ライカっていう名前の犬だったんだ、ってね」

「そうなんです」と樹里は大まじめな顔をして彼を見つめた。「あの時の先生の言葉もよく覚えてます。で、私、そのことを思い出して、急に気になって、スマホで検索してみたんです。犬のライカのこと」

登志夫はうなずき、冷めたせいなのか、ミルクを入れたせいなのか、やっと飲みやすくなったコーヒーを口に運んだ。若いカップルがやって来て、少し離れた席についた。樹里はそちらのほうには目もくれなかった。

「公式発表では、ライカはメス犬で、軌道飛行っていうんですか？　ぐるぐる軌道をまわり出して数日後に、薬の入った餌で安楽死させたことになってたみたいですけど、本当はね、打ち上げられて数時間後に死んでたんですって。高温と極度のストレスで」

登志夫は樹里を見つめ返した。何を言いたがっているのか、よくわからなかった。樹里の双眸《そうぼう》にはその時すでに、うっすらと涙が溜まっていた。

「画像も見ました、ライカの。あどけない顔をした雑種の犬でした。犬なのに……人間だって恐怖なのに、頭に変なものをかぶせられて、人工衛星なんかに乗せられて、ものすごい爆音と共に打ち上げられて、真っ暗な宇宙を目の前にして、どんなに怖かったかと思うと、かわいそうでたまらなくなっちゃって……すみません、ライカのこと想像するだけで涙が出てきちゃうんです。困ります」

「その気持ち、よくわかるよ」と登志夫は静かに、低くかすれた声で言った。孤独死した男が飼っていたという猫たちの亡骸《なきがら》をテレビで目にし、こらえきれずに彼が号泣してしまったのも三日前だった。ふしぎな符合だ、と思ったが、その話はしなかった。

「ライカは死んだけど」と彼はできるだけ明るい口調を心がけながら言った。「宇宙飛行して生還した犬もたくさんいたんだよ」

「そうなんですか？」

「出版社時代、ぼくは一時期、文芸からはずれて新書編集部に異動したことがあったんだ。その時、世界の人工衛星の歴史について書かれた本を担当したことがあってね。世界史を専門にしてる大学の先生が、趣味的に書いた娯楽本に近いやつだったんだけど、けっこう面白かった。そこに、宇宙に行った犬のことが書いてあったのをよく覚えてるよ。ライカは残念ながら生きられなかったけど、ちゃんと元気に地球に戻ってきて、子孫を作り、寿命を全うした犬のほうが多かったんだって」

樹里は大きな目を瞬き、笑みを浮かべ、小さく何度もうなずいた。「よかった」と言った。

「はい」

「ライカはね、ただの犬じゃなかった」と登志夫は言った。「選ばれた犬だったんだよ」

「動物愛護とか、宇宙開発のための人間のエゴだとか、そういう言い方をし始めたらきりがない。初めて宇宙に飛んで、地球を眺めた特別の犬だったんだ」

樹里は笑顔をみせた。「星もたくさん見てたかもしれませんね」

「そうだ」

「地球も星も、きれいだったかもしれない」

「うん」

「いつか犬を飼うことがあったら」と彼女はつぶやくように言った。「ライカ、って名付けようと思います」

いいね、と登志夫は微笑んだ。「宇宙で死んで六十年後、日本の若い女性が飼う犬に自分の名前をつけてもらえるとは、ライカは夢にも思わなかったろうね」

樹里が犬を飼い、ライカと名付ける時、おれは間違いなくこの世にいない、と彼は思った。肉体を失った自分がどこに行くのか、想像してみた。

犬のライカのように、果てのない宇宙空間を漂いながら、完全な無音の中、幾つもの惑星や星々を眺めている自分を思い浮かべた。そこには一切の苦痛がなかった。記憶すらも消し去られていて、ただ、無限に連なる銀河が見えているだけだった。

少し離れたところで人の声がした。六十代とおぼしき女の二人連れが、ひそひそと何事か話しながら入って来た。

二人のうち小太りのほうの女は、腕にかけた布製のバッグの把手《とって》に鈴をつけていて、動くたびにちりちりとそれが鳴った。もう一人は色黒で、引き締まった身体つきをし、あでやかなピンク色のリュックを背負っていた。

飲み物を二つ載せたトレイをテーブルに置き、向かい合わせに座るなり、女たちは再び、顔を近づけて語り始めた。二人とも、ひとつおいた隣のテーブル席にいる登志夫と樹里には、目もくれなかった。

鈴のついたバッグをまさぐり、小太りのほうの女が中から携帯電話を取り出した。携帯のストラップにも鈴がついていた。二種類の騒々しい鈴の音に囲まれながら、女は携帯の画面を掲げてみせた。

あら、やだ、と画面を見せられた色黒の女は素っ頓狂な声を張り上げた。鈴の音がその声を追いかけた。

登志夫はふと、病院の待合室で居合わせた老婆のことを思い出した。付き添いもないようで、古びたズボンに毛玉の浮いたセーター姿の老婆は、一人、待合室のビニール製のソファーに座ったり立ったりし、何事かぶつぶつと口の中でつぶやきながら、落ち着かない様子でひっきりなしに動き回っていた。

老婆のズボンのベルト通しには、小さな鈴が幾つも束になって結わえられており、彼女が動くたびに騒々しくそれが鳴った。少しもじっとしていないため、鈴は間断なく鳴り続け、しまいには待合室中に鈴の音だけが響いているような状態になった。

眉間に皺を寄せ、さも耳障りだと言わんばかりに老婆を一瞥する患者たちの中には、聞こえよがしに大きなため息をついたり、我慢ならないのか、具合の悪そうな身体を引きずって、少し離れた場所に移動する者も現れた。

同様に登志夫も、老婆の腰にぶらさげられた鈴の束をいっそのこともぎ取ってしまいたい、という衝動にかられたが、それでもじっと鈴の音に耐えていた。耐えていればいるほど、老婆の哀れを感じた。

家族をふくめ、診察に付き添ってくれるような人間がいないのは明らかだった。誰かが病院まで連れて来て受付をすませ、待合室まで送り届けた後、あとは看護師に任せきりにし、そのまま帰ってしまったに違いなかった。型通りの診察が終わったら、きっと看護師から連絡が入るようになっているのだ。そしてその誰かが迎えに来てくれるまで、老婆は情況を理解しないまま、鈴を鳴らし続けているのだ。

看護師が数分おきに、老婆の様子を見にやって来る。形ばかり老婆に声をかける。大丈夫ですか。もうすぐお呼びしますからね。ここでお待ちくださいね。どこにも行かないでくださいね。老婆はそのたびに、妙に愛想よくうなずく。

その鈴、きれいな音ですねえ、素敵ですねえ、どこからでも聞こえますよ、と若い女性看護師が笑みを浮かべながら言う。だからここにいてくださいね、と。

登志夫は怒りで胸が詰まる。何が「きれいな音ですねえ」だ。「素敵ですねえ」だ。そんなにきれいだと思うなら、今すぐ、おまえが腰に鈴の束をぶら提げて歩いてみろよ。その恥ずかしさを思い知れよ。

老婆が自主的に、そんなにたくさんの鈴をつけるわけもなかった。居場所がわかるよう、無理やりつけられている鈴が、どれほど老婆本人を苛々させているか、誰にもわからない。日夜、鈴の音に苦しんでいるのは、他でもない、老婆自身だろうに。

……登志夫はふと我に返った。樹里は登志夫の物思いの邪魔をしようとはしなかった。大まじめな顔をして、プラスチック製のフォークとナイフを使い、ドーナツを半分に切り分けようとしている。

切り終えた半分のドーナツを登志夫に示し、樹里は微笑んだ。「先生、どうぞ」

登志夫は「ありがとう」と応えた。「うまそうだ」

ナイフとフォークはワンセットしかなかった。登志夫は樹里に使うよう勧めたが、彼女は首を横に振り、半分になったドーナツを人指し指と親指でそっとつまみあげた。

少し羞《は》じらいながら、それを口に運んだ樹里は、潤ったくちびるを閉じたまま、もぐもぐと控えめに嚙んだ。なめらかな舌が、くちびるについたシュガーを舐めとった。口の中のものを飲みくだし、樹里は「おいしい」と小声で言って、恥ずかしそうに微笑んだ。

顎のあたりに、シュガーがついていた。登志夫は「ここ」と言い、微笑みながら自分の顎を指さした。

樹里は慌てたように指先で顎のあたりを払い、次いで、紙ナフキンでもう一度拭いてから、再び舌先でくちびるを舐めた。つややかな頰が少し赤らんだ。

その健康的な輝きに、登志夫は思わず虚を衝かれた想いがした。

眼の前にいるのは、手入れをしたあとの見えない、ぼさぼさの太い眉をもつ、いったい今がいつの時代なのかわからなくさせるような、素朴きわまりない二十六歳の娘だった。朝起きて歯を磨き、水で顔を洗った後、両方の掌にとった化粧水をぱたぱたと頰に叩きつけるだけで、身支度を終えてしまうような娘。梳《と》かした髪の毛を首の後ろできっちりとひとつにまとめ、ゴムで結わえ、洒落っ気よりも何よりも、自分自身の内側にだけ意識を集中させながら生きてきたような娘……。

そんな彼女の肉体の中にあるものすべてが、登志夫には透けて見えてくるような気がした。その、湿りけを帯びた、つややかな肌の下を流れている薔薇色の血液。いっときも休まず、規則正しく拍動を続ける心臓。生まれたての赤ん坊のように清潔な内臓の数々……。

彼はそれらに憧れ、強く惹《ひ》かれた。恋しくさえ思った。そして同時に、烈しい嫉妬を覚えた。

おずおずとではあったが、先に小説の話を始めたのは、樹里のほうだった。半分に切り分けたドーナツを食べ終え、コーヒーを飲み、紙ナフキンで指先を丁寧に拭ってから、樹里は「なかなかうまく書けなくて」と言った。

「ん？　何が？」

「あ、いきなりごめんなさい。書き始めたばかりの小説のことなんですけど」

「えらいね。書き続けているんだね」

「はい、一応。でも、小説講座をやめてしまうと宿題もなくなるし、いついつまでに書かなくちゃいけない、という縛りもなくなって、自分で自分を追い立てていかなきゃいけなくなりますよね。それなのに、今日はノリが悪いから明日からにしよう、とか、来月から始めてもいいや、とか、自分を甘やかして、簡単にサボれちゃう。そこのところが難しいです」

「うん、それはわかるよ。でも、多くのプロの作家たちは、みんな、そうやって書いているわけでね。今度の作品も短篇？」

「いえ、中篇になるかもしれません。短篇よりも長くて、長篇よりも短い感じの」

「どんな話？」

樹里は一瞬、言葉に詰まったかのように軽く息をとめ、くちびるを結んだ。それから長々と吐き出し、改まったように姿勢を正して笑みを作った。「抽象的な書き方にしたいと思ってるんですけど、でも、テーマはわりと具体的かもしれません」

「そうか」

「ひと言で言うと、行きずりの男の人とも、誰とでもふつうに寝ちゃう女の子の話」

登志夫はうなずいた。自分の母親と寝ていた祖父を「抹殺」する物語を書いた娘が、今度は自らの性を主題にして小説を書こうとしているのかもしれなかった。強い創作意欲が感じられた。

「でも」と樹里は続けた。「性を売る、っていうのか、プロ、っていうのか、そういうことを仕事にしてる女の人には、別に興味がないんです。私が関心をもってるのは、本当にふつうの、どこにでもいる当たり前の女の子。そういう女の子が、別に罪悪感とか迷いとか、ちゃんとした理由とか、なんにもないまんまに、ふらっ、と男の人と深い関係になっちゃう。それってすごくふしぎで、どうしてなんだろう、って昔から思ってたので」

登志夫は「面白そうだな」と言った。それはもしかして、きみ自身のことなのかもしれないね、などとつけ加えてみたくなったが、控えた。

どの角度から見ても、樹里は若い女にありがちな性の乱れや、我を忘れるほどの欲情を連想させなかった。彼の前で注意深く隠蔽《いんぺい》しているのだとしても、その実態を今ここであからさまにさせる気はなかった。そもそも、病み衰えてしまっている彼に、そうさせるための力はうすれていた。

おもむろにフォークを使ってドーナツをひと口サイズに切ってから口に運んだ。甘いはずのドーナツだったが、ほとんど味がしなかった。食欲がないのではなく、唾液がほとんど出なくなっているせいだった。

「恋愛に関心がない子、っていう設定でもないんです」と樹里はおもむろに続けた。「もしかしたら、これから恋愛するかもしれない、っていう程度の関心はあるし、もちろん不感症でもないんですよ。ニンフォマニア、って言うんですか？　そういう女の人は、不感症のことが多いみたいですけど、私の書きたいと思ってる子はそうじゃなくて。それでも機会があると、なんにも考えないで男の人と寝ちゃう。誰かにどうして、って訊かれても答えられないんです。そういうことって、なかなか人に理解されにくいと思うんですね。だから、小説の中で書くのが一番、素直に伝わるんじゃないか、なんて思って」

その種の主人公やテーマは、今や決して斬新《ざんしん》なものではなく、むしろ古典的ですらあった。だが、登志夫はそのことは口にせず、あっさりと感想を述べるにとどめた。「きみ自身のことを書いた私小説としても読めそうだね」

「いえ、まさかそんな……」樹里は明らかな狼狽《ろうばい》を見せながら、照れたように微笑んだ。「自分のことなんかじゃないです。ご覧になってればおわかりだと思いますけど、私はもともと、そういうことには全然、縁がない人間ですから」

「別に縁があろうがなかろうが、心象風景としてきみの中にあるものかもしれないよ。

きみ自身の心の眼が見ている何かがあって、それを書こうとしてるんじゃないのかな。何であれ、正直に、ぶつけるようにして書くのがいい。『抹殺』もそうだったんだからね」

「あれはどうしても、祖父を自分の中で抹殺したくて仕方がなくなって書いたもので、そういう意味では確かにぶつけるようにして書きましたけど……今度書くものは、それとは少し違うかな。だから書きあぐねてるのかもしれません」

「世間の決め事に囚われないで、自由にのびのびと書かれたものだけが、読み手を惹きつけるんだよ。きみがそのことを忘れなければ、きっといい作品になるはずだけどね」

樹里は目を輝かせた。「図々しいお願いです。できあがったら、先生に読んでいただきたいんです。読んでくださいますか」

登志夫は眼を細めてうなずいた。「読ませてもらうよ。ただし、早く仕上げてもらわないと困るけどな」

「早く、ですか？　いつごろまでに？　締切り、おっしゃってください。私、頑張って書きますから」

「いや、そういうことではなくてね」と登志夫は苦笑しながら言い、椅子にもたれて楽な姿勢をとった。「思い出してほしいんだけど、僕に残されてる時間はものすごく短いんだ。たぶん、きみが想像している以上に」

樹里の顔に、一瞬、無表情が漂った。ふいに吹きつけてきた冷気の中で、一切の動きが止まってしまったかのようだった。

わずかの沈黙の後、彼女は眼を伏せ、低く生真面目そうな声で言った。「……そんなの、いやです」

「いや、って言われても」登志夫は眼を細め、できるだけ明るい声音を装った。「仕方がないんだよ。これぱっかりは、どうすることもできない。人の生命は永遠ではないからね。遅かれ早かれ、どんな人間にも必ず終わりがくる。僕の場合、予定よりも少し早まった、っていうだけのことだ」

樹里はしばし、うつむいたまま黙っていたが、やがてくちびるを固く結び、静かに首を左右に振った。首の後ろでひとつに結わえた髪の毛が、重たげに揺れた。

「どうした」と登志夫は小声で訊ねてみた。樹里は応えなかった。

泣き出すのではないか、と登志夫は案じ、一瞬、自分でも驚くほど戸惑った。大衆向けの三文ドラマによくあるシーンだった。そんなことが、今ここで堂々と展開されるのは願い下げだった。

だが、樹里は泣かなかった。涙も見せなかった。感情を揺さぶられて泣き出す寸前だったのかもしれないし、あるいは、まったくそうではなくて、単に返す言葉に詰まっただけだったのかもしれないが、少なくともそうした心の動きを彼には見せなかった。

代わりに樹里は「コーヒー」と言った。今すぐコーヒーについて話を始めないと、世界が終わってしまうとでも言いたげだった。「もう冷たくなってしまいましたね。大丈夫ですか」

「大丈夫だよ」

「お水、お持ちしましょうか」

「いや、今はまだいい」

「……ドーナツ、おいしかったですね」

「うん。うまかった」

「何か他に召し上がりたいものとか、お飲みになりたいもの、ありませんか？　あったら私が……」

「いや、もう、何もいらないよ」

「あの……」と言い、樹里は登志夫に笑顔を向けた。笑みは気の毒なほど不自然なものだった。懸命になって演技を続けようとしている小学生のようにも見えた。「……ごめんなさい。私の小説の話の続きをさせてください。私、小説は古めかしい作品が好きなんです。古い作家が書いた古い時代の作品、っていう意味ですけど。現代の若い作家が書いたものは、あんまり好きじゃなくて。昭和とか、大正とかの時代感覚のほうがずっと惹きこまれます。私が時代遅れなんですね、きっと」

「自分と同世代の作家が書いたものが好きな人もいれば、自分が生きた時代ではない時代の小説に魅力を感じる人もいる。どちらがいい、というわけではないよ。まして、どんなケースでも、時代遅れ、なんてことはない」

樹里はうなずき、大きな眼を瞬かせた。「本を読むのは子どものころから大好きでした。他に趣味もなかったし、友達もいなかったから読書ばっかりしてて。あと、映画を観るのも好きで。今も、古い映画をTSUTAYAで借りて来て、よく観るんです。いくら観ても、まだ観てないものがたくさんあって、時間がいくらあっても足りない感じがして」

　登志夫は笑った。「きみにはこの先、長い長い時間が残されているじゃないか。大丈夫だよ。古い映画は逃げて行かないから」

「先生は」と樹里は慌ただしく言った。この先残された時間についての話題から、慌ただしく逃げようとしているかのようだった。「映画もずいぶんたくさん、ご覧になってきたんでしょう？」

「そうだな。きみの言う、古い映画はすべて観尽くしたかもしれないな」

「先生のお若いころは、映画は今よりもっともっと、面白かったんだろうと思います。すごいですよね、アメリカンニューシネマとかの時代って。あとフランス映画も好き。よくわからないものもあるけど、雰囲気がよくてついつい、惹きこまれちゃう」

「僕なんかは新作はほとんど観なくなったね。だいたい、観たいと思えるものがない。こういう身体だから、電車に乗って映画館に行くのは自信がないし、借りてくるのも億劫だし。たいてい自宅でごろごろしながら古いのを観てることが多いね。うちには、録画しておいたものが数えきれないほどあるんだよ。若かったころに観たものも、内容を全部忘れてたりするから、何度でも楽しめる」

樹里は笑った。「キャラメルの宣伝でありましたね。一粒で二度おいしい、って」

「そうそう、そんな感じ」

「死んだ祖母がね、何かすごくおいしいものを食べた時なんかに、いつも言ってました。一粒で二度おいしいもんだよ、これは、って」

「僕の場合は、一粒で二度どころか、三度も四度もおいしくなれる。年をとって記憶力が怪しくなると、それなりに楽しみも増えるってことだ」

「先生だけじゃありません。私も時々、忘れます。前に観てたのを忘れて、同じＤＶＤを借りてきたりとか。再生しても気づかなくて、十分くらいたって、あれっ、これ前に観た、とか思って。自分で自分にびっくりします」

「その忘れっぽさは、いくらなんでも早すぎるんじゃないのか？　今からそれだと、僕くらいの年齢になったら、どうなるんだろうね」

「きっともう、ボケボケです」と樹里が言ったので、登志夫は笑った。

気分がよかった。笑うことのできる自分に驚きすら感じた。

近くのテーブル席では、二人の女が、真剣な顔つきで、相変わらずひそひそと話し続けていた。もう鈴は鳴らなかった。

「今年の夏にね、近所の図書館で、フランス名作映画鑑賞会、ってのをやってたんだよ」と登志夫は言った。「ちょっと興味があったんで、行ってみた」

「図書館でも、映画鑑賞会をやってるんですね」

「地域の高齢者に向けたサービスだよ。二本立てで無料、ってのに惹かれるのか、けっこう人気があったみたいで、ほぼ満席」

「二本立てで無料！　私も行きたいです。年齢規定があるんですか」

「さあ、別にないとは思うけど、平日の昼間だし、暇をもてあましてるジジババしかいなかったよ。みんな年寄りでトイレが近いからさ、二本立てとなると途中で退席する人が多くてね。飽きたのか、疲れたのか、そのまんま、席に戻らない人もいた。で、終わるとお茶と駄菓子が出るんだ。残った連中がそれをお愛想程度につまんで、別に話すこともないから解散。面白くもなんともない」

樹里はくすくす笑った。「上映されたのは何だったんですか」

「『冒険者たち』と『突然炎のごとく』。……知ってる？」

樹里は深々と得意気にうなずいた。「知ってます。でも、観たのは『冒険者たち』だけで、『突然……』のほうはまだ。今度、TSUTAYAで探してみます。私、『冒険者たち』のアラン・ドロンよりも、リノ・ヴァンチュラのほうが好き。先生は？」

「男はたいてい、リノ・ヴァンチュラに憧れるよ。僕もそうだ」

「あと、ジョアンナ・シムカス、でしたっけ？　いいですよね、彼女。海に葬られるシーンが素敵で。眠れない夜なんかに、時々、あのシーンを思い出すんです。そうすると、ほんとに耳元で水の音しか聞こえなくなって、自分が海の底に向かって沈んでいくような感じがしてきて……」

遥か昔、貴美子が同じようなことを言っていた。登志夫の耳に、ふと貴美子の声が甦った。

私、ジョアンナ・シムカスみたいになりたい、と貴美子は言った。二人の男に愛されて、死んだ後、その男たちの手で海に水葬にしてもらえるのよ。しかも、きちんと潜水服を着せてもらって。光でいっぱいの、きれいな海の中にそっと沈んでいくの。いやなことも全部忘れて、まわりを泳ぐ魚しか見えなくなって、水の音しか聞こえなくなって、男たちに見送られながら、どんどん海の底に向かっていくのよ。ねえ、わかる？　夢みたいじゃない？

しかし、貴美子は今、海の底ではない、「死の島」にいる、と登志夫は思った。いったん海の底に沈んでから、小舟で島に渡ったのか。あの、岩と石と光と影、群青《ぐんじょう》色の木々に囲まれた、霊廟としての島に。

登志夫は軽く咳払いをし、「絵は好き？」と訊ねた。

「あんまり詳しくないですけど、眺めてるのは好きです」と樹里は答えた。「特に誰の絵、ってわけでもなく、宗教画とか、幻想的なものとか、別に有名な絵じゃなくても、いいなって思うものはよくあります」

「ベックリーンっていう画家は知ってるかな。アルノルト・ベックリーン」

樹里はじっと登志夫を見つめながら、ひどく残念そうに首を横に振った。「知りません」

「十九世紀の終わりころに活躍した画家なんだけど、彼の代表作に『死の島』っていうのがあってね」

「死の島……ですか？」

「そう。怖いタイトルだけど、静かで気持ちが穏やかになる絵だよ。柩《ひつぎ》らしきものを載せた一艘《そう》の小舟に、白装束の人間が乗っててね、昏《くら》い海の上を漕いでふしぎな島に向かおうとしてる。岩だらけの、なんにもない、黒い糸杉が何本もそびえてるだけの島なんだ。その島には光が射してる。太陽の光でもなく、舞台で使われるような照明でもなく、なんとも言えない神々しい光がね。小舟にはオールがついてるんだけど、そのオールが海水をかく、ちゃぽん、っていう音だけが聞こえてきそうな感じがする、そんな絵……」

樹里は真剣な顔つきで聞き入っていた。ひと言も聞きもらすまい、とするかのようだった。

その、真摯で透明感のある眼に浮かぶ好奇心、向学心、生きることへの情熱、そうした躍動感のあるもの一切合切が、登志夫の胸に甘やかに突き刺さった。期せずして熱いものがこみあげた。

危ういところで、眼が潤み始めるのをこらえながら、登志夫はひと思いに打ち明けた。

「ずいぶん昔のことになるけど、深くつきあってた女性がいたんだ。別れてからはずっと連絡が途絶えてて、生きてるか死んでるかもわからなくなってたんだけど、彼女が今年の夏、がんで亡くなったことを知らされた。膵臓がんでね。終末期は何の治療も受けないで、自宅で最期を迎えたらしい。ベックリーンの絵を僕あてに遺したのは、彼女なんだ。死後、彼女の妹さんがわざわざ僕に届けに来てくれた。どうしてこれを僕に、って思って、驚いたけどね。だって彼女は僕がこういう病気にかかってることなんて、何も知らなかったんだよ。知るわけもなかったんだ。それなのにベックリーンの絵を遺してくれたと思うとね、本当にふしぎで仕方がない」

「先生とずっと、通じ合っていたんでしょうか」

「さあ、それはないと思うけど、死に近づいていく中で、彼女はその絵を眺めて慰められてたんだろうな。でも、まわりの人間はどうしてこんな不吉な絵を、って思ってたみたいなんだ。不吉どころか、こんなにいい絵はない、って思ってた彼女は、澤ならこの絵を理解してくれるだろう、って思いついたのかもしれない。それで、死後、澤に届けてほしい、って妹さんに書き残したんだろうね。もちろん、絵は本物なんかじゃないよ。美術解説書にくっついてた図版の、ただのぺらぺらの印刷物。でも、本当にいい絵なんだ。今、自宅の壁に貼ってある。見てるだけで、気持ちが鎮まってくる」

樹里は黙ったまま、こくりとうなずいた。その顔は、年端のいかない少女が、これ以上ないというほどの素直さで感動し、言葉を失っている時の顔そのものだった。

「あの」と樹里が声をひそめて言った。「私、その絵、見てみたいです」

「スマホで検索してごらん。すぐに出てくるから」

いいえ、と樹里は決然と首を横に振った。「スマホの中で見るんじゃなくて、その、恋人だった方が先生に遺された絵を……実物を見てみたいです」

「ただのぺらぺらの紙だよ」

「いいんです」

「鑑賞するなら、スマホで見るほうが……」

「長くおつきあいされてた方なんですか」

「そうでもない。向こうは独身だったけど、僕は子どものいる既婚者だったからね」

「先生の恋人だった方なのだから、すごく素敵な女性だったんでしょうね」

「いや、別にそんなことは……」

すぐ近くで、鈴の音がした。二人連れの女が席を立ち、帰り支度を始めていた。入れ代わるように、若い男女のカップルが入って来た。
十七、八歳にしか見えない少女のほうは、巨大な白いウサギの形をしたリュックを肩にかけていた。ウサギは大きすぎて、リュックというよりも、白いぬいぐるみを背負っているだけのように見えた。
樹里は、ちらりとその少女に視線を走らせたが、何も感想を口にしなかった。登志夫は、途方もなく大きなウサギのリュックを見つめたまま、黙っていた。

死の話をしているのか、過ぎ去った時間の話をしているのか、大昔の恋を自慢しようとしているのか、わからなくなった。

巨大なウサギの形をしたリュックのファスナーを開けた少女が、中からスマートフォンを取り出そうとしているのが見えた。生きたウサギの背中に手を突っ込み、かきまわし、内臓を取り出したかのように見えた。少女の、ポニーテールにした頭には、リュックとよく似た白いウサギの、小さなヘアアクセサリーが結ばれていた。

活き活きと人生を楽しんでいる人々と共に、病んだ自分がドーナツを食べ、コーヒーをすすり、実の娘よりも若い女に、かつての恋人の話をやに下がって打ち明けていることが信じられなかった。

身体中が鈍く痛んでいた。痛いのが腰なのか、足の付け根なのか、背中なのか、胸なのか、頭なのかわからなかった。全身が痛み、しびれ、自分のものではないような感じがした。

「余計な話をしちゃったなぁ」と登志夫はおどけて言った。「全部、ありふれた昔話だよ。いや、今となっちゃ、見果てぬ夢のおとぎ話だね。桃太郎だよ、桃太郎。おじいさんは山へ柴刈りに、おばあさんは川へ洗濯に、そこへ大きな桃がどんぶらこっこ……ってやつだ」

樹里はうっすらと微笑みながら、彼を見つめた。その眼があまりに真剣すぎて、その上、かすかにうるんでいることに気づいてしまったとたん、登志夫はふいに、いたたまれなくなった。

# 12

澤登志夫という一人の男に向けた、自分自身の感情について、樹里はうまく分析することができずにいた。

彼は恩師だった。しかも特別な。それだけは間違いなかった。

誰にも打ち明けることのなかった、祖父と母の忌まわしい関係をベースにし、文字通り、何度殺しても足りないほどの憎しみと侮蔑の念を抱いていた祖父を「抹殺」するための小説を書いた。書くことは恐ろしく、何度も何度も甦る過去の情景に、危うく自分を見失いそうになった。祖父が母にしたことを再現してみるたびに、胃の底から酸っぱいものがこみあげてきて、思わず嘔吐しそうになることもあった。

だが、逃げてはならない、と自分に言い聞かせた。これを書き上げるまでは、自由になることはできそうになかった。いつまでもぐるぐると、同じ円の中を行きつ戻りつ、回っているだけの人生。そこから永遠に逃れていたいのなら、書いてしまわなくてはいけない、と考えた。

青息吐息になりながらも、なんとか小説を完成させた。書き上げることができただけで満足だった。そのまま誰の目にもとまらずに、無視されたとしてもいっこうにかまわなかったし、第一、評価や称賛など、何ひとつ期待していなかった。家族の乱れた関係をここまで赤裸々に描くなんて気持ちが悪いと言われ、嫌悪される可能性もあった。そうなったら、おとなしくその気持ちの悪さを認めて、引き下がろうと決めていた。

だが、思いがけず、澤登志夫が着目してくれた。受講生の書いたものに対して厳しい指導をすることで有名な講師から、無視されるどころか、過分とも思えるほめ言葉を受けとったのだった。

樹里はおよそ生まれて初めて、自分が真に救済されたことを感じた。胸の奥底に蓄積されてきた、黒々とした泥のような感情の塊が、いっぺんに浄化されたかのような気分になった。

自分が人知れず苦しんできたことを澤登志夫があるがままに認め、理解してくれたのだと思った。人生の不快な、思ってもみなかった出来事、忌まわしい体験について、澤は寛大だった。憎しみや軽蔑や絶望、諦め、悲しみ、といった負の感情の数々にも。

澤はいわば、樹里にとって人生の恩人、生きていくための指針を示してくれた、かけがえのない人物でもあった。尊敬、という言葉で表現するにふさわしいのは、今のところ澤しかいなかった。

そうかといって樹里の中に、彼に対する恋愛感情があったわけではない。まして死病に冒されて衰えつつある老人に、歪んだ性的関心を抱いているわけでもなかった。

世の中には、死体に欲情する人間もいるそうだから、死を目前に控えている老人に、ふと性的なものを感じたとしても、ちっともふしぎではないとわかっている。だが、どう考えてみても澤に対して、それはなさそうだったし、第一、恩師に向かってそのような感覚を抱くことは、どこか不謹慎だと思って軽蔑したくなる気持ちもあった。

澤は黙っている時は男らしくて、いかめしい、いかにも気難しそうな印象を与えるが、笑うとくちびるがゴムのように横に伸び、細められた目尻が無数の皺と共に下がって、優しい顔だちに変わる。仕草も話し方も落ち着いており、年齢相応の威厳がある。その一方で、ふとした瞬間にマグマのように熱いものが噴き出してくるのではないか、と思わせる。

人をこきおろす時は容赦しなかった。その皮肉のパンチは効き過ぎていたが、後になって言い過ぎたことを少年のように後悔するのではないか、と想像させる一面もあって、そんなところも好きだ、と樹里はかねがね思っていた。

澤は、樹里の父親とも死んだ祖父とも年代が異なる。六十九歳という年齢は、身近に比較対照できる人間がいないせいもあって、なんとも中途半端な、想像がつかないものと言ってよかった。

だが、一般の同年齢の男たちに比べれば、彼は若々しく、年齢不詳そのものだ。重い病を患っていなければ、もっと若々しく見えていたに違いない。

かつて短い期間、深くかかわった時田は、完全な性的不能者だった。ベッドで何度か控えめながらも、手で触れて確かめてみたことがあるから、それは確かだった。一時的なもの、何かの精神的なことが原因で、そうなっているのではないとわかると、樹里は自分でも驚くほど安堵した。一方的に受け取るだけの快楽が樹里を安心させたのだった。時田と共に過ごす時間は、穏やかな優しいものだった。時田のいるベッドも、すみからすみまで清潔に感じられた。

相互に与え合うことのない快楽は、時に虚しくもあったが、深く考えずに甘んじて受けていれば大胆になることもできた。緊張を解き、何ものをも隠そうとせず、あるがままの肉体をさらす。水浴びする小鳥のようにのびのびと羽を拡げて横たわっていると、羞じらうこと自体が薄汚いことのように思えてくるのだった。

樹里は、相手から欲望を露わにされるのは苦手だった。がつがつと迫られると、時に腰が引けた。怖いのではなく、滑稽《こっけい》に思えてくるからだった。

裸もしくは、裸になろうとしている男が、猛然と突進してくる時のあの、見境のない、発情した獣のようなエネルギー。その猛々しさを目の前にすると、芽生えかけていた肉体の潤いが急速に引いていくのを覚えた。

一方で樹里は、貪欲であることが不潔だとは決して思っていなかった。舌と舌、肉と肉をからまり合わせることにより、性愛がいっそう深いものになっていくこともよく知っていた。

世間には、獣のように交わりながら、気絶するほどの快楽を求めたがる女が多数いる。

それはそれで、微笑ましいほど健全なことだと樹里は思う。だが、彼女が欲しているのは、決してそうした種類のものではないのだった。

それでも樹里は、相手同様、獣になったふりをすることもできた。それなりの快感もあったから、喜んでされるがままになっている演技を続けることは可能だった。そうしなくてはならないと思うからではなく、互いの快楽を条件にした上で決め事のように進められていくものを、大した理由もないのに自分の都合で中断させ、白けた空気を残したくないせいだった。

やがて相手の性が狂暴に放たれて、すべてが終わると、ほっとした。顔を見られないようにするために、湿ったシーツに顔を押しつけて力を抜いた。いかにも快感の余韻を味わっているふりをした。そして、頃合いを見てからもぞもぞと起き上がり、相手が自分を注視していないことを確かめるなり、一目散にバスルームに駆け込むのだった。

そうした性体験や、おそらくは未成熟なままの自分の性の感覚は、澤の前では話題にしたくなかった。理解してほしいとも思わなかった。

質問されれば正直に話すかもしれなかったが、澤には澤らしい節度があり、その種の質問は決して発しないだろうことはわかっていた。

そもそも、性の快楽など、そんなものはあってもなくても、自分の人生には何の影響も及ぼさない、と樹里は思っていた。真にほしいものがあるとしたら、もっと別の、性を介さない、しかし、性があってこそその快楽なのだった。そしてそれはおそらく、若く健康な男が相手では叶えられないものでもあった。

澤がふと見せる、病者としての弱々しさ……たとえば、椅子から立ち上がろうとした時のかすかなふらつきや、絶え間なく何かを我慢しているかのような表情の数々、それをうまくごまかしながら話に夢中になっているふりをする、その瞬間の痛々しさが、どういうわけか樹里に清潔な性を感じさせた。

思わず手をさしのべたくなる。そっと触れたくなる。病に蝕《むしば》まれている肉体のすべてを自分の力で守ってやりたくなる。

急速に生命力が衰えつつある澤のことを考えたり、澤本人を前にしたりしていると、樹里は時折、自分が女であることを感じた。甘える女、媚びる女、求める女ではない。ただの女……文明のない荒野に生まれ、働き、もくもくと生殖だけを果たして生きているような女。一族の長のような存在を心底、敬い、かしずき、生き方や考え方を示されて、感激のあまり、彼の前で身体を二つに折るなり、その足を両手にくるんで、キスの雨をふらせてしまうような女。……そんな女になった自分を感じていると、妙に興奮し、ふと澤の不健康そうな乾いた頰に頰を寄せて、そっとくちづけをしたくなってくるのだった。

とはいえ、ものごとをいちいち論理化し、なぜ、という問いを発し、自己分析を続けるのは樹里の得意とするところではなかった。途中まではなんとか考えが及ぶものの、その先となると、おぼつかない。億劫というよりも、その必要性を感じなくなるからだった。

　これまでもそうやって生きてきた。人生の苦しい局面を乗り切ろうとする際はもちろんのこと、何か新しい世界に足を踏み入れようとする時も、過剰な自己分析は不要だった。いくら必死になって自分を分析し続けても、まとまりのいい結論や精神の安らぎは得られない。分析することと現実の昏《くら》い海を泳いでいくことは、また別物であり、樹里はもともと後者のほうが得意だった。

　流れに任せて生きてみる。それが一番だった。

　そう思うからこそ樹里は、祖父をナイフで刺し殺さなかった。母親に向かって、汚らわしい事実を知っていることを暴露しなかった。外の女にしか興味を示さない父親に、身内のあられもない実態を耳打ちして、家庭を崩壊に導こうともしなかった。

　だから、と樹里は思った。自分はこれからもまた、流れに従って生きていくのだろう、と。いいことなのか、悪いことなのか、わからない。もしかすると、とんでもなくいい加減で、間違っていることなのかもしれない。

　だが、死期が近いという澤の衰弱に寄り添いたい、と強く願っていることだけは確かで、そこに嘘偽りはなかった。

　病気の知識には疎かったし、澤を苦しめているがんがどんなものなのか、末期がんが再発転移した、ということが何をどう意味するのか、いくらネットで調べてもよくわからない。書店で医療関係のコーナーに立ち、立ち読みを繰り返してもみた。そのつど、わかったような気になるだけで、結局は何も理解していない。実際のところ、澤がどれほど苦しんでいるのか、想像することはできても、実感することはできなかった。

それは樹里がまだ充分すぎるほど若く、死が遠くにあるからではなかった。小説の中で祖父を殺したし、酷い現実の中で哀れに消えていった祖母の死も知っていた。祖母の萎縮し続けていった脳のことも、それがひいては肉体の死を早めた、という事実も。

死は常に樹里の身近にあった。具体的ですらあった。それなのに、樹里には澤にこれから訪れるのであろう死が、あくまでも抽象的なもののように思えてならなかった。

かつての彼の恋人が遺したという絵、「死の島」も、早速、調べてみた。スマートフォンの小さな画面の中で何度も飽きずに拡大し、すみずみまで眺め、鑑賞した。

いかにも澤と恋愛関係にあった女性が、慈しみ、愛《め》で、死後、彼あてに遺しそうな絵だった。美しく、怖く、不吉で、それなのに確かに惹かれる絵だった。

澤が今後、死に向かう時、彼はまさにこの絵のように、小舟を漕いで死の島に渡って行くのだろう、と樹里は思った。その抽象的な、美化された死のイメージをふくらませていると、決まって胸が熱くなり、涙がにじんだ。

この先、どこまでも彼を支えていこうと樹里は思った。彼に残された時間を共に慈しみ、精一杯、彼の傍にいよう、と心に決めた。

澤と、新百合ヶ丘のスターバックスで会ってから四日後。朝からよく晴れた温かな日に、樹里は澤を車の助手席に乗せて、このあたりを走ってみるのはどうだろう、と思いついた。

近くをひと回りしてくる程度なら、澤の身体に負担はかからない。どこか車が停められるような店があったら、コーヒーを飲みながらひと休みすることもできる。晴れていれば、日没まで外気温もさほど下がらないだろうから安心だ。

澤の都合もきかず、樹里はまず、アルバイト先に休ませてほしい旨、連絡した。理由は体調不良ということにした。

電話に出てきたのはバイトの人間を仕切っている年輩の女性だった。あからさまな嫌味のこもった口調で、「体調不良ね。しかも明日は水曜だから、二連休よね。お大事に」と言われた。

半休をとったり、休んだりすることが多くなっていた。この調子でいったら解雇される日も近い、ということはよくわかっていた。

仕事を失ったら、生活はかなり切り詰めていかなければならない。だが、叔母夫妻がアメリカから戻ってこない限り、住まいや光熱費に困ることはなかった。使わずに貯めてきた金を少しずつ取り崩していけば、数か月はなんとかなりそうだった。

よほど困れば、友人の佐久間美香に頼みこみ、飲食店を紹介してもらって、皿洗いでも掃除でも、裏方の仕事をなんでもやるつもりだった。まともな仕事、まともな定収入のために、自分の自由な時間……澤の都合に合わせて行動するための時間を諦めることはしたくなかった。

バイトを休み、自由時間ができた樹里は、気軽さを装って澤にメールを送った。

『澤先生、今日はとてもいいお天気です！　午後、明るい時間帯に、短いドライブをご一緒しませんか。このへんを軽く車で一周するだけでも、ご気分が晴れるかもしれません。ご都合がよければ、車で先生のご自宅までお迎えにあがります。お返事、お待ちしています。

宮島樹里』

すぐに返信が返ってくるか、と期待したが、五分ほど待ってもメールは届かなかった。樹里はスマートフォンをジャージーパンツの後ろポケットに押し込み、キッチンに立って、朝食に食べたトーストの皿とマグカップを洗い始めた。

新百合ヶ丘で会った日、肩を並べて店を出た時のことが思い出された。

あたりはすでに日が暮れ始めていた。樹里は名残惜しい気持ちのまま、澤と店の前に立ち、買い物の必要があるかどうか、訊ねた。

「私、車で来てるんです。小田急OXの駐車場に停めてあります。なので、先生が今日、何か買い物がおありだったら、これから一緒にスーパーに行って、買ったものを車でご自宅まで運んでさしあげることができますけど」

遠慮していたのか、それともこれ以上、樹里に限らず、人と共にいるのが煩わしいと思っていたからなのか、澤はやんわりとそれを辞退してきた。

「スーパーには自分でいつでも買い物に行けるから、大丈夫だよ。今日は買わなくちゃいけないものもないし」

じゃあ、と樹里は食い下がった。「ご自宅まで車でお送りしましょうか」

澤は微笑した。「うちは、ここから歩いてすぐでね。ものの数分。この先の大通りの向こうのマンションだからね。駐車場まで行く間に着いちゃうよ」

「初めから、お買い物にご一緒する、っていうことにしておけばよかったですね」と樹里は心底、残念に思いながら言った。「今度お会いする時は、ぜひそうさせてください。あと、他にもお出かけしたいところがあったら、私が……」

ありがとう、と澤は言った。「そんなに親切にされると心苦しいね」

「いえ、私がそうしたいだけなんです。先生のお宅がここからそんなにお近くでしたら、車じゃなくて、私、今から歩いてお送りしましょうか」

「いいよ、そこまでしなくても。死にかけてるのは確かだけど、まだ歩けるんだよ。うちに帰るくらいはできるから」

それ以上、しつこく言うのも気が引けた。もしかすると、澤は自分の、痛々しい歩き方を樹里には見せたくないと思っているのかもしれなかった。

樹里はうなずき、笑顔を作った。じゃあ、ここで、と澤が言ったので、もう一度うなずいた。

自分でも驚くことに、気がつくと樹里は右手を差し出していた。澤は樹里が握手を求めていることに気づかずにいたのか、あるいは気づいていて逡巡したのか、わずかの間、ぼんやりしていたが、すぐそのあとで手を伸ばしてきた。

思いがけず温かくて大きい、しかし、かさかさに乾いた手だった。

「すごく楽しかったです」と樹里は言った。

「僕も楽しかった。ありがとう」と澤も言った。

……前の週に会った時のことを甦らせていた時、後ろポケットでスマートフォンが鳴り出した。メールの着信音だった。


『実は昨夜から、ふらつきがひどく、少し熱っぽいです。外に出るのは車といえど、ちょっと気が進みません。申し訳ない。でも、お誘い、嬉しく受け取りました。僕のマンションでよければ、ここにいらっしゃいませんか。ただし、掃除をしていないので、かなり汚れていますが。

澤登志夫』

メールを読み終えた樹里は、しばし考えこんだ。

樹里の知る限り、澤はこんなふうに、身体の不調を具体的に口にしてくる人間ではなかった。ドライブするのが煩わしいのなら、都合が悪い、とだけ言って断ればすむことだった。まして、マンションに樹里を誘う必要もない。

よほど気分がすぐれないのか。肉体的苦痛のせいで不安にかられ、樹里に来てもらいたい、と暗に助けを求めているのか。それともただ単に文字通り、自宅に来てくれるのなら会ってもいい、とお愛想を言ってくれているだけなのか。

確かなのは、澤には何ひとつ、下心などない、ということだったが、一方で樹里は、慌ただしく夢想をめぐらせた。老いて病み衰えている澤登志夫にならば、束の間の戯《たわむ》れに求められてみたいような気がした。いっときの戯れなら、彼にとっても自分にとっても、互いの間にある神聖さはひとつも穢《けが》さずにすむのではないだろうか。

樹里は慌てて強く眼を閉じた。そんな夢想を楽しむなど、言語道断だった。

澤が今、全関心を寄せているのは、彼自身の死だった。彼は迫りくる死と限りある生命しか見つめていない。そんな時に、ただでさえ何の魅力もない自分のような小娘相手に、彼が欲望の焔《ほのお》を燃やしてくれる可能性は、万に一つもないと断言できた。

それに、たとえ彼の中に未だ、悦楽の扉を開けるための火種《ひだね》がかすかに残されているのだとしても、その火を燃え拡がらせる役目を負うのは樹里ではなかった。だいたい、尊敬してやまない、死に晒《さら》されている恩師の中に、情欲の火種が残っているのかどうか、探そうとすること自体、不潔で不謹慎な行為と言えた。

いずれにせよ、実の父親よりもずっと年上の、家族のいない病人の気持ちを推し量るのは難しい。つまらないことをあれこれ考えていても、埒《らち》が明かなかった。澤は、本当に具合を悪くして困っているのかもしれなかった。そうだとしたら、自分にできることはただひとつ。ただちに彼のもとに駆けつけ、看病してやることだけだった。

だが、看病、と言っても何をどうすればいいのか、樹里には具体的によくわかっていなかった。必要なものがあるかどうか訊ね、買って行き、部屋の汚れ物を片づけ、何か温かい飲み物や食べ物を作ってやることくらいしか、想像できない。

第一、澤自身が、樹里からそうされることを望んでいるのかどうか、はっきりしなかった。かろうじて小説は書けても、西も東もわからないような小娘に身の回りの世話などされたくもない、と思っている可能性もあった。

少し迷った後で、樹里は返信メールを送った。

『先生のお身体が心配です。お言葉に甘えて伺わせていただきます。何か必要なものがあったら買って行くので、おっしゃってください。あと、ご住所を伺っていませんでした。教えてください。

宮島樹里』

送信して一分もたたないうちに、電話の着信があった。澤とはメール交換だけで、電話で話したことはない。スマートフォンの画面に見慣れない番号を見つけた樹里は、澤のそれだと直感し、自分でも驚くほどどぎまぎした。

澤は挨拶も前置きもないままに、自宅マンションの住所を樹里に教え、メモするように言った。疲れたようなかすれた声だった。合間に乾いた烈《はげ》しい咳《せき》が続いた。明らかにつらそうだった。

「大丈夫ですか」と樹里は声をかけた。「……すごい咳。風邪ひいちゃったんですね」

「いや」と澤は言った。咳払いをし、深いため息をついた。「風邪じゃないんだ。こういう病気をもってるとね、ちょっとしたことで身体に異変が起きやすくなる。そのせいだよ」

「先生、ごめんなさい。そんな状態だっていうのに、のんきなお誘いなんかしちゃって」

「知らなかったんだから、当然だろう。確かに今日はドライブ日和《びより》だもんな。元気だったら、と思うと残念だけど、仕方がないね」

「ともかく私、そちらに伺います。車で行って、この間みたいに小田急ＯＸに停めて、あとは歩いて行きます。何時ころに伺えばいいでしょうか」

「何時でも。きみの都合のいい時間でかまわないよ」

「じゃあ、ええと……二時過ぎは？」

「了解。そうしよう」

「その前にスーパーに寄ります。買い物をして行きますから、買ってきてほしいものを何でもおっしゃってください」

澤は、また少し咳き込んだ。樹里は不安な気持ちのまま、咳がおさまるのを待った。

「……きみが食べたいもの、飲みたいものを買ってくればそれでいい」

「それだけですか？　先生は？」

「僕は何もいらない」

「でも、あの……本当に？」

「食欲がなくてね」

「栄養のあるもの、召し上がらないと」

「そうだね」

「あの……余計なことかもしれませんけど、もし、病院に行かれるんでしたら、私が車でお連れします。それだったら、今からすぐにでもお迎えに……」

「いやいや、やめてくれよ」と苦笑まじりに言い、澤は樹里を遮《さえぎ》った。「大丈夫。そんな必要は全然ないから。こういうことには慣れてるんだよ。そのうち落ち着くのはわかってるんだ。病院なんかに行っても、どうしようもない。そんなことより、マンションは正面玄関がオートロック式になってるからね。着いたら、部屋番号のインタホンを鳴らしてくれるかな」

「わかりました」

つけた。

「じゃ、後で」

通話が終わったかと思い、耳からスマートフォンを離そうとした時だった。澤が「あ、ちょっと待って」と言っているのが聞こえた。樹里は慌ててスマートフォンを耳に押しつけた。

わずかな沈黙の後、澤はそれまでの生気のない様子とは打って変わった、張りのある声で「死の島」と言った。「覚えてるかな。この間、話した例の絵。ベックリーンっていう画家が描いたやつ。今日、来てくれるんだったら、ついでに見ていけばいい」

「死の島」と聞いてはっとし、大急ぎでそれに応えようとして樹里が口を開きかけた直後、通話は切れた。

耳の中には「死の島」と口にした澤の、野太いような声だけが残された。

樹里の叔母の夫、尾崎が所有する車は紺色の国産四輪駆動車である。かなり古い型のものだが、頑丈な上、小型なので気軽に乗りまわしやすいというメリットがあった。中古で買った、と尾崎からは聞いている。メンテナンスを怠ることなく大切に乗ってきたらしく、走行距離が嵩《かさ》んでいるわりにはエンジンは快調だった。多少、サスペンションの硬さが気になるものの、慣れるとそれがかえって心地よく感じられる。

乗り始めたばかりのころは、他人の車なのだから、と緊張するあまり、ハンドルが手汗で濡れたものだが、最近はそんなこともなくなった。存在そのものが地味で控えめな感じのする車で、どこに駐車させても、どこを走っていても目立たない。ありふれた人生を送り続ける、穏やかな気性の中年男そのもの、といった風情である。

人々の記憶に何ひとつ残らないほど凡庸であるにもかかわらず、車は運転者に寄り添って、しっかりとした頼もしい、安定した走りを約束してくれた。シートに腰をすべらせ、ドアを閉め、ひと呼吸おいてイグニションをまわすたびに、樹里は、どこにでも自由に行くことのできる小さな部屋を与えられた喜びに震えた。

その日、樹里は新百合ヶ丘の小田急OX駐車場に車を停めると、急ぎ足でまっすぐスーパーまで行き、買い物籠を手にした。なんでも買っていくと言ったものの、さすがに手持ちの金は少なく、使える額は限られている。

高級なフルーツには手が出せなかったので、果物売り場で袋詰めにされていたみかんを選んだ。熱っぽい時に食べるとおいしいであろうアイスクリームは、この季節、身体を冷やしてしまう可能性があると思ってやめにした。咳が出ているようだから、冷たいものよりも温かいもののほうがいいのだろう。

樹里は、かつてアルツハイマーを患った祖母が、晩年、好んで食べていたのがプリンだったことを思い出した。プリンなら、どれほど状態のよくない時でも食べてくれた。おいしいわ、これ、と言って微笑んだ祖母の顔が、昔の、まだ元気だったころの顔に戻ったように見えることもあった。

甘くひんやりとした、やわらかくて喉越しのいいプリンは、病んでいる人間をほっとさせる。樹里はプリン売り場に行き、何種類も並んだプリンの中から、卵色が濃くて栄養価が高そうな商品を四つ選んだ。

その後、偶然だったが、ふだん自分でもよく食べているパック詰めのワンタンを見つけた。ワンタンには別個に包装された液体スープがついている。水を加えたスープとワンタンを煮て、刻んだ長葱を入れれば、インスタントとは思えないおいしさになる。残りごはんをまぜ、最後に溶き卵を流しこめば、ワンタン入り卵雑炊ができあがる。

澤の部屋の冷蔵庫に、長葱があるかどうかわからなかった。樹里は半ば駆け足で野菜売り場に行き、バラ売りされていた長葱を一本、買い物籠の中に加えた。

パック詰めワンタンを選んだのは、いいアイデアだ、と樹里は自画自賛した。食欲のない時でもおいしく食べられるし、簡単な上、消化もよくて身体も温まる。澤に喜んでもらえるに違いなかった。

他にも何か入り用のものはないか、と考えた。ティッシュペーパー、咳止め作用のあるキャンディ、額に貼るだけの熱さましシート……考えつかないわけではないが、澤に会い、様子を見てみないことには、何が本当に必要なのかわからない。

時刻は二時五分前になっていた。樹里は慌ててレジに走り、精算をすませた。

聞いていた住所はスマートフォンの地図で検索し、あらかじめ頭にたたきこんであった。駅からほんのわずか。澤が言っていた通り、ゆっくり歩いても数分の距離だった。

瀟洒《しょうしゃ》で明るい、現代的な外観を想像していたが、建物は思いの外、年季が入っていて、堅牢《けんろう》な感じがした。一歩、中に入ると外の騒音が遮断され、怖いほどの静けさが拡がる。

管理人室があったが、小窓の向こうの黄色いカーテンは閉じられていた。管理人が常駐しているわけではなさそうだった。

エントランスホールの奥に設置されたインタホンを鳴らした。澤が応答してきたので、樹里は「宮島です。すみません、遅くなってしまいました」と謝った。

澤はそれには応えなかった。インタホン脇の、ガラスの引き戸が開錠された。戸が開く時の音が、思いがけず大きくあたりに響いた。

突き当たり正面のエレベーターに乗り、五階のボタンを押した。扉が閉まったとたん、手にしたスーパーのポリ袋から飛び出していた長葱の、青臭いにおいがあたりに漂うのを感じた。

樹里はふと、あざみ野駅前のファミレスで、佐久間美香と会った時のことを思い出した。少し離れた喫煙席にいた主婦らしき女が、青々とした長葱を突っ込んだスーパーのポリ袋を横に置いていた。女は対面している若い男の前で嗚咽《おえつ》し、涙を流していた。別れ話をしていたのかもしれなかった。

小説に使えるシーンだ、と強く感じたのを覚えているが、自分自身が、長葱を覗かせたスーパーのポリ袋を手にしてみると、少し考え方が変わった。

少なくとも樹里は、若い男と別れ話をするために、長葱を覗かせたポリ袋を手にしているのではなかった。死期の近い、年をとった、大好きで尊敬してはいるが、決してそれが恋愛感情からくるものではないと断言できる男に会いに行って、即席のスープワンタンを作ってやるために長葱を買ったに過ぎない。若い男と別れるのがつらくて、ファミレスで泣いていた主婦とは、まったく事情が異なる。

どう考えてみても、恋愛感情を抱くには至らない、しかし、自分でもふしぎなほど惹かれてしまう病んだ老人に、スープワンタンを作る娘、というのは、うまく小説の中に描くことができそうになかった。

やっぱり、自分はまだまだ未熟なのだろう、と思った。努力を怠るつもりはなくても、真の小説の才能というものが自分にあるのかどうか、樹里にはわからなかった。

闇夜の中、ふと何の前ぶれもなく、天から落ちてきた小さな明るい星のかけら。名誉とか成功といったものが、そうした形で降ってくるものならば、才能というのは何なのだろう。どこまで行っても漆黒の闇が続くだけかもしれない、と思いながら、それでも諦めずに進んでいくことのできる強い力を才能と呼ぶのか。それとも、そんなものはただの徒労だ、と冷ややかに言いきってしまえることを才能というのだろうか。

五階でエレベーターを降りると、廊下には誰もいなかった。どう見てもファミリーマンションではないが、独身者が多く居住しているという印象もなかった。事務所に使われている部屋がある様子もない。

あたりはあまりに静かだった。静かすぎるせいで、廊下についている窓の外の、車道を行き交う車の音もはっきりと聞き分けることができた。

廊下の突き当たり、右手に位置する部屋の前に立った。「澤」とだけ書かれた小さなプラスチック製のカードが、表札代わりに貼られていた。樹里は緊張に押しつぶされそうになる気持ちに負けまいとして、力強く部屋のインタホンを押した。

内側から鍵が開けられた。澤が半開きにしたドアから顔を覗かせ、「やあ」と言った。薄茶色の古びたポロシャツに、灰色の毛糸のカーディガンを併せて着ている。つやのない白い顔に黒縁の眼鏡をかけ、薄くなった頭髪の乱れが目立った。

眼を細め、笑みを浮かべてみせたのはいつもと変わらなかったが、表情は半病人そのものだった。それは樹里が初めて見る澤……明らかに弱っている澤だった。

「よく来てくれたね。迷わなかった？」

「すぐわかりました」

「入りなさい。ただし、メールにも書いたけど、本当に冗談じゃなく汚いよ。きみが来るとわかって、少し掃除でも、と思ったんだけど、ほとんどできなかった」

「そんなこと、平気です」と樹里が言うと、澤は「これはいて」と玄関先にスリッパを並べた。新品ではないが、履き古されてもいない、紺色のストライプ模様の入った布製のスリッパだった。

脱いだスニーカーをそろえようとして腰をかがめた時、小暗い玄関の床に無数の綿《わた》埃《ぼこり》が散っているのが見えた。室内の空気はひどく淀《よど》んでいた。

樹里の鼻は一瞬にして、様々なにおいを嗅《か》ぎとった。コーヒーや日本茶、様々な食べ物、醤油、汗、埃、痛み止め用のパップ剤、古紙、体臭のしみついたシーツや枕カバー、何かの薬や薄めた石鹼水に似たにおい……。

それは、かつて樹里が嗅いだことのないにおいだった。病院の、薬品くさいにおいとも少し異なっていた。老いや病のにおいとも言えたが、それだけではなく、日々、繰り返されてきた生活のにおいそのもの、とも言えた。

これが、生きている澤先生のにおいなのだ、と樹里は思った。そう思うそばから、澤の生命があとどのくらい残されているのかわからない、と感じて急に不安にかられた。澤の足どりはおぼつかなかった。熱のせいなのか、それとも病気のせいなのか、身体の中心から力が抜けきってしまったような歩き方だった。

そんな澤に案内されて入ったのは、ベランダに向かう窓に面したリビングルームだった。さほど広くない板敷きの部屋に、液晶テレビ、小さなオーディオセット、ソファー、肘掛け椅子とテーブル、抽斗《ひきだし》つきのリビングボード、天井近くまである背の高い書棚などが所狭しと置かれていた。

書棚の前の床は、単行本や文庫本、新聞の束が無造作に積み上げられており、足の踏み場もなかった。床に座って本を読む時のためのものなのか、汚れた黄土《おうど》色の座布団のついた座椅子もあった。座布団の上には、丸まったティッシュペーパーが転がっていた。

樹里の持ってきたスーパーのポリ袋を、澤はだるそうな面持ちで受け取った。手伝いましょうか、と言ったのだが、彼はうすく微笑しながら首を横に振った。キッチンでがさがさと中のものを取り出す音、次いで、冷蔵庫を開け閉めする音が聞こえた。

ややあって戻って来た彼は、「おいしそうなものをたくさん買って来てもらえてありがたい」と言った。「レシートが入ってたから、忘れないうちに金を渡しておくよ」

そんなのいいんです、と樹里は言ったが、彼は聞いていなかった。どこかから二つ折りにした黒い革製の財布を持ってくると、樹里に五千円札を一枚、差し出した。「あいにく、細かい金が全然ないみたいだ。これで」

「じゃあ、お釣りを」

「いいよ、取っときなさい」

「そんな」と言い、樹里は目を丸くして苦笑してみせた。「全部で千五百円くらいだったんですよ」

いいんだよ、と澤はもう一度繰り返した。「残りはきみへの御礼にするから」

「御礼、って?」

澤は細めた目尻に無数の皺を寄せた。なめらかさを失った色の悪いくちびるを大きく横に伸ばし、樹里に微笑みかけた。「こんなに天気のいい日なんだ。他にいくらでもやることがあっただろうに、わざわざ僕みたいな病気の老いぼれのために大切な時間を割いてくれた。その御礼だよ」

それを聞き、樹里は頭がぐらりと揺れるのを感じた。時田の時と似ている、同じではないか、と思った。

澤と時田とを一緒にしたくなかった。二人はまるで別人だった。向かう気持ちも、大切に思う気持ちも。それなのに、今、この瞬間感じているのは、あの時、時田を前にして感じた気持ちと寸分も変わっていない。

樹里は表情をこわばらせたまま、五千円札を受け取った。傍には小さな四角いダイニングテーブルがあった。テーブルの真ん中には、かつて使われていた様子の、しかし、今は雑多な小物入れになっているガラス製灰皿があった。五千円札をその灰皿の下にはさみこんでから、樹里は改めて澤と向き合った。

澤が呆れたように樹里を見た。「どうしてそんなところに?」

「受け取れないので」

「そんなことしないで、早く財布にしまっておきなさい」

「いやです」と樹里は言った。地団駄《じだんだ》を踏んで年上の人間に甘えようとする、聞き分けのない子どもに戻ったような気がした。

大きく息を吸った。さらに、できるだけ自然に見えるよう、微笑してみせた。「いただく理由がないですもの」

澤は、皮肉な笑い声を発した。「おれ、何か気にさわること、言ったかな」

「いえ、何も」

「なんだか、怒ってるように見えるんだけどね」

「怒ってなんかいません。ただ……」と樹里は言い、またぎこちなく微笑した。間が抜けている、と思ったが、どうしようもなかった。「ただ……私、先生からこういう形でお小遣いみたいなものを受け取るの、すごくいやなんです」

「悪いが、きみに小遣いを渡そうだなんていう気は、さらさらないよ。細かい金がないから、大きいのを渡したまでだし、一円単位まで計算して釣り銭をもらう気もない。そういうことをするのは面倒なんだ。だから、とっておきなさい、と言っただけだよ」

樹里が黙っていると、澤は疲れ果てたように吐息をついた。「まあ、いい。どうだっていいことだ。立って話してるだけで疲れる。おれはそのへんでごろごろさせてもらうよ。きみも適当にそのへんに座りなさい」

澤は、力のないよろよろした歩き方でソファーに向かった。座面に片手をつき、そこに腰をおろすことさえつらそうな表情のまま、長い時間をかけてソファーに仰向けになった。樹里は胸ふさがれる想いにかられた。

思わずソファーに駆け寄った。床に両膝をつき、仰向けになって寝ている澤の腕や肩に触れないよう注意しながら、すぐ傍まで行って顔を歪めた。

「先生、ごめんなさい。つまらないことにこだわったりして。私がいけないんです。先生の看病に来たつもりなのに。これじゃ、全然、看病になんかなりませんよね。ほんとにごめんなさい」

澤はクッションに頭を載せ、目を閉じたまま、片腕を額にあてがっていた。鼻とその周辺に、白い無精髭《ぶしょうひげ》が生えているのが見えた。ひどく老い、病み衰えた顔だったが、樹里の眼に澤の横顔は端整で美しく、そのうえ清潔に映った。

「いいさ」と澤はかすれた低い声で言った。「人それぞれ、こだわりたいことはある」

「こだわってる、って言うのか、なんて言うのか……」樹里は口ごもった。こんな時に、こんなところにまで来て、馬鹿なことを打ち明けるもんじゃない、と自分に言い聞かせたが、無駄だった。制御できなかった。突然、言葉があふれ出してきた。「私、以前、ちょっと関係のあった男の人から、同じようにお金を受け取っていたことがあったんです。別にお小遣いじゃないいんですけど、帰りのタクシー代として渡されて、残りはとっておきなさい、って言われて。それが度重なって、けっこうな額になりました。返します、って言っても、その人は絶対受け取ってくれなくて。……さっきは、その時のことを思い出したんです」

澤は黙っていた。微動だにせず、目も開かない。

「いやだったんです」樹里は床の一点を見つめたまま続けた。「先生とその人が同じだ、って思えてくるのが……」

ははっ、と澤が目を閉じたまま、皮肉のこもった乾いた声で笑った。「同じ、ってどういう意味？　おれとその男が同じだと、何か都合が悪いわけか」

「先生とその人は全然違うんです」と樹里は言った。「違いすぎるんです。一緒になんか、絶対、したくないんです」

額にあてがっていた腕をゆっくりと外し、目を開け、澤は首だけ起こして横にいる樹里を見た。じろりとした目付きだったが、そこには何か軽口を叩こうとしている時の、からかうような光があった。

「この間、きみは次の小説に、ゆきずりの男と寝る女の話を書く、と言ってたっけね」と澤は言った。「その、おれと一緒にしたくないっていう男は、まさにゆきずりの相手だったんだな。そうだね？」

いいえ、と樹里は小さく首を横に振った。とんでもない話を打ち明けてしまった、という後悔と、いっそのこと全部しゃべってしまいたい、という破れかぶれの衝動が同居していた。澤なら聞いてくれるだろう。理解してくれるだろう。

「ゆきずりなんかじゃないです。全然違います」

「じゃあ、恋人？」

「まさか」と樹里は吐き捨てるように言った。「この間、お目にかかった時も言ったように、私は恋愛なんかとは無縁の人間ですから。……仕事で知り合った方と、ちょっとお近づきになっただけです」

「仕事って、斎木屋の？」

「いえ、私、短い期間でしたけど、以前、雑誌社に勤めてたことがあって。『月刊オピニオン』っていう雑誌。一応、編集記者をやってました」

「『月刊オピニオン』ならよく知ってるよ。へえ、そうだったのか」

「編集部の仕事を通して知り合って、たまたま親切にしてくださった方なんです。ずっと年上のおじさんでしたけど」

「年上、ったって、今のおれよりも下だろう」

澤がいつのまにか、自分の前で「僕」ではなく「おれ」と言ってくれるようになったのが樹里には嬉しかった。距離がいっぺんに縮められたような気がした。

「そうですね。先生よりは年下でした」

「口説かれたんだね」

「全然、そういう感じじゃないです。物静かな優しい人で、何度か一緒に食事をしてるうちに、少し距離が近づいただけで……」

「で、そのおじさんはきみに会うたんびに、帰りのタクシー代を多めに渡して、残りはとっときなさい、って言ったわけだ」

「ええ」

澤は楽しげに喉を鳴らして笑った。「おじさんっていうのは、若い娘を前にすると、みんなそういうことをやりたがるもんだよ。多少無理してでも、かっこをつけたいんだ。おれだって、今よりも若いころ、何度もやった。別に咎《とが》められるようなことじゃないと思うけどね」

「咎めてるわけじゃないんです」と樹里は言った。「先生とその人とを一緒にしたくないだけ」

ふふん、と鼻先で笑い、澤はソファーの背につかまりながら、ゆっくりと上体を起こした。軽い咳き込みがあった。クッションでつぶれた白髪まじりの髪の毛が、弱々しい煙のように頭頂部にまとわりついているのが見えた。

樹里はすがるように澤を見上げ、ひと思いに言った。「どうしてかわからないんですけど、その人、セックスのできない人でした。私はセックスなんて、してもしなくても、全然、かまわなかったし、どうでもよかったんです。その人も別に、できないことを気に病んでる感じではなかったし。でも、私に対して御礼をしたい、っていうような、感謝の気持ちがいつもその人の中にあったんだと思います。自分はなんにもできないのに、って。それなのに、自分と会ってくれてる、ありがとう、って。たぶん、それでお小遣いの形でタクシー代の残りを……」

「なるほどねえ」と澤が感心したようにうなずいた。ついさっきまで濁っていた眼が、みるみるうちに澄み渡っていくのが見てとれた。「そういうことか。よくわかったよ。面白い話だね」

「ですから」と樹里は言った。「いえ、すみません、こんな話しちゃって。でも、そんな経験をしたから、御礼、とか言われて年上の男の人からお金をいただくと、あの時のことをどうしても思い出しちゃうんです。でも、別にその人は、私のことをお金で買ってたわけじゃなかったんです。そのことは私にもよくわかってました。でもね、やっぱり、どんな形でも、私、御礼って言われてお金を受け取ることが、どうしても腑《ふ》に落ちない、って言うのか……」

うん、なるほど、と澤は繰り返した。「わかるよ、とても。いい話じゃないか。とはいえ、改めて言うまでもないことかもしれないけど、おれがさっき、きみに御礼という言葉を使ったのは、まったく違う意味だったんだからね。誤解しないでくれよな」

「もちろんです。そんなこと、よくわかってます」

「おれはもう」と澤は自身を嘲《あざけ》るような口調で言った。「とっくの昔から、セックスだの何だの、と言ってる場合じゃなくなってるもんでね。今のおれは、きみがつきあった不能のおじさんよりひどいありさまだからさ。ほとんど毎日、四六時中、身体のどこかが痛んでて、気分が悪かったり、だるかったり、熱っぽかったり。まともな日は一日もない。色気は遠くなりにけり、だよ。時々、無念に思わないでもないけど、まあ、仕方ないね。人生の終盤なんて、みんなこんなもんだろう。まだまだ若いきみにはわからないかもしれないが」

「そんなことないです。私にも、そういうこと、わかります」

「いや、わからないでいいんだよ。わからなくて当然だ。セックスができないのを申し訳なく思って御礼をしたがるおじさんもいれば、自分がどうやって死んでいくのか、朝から晩まで、悲愴感漂わせながら考えてるだけの爺さんもいる。おれのことだけどね。人生はいろいろだよ。女と寝たり、別れたり、子どもを作ったり。酔っぱらって喧嘩したり、戦ったり、病床に臥《ふ》したり。忙しいもんだ。でも、若いうちはそういうことにいちいち頓着《とんちゃく》しないで生きてるほうが、いい。それが本当の健全ということだ」

「そうでしょうか」

「違うか？」

「……わかりません」

「ところできみは」と澤が改まったように訊いてきた。「その不能のおじさんと、どうしてそういうつきあい方をするようになったの？　そのおじさんの何が、きみを惹きつけたのか、少し興味があるね」

「さっきも言ったように、優しかったんです、その人」と樹里は即座に答えた。時田のような男となぜ、と問われて、そのようにしか答えられないことは自分でよく承知していた。「優しくて、親切で、がつがつしてなくて、物静かで、居心地がよかったから」

「そうか」

「もしかするとね、私、その人がセックスできない身体だったのが、よかったのかもしれません。変ですけど、セックスできていたら、また全然違った関係になってたと思うし」

「うん、そうかもしれないね」

「別れる時に、全然、すったもんだしなかったのも、そのおかげだったと思ってます」

「きみから別れたいと言ったの？」

「その人が仕事で渡米することになって、帰って来ても同じように会ってほしいって言われた時に、きちんとお断りした……それだけです」

「がっかりしただろうね、彼は」

「まさか。気持ちいいくらいにあっさりしてました。初めっから、恋愛なんかじゃなかったんだから当然ですけど。そんなことより」と樹里は言い、澤を見つめた。「私もひとつ、先生にお訊きしたいことがあるんです。いいですか」

澤はうなずいた。「かまわないよ」

「先生は、こうやってお独りで暮らしてらして、ご病気を抱えてるわけですけど、その……なんて言うのか、女の人を必要とすることって、ないんですか」

「必要？」と澤は呆れたように両目を丸くした。おどけた表情が彼を少し若く見せた。「おれを看病してくれる女性を必要としてるかどうか、ってこと？」

「違いますよ、先生。セックスの相手として、っていう意味です」

「面白いことを訊くんだね」と言って、澤は笑った。また少し咳が出た。「誰を相手に質問してるんだか。きみは時々、忘れてしまうようだけど、忘れないでほしいもんだね。見てわかる通り、おれは重病人なんだよ。何度も言ってるように、そんな元気はないんだよ」

「先生のご病気のことを忘れたことなんか、ありません。でも」と樹里は言った。「ご病気であるってことと、それとは別かもしれない、とも思うんです。私はもともと、セックスって、してもしなくてもいいものだと思ってますけど、相手があってのことだから、どんなに身体の具合が悪くても、時々は、癒されることもあるかもしれないですし……」

「癒される、か」と澤は、さほど気乗りした様子もなく、つぶやいた。「確かにね」

「すみません、余計なこと伺って」

澤は「まいったな」と言い、短く笑った。「何を訊かれるかと思ったら。どっと疲れが出たよ」

「ほんとにごめんなさい」

澤は微笑し続けていたが、露骨に性に関する質問をしてしまった、と思うと樹里は落ち着かなくなった。誘惑しているのではないか、と思われたとしたら、とんでもないことだった。

樹里は自分が、澤と至近距離にいることを強く意識した。急に恥ずかしさを覚えた。

両手を床につき、膝をずらしてそっと離れ、センターテーブルの真横に移動した。テーブルの上に雑多に置かれている無数のもの……薬局の名が入った薬袋や新聞、ばらまかれた新聞広告、茶渋がこびりついている湯呑み、缶入りの咳止めトローチ、爪切り、眼鏡、爪楊枝など……が目に入った。

テーブルの角のあたりに、危なっかしく載っている澤のスマートフォンを、床に落ちてしまわないよう静かに載せ直してから、樹里は改まって正座した。

きつくはなかったが、腰と太ももの線がはっきり出る黒のコットンパンツをはいてきた。パンツはストレッチがあまりきいておらず、正座すると、下半身が破れてしまうのではないか、と思われるほど、布地が張りつめるのを感じた。

澤の視線を感じたような気がした。気のせいだとわかっていたが、羞恥心がさらに強まった。樹里は思わず目をそらした。

その時だった。液晶テレビの隣の、わずかな壁面が目の中に飛びこんできた。

そこにピンで留められているものを認めるなり、樹里は思わず「あ」と声をあげた。おずおずと指をさした。「先生、あそこに貼ってあるのは、もしかして『死の島』ですか？」

「ああ、そうだ」

「あれが？」

「うん。言われなきゃ気づかないくらい、ちっぽけだろ？」

全部を聞かずに樹里は立ち上がった。壁の前まで走り寄り、その小さな……想像していたよりもずっと小さい、一枚の絵を凝視した。

スマートフォンで検索し、飽きず眺めた絵と同じだったが、こうやって澤の部屋の壁に留められているそれは、澤のかつての恋人が死後、彼に遺したものだと思うと感慨深かった。思いがけず腕に鳥肌が立つのを覚えた。

こんな小さな、ぺらぺらの印刷物なのに、と樹里は思った。しかも遠くから見ただけでは、何が描かれているのかもよくわからない。そばまで行き、目をこらさなければ、それが何かとてつもなく深い意味をもつものだということにも気づかない。一枚の、しかも、折り目がついたままの、本から切り取られた印刷物としての絵に過ぎない。それなのに、絵は、白い壁に留められて、静かに息づいていた。主張していた。まるで異界に赴くための入り口であると言わんばかりに、その小さな絵の中の風景は、鑑賞する者を控えめに誘いこもうとしていた。

樹里は自分が説明のつかないものに、やみくもに感動していることを知った。

「素敵ですね」と樹里はつぶやいた。「お話を聞いて興味をもって、スマホで検索して見てみたんですけど……こうやって先生の部屋で見ると、全然違います」

「そりゃあ、切り取っただけの図版だからな」

「いえ、そういうことじゃなくて。なんて言うのか」と樹里は言葉を選びつつ言った。「吸い込まれていきそうな感じがします。自分がこの絵の中にいて、あの小舟に乗ってるみたいな」

「そうか。きみみたいな、若さのど真ん中にいるような人間でも、そう感じるか」

「はい、感じます」

「だから、『死の島』なんだろうね」と澤が言った。「遅かれ早かれ、みんないずれは、小舟に乗ってその島に行くんだからな。例外なく、一人残らず」

はい、と樹里はうなずいた。振り向いて澤のほうを見ることができなかったのは、急に鼻の奥がむず痒《がゆ》くなって、視界がかすかに潤み始めたからだった。

今、澤の顔を見たら、馬鹿げたことを口走ってしまいそうだった。先生だけはここに行かないでください、絶対に行ってほしくないです、先生は大切な方なんです、などと叫び、自分の発した言葉に興奮するあまり、本当に泣きだしてしまうかもしれなかった。

長い沈黙が続いた。室内のどこかで、時計が時を刻んでいる音がはっきり聞こえた。静寂がのしかかってくるような感じがした。緊張と興奮と不安で、気が変になってしまいそうだった。

澤に悟られないよう注意し、用心深く鼻をすすってから、樹里は笑顔を作って勢いよく振り向いた。明るくふるまわなければならない、何か言わなければならない、と思った。

「先生、買ってきたプリン、食べませんか。それともみかんにしますか？　あと、スープワンタンも買ってきたんですよ。私も時々食べるんですけど、簡単にできて、わりとイケます」

澤はやわらかく微笑を返した。「さっき見たよ。いいね、食べようか」

「何を？」

「スープワンタン。きみとこうやって話してたら、少し食欲がわいてきた。ゆうべから何も食べてないんだ」

樹里は心底、嬉しくなった。安堵と感動が全身を駆け抜けていくのが感じられた。澤のためなら、なんでもしよう、なんでもできる、と思った。

「私、作ってきます。刻んだ長葱を入れるともっとおいしくなるんですよ。葱も買ってきました。すぐできます。キッチン、お借りしますね」

言うなり樹里は立ち上がった。首の後ろで結わえた髪の束からシャンプーの香りが立ちのぼり、澤の部屋の濁った空気を勢いよく攪拌《かくはん》するのが感じられた。

# 13

日毎夜毎、登志夫の中では、目に見えない歯車がゆっくりと回り続けていた。一度回るたびに、かちり、という音がする。昔のブラウン管テレビの、チャンネルダイヤルを回した時のように。

何かひとつのことを考え始めると、かちり、とそれが回るのが感じられた。元に戻そうと思っても戻らない。そのため、先を考え続けるしかなくなり、仕方なく考えていると、また忘れたころに、かちり、と歯車は回る。

決して元には戻らない歯車。その代わり、思い出や記憶ばかりが怒濤《どとう》のごとく、連鎖して押し寄せてきた。いいことも悪いことも。不幸だった出来事も、幸福にうち震えた出来事も。通りすぎてきたことはすべて、いっしょくたになって雑多な記憶の塊の中に押し込められてしまうくせに、いちいち克明に再現されるから油断がならない。

睡眠導入剤を使わずとも、登志夫はとろとろと眠ることが多くなった。不安と得体の知れない恐怖、絶望とも悲しみともつかないものが底に沈んでいるような、いやな眠りだった。

生きているのか死んでいるのかわからない、混濁した意識の中で見る夢に、よく暗いトンネルが現れた。どこにも出口がなく、光も見えない。なのに、現実に知っている人間が多数、現れる。会話も交わす。賑やかで騒々しいことすらあるのだが、どんな場合でも、どことなくあたりの空気がひんやりしている。

過ぎ去った日々が、ばらばらにされたジグソーパズルを無理やりつなぎ合わせた時のように、ぎくしゃくと再現される。夢とわかっていても、ひどく疲れる。そしてまた、かちり、と音をたてて歯車がまわる……。

かつて親しくしていた人間と連絡を取り合うことは、ほとんどなくなっていた。現実の社会との接点も、日を追うごとにどんどん失われていく。東京文芸アカデミーを辞めてから少しの間は、関係者らが彼を気遣って、様子伺いの葉書をよこしたり、講座関連の情報ちらしなどを送ってくれたりしていたが、それはみるみるうちに間遠になった。

これまでは文秋社の後輩編集者が、自分の手がけた新作を送ってくれることも少なからずあった。いつのまにかそれも途絶えている。出版部長の沼田も、ここのところまったく連絡をよこさなかった。

「みのわ」に行くことも激減していた。気心のしれた女将と世間話くらい交わしてもいい、と思うものの、寒い季節になったせいか、なかなか出かける気になれない。間があけばあくほど、しばらくぶりに顔を見せること自体が、煩わしくなる。瘦せたの顔色が悪いだの、蔭で噂されている間はまだましで、女将から正面切って、不安そうな、気の毒そうなまなざしで見られることを想像すると、つい足も遠のくのだった。

そんな登志夫が、携帯にかかってきた旧い友人からの電話に思わず応じる気になったのは、誰とも話さずにいる自分に、いったいどれだけの社会性、協調性が残されているのか、ふと試してみたくなったからだった。

「もしもし、澤？」

そう訊かれた時の、そのおとなしげな喋り方、声の特徴から、すぐに相手が学生時代の友人であることがわかったが、登志夫はわざと少し間をおいてから、「おう、坂田《さかた》じゃないか」と応じた。「しばらくだな。何年ぶりだろう」

「そうだな。十五年くらい、たったかな」

「そんなに？」

「そのはずだよ。僕が携帯を使い始めたころ、一度、電話で話したのが最後だったと思う」

「ああ、そうだったかもしれないね」

「携帯番号、変わってるかな、と思ったんだけど、かけてみてよかった。元気そうだね」

「そうでもないよ」

「……悪いね、忙しいだろうけど、少し話せるかな」

「忙しくなんかないよ。会社は定年退職したし、その後、少し小説講座の講師の仕事をしてたんだけど、それもリタイヤしたからね。今、うちにいるところだよ」

「そうか。だったらよかった。あのさ、そっちには連絡行かなかったと思うけど……唐《から》木《き》が死んだんだよ。今さら、余計なことかな、とも思ったんだけど、澤にも知らせたくなって、それで電話させてもらった」

唐木、というのは、登志夫の大学時代の同窓生で、中核系のセクトに属していた男だった。坂田と同郷で、その縁で登志夫も紹介され、何度か三人で会って飲みに行った。学内での集会をはじめ、街頭デモに誘われて参加したこともある。

外に向かっては過激な思想を展開してはいたが、個人的に会うと坂田同様、おとなしく、文学や映画、演劇の話をするのが好きな好人物だった。

「死んだ……って、いつ？」

「今年の八月。田舎のほうで葬儀があって、行ってきた。ずっと独身を通してたし、あんまり人づきあいもなかったみたいで、さびしい葬式だったよ」

「死因は？」

「心筋梗塞。独り暮らしだったから、一週間くらい、誰にも気づかれなかったらしいよ。季節が季節だったからね、におい始めて、近所の人が警察に通報したんだそうだ」

「そうか」と登志夫は言った。「ちょっと早かったな」

「ああ。卒業してから、東京でしばらく会社勤めしてたんだけど、親が田舎で農業やっててさ。そっちを継ぐから、って東京引き払って田舎に帰ったんだ。その親もわりと早く亡くなってさ。お姉さんが二人いたけど、それぞれ遠くに嫁《とつ》いじゃってたし、あとはずっと彼一人だった」

坂田は淡々とそこまで話すと、「一応」と言った。「澤も知らない相手ではないだろうから、教えてもいいかな、と思って」

「うん、ありがとう。おれは卒業してから、全然、つきあいはなかったけど、懐かしいやつではあるよ。いいやつだった」

「あれから五十年近くたった計算だよ」そう言って、坂田は可笑しくもなさそうに、くすりと笑った。「唐木のアジ演説はかっこよかったよな。けっこう、女の子たちにも人気があってさ。彼が機動隊のジュラルミンの楯でこてんぱんに殴られて、足のどこだかの骨を折ってさ、前歯も二本、なくしたこと、覚えてるか？　たしかあれは、三里塚《さんりづか》闘争の時だったっけね。パクられて出てきた後、松葉杖で、前歯のないまんま大学に現れた彼を見て、ショックのあまり泣きだした女子学生もいたんだよ」

「そうだったっけね」と言って登志夫は短く笑った。「大昔の話だな。懐かしいな」

「そうだな」

「ところで」と登志夫は話題を替えた。自分の病気の話はしたくなかった。死ねばいつか、あることないこと、坂田の耳にも入るだろうし、なぜあの時、言ってくれなかったのか、と思われるに違いないが、それでよかった。「そっちはどうなんだ。優雅な年金暮らしか？」

「優雅なわけ、ないだろ。万年安月給のサラリーマンだったんだから。ほそぼそと、なんとか生きてるよ」

「住所も変わらず？　座間《ざま》市だったよな？」

「うん。あのまんまだよ」

「家族は？　みんな、元気でいるんだろ？」

「今は、女房と二人暮らしになった」

「お嬢さんがいたよな。ああ、でも、とっくに結婚したか。孫は何人？」

ふっ、と乾いた吐息がもれた。「娘は死んだよ。……自殺した」

「……何だって？」

「もう、今年で十年になるのかな。うちの敷地の中にある物置でね、首吊っちゃってね。あの子が三十になった年でさ。まだ一緒に住んでた時だったんだけど、朝、女房が何か胸さわぎがする、とか言って、物置に行って、それでね、見つけた」

返す言葉がなかった。登志夫が黙っていると、「理由もわかんないんだよ」と坂田が力なく言った。「遺書もなかったしね。ただ、それまでつきあってた男と、すったもんだして別れた直後だったからさ、何かそれが関係あったんだろうね。つらかったんだろうから、仕方ないね」

「そうだったのか」と登志夫はやっとの思いで言った。「驚いたよ」

「ああ、すまない」

「奥さんもショックだったろう」

「だろうね。首吊った娘を発見する、っていうのは酷なことだよな。でもさ、もう、夫婦で娘の話をすることもなくなったよ。静かにおとなしく生きてるよ。仕方ないよ」

仕方ないよ……そう言う坂田のさびしげな声が、いつまでも登志夫の耳に残った。

電話を終えてから、彼はしばらく飲まなくなっていた酒がほしくてたまらなくなった。ウィスキーをグラスに少し注ぎ、水で割って飲んだ。頭がくらくらした。

かちり、と音をたて、またしても歯車が回った。かまわずに、登志夫はグラスにウィスキーを注ぎ足した。

若いころ、登志夫は自殺について仲間とあれこれ青臭く議論したものだった。是か非か、ということになると、意見は完全に真っ向から対立した。

擁護派はアルベール・カミュの不条理の哲学やサルトルの実存主義を持ち出し、わかったようなわからないような難解な理論を並べたてた。反対派は心理学や精神分析学、宗教学を駆使するのは言うに及ばず、情緒的に「生命の貴さ」を語ることに終始し、自ら死を選ぶのは生命に対する冒瀆《ぼうとく》であり、神を汚《けが》す行為に等しい、などと重々しく決めつけた。

どちらかに軍配が上がることはほとんどなかった。何度繰り返しても、議論は平行線をたどった。

だが、家族か親類、友人の誰かに自殺された経験のある者が、最後の最後、涙目になりながら「残された者の悲しみ、苦しみ」について語り出した時だけは別だった。自殺擁護派は急激に旗色が悪くなった。理論で勝っても、誰もが納得する感情論で負けてしまうのだった。

あのころから、おれは自殺擁護派だったな、と登志夫は思った。ありがちなヒューマニズムだけでものを言われると、わけもなく腹が立った。ありとあらゆる知識を総動員し、理論武装して立ち向かった。

「あなたは幼いのよ。まだ子どもなのよ。未熟なのよ」

ある時、吐き捨てるようにそう言いながら、登志夫を指さしてきた女子学生がいた。同じゼミの仲間だった。ふだんはおとなしく、めったに意見を口にすることのなかった学生が、目をつり上げて機関銃のようにしゃべり出したことに、彼は虚を衝かれた。

彼女は早口に言った。「ねえ、聞かせてもらいたいんだけど、恋人や友達や親兄弟に自殺されても、あなたはそうやって理屈を言うわけ？　理屈で自分をごまかして、自殺もまたよし、なんて言って、今みたいにカッコつけてウィスキーなんかを飲んでいられるの？」

むかっ腹がたったが、登志夫は黙っていた。彼女は見せ場を作ろうとでもするかのように、大きく肩で息をし、「私の兄は自殺したの」と低い声で言った。「私が中三の時。自分の部屋のドアノブに紐をかけて。見つけたのは母よ。六つも年が離れてて、ちっとも仲がよくなかったのに、言葉で言えないくらいショックだった。厭世《えんせい》的なことばっかり書いてある遺書が残ってたけど、何が原因だったのか、今もよくわからない。母は兄に死なれて錯乱しちゃって、以来、薬漬けの毎日だし、父は何もしゃべらなくなってお酒ばっかり飲んでるし、姉は高校を中退して出て行っちゃったし。家族はめちゃくちゃ。自殺はね、まわりの人をみんな傷つけるのよ。自分は死んでしまうからいいのかもしれないけど、残った人たちはみんな、その傷を抱えて生きていかなくちゃいけなくなるのよ。身内の自殺者が出た家で、その後も生活していくことがどんなにつらいか、あなた、わかる？　理屈できれいごとを言って済ませられることじゃないのよ。親しい人間に自殺されたら、あなただって、おんなじことを感じるはずでしょ。それを文学だの哲学だのを持ち出して正当化するなんて、頭でっかちの子どものやることよ。人はどんなことがあっても、最期まで生きていくべきよ」

正論だった。彼女は決して嘘はついていなかった。堂々として正直で、しかも言っていることに間違いはなかった。

だが、彼女に限らず、あたかも百万の味方をつけているとばかりに、正論をわめきちらす人間のことが彼は昔から苦手だった。どこかに嘘がある、うさん臭いと感じるからだった。

あの時、おれは何と言い返したのだったか、と登志夫は記憶を掘り起こそうと試みた。平然として、彼女を煙《けむ》にまくようなことを並べたてた覚えはある。当時、そういうことをするのは朝飯前だった。

だが、何をどう口にしたのか、何の本、誰の思想を引用したのだったか。今となってはもう、何も思い出せない。そんな議論に情熱を傾け、相手を打ち負かそうとするためだけにエネルギーを使った自分自身も、遥か遠い霧の彼方に去ってしまったような感じがする……。

文芸評論家の江藤淳は、一九九九年七月、鎌倉の自宅浴室で手首を切って自殺した。前年の十一月に愛妻が病死し、心の支えがなくなったせいだ、とか、度重なった自身の病が原因だろう、などとあれこれ憶測された。日本の「知」を代表するような人間が、そんなことで死を選ぶわけがない、もっと深遠な苦しみがあったのだろう、と言う者もいた。

残された遺書は公開された。登志夫は、その遺書の文面を今もそらで言うことができる。

『心身の不自由は進み、病苦は堪え難し。去る六月十日、脳梗塞の発作に遭《あ》いし以来の江藤淳は形骸《けいがい》に過ぎず。自ら処決して形骸を断ずる所以《ゆえん》なり。乞う、諸君よ、これを諒《りょう》とせられよ』

常日頃、登志夫は江藤淳という評論家に深い関心を抱いていたわけではない。嫌いではなかったが、とりたてて好んで読み続けてきたのでもなかった。

在職中、出版社のロビーやパーティー会場などで江藤の姿を見かけることはたまにあった。だが、特に何か話してみたい、近づきになりたい、と思ったことはない。もし、そう望んでいたのなら、江藤の担当編集者に頼んで個人的に会うことはいくらでも可能だったろう。

彼が江藤淳に真に興味を抱いたのは、江藤が自らの生命を絶ったと知ってからだった。彼の死後、にわかに編集者としての興味がわき上がった。江藤の作品を読み返してみた。だがそこに、死の影……ひたひたと人知れず押し寄せてくる不安や絶望の気配、隠されていた苦悩の数々を見つけることはできなかった。

知と論理を従えて生きている人間の自殺率は、むしろ高いと言える。江藤淳が自殺したからといっても、よくよく考えれば、別に異様なことでも何でもない。驚くにはあたらなかった。だが、登志夫はくだんの評論家が死に際に遺した言葉にこそ、当初から強く惹《ひ》かれた。

自ら処決して形骸を断ずる……何とも大仰な表現だった。なぜ自分はその一文に惹かれたのだろう、と彼は今さらながら不思議に思った。

一九九九年と言えば、登志夫は五十二歳だった。体力気力ともに、充実していた。いずれ健康を損ない、重い病の宣告を受け、日毎夜毎、目に見えないかたちで全身が冒されていくことになるとは、まだ夢にも思わずにいられた。

それなのに、彼は「形骸」という言葉に吸い寄せられた。かつて逝った他の作家が遺した言葉の数々と比べても、それは彼にとって際立って印象的なものだった。自らを「形骸」と呼ぶのは、人がさびしく開き直った時にしか吐けない言葉だろう、と思った。諦めと悲しみをひとまとめにして投げ捨てた後に残る、文字通りの残骸。その自らの姿をひと言で言い切ってみせた作家を、素直に潔いと思ったことは間違いないが、果たしてあの時、強く感じたものは、自身にこの先起こることの、一種の予兆ではなかったのか。

江藤淳は六十六歳で自らを「処決」した。自分はもう、それよりも三年長く生きている、と登志夫は思った。「処決」という言い方が身にしみた。

江藤の死は「自殺」ではなく、「自決」に近いものかもしれなかった。自殺と自決の違いが、そこには明確にあるような気もした。

市ヶ谷《いちがや》の自衛隊駐屯地で腹を切った三島由紀夫の死は、間違いなく「自決」だった。逗子《ずし》のマンションでガス自殺をした川端康成は、遺書を残さなかったが、それゆえ余計に作家の懊悩《おうのう》が透けて見えた。「自らを決した」と言うしかない。

そして、六十幾《いく》つかの時に猟銃自殺したヘミングウェイも同様である。鬱病の多い家系だったと言われているが、背景はともあれ、あれも自決と呼んでいいのかもしれない。

次から次へと、自ら生命を絶った作家たちのエピソードが登志夫の頭をよぎっていった。そこには何の脈絡もなかった。合間には、編集者時代、担当していた作家ががんの闘病中、オランダ移住の話を持ち出してきたことも思い出された。

「アムステルダムに移住しようかと思ってるんだ」とその男性作家は、病院の個室のベッドに上半身を起こし、登志夫が見舞いに持って行った水羊羹《みずようかん》にひとつも手をつけないまま、言った。当時、作家は六十代半ばだった。寡作《かさく》の作家だったが、ひとたび筆をとると誰にもまねのできない上質の小説を書きあげ、一部からは高く評価されていた。

「まだ状態がましなうちに行ければいい、なんてね、思ってるんだよ。僕には家族がいないから、金をどう使おうが自由だし。ま、大した金も残ってないんだけどさ」

笑みを浮かべてそう言った作家に、登志夫は黙ったままうなずいた。合法的に安楽死が認められている国に行き、そこでしかるべき措置を受けて死にたい、という話をしているのはすぐにわかった。

「いいですね」とその時、登志夫は言った。「ここはひとつ、思いきってアムスに部屋を探してみますか」

「そうだね」と作家は嬉しそうに言った。決して実現しないとわかっている夢の話を共有できる、その相手を見つけた喜びに満ちていた。「行ったらすぐ生活ができる、コンドミニアムみたいなところがあればいいね。荷物なんか運べる状態じゃないからね」

「もちろんです。それがいいです。場所的にはやっぱり、運河が見下ろせるような、中心地の物件でしょうね。どこに行くにも便利ですし、たまには美術館めぐりとかもできるでしょうし」

「アムステルダムの街と運河を表現して、道の真ん中に巨大な水の流れがあると、気持ちが落ち着くとか何とか、書いてた外国の作家がいたよ」

「誰ですか」

「誰だっけな。忘れた」と病んだ作家は言い、乾いたくちびるを横にのばして微笑した。

「運河もいいですが、オランダは大麻も合法ですからね。楽しめますよ」

「人生の最後に大麻、ってのも悪くないなぁ」

「……オツなものかもしれません」

「澤君も一緒に行くか」

「喜んでお伴します」

そう言って目を細め、微笑んだ直後、登志夫は期せずして鼻の奥が熱くなるのを感じた。早晩死ぬことがわかっている人間を相手に、実現させることなど不可能な安楽死の話をしていることがつらかった。だが、できないとわかっていても、今こそ安楽死の話をしたがっている作家の気持ちが、彼にはよく理解できたのだった。

作家は入退院を繰り返し、見る影もなく痩せていった。やがて意識が混濁し、話しかけても応えなくなり、そのまま眠るように逝った。

アムステルダムに行き、水を湛《たた》えた運河が見下ろせる部屋で安楽死させてもらう、という夢は叶わなかった。力尽きた作家の最期を病院の殺風景なベッドのそばで看取ったのは、登志夫をふくめた三名の編集者だけだった。

亡骸には慌ただしく処置が施された。作家が別れた妻との間に作った一人娘が、病院の霊安室にかけつけて来た時、相手をしたのは登志夫だった。

初めて会う作家の娘は、三十代後半と思われた。胸の大きい、太り肉《じし》の大柄な女で、汗かきなのか、顔や胸元にひどく汗をかいていた。そのくせ、表情にはどこか神経質そうな翳《かげ》りが走り、そんなところが死んだ作家とよく似ていた。

娘は当時、日本人のミュージシャンの夫とニューヨークに住んでいた。臨終に間に合うよう、早めに連絡をしておいたので、うまくいけば死に目に会えていたはずだった。

娘は、天候不順のせいで飛行機が遅れたことや、子どもの世話をシッターに頼むのに時間がかかったこと、自分の母親とは関係が悪く、ほとんど連絡をとっていないから、こういう時にどうしたらいいのかわからない、正直言ってほんとに混乱している、といったようなことを登志夫相手に怒ったように並べたてた。

父親の亡骸を一瞥《いちべつ》し、娘はため息まじりに「会うのは十年ぶりくらいなんです」と言った。「前に会った時、次に会うのはこの人が死んだ時だろうって思ってたのが、現実になりました。でも私、別に冷たい娘じゃないんですよ。父が病気のことを何も教えてくれなかったからなんです。知ってたら、いくらなんでも一度くらいは様子を見に来てたはずだから」

娘は言い訳がましくそう言うと、糊のきいた白いシーツの中の父親をじっと見下ろした。そして軽く肩をすくめ、「十年前とは別人だわ」と言うなり、汗にまみれた顔でうすく笑った。

そうした記憶の数々は残酷だった。現在の自分自身と密接につながってくる。記憶のどれもが、今、自分が抱えこんでしまった現実を予言している。

おれが死んだら、娘の里香はどうするだろう、と登志夫は想像する。

血のつながった身内は、弟と里香しかいない。おれの死骸がどこかに安置されているとして、連絡を受けた里香はそこにやって来るだろうか。来ない可能性のほうが遥かに高いが、仮に諸事情や世間体を考えて、出向かないわけにはいかない、という事態になった時、しぶしぶやって来た里香はおれの死骸を前にして、どんな反応を示すのだろう。他人を見るような目でおれを眺め、「まるで別人ね」とつぶやいて、うすく笑うのだろうか。何も言わず、ぴくりとも表情を変えず、無言のまま立ち去って行くだけなのだろうか。

遠く去ってしまった娘のことをそんなふうに想像してしまう自分が、登志夫には情けなかった。死んだ子どもの年を数える以上に、それは馬鹿げたことだった。

里香を思い出すと、決まって連鎖するかのように、樹里が登志夫の夢想の中に顔を覗かせる。

実の娘がいるにもかかわらず、感情の食い違いが取り返しのつかない裂け目を作り、もう、連絡すら取れなくなってしまった。そんな哀れな男の最期に、神の特別の温情として、樹里という娘が送りこまれたような気がすることもあった。

祖父と母親の関係を知って、早くから人生を諦めてしまったのか。それとも、地道に心の傷を癒し、乗り越えようとしているのか。そのあたりのことはよくわからなかったが、基本的に純粋で頭もよく、感受性の豊かな人間であることは確かだった。情の深さも人一倍ありそうだ。育ちのよさも感じさせる。

だが、そんな彼女の奥底には、おそらくは彼女自身ですら気づいていない、小さな魔物が潜んでいた。そして、その魔物こそが、あれほど洒落《しゃれ》っ気も何もない、時代遅れの、どうしようもなく地味な彼女に、不思議な魅力を与えていた。それは、老いて病んで、残り時間の少なくなった人間だけが感じることのできる魅力なのかもしれなかった。

もし樹里が、単なるお節介な小娘、小説家を志望する、夢みる夢子のような娘に過ぎなかったとしたら、と彼はよく考える。そうだったとしたら、おれはあの娘を自宅に入れたりはしなかっただろう。いくら小説を書く才能があったとしても、いくら面白い娘だったとしても、たまたま近くに住んでいるからといってメールを送ったり、送られたり、具合の悪い時にスープワンタンを作ってもらったりすることなど、絶対にしなかっただろう。まして貴美子が遺した「死の島」の絵の話など、聞かせてやりたいとも思わなかっただろう。

少し気を許すと、それが当然とばかりに膝にのぼってきて、ごろごろと喉を鳴らす猫のようなところがあるのに、一方で樹里は、ひんやりと事態を観察できる、孤高の野生動物のような眼をもっていた。そのいずれもが、登志夫には好もしく感じられた。いつでも安心して突き放すことができる娘であるがゆえに、安心して距離を縮めていくこともできるからだった。

樹里がやって来て、思いがけずスープワンタンを作ってくれた秋の日の午後のことを、登志夫はたびたび思い返す。

鍋ひとつで簡単にできあがるスープワンタンには、不揃いに刻まれた長葱が入っていた。葱の香りが食欲をそそったのか、それとも、樹里と交わした会話の数々がそうさせたのか、登志夫は白い器に入れられたスープワンタンを余さず食べた。ごくごくと喉を鳴らしてスープを飲みほした。

だが、一方で、そうしながら、おれはじきに死ぬのだ、死ぬのだ、とそればかり考えていた。樹里のいない、誰もいない、光のない、無限に続く漆黒の闇の彼方に消えるのだ、何もかも、もう終わりなのだ、人生に幕をおろす時が近づいているのだ、と。

そう考えると、鼻の奥がむず痒くなり、危うく涙ぐみそうになった。彼は樹里に気づかれないよう、ティッシュで水《みず》っ洟《ぱな》を拭い、「うまかったよ」と笑顔を作って言った。

「よかったです」と樹里も笑顔を返した。

その笑顔は初めて会った時と同様、登志夫の目に誰よりも美しく映った。

食後、樹里が買ってきてくれたプリンをスプーンですくいながら、雑談していた時だった。登志夫は期せずして、佐久の別荘の話を口走った。別荘を持っていることは樹里に隠しておきたかったので、彼は内心、しまったと思った。

生まれ変わったら何になりたいか、という彼の質問に、樹里が即座に「木です」と答えてきた。相変わらず面白いことを言う娘だ、と感心した彼が、佐久の山小屋のあたりには木がたくさんある、あの木々もひょっとすると、誰かの生まれ変わりなのかもしれんな、とつぶやいた。ただそれだけのことだった。

だが、樹里は彼の独白めいたつぶやきを聞き逃さなかった。「山小屋、って別荘のことですか？　先生は別荘をお持ちなんですか？」

「そんな立派なもんじゃない。ただの掘っ建て小屋だよ」

「佐久って信州ですよね？　長野県？」

「うん。とにかく安かったんで、編集者時代に買ったんだよ。夏は、社の若い連中と一緒に行ってバーベキューをしたりね。年末年始、独りで出かけて行って、こもりきりになって作家の原稿を読んでたこともある」

「私、信州って好きです。言葉の響きもいいし、日本昔話に出てくる風景がよく似合いそうで。佐久は行ったことないですけど、もしかして軽井沢の近く？」

「そう。隣」

「佐久町？」

「いや、佐久市。だから軽井沢よりもずっと人口が多い」

「でも、山の中はあんまり人が住んでないんでしょう？」

「一応、別荘地だからね」

「別荘地！　佐久市のどのあたりになるんですか」

「言ったってわからないよ。駅からずいぶん離れた山の中で、地図にもないようなとこだから」

「駅って？」

なぜ、そこまで興味をもつのか、わからなかった。登志夫はどうやって話の収拾をつけようか、と焦ったが、樹里は単に、新しく耳にした情報に軽い興奮を覚えているだけであり、深い意味はなさそうだった。

「たしか、新幹線があのへんを通ってますよね」と樹里ははずんだ口調で続けた。「最寄りの駅は何ていう駅になるんですか」

「新幹線だったら、軽井沢の次の佐久平っていう駅で降りる。そこから車で二、三十分くらい」

「いいですね。素敵ですね」と樹里は目を輝かせた。「そんなに山の中だったら、自然がたっぷり味わえるんでしょうね」

「げっぷが出るくらいにね」

樹里はくすくす笑った。

行ってみたいです、そのうちぜひ連れて行ってくださいと言われたら、何と言って断ろうかと登志夫は気をもんだ。そのうちね、と言ってごまかすしかなかった。だが、樹里はそれ以上、何も口にしなかった。

下手をすれば、車を運転することの好きな樹里は、自分が今乗っている車で一緒に行こう、などと彼を誘い出しかねない。佐久の別荘は、高速道路を使って佐久南インターチェンジで降りれば、わずか十数分程度の距離にあった。インターチェンジが近い、などという話をしなくてよかった、と登志夫はほっとした。

しかし、一方で馬鹿げたことに、彼は樹里と別荘に行くことを気持ちのどこかで望んでもいた。この世の終わりに東京から離れ、静かな別荘で樹里と過ごす時間が許されるのなら、どんなにいいか、と思った。彼は少年のように、樹里と分かち合う最期のひとときを夢想した。

ベランダに面した窓から望むことのできる、遠い山々の青い稜線や、こんもりと生い茂る常緑樹の群れ。そこに降りつもって世界を白く染めあげていく雪。鉄製の薪ストーブの中で赤々と燃え続ける薪のにおい。静まり返った夜、月明かりに照らされて青白く見える雪原。その上に点々と残された動物の足跡……それらを樹里と共に味わうことのできる数時間が許されるのなら、他にほしいものは何もないような気さえした。

これまで、思想だの文学だの哲学だのを利用するだけ利用して、青臭く論陣を張ってきた。つまらない意見を吐かれたら、その場であっさり論破し、皮肉な笑顔を向けてきた。

好き嫌いが烈しかった。人間のえり好みが病的に徹底していることは、彼自身、よくわかっていた。優しい人間であるかのようにふるまうことはいくらでもできたが、彼の中には常に冷酷と非情があった。

それらを彼は、日毎夜毎、酒を飲むことによってなだめすかしてきた。飽きることなく肺の奥に送り込み続けてきた煙草の煙も、尖ったものを和らげるために、三度の食事よりも必要なものだった。

長い間、頭の中に、常に大量の血を送り込まなければならないような生き方をしてきた。怒りと苛立ち、不満と嫌悪、皮肉が彼を支配していた。血管は常時、膨れあがり、爆発寸前になっていた。

その結果、細胞に病変が生じた。悪性化し、取り返しがつかなくなった。刻々と死が近づいていた。

自業自得とはまさにこのことだった。彼は残された時間の使い方を決めた。しなければならないことも考えた。最期の幕引きの仕方も決めた。

佐久の山の中にある別荘。そこに出向きさえすれば、あの方法でおそらくは確実に計画を実行に移すことができる。何度も何度もそのことを考えた。復唱した。万事においてぬかりはないはずだった。

だが、登志夫は今、最後の最後まで好き勝手に生きようとしている自分自身に、およそ生まれて初めて厳しい掟を課しているのだった。

佐久の別荘には決して樹里を連れて行ってはならない。連れて行ったら最後、樹里を巻き込んでしまうことになる。いかにうまく細工しようとも、必ずそうなる。目に見えている。

樹里の人生を奪う権利など、彼にはなかった。樹里を犯罪者にしてはならなかった。

その年のクリスマスを間近に控えたころ、登志夫は病院の定期検診に出向いた。結果を聞くために診察室に入り、患者用のいつもの丸椅子に座ったとたん、瞬時にして彼は、自分を待ち受けていたものが何であったかを悟った。

岡本《おかもと》という名の主治医は、四十歳になったかならないかの、彼の息子のような年齢だった。どちらかというと話し下手で、おとなしい岡本医師は、パソコンの画面に映し出された画像を凝視したまま、表情を曇らせていた。

これ以上、悪い知らせなど、あるはずもなかった。あったとしても、今さら驚くにはあたらない。だが、登志夫は主治医の顔に、隠しようのない困惑の影がおちているのを見るともなく見つめながら、ばかなことをした、と早くも後悔にかられた。

定期検診など無視すべきだった。ステージⅣで、しかも再発転移さえしているのだった。それなのになぜ、のこのこ病院にやって来て、羊の皮をかぶりながら、おとなしく各種検査を受けたりしたのだろう。

自分の状態がどうなっているのか、最後に正しく把握しておきたい、などという考えが頭をもたげていたのは確かだが、だとしたら、そう考えたのはなぜだったのか。心の奥底で、万に一つもあり得ない奇跡が起きることを、密かに夢みていたからではないのか。

「澤さん、驚きました！　不思議なことが起こりました！　すべてのがんが、小さくなっていますよ！」……岡本医師が興奮しながら、そう告げてくる姿が、スクリーンの中に映し出された映像のようになって、今も自分の中から消えない。永遠に叶うことのない夢まぼろしを、自分はこうなってなお、いじましくも見限ることができずにいる。生きることにまじめな、まともながん患者のごとく、いそいそと定期検診を受けにやって来たのも、つまるところ、そのためだったのではないか。

　登志夫は岡本医師から、腎臓に発生したがんが骨のみならず、新たに肺にも転移していることを告げられた。束の間、頭の中にうすい靄《もや》のようなものが拡がるのを覚えた。現実感がたちまち、潮が引くように遠のいていった。

「でも、まだごく小さいので」と主治医の岡本医師はパソコンの画面から目を離さずに言った。「この先、急な変化が起こるという心配は、今のところはなさそうです。これ自体は、今のうちに叩くことも不可能ではないですから」

　励ますような言い方だった。今さら励まされてもどうしようもなかったが、前向きに考えようとしてくれる医師の気持ちは充分伝わってきた。登志夫は表情を変えずに小さくうなずいた。

　体質なのか、まだそれほどの年齢ではないというのに早くも額が広く禿げあがり、全体に頭髪がうすくなっている医師だった。自身のことはもちろん、余計なことは一切しゃべらず、声も小さめで聞き取りにくい。初めのうちはなかなか信頼感を抱けずにいたが、長くつきあっているうちに、人柄が伝わってきた。

患者相手に軽い冗談やお愛想が言えないだけで、岡本医師は医療に真摯な努力家だったし、情と優しさを兼ね備えた人間でもあった。登志夫が会話の舵《かじ》取りをしてやりさえすれば、知りたいことを過不足なく、しかも正直に教えてくれた。

登志夫のように治療に前向きではない患者に対しても、決して脅かしたり、無理強いしたりはしない。患者の生活スタイルや死生観を十全に考慮しつつ、向き合おうとしてくれる。

「肺、ですか」と登志夫は言った。口の中が渇いていて、しゃべりづらかった。「どんどん拡がっていきますね。次は脳かな。そこまでいったら、アウトですがね」

おどけて言おうとしたのだが、うまくいかなかった。彼は深いため息をついた。全身がだるく、ひどく疲れていた。しゃべるのが億劫だった。

岡本医師は小さな丸い目を幾度も瞬き、そっと登志夫に視線を移した。「肺転移は珍しいものじゃないですよ。もしよければ抗がん剤で今のうちに……」

登志夫は力なく笑ってみせた。「いやいや、先生。勘弁してください。もう、そんな体力はない」

医師は束の間、何かを考えているような様子だったが、やがて話題を変えた。「足腰の痛みのほうは、最近、どんな具合ですか」

「いただいている薬で、なんとか凌《しの》げているから大丈夫です」

「咳や胸の痛みといった症状はどうでしょう」

「たまに咳が出ることもあるし、微熱が出ることもありますが。しかし、そうですか。肺、ですか。なるほどね。腑に落ちます」

岡本医師が何か言おうとして口を開きかけた。登志夫はそれを遮るようにして「僕の余命は」とひと思いに訊ねた。「あと、どのくらいでしょうかね。もちろん、治療を何もしない、という前提での質問ですが」

岡本医師は気の毒なほど言い淀んだ。隠しようのない困惑が見てとれた。「治療をなさらないとなるとね、個人差もあります。ですのではっきり言うことは……」

「半年ですか？　一年ですか？　あるいは、そんなに長くはない？」

「医者が口にする余命なんてものは」と岡本医師は静かに、厳かな口調で言った。「たいていの場合、あてになりませんよ」

「知るだけ無駄、ですか」

「そうとも言えます」

医師はそう言って、目をそらした。

検査結果について、岡本医師はさらに詳しい説明を始めた。いくら詳しく説明されたとしても、その内容がすべて理解できたとしても、別段、嬉しくはなかった。第一、理解できたところで、何の役にも立たないのだった。

抗がん剤の使用を再三にわたって勧められたが、登志夫はそれをやんわりと断った。

岡本医師は残念そうな顔をしたが、それ以上は無理を言ってこなかった。医師と患者は「もう少し様子をみる」という、婉曲《えんきょく》的な結論に落ち着いた。

礼を言って診察室を出る時、登志夫は医師に向かっていつものように皺をよせて目を細め、くちびるを大きく横にのばして微笑した。

「先生、よいお年を。あ、その前にメリークリスマス、ですね」

医師は少し驚いたように彼を見たが、即座にうなずき、「澤さんも」と言った。少し離れたところに立っていた若い女性看護師が、誰もいない虚空に向かってさびしい微笑を投げるのが見えた。

登志夫にとってクリスマスも年末年始も、無関係だった。どうでもいいものだった。だが、たまに外に出て、街が賑わい、人々が幸福そうに連れ立って笑いさざめいているのを目の当たりにすると、わびしさがつのった。

真の孤独を感じた。

死が近づいた人間が見納めにしたがるのは、ほとんどの場合、桜の花と相場が決まっている。来年はもう、桜を見ることはできないと思えば、おのれが哀れで悲しくてならなくなり、胸がつまる。それは日本人なら誰もが共有する感覚に違いなかったし、登志夫もまた例外ではなかった。

だが、見納め、という意味で言うのなら、彼には桜の花のみならず、他にもたくさんあった。

朝、東の空に日がのぼること。太陽が燦々《さんさん》と世界を光で充たし、やがてラベンダー色の空に滲《にじ》んで見えなくなると、代わるようにして月が天空に現れること。その青白い美しい光。雨が降れば雨のにおいに、風が吹けば風の音に、これが最後、と感じる。

佐久の、山小屋の庭に群生している山野草。早朝、夜露に濡れたそれらを踏みしめた時、足元を通して伝わってくる涼感。生い茂った木の葉のそよぎ。大地に躍る木漏れ日。雨上がりに匂い立つ樹液の香り。夏の夕暮れ、森閑《しんかん》とした木立の奥から連鎖するように聞こえてくる、ヒグラシの美しくさびしい声……。

それらを思い出すと彼は、この世界、めぐる季節との別れが悲しくなった。我知らず深い感傷にふけり、胸塞がれた。

いまごろになって、死ぬのが怖くなったか、と思うこともあった。そのたびに彼は「おいおい」と自分を笑い飛ばそうと試みた。

しかし、事実、怖かった。切なかった。その恐怖心と切なさの底には、堪えがたい責め苦のようなものさえあった。

死に方については様々なことを考えた。彼がいつも理想形として思い描くのは、たまたま入った銀行で順番を待っている間、押し入った強盗に銃口を向けられることだった。

そうなったら、間違いなく本能的に、その場で凍りついてしまうだろう。相手の目を盗んで、椅子の後ろやテーブルの下などに身を隠そうとするかもしれない。みっともなく腰をぬかしたまま、這うようにして逃げ出そうとするかもしれない。死を覚悟していたとは思えないふるまいに、自分自身、呆れ返るのだろう。

だが、結果として「よかった」と思い、ほっとするに違いなかった。自分で手を下さずとも、強盗に射殺してもらえるのなら、これほど楽なことはない。後始末も何も考えないまま、現世と別れを告げることのできる気楽さは、例えようもない。

撃たれれば、一瞬、烈しい痛みが全身を貫くのだろうが、過ぎてしまえば計り知れない安息が訪れるのだ。永遠の安息……。

だが、ヘミングウェイは、偶然出くわした強盗に射殺してもらったわけではない。三島も川端も同様だった。江藤淳も。

銃口を自分に向け、自分で引き金を引いた。自分で自分の腹を割いた。ガス管を布団の中に引きこみ、ガスを吸い込んだ。手首の血管を深く切り裂いた。安息を得るためにこそ、彼らはその最期の一瞬の、たとえようもない恐怖に打ち勝つことができたのだ。

だが、そんなことがおれにできるのか、という疑問は常に登志夫にまとわりついて離れなかった。

誰よりも弱虫のおれに。銀行強盗に射殺してもらうことを未だに夢みているおれに。何をするにも、万事、厄介で煩《わずら》わしいことから逃れていたがる癖《へき》のあるおれに。

マンションでスープワンタンを共に食べて以来、樹里は以前にまして、こまめに連絡をしてくるようになった。週に一度、登志夫は新百合ヶ丘のスターバックスを指定し、彼女との語らいのひとときを過ごした。

会っている時間は短くて、長くなっても二時間を超えることはなかった。店を出た後、散歩をしたり、ドライブに行ったりすることもなかった。

待ち合わせる時間を少し遅くし、開店直後の「みのわ」に樹里を連れて行くことも考えないではなかった。女将《おかみ》の作る小鉢料理は美味だった。いつもいつもスタバのコーヒーとシュガードーナツでは、樹里がかわいそうだった。

だが、女将の猜疑心めいた好奇のまなざしを受けながら、樹里を紹介し、居心地の悪い想いをしている自分を想像すると、いやになった。なによりも、ことがはっきりした後のことを想像すると不安が先に立った。女将のみならず、たまたま居合わせた店の客が「証言者」となり、「澤登志夫が親しげに連れ歩いていた若い娘」についてあちこちにしゃべりまくる可能性もあった。

「みのわ」に行くのはやめておいたほうが無難だった。

スターバックスからの帰りがけ、樹里はいつも、控えめな口調で彼に入り用なものを訊ねてきた。大して必要なものはなかったが、彼女の厚意を無にしたくなかった。まだ空《す》いている時間帯のスーパーの店内を、樹里と肩を並べてゆっくり歩くひとときは悪くなかった。登志夫はカートのハンドルを、まるで歩行器のそれのように握りしめながら歩いた。そうしていないと、足元がおぼつかない気がするからだった。

そんな彼に、樹里がぴたりと寄り添う。時折、微笑を投げかけてくる。笑顔が相変わらず愛らしい。簡単に調理できるものや軟らかくて栄養価の高いもの、冷凍保存がきくものなどを選び、値段を確かめ、登志夫に向かって「いいですか?」と訊ねてくる。彼がうなずくと、それらを丁寧にカートの中に入れていく……。

買ったものを手分けして持ち、樹里と共にマンションに戻る。寄って行くか、と形ばかり訊ねてみる。コーヒーでも飲んでいくか? だが、もうコーヒーはたくさんいただいたので、と言い、樹里は微笑して首を横に振る。玄関先でいとまを告げ、静かに帰って行く。

斎木屋でのアルバイトを続けているのかいないのか。毎日、何をして過ごしているのか。訊ねても、はっきりしない答えが返ってくるだけで要領を得ない。

登志夫に誘われると、いつでも喜んで出てくるところを見ると、バイトは正式に辞めたのかもしれなかった。それならばいずれ収入にも困ることになるだろう、と想像し、相談に乗ってやりたいと思うのだが、樹里はいつも「なんとかなりますから大丈夫です」としか言わない。

着ているものはたいてい同じか、違っていても何年も前のものとおぼしき、流行遅れの衣類ばかりで、相変わらず洒落っ気がなかった。買い物を手伝ってくれた感謝の気持ちとして、小遣い銭くらい渡したい衝動にかられるものの、そんなことをしたらまた、樹里が気分を害するのはわかっていた。何もしてやれないのが、登志夫には口惜しくもあった。

体調がひどく悪い日は、身体の痛みやだるさのこと以外、何も考えずにいられるので、むしろ精神的には楽だった。だが、少し状態がよくなると、決まって余計なことを考えた。時には妄想めいたことを思い描き、とめどがなくなった。

　そんな彼の頭の片隅には常に樹里がいた。性的な願望がひとつもないくせに、一人の異性について想うというのは、およそ彼の六十九年という生涯の中でも、初めてのことだった。

　奇妙なことに、その点に気づいて、彼は少なからず動揺した。性の欲望が生まれないまま、樹里という若い娘のもつ率直な優しさ、自分に向けてくれる特別な想いのようなものを強く求め、それにすがろうとしてしまいそうになる自分が哀れだった。

　ベッドに横になりながら、樹里を抱く時の自分を想像してみた。囁きかけ、抱き寄せ、髪の毛を撫で、額にそっとキスをして、やがてくちびるを合わせる。緊張のあまり、固くなっていると思いきや、彼の想像の中の樹里はそうではない。たちまち全身をやわらかくほぐし、登志夫に身体を預けてくる。見た目よりもずっと重量感のある身体である。湿って温かく、申し分なく潤っているその口を大きく開き、押し殺した喘《あえ》ぎ声をもらしながら、樹里が彼を求めてくる。彼は懸命になってそれに応える。彼女が溶け出していくのがわかる。

　熱い蜜と化したその若い肉体を、彼はすみずみまで愛撫する。樹里が喘ぐ。先生、と口走る。

以前、樹里から聞いた男。小遣いをもらいながら、身体の関係をもったという、年上の男……。いつのまにか、登志夫は想像の中で、その不能だったという男になり代わってしまっている。

ごめんよ、ごめんよ、と言いながら、彼は樹里を撫で回す。揉む。くちびるを這わせる。樹里を悦ばせたい一心で、ほとんど泣きながら愛撫を続ける。

やがて樹里が果てると、彼はぐったりする。死んだ魚のようになってベッドに横たわる。ごめんよ、とまたしても虚空に向かってつぶやく。

いいんです、先生、と樹里が優しく応える。樹里の細い指が彼の裸の胸を行きつ戻りつする。何も感じない。くすぐったくもない。感じるのは身体の奥底から襲ってくる痛みだけ。

それが悲しくて、彼は樹里に背を向ける。淫《みだ》らでありながら、少しも性的ではない想像はそこで、尻切れとんぼのまま終わる……。

その年の大晦日《おおみそか》も、年明けて元日も、全国的に暖かかった。東京も朝から晴天が広がり、気温も高めで、過ごしやすいのどかな一日となった。

かねてからの約束通り、樹里が登志夫のマンションにやって来たのは、元日の午前十一時過ぎだった。片手に紙袋を提げた樹里は、登志夫の見慣れた紺色のオーバーコートに、くすんだピンク色のマフラーを首に巻いていた。

外気の冷たさに頬を染めたまま、「先生、明けましておめでとうございます!」と明るく言い、さも嬉しそうに目をきらきらと輝かせながら、彼女は改まったように大きく息を吸った。「お正月を先生とご一緒できるの、すごく嬉しいです」

「おれもだよ」と登志夫は笑顔で言った。「きみと二〇一七年の正月を過ごすことになるとは思わなかったけどね。入りなさい。相変わらず汚い部屋で申し訳ないが、これでも少しは掃除をしたんだよ」

樹里はコートを脱いで腕にかけると、いそいそと上がってきて、「わあ、すごい」と目を丸くした。「これが、おっしゃっていたおせちなんですか？　ものすごく豪華なんですね。おいしそう」

コートの下は、登志夫が初めて見る、白のリブ編みセーターに紺色のプリーツスカート姿だった。スカートの丈はなんとも中途半端で、昔の女子高の制服のようにも見えたが、似合っていないわけではなかった。髪形はいつも通りだったが、驚くことに、耳には丸い小さな、揺れる銀色のイヤリングがはまっていた。

「おめかし、して来たじゃないか」と登志夫がからかうと、樹里は照れたように頰を染め「お正月ですから」と小声で言った。

「これ」と言い、彼は自分の耳を触ってみせた。「似合ってるよ」

樹里はいっそう顔を赤らめて、「バーゲンをやってたので」と言った。「試しに買ってみたんですけど、こんなものほとんどつけたことがないんで、耳たぶが痛いです」

登志夫は目を細めた。樹里は口紅のあとのないくちびるを舐め、少女のような笑顔を作った。

樹里と元日を過ごすと決めてから、登志夫は通販でおせち料理を注文した。京都の老舗《しにせ》の料理店が、大型百貨店と組んで少人数用のものを販売しており、値段も手頃だったので大晦日に届くよう手配した。

彼自身はおせち料理に舌鼓をうてるほど、健康的な食欲は失っていたが、せめて樹里には食べさせてやりたかった。美味《うま》いかどうかは別にして、元日にスープワンタン、となるよりは遥かにましだろうと思った。

雑多なものが埃まみれになって載っているだけのダイニングテーブルを片づけ、丹念に拭いた。そこに、届いたばかりの小さな二段重ねのおせち料理を並べた。箸やグラス、取り皿も用意した。樹里と過ごす、小さな正月の空間がそこに出来上がっていた。

樹里はいそいそとキッチンに行き、ガラスのコップに小さな花を活けてテーブルの上に飾った。色とりどりの花を混ぜ合わせたブーケで、昨日買って用意しておいたものだという。

「あと、果物も少し持って来ました。それとプリンも。先生、プリンお好きだから、デザートに」

樹里はそう言い、冷蔵庫にプリンの箱を収めた。

「おいで。座りなさい」と登志夫は言った。「獺祭《だっさい》を買っておいた。これで新年の乾杯をしようと思って」

「ダッサイ？」

「山口の銘酒だよ。最近、人気急上昇で品切れしてることもあるらしい。知らなかった？」

「はい、知りませんでした」

「日本酒はあまり飲まない？」

「そんなことありません。なんでもいただきますけど」

「一昨日だっけ？　友達との忘年会では何を飲んだの」

「ワイン中心でした」と樹里は言い、「私、すごく酔っぱらっちゃって、翌日はちょっと二日酔いで。だから先生と大晦日にお約束しなくてよかったです」

「そうか。もう治ったの？」

「はい、もちろん、全然大丈夫です。ゆうべもたっぷり寝ました」

三十日に、樹里は渋谷のワインバーに勤めている友人と、女二人の忘年会を開くのだと言っていた。樹里に友達がいるとは初耳だった。わざわざ「女二人」と言ってくるところが妙だった。相手は男ではないのか、と登志夫は思い、今さらながらに樹里に対し、そんな猜疑心めいた気持ちを抱く自分の狭量さにうんざりした。

樹里は登志夫と対座して椅子に座った。彼が先に樹里の小さなグラスに酒を注いでやり、次いで樹里が彼のグラスに注ぎ返してくれた。

「ちょっと緊張してます」と樹里が小さな声で言った。「でも嬉しいです。ずっと楽しみにしていました」

「新年明けましておめでとう」と低く言い、彼はグラスを軽く掲げた。樹里もそれにならった。

リビングのCDデッキからは、ヤーノシュ・シュタルケル演奏のバッハ「無伴奏チェロ組曲」が流れていた。登志夫の好きな曲だった。

がんが見つかり、片方の腎臓を摘出する手術を受けた時、もし手術室に好きな音楽を流せるのなら、これを、と思った。結局、それどころではなかったので実現しなかったが、今思うと、最期のひとときにも似合いそうな音楽だった。別荘に行く時は、忘れずに持っていこう、と彼は思った。

軽く口をつけただけだったが、酒が久しぶりにうまいと感じた。樹里はグラスを手にしたまま、「おいしい！」と言った。「先生、もう一度、教えてください。何て読むんですか？　これ」

「だっさい」と彼は言った。「カワウソの祭り」

「カワウソって、お祭りをするんですか」

「一説によると、カワウソはとった魚をずらっと岸に並べておくから、それが祭りをしてるみたいに見えるらしいよ。正岡子規は雅号にも使ってたみたいだ」

「知りませんでした」

「おれだってだよ。ネットで検索して調べただけだから」

「なぁんだ」と言い、樹里は笑った。そしてふと目を細めた。「……先生、今日はすごくお元気そうです」

「正月だからね」と彼は返した。

不覚にも胸が詰まった。

樹里には、暮れに受けた検査の結果について何も報告していない。年内の適当な時期に、今年最後の検査を受けに行く、という話はしたが、いつ、とはっきり伝えてはおらず、樹里からも何も訊かれなかったのでそのままになっていた。

だが、樹里が検査のことを忘れているとは思えなかった。忘れたふり、もしくは聞き逃したふりをしているだけだろう、と思うと、その気遣いがかえって心苦しかった。

樹里は、その日、いつになく饒舌《じょうぜつ》だった。

儀式ばったことをしている自分を意識するあまり、落ち着かなくなっているのか。余命の短い老いた男と元日を祝っているということに、過度な緊張を覚えているせいなのか。

箸を手に重箱に詰められたおせち料理をつつき、いちいちその必要もなさそうなのに歓声をあげ、彼のために小皿に取り分けたり、ほとんど減っていないグラスに酒をつぎ足しては、あふれさせ、慌てて立ち上がってキッチンから布巾を持ってきたり、いっときも休まずに動きまわりながら、樹里は彼が訊いてもいないことを問わず語りのように話し続けた。

「……年末に、母から電話がかかってきたんです。お正月くらいは帰ってきたらどう、って。私、去年までは、お正月休みには一応、うちに帰ってたんですよね。でも、今年は初めっから、帰るつもりなんか全然なくて。友達と旅行するから無理、って言っておきました。母はあんまり追及してこない人だから、その時もあっさり、あ、そう、って。父は接待先の人たちとのゴルフで、ハワイに行っちゃったらしくて。私が帰らなかったら、お正月は母と兄だけになるんです。でも、兄がおとなしく母と二人で家にいるとは思えないし。だから、絶対帰って来なさい、って泣きつかれたら困るな、って思ったんですけど、なんにも言われなかったんでほっとしました」

「しかし、本音じゃ、お母さんはさびしいんだろう、きっと」と登志夫が型通りのことを言うと、樹里は「どうかな」とつぶやき、軽く肩をすくめた。「母がどういう人なのか、何を考えて生きてるのか、なんてこと、私には今もよくわからないですから。わかりたくないのかもしれないし、本当にわからないのかもしれないし。ただ……母のことは別にして、今年は絶対に帰らない、って決めてました。……私、お正月は先生と過ごしたかったんです。もし先生のご都合が悪くてそれができないんだとしても、うちに帰るつもりはありませんでした。ずっとこっちにいるつもりでした」

そう言って、微笑した後、樹里はふいに口を閉《しお》ざした。手にしていた箸をそっとテーブルに戻してから、全身をひとまわり縮め、萎れた花のようになって俯《うつむ》いた。

両耳の、小さな銀色のイヤリングが揺れた。伏せた目の黒々とした長い睫毛《まつげ》が、化粧のあとのない、うぶ毛の生えている頬に淡い影を落とした。

「どうした」と登志夫は低く問いかけた。

樹里は黙ったまま、そっと首を横に振り、「いえ、別に」とかすれた声で言った。

「……すみません。私、ほんとのこと言うと、先生のことが心配なんです。心配でたまらないんです。だから……変な言い方かもしれませんけど、先生から離れているのがいやなんです」

「何を言うかと思ったら」と言い、登志夫は軽く笑った。「おれが心配？　それはまたどうして」

「……先生のご病気が……」

「おれはそんなに危なそうに見えるか」

「いいえ、別にそうじゃなくて……」

「じゃあ、どうして心配したりする」

「……先生が今、どういう状態なのか、私がよく把握できてないからだと思います。病気のことは難しくてよくわからないし。調べたりしてみるんですけど、でもやっぱりわからなくて……だからいつも、漠然と不安なのかもしれません」

しばしの沈黙の後、彼は形ばかりうなずいた。やはり検査結果のことを気にしているのだろう、と思った。やりきれない想いがした。

樹里に結果を報告するつもりはなかった。骨のみならず、がんの肺転移が確認されたこと。余命がどのくらいなのか、はっきりしないということ。病気の性質上、積極的な治療が叶わなかったがゆえに、皮肉にも体力だけは温存できて、この先案外、だらだらと長く生き延びてしまう可能性もあるということ。肉体の苦痛を抱えながら、いったいどこまで独りで生きていけるのか、という不安の数々。……余りある豊かな人生が残されている若い娘にそんな深刻な話をぶつけ、皮肉まじりのくだらない冗談を口にしてみせるような老人にだけはなりたくなかった。

「心配してくれるのは嬉しいけどさ、おれだって、よくわかってないんだよ」と登志夫は自身を茶化しながら言った。「健康だのなんだの、ってことに関しては、これまでずっと無神経に、がさつに対応してきたからな。がんになってからも、似たようなもんなんだ。でも、ありがたいことに、たいしてよくもない代わりに、それほど状態は悪くないんだよ。ほんとだよ。だからこうやって、きみと呑気に年始の祝杯なんかをあげていられる。こういうところを誰かが見たら、おれが病人だってこともわからないんじゃないか？　そのくらい、まずまずの状態を保ってるんだ」

「でも、やっぱり今も」と言いながら樹里は顔をあげた。「先生は、治療を何もお受けになってないんですよね」

「痛みだけはコントロールしてもらってるけどね。治療はしていない」

「これからも、ですか」

「もちろん」

「それって……薬や放射線なんかの副作用が苦しいから？」

「いや違う」と登志夫は言って目を細めた。「おれの意志だ」

「意志？」

「生き方、と言ってもいい」

樹里はまじまじと彼を見つめたまま、ゆっくりとうなずいた。

「わかるかな？」

はい、と樹里は小さな声で言った。

「たとえばだよ。今、懸命になって治療を受ければ、ひょっとすると治るかもしれない、っていう確率が、そうだな、二パーセント残されてるとしよう。その、わずかだけどゼロではない可能性に賭けてみるというのも、一つの美しい生き方だと思う。人間としてはむしろ立派だよ。でもね、おれはやらない。それがおれの生き方なんだ」

はい、と樹里は繰り返した。軽い咳払いがそれに続いた。「先生は……そういう方だと思います」

「なんだよ。とっくにお見通しじゃないか」

登志夫がからかうと、樹里の顔いちめんに、ふしぎな漣《さざなみ》がたった。それは諦めと憂いを帯びた、しかし、優しい微笑みだった。

おれはこの笑顔が本当に好きだ、と登志夫は思った。好きで好きでたまらなかった。今すぐ強く抱き寄せて、頰ずりをしてやりたかった。樹里のぬくもりを抱きしめながら、思う存分、泣きたかった。

危うく目が潤みそうになった。彼は慌てて箸を動かした。

重箱の中の、やけにベタつく感触のある田作りをつまみ上げ、勢いよく口に放り込んだ。もぐもぐと口を動かしつつ、いとも大切なことを思い出したふりをして、腕時計に視線を落とすなり言った。「おっ、こんな時間か。そろそろ届いてるころだな」

「……何がですか？」

「年賀状」

「一階のメールボックスですよね？」と言い、樹里が素早く椅子から立ち上がった。「私が取って来ます」

「いや、いいよ。急ぐことじゃないから。あとでおれが行くよ」

「いいんです。ついでに、近くのコンビニまで行って来ます。飲み物、買って来るのを忘れちゃって。……今日はお酒を飲むから、車、置いてきたでしょう？　車だったら、気づいた時に引き返して買ってこれたんですけど。後で歩いてコンビニに行こうと思ってたから、ちょうどいいです」

「飲み物なんか、いらないよ。ここにもいろいろ、そろってるじゃないか。お茶もあるし、コーヒーも」

「ええ。でも、それとは別に、先生が簡単に飲めるようなものを買っておきたくて。すぐ戻りますから。ええっと、メールボックスには鍵とか、かかってますか？」

「オートロックの鍵とここの玄関の鍵と一緒に、ひとつにまとめてあるよ。鍵束ごと、玄関の壁のフックに引っかけてある。中の一番小さいやつが、メールボックス用だから」

樹里はうなずき、オーバーコートに袖を通した。持ってきたバッグの中から財布を取り出すのが見えたが、登志夫はあえて黙っていた。

「じゃあ、先生。ちょっと行って来ますね」

「気をつけて」

足早に部屋から出て行った樹里が、玄関先で壁のフックから鍵束を手に取り、靴をはき、ドアをそっと開けて出て行く気配がした。

急に誰もいなくなってしまった室内に、チェロの音色が低く響いていた。登志夫は両手の掌《てのひら》をテーブルに強く押しつけたまま、目を閉じた。天井を仰いだ。

独りになることができて、ほっとするような想いに包まれたものの、それも束の間のことに過ぎなかった。樹里のいない空間は、急速に色を失い始めた。まとわりついていた孤独が、苔《こけ》のように増殖していくのが感じられた。

目を潤ませていることを樹里に悟られたくなくて、思わず年賀状の話をしてしまった。年賀状など、ここ数年、誰にも出していない。もともと、儀礼的に出したり受け取ったりしていただけで、何の興味もない。

配達される賀状は、年々歳々、極端に少なくなった。今年はきっと五十枚にも満たないだろう。そのうち半分は、新年の挨拶を兼ねた、印刷物のＤＭだ。

とはいえ、それは文字通り、最後の五十枚だった。新年あけましておめでとうございます、本年も何とぞよろしくお願い申し上げます……。ほとんどつきあいのない相手からの、そっけない印刷だけの年賀状の数々。そんなものでも、最後と思えば、某《なにがし》かの感慨が生まれるものかもしれない。

くちびるを固く結んだまま、彼は怒ったように眉根を寄せて虚空を睨《にら》みつけた。年賀状など、どうでもよかった。なぜ、年賀状のことなど考えているのか、わからなかった。

彼は急に落ち着きを失った。気持ちが妙にざわつき、いたたまれなくなった。

おれは何かを忘れているのではないか、と思った。何か大切なこと。忘れずにしておかなければならないこと。今からなら、まだ充分間に合うようなこと……。

人は感傷に溺れたり、自分自身の心の内側ばかりに気をとられていると、うっかり、重要なことを忘れてしまう。悩み事のさなかにある人間が、鍋を火にかけたまま外出しようとしたり、大切な書類の入った鞄を電車の中に忘れてきたり。肝心なもの、忘れてはならないことが、頭の中からすっぽりと抜け落ちてしまうのだ。

自分がそうならないとも限らない、と彼は厳しく自戒した。

計画は練ってある。実行に移すためには、もっと綿密に練り直す必要があるが、それでも大筋は出来上がっている。ＡがだめだったらＢ、それでもだめだったらＣ……という逃げ道も幾つか作ったつもりでいる。

四の五の言っていても仕方がなかった。やってみなければわからない。どのみち、チャンスは一度しかなかった。それを逃したら、おそらくは二度とめぐってこない。しかし、そう思えば思うほど、何か決定的なことを忘れているような気がして、かたちのない不安感に苛《さいな》まれる。

……十五年ほど前のことになる。登志夫はミステリー小説で人気の高い男性作家に付き添い、都内の大きな病院に取材に出向いた。

作家は登志夫よりも少し年下だったが、世代が近いということでウマが合い、しょっちゅう酒を共にしていた。大きな総合病院で、難易度の高い手術をこなす医師たちの人間心理をシリアスなミステリー仕立てに描いてみたい、と言われたのも酒の席でのことである。なかなか面白いと思った登志夫が、自社の文芸誌での連載をもちかけ、それを受けた作家と共に出向いた取材だった。

取材相手は、作家が知人から紹介してもらったというベテランの外科医だった。専門は消化器外科で、登志夫とは同い年。外科医は想像していたよりもずっと気さくで、話しやすい好人物だった。作家の投げかける質問にも快く答えてくれて、取材はたいそううまくいった。文芸誌での連載小説も予定通りスタートを切った。

連載終了まで待たず、登志夫は外科医を招いて会食の席を設けた。文秋社として取材の礼がしたかったのと、連載が完結して単行本にする際、医療関連の描写で間違いがないかどうか、外科医にゲラをチェックしてもらいたい、と思う編集者らしい下心があったからだった。

当日、銀座のイタリアンレストランに現れた外科医を囲んで、登志夫と作家の三名はなごやかに食事をした。外科医は酒に強い様子で、登志夫が勧めるままにワインを飲み続け、いっそう心やすくなった。

「医者には案外、自殺する者が多い」という内輪の話を聞いたのも、その時だった。あまり表沙汰にはならないが、実は医師の自殺率は高く、その方法も多岐にわたるのだ、という。

登志夫よりも先に、作家のほうがその話題に強い興味を示した。苦しまずに死ぬ方法は、誰よりも医者が一番よく知ってますよね、と作家が身を乗り出すと、外科医は「そうかもしれません」と認め、そのための三つの方法を挙げた。

一つは注射器で、塩化カリウムを静脈内に入れること。わずかの量でも急速に注入すると、即死する。

二つ目は、プロポフォールなどの麻酔導入剤を同様に注射器で規定量以上、静脈内に入れること。通常は7〜10ccだが、それを超えて大量に使用すると、やはり死亡する。

そして三つ目は、と外科医はおもむろに、彼の友人だったという麻酔科医が自殺した経緯を打ち明けてきた。

今は管理が厳しくなったので、たとえ医師であっても、私的に使用するための薬を箇単に手に入れることはできない。塩化カリウムもプロポフォールも同様である。

だが、くだんの麻酔科医は、そうした薬剤は一切使わず、自身で点滴の留置針《りゅうちしん》を腕の血管にさし、針から伸びるチューブと点滴チューブの境目に、三方活栓《さんぼうかっせん》と名付けられた輸液用のストップコックを設置。睡眠導入剤と共にアルコールを飲んだ後、意識を失わないうちに上腕部を縛り、三方活栓のコックを開け放つ、という、いとも単純な方法で「脱血死」を遂げたのだという。

「ダッケツシ、ですか？」と登志夫と作家は同時に口にし、互いに顔を見合わせ、「ほう」とこれまた同時に唸った。

外科医は続けた。「動脈は縛られても流れ続けますが、静脈は縛ると止まって、一定方向に流れていく、という性質があります。採血をする時のことを思い出してもらえれば、わかりやすいでしょう。採血の時は、必ず上腕部を駆血帯《くけったい》……いわゆるゴムバンドで縛りますよね？」

「つまり、その、なんとか活栓とかいうもののコックを開けてやりさえすれば、縛った静脈の血管からチューブの外に、一斉に血が流れていく、ってことですか。それだけで、死ねる、ということですか」

外科医は重々しくうなずき、「そういうことです」と言った。「人体の血液はおよそ五リットルあって、そのうち二リットルを失うと、誰でも自然に心臓が止まります」

「でも、それ、苦しくないんですか？」

「早くから意識が失われてしまいますからね。苦痛はまったくありません。ただ……まわりは文字通りの血の海だったそうですけど」

束の間、医師の表情に淡い翳《かげ》りが落ちた。医師らしくもない翳りのように感じられた。そのため登志夫も作家も、「血の海」の具体的な描写を求めるのは憚《はばか》られた。

登志夫が「三方活栓」という言葉を聞いたのも「脱血死」という奇妙な死に方があるのを知ったのも、それが初めてだった。ただただ、深い驚きがあった。

店を出て、タクシーチケットを手渡し、外科医と別れてから、登志夫は作家を誘ってもう一軒、飲みに行った。銀座の雑居ビルの中にある気のおけないバーだった。

彼が「いつか必要が出てきたら、ダッケツシ、っていう方法があることがわかりましたね」と言うと、作家は興奮が冷めやらないといった面持ちで、大いに同調した。

首を括るのも、高いところから飛び下りるのも、ホームから線路に飛び込むのも、銃口をくわえて引き金を引くのも、何もかもが恐ろしくて、できっこないと思うけど、といったようなことを、その時、作家は口にした。でも、さっき聞いた方法は完璧に苦しくなさそうだ、とてもすばらしい、と。

二人は互いに「今日は本当にいい話を聞けた」と喜び合った。作家が「これぞ役得」と言ってウィスキーグラスを掲げたので、登志夫も笑いながらそれにならった。

あの時の外科医が、今どうしているのかは知らない。後日、登志夫はくだんの作家の担当からも外れた。

文学賞関連のパーティーの流れで作家と会うこともあったが、二人の間で例の外科医の話が出ることはなかった。外科医の友人だったという麻酔科医が、一般人には耳慣れない「脱血死」を図り、成功したという話も。

いつのまにか忘れてしまった。思い出しもしなくなっていたのに、記憶の小箱の中からは消えていなかった。珍しいエピソードであり、消してしまうには惜しい話だったからだが、それだけだったろうか、と登志夫は今になって思う。

もしかすると、いつか必ず役に立つと予感していたからではないのか。少なくとも、そういう時がきたら、「あの方法」を役立てようと企んでいたのではないのか。

がんとわかってから、手術をした。幾多の検査が繰り返された。そのつど、数えきれないほど何度も点滴を受けてきた。

点滴の透明な細いチューブから、薬液が少しずつ滴《したた》って自分の腕の血管の中に流れこんでいく様をぼんやり眺めている時間は長かった。その間中、自分はずっと無意識のうちに、「あの方法」について考え続けていたのではないのか。

……玄関先に、樹里が戻って来た気配があった。鍵束を三和土《たたき》の脇の壁のフックに戻す音がした。

スリッパの音をたてながら、リビングに入って来た樹里は、両手にペットボトルや缶コーヒーが詰まったポリ袋を提げていた。彼女は微笑しながら、「ただいま」と言った。冷たい外気にあたったせいか、頬が紅潮していた。

「おかえり」と登志夫は言い、微笑みかけた。

葉書のうすい束が、彼に向かって差し出された。「年賀状、きてました！」

ありがとう、と彼は言った。目を細めた。

元日の午後の、白く弱々しい冬の光が窓から射し込んでいた。加湿器のしゅうしゅうという音だけが聞こえた。

いつのまにかチェロの音色がやんでいた。ＣＤ演奏が終わっていることに、まったく気づかなかった。

デッキの再生ボタンを押そうと、登志夫はのっそりと椅子から立ち上がった。よろけたわけではないのだが、手をついたテーブルの場所が悪かったらしい。はずみで、樹里から受け取ったばかりの年賀状がテーブルから床にこぼれ落ちた。

ばらばらになって飛び散った賀状の、華やいだ印刷文字や絵が目に飛びこんできた。彼にはそれらが、まるで見たこともない文字、未知の図柄であるように感じられた。

## 14

年末年始の暖かさも、そう長くは続かなかった。五日を過ぎるころから気温が下がり始め、ニュースでは雪害の映像が流されることが多くなった。東京の天気はよかったが、その分、気温は低めで、空気の乾燥が烈しかった。

そんな中、登志夫は久しぶりに電車に乗り、新宿まで出た。主治医の岡本医師の診察日は、毎週火曜と木曜、金曜。稀に学会に行くなどして、休診になることもあったから、事前にネットで検索した上、病院に電話し、確認をとることも忘れなかった。

「13日の金曜日、っていう有名な映画がありましたよね。スプラッターホラーでしたが」

診察室に呼ばれ、いつもの丸椅子に腰をおろしつつ、新年の挨拶もそこそこに、登志夫はそう切り出した。

岡本医師は初め、何を言われているのか、わからなかったようで、「は？」と問い返してきた。

「今日のことですよ、先生。今日は十三日の金曜日ですから」

「あ、そうでした」と岡本医師は小さな目をぱちぱちと瞬《しばた》かせ、すかさず笑顔を作った。「映画、ありましたね。観ていませんが」

登志夫は瞼《まぶた》に埋まりそうになるほど目を細め、医師に微笑みかけた。「僕も観てません。でも、ジェイソン、っていう名前だけはいやでも覚えましたね」

「ああ、あの、斧《おの》だかチェーンソーだかを振り回す……」

「そうです、そうです」と登志夫は言い、医師に向かってにこやかに笑いかけた。

医師もまた、微笑んだ。作ったような、こわばった笑みだった。どことなくばつの悪いような沈黙が二人の間に流れた。

外はよく晴れており、診察室の窓のすりガラスからは、豆乳のように白い光が室内になだれこんでいた。少し暖かすぎるようでもあり、登志夫は首すじのあたりが汗ばんでくるのを感じた。

「先生、実は今日は、診察を受けに来たんじゃないんです。折入ってご報告したいことがあって、先生にお目にかかろうと……」

岡本医師はわずかに表情を曇らせた。「何かありましたか?」

「ご心配なく。悪い話じゃありません。黙っていてもいいようなことかもしれないんですけど、ここまでお世話になってきた岡本先生には、真っ先にこのことを伝えたかったし。その上で、いろいろとご助言もいただければ、と思いまして」

医師は怪訝な顔つきのまま、注意深げにうなずいた。それまで近くにいた若い女性看護師は、遠慮したのか、あるいは何か他にやらなければならない仕事を抱えていたのか、音もなく姿を消した。

「これまでお話しする機会がありませんでしたけどね、僕は信州に別荘を持ってるんですよ」と登志夫は、場違いなほど気軽な口調を心がけながら言った。「離婚してから手に入れたものです。別荘っていうよりも、粗末な掘っ建て小屋みたいなもんですが、気にいってるんですよ。特に冬がよくてねえ。静かな雪景色が、それはそれはすばらしい。雪が少しずつ解けていって、春になる。草木が芽吹く。空気はいいし、晴れた日の夜は満天の星。病気になってからは、なかなか行けなくなってしまったんですが、最近はもう、夢にまで見るようになりました」

「はあ」と言った後、岡本医師は登志夫が言わんとしていることを確かめるかのように、医師のまなざしで、ひたと彼を見つめた。「……信州の、どちらですか」

「佐久です。北陸新幹線の佐久平駅から、少し山の中に入ったあたり。佐久はご存じですか」

「もちろん知ってます」

「いいところですよ。手つかずの自然がふんだんに残されてるのに、適度に都会化もされてて、便利で暮らしやすい。結論から言います。僕はね、先生。人生の最期を自分の別荘で、と決めたんです。東京の、味気ないマンションや病院などではなくてね。いや、失礼。病院を悪く言うつもりはありませんが、誰にだって最期を迎える場所を選ぶ権利があるでしょう？」

岡本医師は、鳩のように小さな目を何度か瞬かせた。「……最期を別荘で、とおっしゃると？」

「いろいろ考えましたが、やっぱりそれが一番だという結論が出たんですよ。今ならまだ充分、自分の足で行くことができますし。ちゃんと今後の準備もできますし。佐久には大きな病院があって、医療機関も多いんです。最後の最後まで、なんとかなる、っていう見込みを立ててました。まあ、最期といっても、どのくらい後のことになるのかは神のみぞ知る、なんですけどね」

岡本医師は黙ったまま、じっと彼を見ていた。

彼は平静を装って続けた。「その場合、今、先生から処方していただいてる薬をそのまま、別の医療機関で処方してもらわなくちゃいけなくなります。それは可能ですよね？」

「もちろんです。しかし……澤さん、どうしてまた急に……」

登志夫は「いやあ」と言い、顔全体に皺を寄せながら首の後ろを掻《か》いてみせた。「急、ってわけでもないんですよ。ずいぶん前から、漠然と考えていたことでしたから。別荘は、すぐにでも生活できる状態になってましてね。大げさな荷物運びは全くしなくていいし、こっちのマンションの片づけもあらかた終わってますし。問題はないんです」

「いや、でも……せめて春になってからのほうがいいのでは？」

「先生、善は急げ、ですよ。第一、春まで待ってからだと、雪が見られなくなってしまうじゃないですか。まずは雪が見たいんです。東京の街に、綿埃《わたぼこり》みたいに降ってくる申し訳程度の雪じゃなくてね。森を覆うような雪がね。そう思ったら、いてもたってもいられなくなりましてね」

「まさか、お独りじゃないんでしょう？　どなたかとご一緒に行かれるわけですよね？」

「独りですよ」登志夫は微笑しながら、静かにうなずいた。「ご存じの通り、家族はいませんし。今さら、そんなことを頼めるような相手もいませんのでね。ただ、車もないですから、向こうで生活していくためには、あらかじめ準備しとかなきゃいけないことがたくさんあります。幸い、あっちには昔から親しくしてる別荘の管理人夫婦がおりましてね。彼らに頼んで、面倒をみてもらうつもりでいるんですよ」

嘘ではなかった。正確に言えば管理人ではなく、地元で小さな不動産屋を営んでいる、「土屋《つちや》」という名の夫妻だった。登志夫は土屋夫妻から土地つきの中古別荘を購入して以来、留守中の管理を一任してきた。

交渉して管理料を決めたわけではなく、彼らの営む小さな会社に別荘管理の規定があったわけでもない。常識的と思われる額に気持ちだけ上乗せしながら、何かあるごとにそのつど、謝礼として支払っていただけなのだが、その金額の多さに感謝されているせいなのか、あるいはもともと親切心旺盛な人柄だったのか、夫妻の心配りは実に細やかしい。

だった。

頼んでいなかったことに関しても、随時、報告がある。シーズンオフでも、必ず月に数度は点検に行ってくれる。湿度の高い季節には、頻繁《ひんぱん》に窓を開けて空気の入れ換えもしてくれる。軒下にスズメバチが巣を作っている、という知らせを受けたのは記憶に新しい。

「うーん、弱りました」と言い、岡本医師は控えめに苦笑いした。「そうした大変なことをご決断されたお気持ちは尊重しますが……東京よりもはるかに寒い土地に行かれるのはね、どうでしょうか」

「寒い土地といっても、家の中は暖かですよ。でかい薪ストーブがありましてね。それを焚くだけで、家中に春が来ます。東京のマンションよりも暖かくなる」

「お独りで、ってことも気になります。大丈夫ですか」

登志夫は笑顔を作った。「大丈夫だと思ってなかったら、こんな決断はしませんよ。僕の古い友人は独身のまま膵臓《すいぞう》がんで死にましたが、何も変わらない独り暮らしを続けながら、在宅医らとの連携で静かな最期を迎えました。早くから準備万端、整えていたみたいです。そういう生き方もあるなあ、と思いますよ。先生はもちろん、いろんな患者さんをご覧になってるからご存じでしょうが」

まあ、それはそうですが、と医師は言い、わずかの間だが、逡巡《しゅんじゅん》をみせた。やがて観念したように、すうっと背筋を伸ばし、大きくひとつ息をした。

「実は、佐久で開業している医者に、僕の知り合いがいるんです。医学部時代の後輩の父親にあたる人なんですが……」そう言いながら、医師は改まったように登志夫を見つめた。「木村《きむら》クリニック、っていうところで、院長の木村先生は、がんの疼痛《とうつう》にも詳しくてね。いい先生です。佐久に行かれるのなら、いずれ木村先生に在宅を頼む、という手はあります。木村先生は在宅に力を入れておられますから」

在宅、と聞き、登志夫は思わず膝を乗り出した。渡りに舟、とはこのことだった。

「やっぱり今日、ここに来て正直にお話ししてよかった」そう言ってから登志夫は、医師に詰め寄るような姿勢をとった。「本当のことを言うと、在宅についても先生に伺いたいと思ってました。在宅医が近くにいてくれれば、何もかもが安心ですからね。いやぁ、よかった。そういう先生が佐久におられるんですね」

「木村クリニックに限らず、佐久くらいの大きさの町なら、他にも何軒か、在宅を行っている医療機関はあると思いますが」

「いや、でも、岡本先生のお知り合いのほうが心強い。内科の先生なんですよね？」

「そうです」

「……在宅をしていただく場合のことなんですが、何か複雑な手続きなんかが必要なんでしょうか」

「いや、何も。申し込むだけです」

「簡単なんですね」

「それはもう」

「よかった」と言い、登志夫は改めて岡本医師を正面から見つめた。

「澤さんの決心が変わらないのであれば……」と医師は言い、逡巡を封じ込めようとしているかのように、わずかに視線を泳がせた。「……澤さんが佐久に移る決心をした、ということでしたら、僕から木村先生に連絡しましょう。正式な紹介状も書きます。骨転移していて、今後、通院が難しくなる可能性のある患者さん、ってことで、在宅も視野に入れておいてほしい、と」

登志夫は顔中に笑みを浮かべた。胸の底が震え、くちびるがわななくような感覚が拡がった。静かな感動と感謝がこみあげた。「ああ、先生。感謝です。本当にありがたいです。決心は変わりません。よろしくお願いします」

岡本医師は軽く笑みを浮かべたが、ただちに難しげな表情に戻り、独り言のように言った。「今、澤さんに処方しているのは、日に四回服用のトラマールですが、それをそのまま、継続にしてもらいましょう。木村先生のお考えにもよるでしょうけど、そのままでいいと思います。ただ……いずれは在宅でのオピオイドになるのが一般的ですが」

「オピオイド？」

「モルヒネなどの医療用麻薬です。がんの疼痛に効果があります」

「はあ」と登志夫は言い、「なるほど」と言い直した。

うまくいっている、と思った。何もかもがスムースだった。怖いほどに。

新百合ヶ丘のマンションを出て佐久に行き、岡本医師から紹介された木村クリニックを受診して在宅の申し込みをすませ、処方箋も書いてもらってから、雪化粧した森の中の一軒家に閉じこもる。別荘から表通りまではさほどの距離もない。別荘地内の幹線道路は、降雪時にそのつど除雪車が入ってくれるため、在宅医や看護師が通って来るのにも問題は起こらない。

別荘の管理を頼んでいる土屋夫妻には、早速、連絡し、掃除や薪の準備など、必要なことを頼んでおけばよかった。今後、何度かやむを得ず、買い物や通院などのために力を借りることになるだろうが、それもわずかの間だけだ。

まさか岡本医師から佐久の医療機関を紹介してもらえるとは思っていなかった。しかもそこは在宅をやってくれる。森の中にある小屋で、ファイナルステージに至るための点滴を受けさせてもらえる。それに、医師ががんの疼痛にも詳しいとなれば、鬼に金棒だった。

うまくいくことの少なかった人生だった。少なくとも自分ではそう認識していた。そんな男が、文字通り人生の最後の最後、思ってもみなかった「よりよき偶然」「都合のいい偶然」と巡り合うことができた。一万分の一の確率、いや、それ以下でしか起こり得ない、それはきわめて稀有《けう》な幸運と言ってよかった。

砂漠に落としたダイヤの粒を勘どころよく、一発で探りあてたも同然の喜びが彼を包んだ。しかもそれは、ただのダイヤの粒ではなかった。岡本医師から紹介された佐久のクリニックが在宅やがんの緩和ケアに力を入れているということは、登志夫にとって、ダイヤ以上の決定的な価値があった。

密かに練り続けてきた計画を、何ひとつ変更せずに実行に移せる。思い通りにことを運べる。

退屈で凡庸な上、華やぎに欠ける舞台劇が、最後に至って見事に劇的な、感動的ですらあるエンディングを迎えようとしているようにも感じられた。終わりよければすべてよし、だった。その幸先《さいさき》のよさが、彼を場違いなほど上機嫌にさせた。

その日の晩、八時を過ぎたころ、登志夫は佐久の土屋夫妻の自宅に電話をかけた。亭主の土屋進《すすむ》の携帯番号は知っていたが、このようなことを正式に依頼するのなら、自宅の固定電話に連絡し、できれば細君のほうとも話をしたい、と思ったからだった。

電話に出てきたのは、細君のほうだった。治子《はるこ》という名の、年齢を確かめたことはないが、亭主の土屋より少し年下で、五十七、八歳くらいだろうと思われる女だった。

登志夫が名乗ると、治子は「まあ、澤さん、お久しぶりです」と明るい声で言った。居住まいを正しているのが眼に浮かぶような、かすかな衣ずれの音が、それに続いた。

「お元気でしたか」

それには応えず、登志夫は呑気な口調を装いながら、雪の様子を訊ねた。治子は、前の週の日曜日に佐久地方に大雪が降ったこと、軽井沢では二十四センチ、このあたりでも十八センチほどの雪が積もった、と言い、「新年早々、こんなに降られるなんて、思いませんでしたよ」と苦笑した。「年末からずっと、お天気がよくて、あったかかったんですよ。この冬は楽だなあ、なんて、主人とも話してたとこだったんですが……今日も雪なんです。また積もりそうで、いやんなっちゃいます。あの……主人と替わりましょうか？」

「いらっしゃいますか？」

「はい、おります。いつもは金曜の夜は飲みに行くことが多いんですけど、雪だとねえ、やっぱりねえ」

「あ、ちょっと待ってください。先に奥さんのほうに簡単にお伝えしときますけど、実は二月に、そちらに行こうと思ってるんですよ。掃除とか、薪の手配とか、あれこれお願いすることになりますが、よろしく頼みます」

「いらっしゃるんですか？　まあ、嬉しいです。はい、もちろん、喜んでご用意させていただきます。でも、澤さん、こんな季節においでになるのは珍しいですね」

「まあね。去年の秋、正式に仕事もやめて、晴れて暇な高齢者になりましたしね」

「あらま、高齢者だなんて、そんな……」

「いやいや、立派な高齢者ですよ。仕事を辞めちゃうと、毎日が日曜日で退屈のし通しで。だからね、しばらくぶりに、のんびり雪景色でも眺めに行こうかと思って」

「長い間、澤さんはお忙しかったでしょうから、いいお休みになりますね。でも、東京と比べたら、こっちは寒いですよぉ。……あ、主人が早く電話を替われ、って。今、替わりますね。お待ちください」

くすくす笑いが遠のくと共に、電話口に土屋進が出てきた。土屋は挨拶もそこそこに、登志夫が冬場に別荘を使う気になったことをたいそう喜んでくれた。澤さんが冬場にいらっしゃるなんて、あんまり珍しいから、これはひょっとして大雪になるかもしれません、などと冗談を言った。

「雪見酒でもしながら、いい空気を吸いたくなったんですよ」と登志夫は言った。「そう思ったとたん、早く行きたくてたまらなくなってね。さっき奥さんにも頼んだんですけど、小屋の準備、ひと通り、お願いします。寒くて雪の多い時期に申し訳ないけど」

「寒さにも雪にも慣れっこです。いつもの業者に掃除させて、どこもかしこもぴかぴかにして、家中、常夏《とこなつ》みたいにあっためておきますから、任しといてください。で、いらっしゃるのは二月の何日くらいになりますか」

「半ば過ぎころになるかな。はっきり決まった段階で、また連絡します」

土屋は快《こころよ》く了解した。その後、新潟に嫁いだ長女に初孫が生まれた、という話が始まり、よほど嬉しかったのか、長く続きそうになった。

途中で遮るのは忍びなかったが、登志夫は話の切れ目を見計らって、「ちょっといいですか」と言った。「今ここで話しておきたいことがあって」

土屋は「あ、すみません、ついつい」と言い、野太い声で照れ笑いした。「孫の話になると際限がなくなって。女房にいつも怒られてるんですよ。はい、澤さん。何でしょうか」

「あんまり驚かないで聞いてほしいんだけど。……実はね、僕、がん患者なんですよ」

信じがたいほどの長い沈黙が拡がった。

やがて土屋は「は？」と声をひそめた。「澤さんが？」

「話しそびれてたって言うか、こんな話、わざわざ耳に入れる必要もないと思って、ずっと言わずにきたんですけどね。最初に発見されたのは数年前。腎臓がんでした。腎臓をひとつ取っちゃってね。その後ずっと、今もですが、一応、闘病中の身なんですよ。あ、でも、誤解しないでほしいんだけど、元気なんですからね。だって、佐久にも行けるくらいなんだし、ついこの間まではふつうに仕事もしてたし、酒も飲めるし……」

「いや、そんな。だって、澤さん……」と土屋は明らかな狼狽《ろうばい》を見せた。「私ら、そんなこと、ちっとも聞いてなかったから……」

「黙ってて申し訳ない。でも、大したことないからご心配なく。今はおかげさまで落ち着いてるし。ただね、そういうわけなんで、そっちに行くとなると、地元の医療機関と医療の連携をしとかなきゃいけないんです。薬とかね、いろいろ申し送りみたいなもんがあるんですよ。今の主治医から紹介されたのは、佐久にある木村クリニックってとこなんだけど、土屋さん、知ってますか？」

「ああ、木村クリニックならよく知ってます。ここらじゃ、とっても評判のいいクリニックですよ。女房も私もかかったことはないですが、院長先生が患者思いの人格者で、信頼できる、っていう話はよく聞きます」

「そうですか。それはよかった。まずは真っ先にそこを受診して、これまで東京で出してもらってた処方箋を頼むことになってるんです。他にも何やかやと、老いぼれの病気の身ではできないことが山のようにありますからね。図々しいことだけど、そのへんを全部、あなたがたご夫婦に頼みたいと思ってるんですよ」

「澤さん、遠慮なんかしないでくださいよ。そんなことくらい、喜んでやらせていただきますよ」

「できれば夏が終わるまで、そっちで暮らしたいと思ってましてね。そんなに長くいられたら、迷惑かもしれないけど」

「とんでもないです」と土屋は重々しく応じた。「お好きなだけ、こっちで暮らしてください。女房と一緒に、なんでもやらせていただきます。車での送迎とか、通院とかはもちろんですし、澤さんさえよかったら、女房に食事を作らせます。正直、料理の腕はそんなによくないですが、毎日の食事に気をつかうことを考えたら、そっちのほうがずっといいかもしれません」

「ありがとう。嬉しいですよ。具体的に何をやっていただくかは、改めてまた。言い忘れましたが、この御礼はたっぷりさせていただきますからね」

「いや……澤さん、そんなこと……」

本当だよ、と登志夫は内心、つぶやいた。いくらでも払う。常識を疑うような額を払ったっていい。金など遺しておいても、まったく意味がないんだ。

何も知らなかったきみたちは、責任を問われない。おれから支払われた金は、娘や孫のために存分に使えばいい……。

土屋は登志夫が滞在するにあたって必要と思われる生活用品を口にし、一つ一つ、確認してきた。それに一通り、答えてしまうと、話すことはなくなった。

わずかな沈黙が降りた後、「あの……」と土屋が遠慮がちに、おずおずと言った。

「……澤さんと、久しぶりにお目にかかるのを楽しみにしてます」

「同じですよ」

「いつでも何でも申しつけてください」

「ほんとにありがとう。また連絡します」

短い挨拶をし合い、通話を終えた。登志夫はへなへなと全身の力が抜けたようになって、ソファーに倒れこんだ。

長い長い一日だった。精も根も尽き果てた想いがあった。

だが、たった一日の間に、これ以上ないほどの収穫があった。手応えは確かだった。

計画のどれもが、想像していた以上に、ぴたりとあるべきかたちに収まって、「決行」されるのを待っていた。

上出来じゃないか、と彼はつぶやいた。案ずるより生むが易し、とはこのことだった。

あれこれ考え続け、もしも準備の段階でつまずいたら、元も子もない、と案じていたのが嘘のようだった。

しかし、安堵感はすぐさま、肉体的な不快感にとって代わった。生ぬるい泥の奥底深く、ずぶずぶとはまりこんでいくような、気味の悪い疲労感に襲われた。身体の芯に巣くっている、いやな感じのする痛みの数々が魔手を拡げてくる予感があった。

彼はソファーに仰向けになったまま、目を閉じた。瞼の裏で、天井の明かりが黄色く明滅しているように感じられた。

右腕を両目の上に載せ、明かりを遮った。切れ切れに深呼吸を繰り返した。

あとは樹里をうまく遠ざけるだけだった。残された最後の関門が樹里だった。

それなのに、樹里が恋しかった。会いたかった。

## 15

佐久の別荘に行き、しばらくの間、独りで滞在してくる、と樹里に告げようとした時の登志夫の緊張は、思っていた以上に強いものになった。

言うなら今だ、今しかない、と思うたびに、チャンスは彼を嘲笑《あざわら》うかのようにするりと逃げていった。仕方なく再び愚にもつかない雑談を始め、つまらない冗談を口にし、わずかの沈黙が流れた瞬間を見逃さずに、「実はさ」と言いかけると、ふしぎに樹里のほうから先に別の話をし始めた。まるで登志夫が話そうとしていることを知っていて、聞かずにすむよう、防御しているかのようだった。

そんな具合だったので、彼がごく自然な話の流れの中で佐久行きの件を口にすることができたのは、一月も最後の日になってからのことになる。

前日降った雨も乾き、朝からよく晴れた暖かな日だった。日暮れてから、新百合ヶ丘のスターバックスでいつものように樹里と待ち合わせ、小一時間、雑談してから、二人でスーパーに向かった。

料理は下手だけど、肉を焼くのだけは得意なんです、と樹里が雑談の中で言ったのを受けて、登志夫は、今夜、一緒にステーキを焼いて食べよう、と彼女を誘った。

食べるのはステーキでも寄せ鍋でも湯豆腐でも、なんでもよかった。夕食を一緒にとることを理由に、彼はただ、彼女とふたりきりになりたいだけだった。

周囲に人がいたり、騒々しい街の音が聞こえたりするような場所から、樹里を切り離したかった。自分だけの世界に引き込みたかった。

登志夫はスーパーの精肉コーナーで、とびきり高いステーキ用の牛肉を選んだ。霜降りステーキを食べられるほどの食欲はなかった。その日はいつにも増して倦怠感が強く、すぐに横になりたいほどでもあった。

だが、自分のマンションの、ほとんどまともな料理などしなくなったキッチンで、彼女がフライパンを温め、ステーキ肉を焼き、皿に盛りつけている姿を眺めていたかった。ダイニングテーブルに向かい合わせに座り、肉を平らげていく彼女を飽きることなく見ていたかった。

樹里のために赤ワインのハーフボトルを買おうとしたが、「先生、私、飲酒運転になっちゃいますよ」と笑われた。

彼女が車で来ていることすら忘れてしまうのは、いい徴候とは言えなかった。それほど気持ちが安定していない、ということなのか。あるいは、早くもいまいましいものが、脳を侵し始めたからなのか。

今日は何かのお祝いなんですか、と樹里に訊かれたので、咄嗟《とっさ》に登志夫は「いや」と言い、笑顔を返した。とっておきの冗談を口にしようと思ったのだが、何も言葉が浮かばなかった。

ワインの代わりに缶入りのペリエを四本買った。樹里が、野菜を少しと、にんにく、それに粗挽き胡椒があれば、と言うので、それも揃えた。すぐに食べられるバターロールも。

すっかり暮れてしまった冬の冷たい空気の中、連れ立ってマンションに戻ると、時刻は七時過ぎになっていた。樹里は室内の暖房と加湿器をつけてから、早速、キッチンに立った。

登志夫はソファーに横になったまま、何も考えずにいた。何か考え始めると、わけのわからない恐怖心や悲しみがこみあげ、思わず丸く縮こまって頭を抱えながら慟哭《どうこく》しそうになるからだった。

そのうち、肉が焼ける香ばしいにおいが漂ってきた。皿を重ね合わせる音やフライパンをガス台に載せる音、冷蔵庫を開け閉めする音が聞こえた。ガス台の上の換気扇が間断なく回り続けていた。

そのどれもが、早朝に聞く静かな雨音のように優しかった。じっと耳を傾けているだけで、登志夫は幸福感に包まれた。

かつて貴美子が、自分の部屋に彼を招き、遅い夕食を作ってくれた時のことを思い出した。献立は何だったのか、まったく覚えていない。だが、彼女が食事の支度をしている間、キッチンから聞こえてくる様々な生活の音に感動を覚えたことは忘れていなかった。

彼は貴美子に言ったものだった。「世間の男たちがさ、朝起きた時、台所で好きな女が味噌汁を作ってくれている、っていう風景を永遠の憧れとか、理想とか言ってるのを聞くと、馬鹿じゃないか、って思うけどさ。でも、それも一理あると思った」

「あら、そう？ どうして？」

「今さっき、おれがそう感じたから」

バッカみたい、と貴美子は渋面を作り、口をへの字に曲げた。あなたはそうやって、フェミニストを気取りながら、その実、さらっと本音を口にするのよ、私はあなたより早く起きて、味噌汁なんか作ったりしませんからね……威勢よくそう言い、背筋を伸ばして苦笑してみせたあの時の貴美子が、今ここに、ソファーの傍らにいるような気がする……。

樹里が彼を呼びに来て、彼はダイニングテーブルに向かった。散らかっていたはずのテーブルの上はきれいに整えられ、食事をするのに不要なものはすべて片隅に、ひとつにまとめられていた。

大昔、結婚祝いか何かで誰かにもらった白い陶器の四角い皿に、脂の乗ったステーキが載っている。付け合わせは、柔らかく煮込んだ人参とじゃがいも。どこから探してきたのか、籐の籠に入れたバターロールがテーブルの中央に置かれている。ペリエ用のグラスもあった。

「すごいな」と彼は賛辞を送った。にんにくと脂のにおいを間近にかいで、一瞬、えずきそうになったが、うまくごまかした。「うまそうだ。どこかの高級レストランに来たみたいだよ」

「味のほうがどうなったか、わかんないんですけど」と樹里は照れながら言った。「たぶん、大丈夫だと思います。ちょっとにんにくがきつかったかな。臭くないですか？　ごめんなさい」

「そんなことはない。いいにおいだ」

いつものように、向き合って席についた。樹里は彼の状態を気にしてか、もし多すぎたら残してくださいね、無理しないでくださいね、と言った。登志夫は笑顔でうなずいた。

四分の一も食べられないうちに胃が蠕動《ぜんどう》運動をやめるかもしれない、と案じていた。だが、思いがけず、味付けの濃いステーキに食欲がそそられた。登志夫は少しずつだが食べ続け、バターロールをちぎっては口に放り込み、「うまいな」と唸った。

一方、樹里はほとんど肉に手をつけず、登志夫がナイフとフォークを動かすのをぼんやりと眺めていた。時折、バターロールを食べ、ペリエを飲み、申し訳程度にステーキを小さく切った。

「あんまり食が進まないね」と彼は言った。「自分の味付け、気にいらなかった？」

「ううん、違います」と樹里は言った。顔から表情が消えていった。口元がわずかに歪み、目が潤み始めるのが見えた。

彼は黙っていた。何も見なかったふりをしてペリエの入ったグラスを手にした。

「先生が、そんなふうに食べてくださるのが嬉しくて」と樹里は言った。「……ただそれだけです」

うん、と彼は言い、小さくうなずいた。ふいに喉が烈しく詰まるような感じがしたのは、ペリエの炭酸のせいではなかった。言うなら今だ、と思った。

「……近々、佐久の例の小屋に行こうと思ってね」

そう言って彼は、ゆったりとした仕草でグラスを戻し、樹里に向かって両方の眉を大きく上げてみせた。あたかも楽しい旅行の計画を話し始めようとしているかのように。

樹里は何も言わなかった。じっと彼を見つめているだけだった。

彼は続けた。「雪が見たいんだよ。病気になって以来、ほとんど行ってないから、急に行きたくてたまらなくなってね。窓の外の雪景色を見ながら、薪ストーブのそばで、何日間か、ぼーっと過ごしてきたくってさ」

「いつ、ですか」

「まだはっきり決めてないけど、二月半ば過ぎころになるかな」

「でも……」と樹里は感情の読めない言い方で訊ねた。「お身体のほう、大丈夫なんですか」

「平気だよ。今ならね。まったく問題ない。よく知ってる夫婦が佐久にいて、滞在中は全部、身の回りのことを手伝ってもらえることになってるから」

「私が……」と樹里は決然と言った。「ご一緒しなくていいんですか」

登志夫が返す言葉に詰まって黙っていると、彼女はたたみかけるように続けた。「私、車で先生をお連れして、いったんこっちに戻って、また、先生がお帰りになる時にお迎えに行きます。……だめですか？」

登志夫は渾身の想いで、からかうような笑い声をあげてみせた。「大げさだなぁ。新幹線があるんだよ。東京駅から乗って一時間半もかからないうちに着くんだ。車で行き来するよりも新幹線のほうがよっぽど楽じゃないか」

樹里は反応しなかった。くちびるを真一文字に結び、何かを忙《せわ》しく考えているような目で彼を見ていただけだった。

「行く、って言っても短い間だけだから」と彼は言った。言い訳がましいこと、余計なことを言うな、と自分に言い聞かせた。声に力がなくなっていくのが感じられた。「そうだな。たぶん、長くても二週間くらいかな」

「ほんとのこと言うと」と樹里はつぶやくように言った。「先生の別荘、行ってみたいんです。すごく行きたいです」

「うん。そうだろうね。でも、きみに来てもらうのは、季節がよくなってからにしよう。そのほうがいい」

「やっぱり、私なんかが行ったら、お邪魔ですよね」

「ちょっと場所を替えて独りでいたくなったんだ」と彼は樹里の質問を無視し、くぐもった声で言った。「そういう心境、ってことだから、悪いけど……」

しばらく黙っていたが、樹里は大きく息を吸い、姿勢を正して、ひどく申し訳なさそうな笑みを浮かべた。「ごめんなさい、先生。わがまま言ったりして。先生のお気持ち、よくわかります。戻られたら、連絡してくださいね」

戻る？　と胸の中で繰り返しながら、彼はゆっくりとうなずいた。万感の思いをこめた。

「あ、それと、出発なさる時も、メールしてください。これから行くよ、って」

「そうしよう」

「ほんとにごめんなさい」と樹里は繰り返した。「……雪と薪ストーブだなんて、絵になりますね。素敵な冬のバカンスになればいいですね」

「そうしたいと思ってるよ」

樹里は右手の甲でくちびるを拭う仕草をしたが、途中で動きを止めた。痛々しいような笑顔が登志夫に向けられた。彼も微笑み返した。

うまくいった、と思った。最大の難関を突破できた、という思いが彼の中に拡がった。満足するあまり、余計なことを考えずにいられたのは僥倖《ぎょうこう》と言えた。

だが、そう思えたのも束の間、食事の後、けだるさと鈍い痛みに耐えがたくなり、登志夫はダイニングテーブルから離れて、ソファーに横になった。デザートに樹里がいれてくれたコーヒーは、ソファーでクッションを背にあてながら飲んだ。

話は弾まなかった。新しく手がけているという、樹里の次の小説について質問をしても、彼女は短く答えるだけで、会話は長く続かなかった。

時刻が十時をまわったころ、樹里は「そろそろ」と言った。「私、失礼します。先生、お疲れみたいですし」

「ステーキが美味《うま》すぎて、腹がいっぱいになった。ちょっと眠くなっただけだよ」

「でも……」

「うん。そうだね。あんまり遅くならないほうがいい」

樹里はのろのろとコートを手にしようとしたが、帰る様子にも見えなかった。コートの前ボタンの一つが、取れかかっており、今にも落ちそうになっている。

樹里はそれを指先でくるくる回し、引っ張り始めた。糸一本のところで、ボタンはなかなか外れなかった。

「先生、鋏《はさみ》、ありますか」

そう訊かれた登志夫は、「そこ」と言ってセンターテーブルの上を指さした。尿意を覚えていた。彼は「ちょっと待ってて」と言い残し、トイレに立った。

用を足し終え、部屋に戻ると、入れ代わりに樹里が部屋から出て行った。コートのボタンは鋏で切り離し、どこかにしまったようだった。

登志夫はクッションを抱き抱えながら、ソファーに横になった。息をつめるようにして身体を固くした。耳をすませた。

リビングルームから廊下に通じる、模様ガラス入りのドアは閉じられていた。化粧室のドアも、トイレのドアも。

三枚のドアに仕切られていて、トイレの中の音など、何も聞こえるはずはなかった。だが彼の耳は、樹里の健康的な放尿の音、ロールペーパーを使う音、水を流す音、下着をあげ、デニムの前ファスナーを戻し、彼女が身繕《みづくろ》いする、そのまぼろしの音のすべてを聞き取っていた。

トイレから戻った樹里は、少しも羞《は》じらうことなく、まるで天候の話でもするかのように、さわやかな口調で言った。

「今、トイレで先生のおしっこのにおいを嗅《か》ぎました」

登志夫は思わず、顔を上げた。クッションごと、ゆっくりと身体を起こした。聞き間違えたのかと思った。

「とっても健康そうなにおいでした」と樹里は続けた。「あったかくて、やさしくて……」

みるみるうちに、樹里の双眸《そうぼう》は透明な水でいっぱいになった。くちびるが歪み始め、小鼻が震え出した。

「先生、どこが病気なの？ 嘘でしょ？ ほんとは違うんじゃないですか？ あんなに……あんなに……ちゃんとした、ふつうのおしっこのにおいがするのに……」

気がつくと、登志夫はソファーから立ち上がっていた。すべての言葉が無意味になった。たまらない愛おしさだけがこみあげた。

彼は樹里に近づいた。両腕を伸ばした。筋肉の失われた、細くて情けなくなった腕とうすく平べったい胸の中に、樹里をやわらかく抱きすくめた。

樹里は驚いたように一瞬、全身を固くしたが、それも初めのうちだけだった。両手で彼に烈しくしがみついたかと思うと、いやいやをするように頭を横に振り始めた。登志夫の肩のあたりに強く押しつけられた樹里の顔は、火のように熱かった。

「いいか」と登志夫はその頭を撫で、耳元に口を寄せ、低く囁いた。「……おれが死んだら、おれのことを書け。小説にするんだ」

少し汗ばんだ樹里の耳朶《じだ》のあたりから、ふわりと干し草のようなにおいが立ちのぼった。樹里は息を止め、あたかも恐怖にかられたかのように、すべての動きを止めた。

彼は彼女の背を撫でた。温かく湿った耳をくちびるで探り当て、二度三度、淡いくちづけを繰り返した。「きみなら傑作が書ける。間違いない」

樹里は動こうとしなかった。何も言わなかった。

時間が止まったかのようだった。登志夫の中で一切の音が消えた。記憶も過去も、恐怖も絶望も悲しみも、すべての感情が消滅し、そこにある樹里の肉体だけが現実となった。

しかし、その、やわらかく温かな肉体は、ふと我に返ったかのように、彼の胸からそっと離れていった。肉体が意志と化して遠ざかっていったかのようだった。熱が遠のいた。生命が離れていったように感じられた。彼は力なく両手を宙に浮かせたまま、ぼんやりと立ちつくした。

樹里は両手を握りしめて仁王立ちになり、正面から彼を見据えると、あたりかまわず泣き声をあげた。頬が紅潮し、髪の毛が乱れてあちこちに張りつき、鼻水が滴り、くちびるがわなわなと震えた。

皺だらけの、雨に濡れた小猿のような泣き顔だった。だがそれは、愛らしかった。

彼は小鼻をひくつかせながら彼女を見つめた。くちびるを強くかみ、今にも泣き出しそうになるのをこらえた。

# 16

いったん軌道に乗り出した計画は、次から次へと小気味よく難関を突破していった。本来の目的を忘れさせるほどスムースな動きに、登志夫は絶えず軽い興奮を覚えていた。これからやろうとしていることを自分は楽しんでいるのではないか、と思う瞬間さえあった。

本気で努力すれば、ものごとは成し遂げられる。……少年時代、大人からどれほどそのように教えられても、耳を貸すことはなかった。ありふれた根性主義は、いつも彼の神経を逆撫でした。習字の時間に、教師から好きな言葉を書きなさい、と言われ、半紙に大きく「努力」と墨文字を書くような、従順な優等生を小馬鹿にしていた。

おれは半紙に何と書いたのだったか。まさか子どもが習字の時間に「安息としての死」だの「虚無からの解放」などと書くわけもないが、もしそう書いていたら、教師はどれほど驚き、慌てたことだろう。

屁理屈ばかりで、度し難く小生意気だった小僧が、老いて病み衰えてしみじみ、積み重ねてきた努力の成果を実感していた。これほどひとつの密かな目的に向かって努力したことは、生涯、一度もなかったように思われた。そう思うと滑稽だった。

しかし、彼はその滑稽さをも受け入れようとしていた。自分の意のままに、しかし、誰にも迷惑をかけず、周到な計画のもとに動き、気分のいい最期を迎えることができるなら、滑稽だろうが何だろうが、もはや知ったことではなかった。

そもそも、自ら生命を絶つ、という行為は、或る意味において滑稽なことなのではなかろうか。荘厳な悲劇の中で演じられる、これみよがしの見せ場が、時としてひどく滑稽に感じられるように。

長年住まいにしてきたマンションの、ガスの元栓を閉め、窓という窓のカーテンを閉ざし、電気のブレーカーをおろした登志夫が、身の回りのものを詰めたリュックを背負って部屋を出たのは、二月二十一日、火曜日の朝だった。

室内は時間をかけて少しずつ片づけてきた。見苦しいもの、後始末に困るようなものは早いうちから処分したし、前の晩、冷蔵庫の中の生ものも、他の食材と共にまとめてマンションのゴミ集積所に持って行った。

長い間、使用し続けてきた古いパソコンは、そのままにしておいた。見られて恥ずかしいメールや画像のたぐいはひとつもなく、後々、検索履歴が誰かに知られたところで、どうということはなかった。

病気が発覚してからは、検索するのは腎細胞がんに関することや、その治療方法、余命や末期における疼痛、といったことばかりになった。死んだ男が使っていたパソコンに、女の裸を検索していた履歴ばかりが大量に残されていた、というほうが、よほど健全で、人をほっとさせるに違いないが、これぱかりはもう、どうしようもなかった。

大家でもある知人には、少し早いが、三月分の家賃をすでに振り込んである。後々、部屋に残った物をまとめて廃棄するのは、おそらくは大家の仕事になるだろう。その時のための、まとまった額の金を封筒に入れ、ダイニングテーブルの上に置いておくことも考えたが、現金を室内に遺しておくのは危険だった。大家の目に触れる以前に、誰かの懐に収まってしまう可能性もある。金銭のからんでくる事柄はすべて、遺書の中で触れておくことにした。

健康保険証やマイナンバーカードなど、身分を証明するための書類一式、通帳、印鑑のたぐいはリュックに収めたが、これまで愛用してきたものはすべてそのままにしておいた。小説も映画も音楽も、何もかも。

好きだった作家たちの美しい文章も、ため息が出るほど痛快な文芸評論、社会評論も、徹夜しながら読みふけった面白いミステリー小説も、もう不要だった。聴くたびに心が洗われてきた音楽、観るたびに胸熱くさせられた映画の数々も、記憶にしっかりと刻みつけてあるので失われることはない。

彼が真新しい下着や衣類と共に、部屋から持って出ることにしたのは、ヤーノシュ・シュタルケルが演奏するバッハの「無伴奏チェロ組曲」、一番から六番までが収録されている二枚組ＣＤと、貴美子が遺してくれた「死の島」の、印刷されたうすっぺらい絵、そして、樹里からもらった青いボールペン……それだけだった。

もうここには二度と戻って来ることがない。そう思うと、ドアに鍵をかける時、さすがに少し手が震えた。

感傷的な思い出など何も残らない住まいだった。離婚し、娘からも愛想を尽かされた男が、病み衰えて死出の旅に出るまでの、そこはいっとき仮住まいをさせてもらった場所に過ぎなかった。

だが、最後の最後の段になって、思いがけず樹里が現れた。優秀な教え子だった。年の離れたガールフレンド、娘代わりでもあったし、想像上の愛人にもなり得る若い娘だった。そんな彼女が、この殺風景な住まいにささやかだが忘れがたい、優しい記憶を刻むのに協力してくれた。ありがたかった。いとおしかった。

樹里には何も気づかれずに済んでいる。むろん、におわせもしなかったからだが、たとえ彼女が内心、何かがおかしいと感じ始めたとしても、直接、その疑問を晴らそうとしてくるとは考えられなかった。彼が佐久に行くことについて、猛反対するとか、わけを問いただすとか、有無を言わせずについて行こうとか、樹里がそういったことをするためには、二人の関係は浅すぎた。

登志夫の拒絶を受けた時、樹里の顔に、よるべのない少女の寂しさが浮かんだことが登志夫の記憶に焼きついていた。行き場を失った悲しみと怯えのようなものが彼女を包んだ瞬間のことも。

だが、彼は自分に強く言い聞かせた。案ずるにはあたらない。若い女は、すぐにものごとを忘れてくれる。

若いころは、次から次へとめまぐるしく人生の新しいページがめくられていくものだ。少し親密な会話を交わしただけの老人の記憶など、やがては幾多の新しい経験と混ざり合い、遠のいたあげく、煙のごとく消え去るに決まっている。死にかけている老人に、ふと優しい気持ちを抱き、離れがたくなって寄り添おうとしていた時期があったことなど、樹里はそのうち、思い出すのもいやになるのだ。理想の父や理想の祖父のまぼろしを、澤登志夫という男の中に見ていたにすぎなかった娘時代の自分に、とことん愛想を尽かす時がくるのだ。

登志夫は東京駅から北陸新幹線に乗車してまもなく、樹里に出発を知らせるメールを送った。東京を発《た》つ時は連絡する、という約束だった。油断しないよう注意しながら、短くて明るい文章を心がけた。

まるで今か今かと彼からのメールを待ち望んでいたかのように、すぐに返信があった。樹里らしい、相手が年長者であることを意識した、長すぎず短すぎず、礼節をわきまえているメール文だった。いたずらに彼を案じ、寄り添いたがるような、なれなれしい表現はひとつもなかった。

末尾に「先生のお帰りを楽しみにお待ちしています。帰る日が決まったらご連絡くださいね」とあった。赤いハートマークがひとつ、添えられていた。これまで一度も絵文字を使わなかった樹里にしては、珍しいことだった。

登志夫は二度読み返してから、スマートフォンを上着のポケットに戻した。決行の前には、樹里とやりとりしたメールの数々を消去しなければ、と思った。その必要はないのかもしれないし、実際、樹里を巻き込んではいないのだが、念には念を入れたかった。疾走する新幹線の窓は、よく晴れた冬の陽差しを湛《たた》え、眩《まぶ》しくきらめいていた。車窓を流れ去る街並みは、すべてが光の中で静かに息をひそめているように感じられた。

せめてあと十年早く出会っていたら、と彼はぼんやり考えた。あんなに地味で垢抜けない娘でも、この病気が発症する前に出会っていたら、その素直さと生真面目さに、早くから気持ちを動かされていたかもしれなかった。ひょいと顔を覗かせる、彼女のふしぎな性的魅力の虜《とりこ》にすらなっていた可能性もある。

そして、あるいはひょっとすると、貴美子を愛した時のように樹里を愛するようになっていたかもしれない。不能の男との関係があったことを聞かされたら、烈しく嫉妬し、憤り、年齢差も省《かえり》みず愚かなことを口走ってしまうほどに。

もしかすると、そんな人生もあった。あんな人生も、こんな人生も。

今、トイレで先生のおしっこのにおいを嗅ぎました、と言ってきた樹里を思わず強く抱きしめた時のことが甦った。それは彼の中に、前世の記憶の残滓《ざんし》のようになってこびりついていた。

あの温かくやわらかな、がっしりとした肉の感触、しがみつかれた時に感じた熱い吐息……。生身の女を抱きしめたのは久しぶりだった。あまりに久しぶりだったので、まるで映画の中の老人が若い女を抱きしめているのをスクリーンの向こうに眺めているだけのようでもあった。

貴美子とも違う、他の幾多の、彼が抱いてきた女たちとも違う、樹里の肉体はまるで、おぼろになっていく彼自身を吸い取っていきそうな勢いでそこにあった。

霊魂など残らない、存在しない、というのが彼の昔からの考えだった。肉体が消滅すれば、それで終わる。どれほどドラマティックな人生も、不幸や絶望、慌ただしく繰り返された日常も、幸福感や情熱、身体の奥を走り抜けていった官能の疼《うず》きさえも、すべて消え去る。

そうならなければ真の安息は訪れない。万人に与えられる死は、そのためにこそあるということを彼は確信していた。痛みや不快感、不安の数々、わけもなく襲ってくる怯えや恐怖から永遠に解放してくれるのも、また、最後の砦でもある自尊心を守り抜いてくれるのも、すべて「死」なのだ……。

おれはこれから「死」を演出する……彼は新幹線の窓から射し込む光の中で、目を細めながら歯を食いしばった。

舞台装置も脚本も完璧だった。綻《ほころ》びは見当たらなかった。あとは演出家の企て通りに、ことを運ぶだけだ、と思うと、深い井戸の底で武者震いをしているような気がした。

大きなカートを押した車内販売の若い女性が、通路を通りかかった。興奮を鎮めたくなり、彼はすかさず声をかけ、缶ビールを一つ買った。

釣り銭を受け取る時、彼女の生温かな指が彼の掌に触れた。水浴びをした後の小鳥が掌に乗って来た時のような、かすかな爪の感触だけが後に残された。

あまりよく冷えていないビールだったが、彼は即座にプルタブを引き、口にあてがい、ごくごくと飲んだ。喉をひんやりしたものが通過し、胃の腑に落ちていく感覚は心地よかった。

昔はこうやってよく、出張の帰りに車内でビールやワインを飲んだものだった。列車の中で飲むアルコールは格別で、ついつい飲み過ぎてしまうこともあった。

病気になって以来、深酒はしなくなったが、今さら注意を払う必要もない。佐久の家に着き、送迎を手伝ってくれた土屋夫妻を帰したら、今日は一人静かにウィスキーの水割りでも飲むか、と彼は考えた。

ああ、そうだ、決行の時のための美味いウィスキーを買っておかねば。すっかり忘れていた。何にするか。ジョニー・ウォーカーのブルーラベル？ ラフロイグ？ マッカラン？ 佐久の家にウィスキーがあったかどうか、覚えていない。

シャンペンにするという手もあった。だが、シャンペンの場合、自分でコルクを抜く必要がある。そのためには両手を自由な状態にし、且つ、多少の力もこめねばならない。万一、うまくいかなかったら、と思うと不安だった。

ふつう、厳粛な儀式には泡立つシャンペンがふさわしい。どう考えてもウィスキーをストレートであおるよりは、洒落ている。

だが、一抹の不安があるのなら、初めからやめておいたほうが無難だった。そもそも、ウィスキーの方がシャンペンよりも断然、アルコール度数が高いのだ。

ウィスキーと共に、煙草もほしいところだった。吸わなくなって久しいが、今もまだ、吸いたくてたまらなくなることがある。口にくわえ、火をつけて吸い込む時の、あの至福の感覚。頭の芯をよりぼんやりさせるためにも、一箱、買っておくに越したことはない。使い捨てライターなら、別荘の戸棚の抽斗《ひきだし》かどこかにくさるほど押しこめてある。

車内は空いていた。通路をはさんで斜め前のシートの二人連れの中年女性は、絶え間なくぼそぼそと何か低くしゃべり続けていたが、今はそれぞれスマートフォンを覗くのに夢中で、何も聞こえてこない。

窓から射し込んでくる光は、白く濁っているように見えた。眩しさに半ば目を閉じながら、彼は光の中でビールを飲み続け、あたりかまわず湿った不健康なおくびをもらした。

岡本医師は、登志夫に関するデータを木村クリニックあてに送信した上で、木村医師と直接連絡をとってくれた。また、紹介状も、わざわざ病院まで受け取りに来るのは大変だろうから、と言って、出発前の登志夫あてに郵送してくれた。

そのきめ細かな心遣いに感謝し、ひと言、礼を言いたくて電話したが、あいにく岡本医師は不在だった。彼は医師あてに葉書を書き、感謝の念を短く綴って、東京を発つ前日に投函した。

そこに佐久の別荘の住所は記さずにおいた。まだ若いのに額が禿げあがっている実直そうなあの医師は、これまで何度くらい、この種の経験をしてきたのだろう、とふと思った。

自分の患者が世をはかなんで自死した、という事態に直面した時、医師の胸には、いったいどんなものが去来するのか。知った直後はさすがに気持ちが動かされても、すぐに記憶の底に押し込み、蓋をして、二度と見ないようにすることができるのか。医師という職業につく者は全員、密かにそのためのテクニックを学び、身につけているものなのか。

簡素な薄茶色の封筒に収められた紹介状を手に、登志夫が佐久の木村クリニックを訪れることにしたのは、別荘に着いた日の翌々日、二十三日だった。

午後二時半、約束通り、別荘まで車で迎えに来てくれたのは土屋夫妻で、ハンドルを握っていたのは妻の治子だった。昼食をはさんで商工会関連の行事があったとかで、夫の土屋進は軽く祝杯のビールを一杯だけ飲んでしまったと言い、登志夫の顔を見るなり、「申し訳ないです、澤さん」と謝った。「午後は予定があるから、って断ったんですけどね、一杯くらい、なんて言われちゃって、つい」

「なんでまた、こんな大切な時に、って、私、頭にきちゃって」と治子がぷりぷりとした口調で言い、夫を横目でにらんだ。「澤さんの大事な受診の日だっていうのに、まったくもう。私が運転するからいいようなものの、ほんと、この人、お酒となると弱いんですから。澤さんからも何か言ってやってください」

登志夫は笑みを浮かべて二人を見た。土屋進は色黒でがっしりした体格の、若いころはさぞや美男だったろうと思わせる整った顔だちの男で、一方、妻の治子は小柄でいかにも純朴そうな女だった。

外見からすると、どこか不釣り合いにも見える夫婦だったが、土屋が高校の後輩だったという治子に夢中になり、熱心に求愛して結婚。以後、娘と息子を育て、共に不動産会社を経営しながら、二人は片時も離れずにいる。

「僕のために酒の席を断ったりしなくたっていいですよ。今日だって、タクシーを使えばよかったんだし。お二人とも仕事優先にしてください」

登志夫がそう言うと、夫妻は同時に首をぶるぶると横に振り、「いいんです」と大まじめな顔をしながら口々に言った。

その二日前、彼が佐久平の駅に降り立った時も、夫妻はそろって、新幹線の改札口まで迎えに来てくれた。最後に会った時と比べ、ひとまわり縮み、急速に老いたであろう登志夫を見ても、二人は何も印象を口にしなかった。

思っていたよりもお元気そうでよかったです、とも言わなかったし、身体の状態を案じるような言葉も吐かなかった。二人は新しく不動産を購入する客に対するのと変わらない笑顔で彼を見つめ、一礼し、お久しぶりです、と言って荷物を持ってくれようとしただけだった。

夫婦であらかじめ、病気についての質問はしない、会った時の印象も口にしない、と固く決めてきたのだろうと思われた。登志夫はその気遣いをありがたく受け取った。

病状については、訊かれればなんでも正直に答えたかった。今さら隠していても仕方がない。だが、過度な憐憫《れんびん》の情をぶつけられたり、怪しげな民間療法を勧められたり、がんを患った知り合いの、あれこれの体験談を聞かされるのは願い下げだった。

佐久地方では好天が続いていた。だが、二月九日にも十センチほどの積雪があり、一月に入ってからの総降雪量は例年よりも多いのだという。別荘地に続く森も、遠く連なる山並みも、一様に白く染め上げられており、登志夫はその眩しさに圧倒された。

とはいえ、三月も近くなった季節、除雪時に路肩に寄せ、堆《うずたか》く積み上げられた雪は溶け始めていた。葉を落とした木々の梢《こずえ》から射し込む日の光にも、わずかだが勢いが感じられた。

日が落ちるとたんに冷えこみ、たちまち気温は氷点下になったが、昼の間は燦々《さんさん》と射す太陽が室内を温室状態にしてくれた。薪ストーブの火もいらないほどだったし、夜間も昼間のぬくもりが残されて、寒さは感じなかった。

到着した日の晩、登志夫は夫妻を帰した後、治子が用意しておいてくれた煮物と具だくさんの豚汁、野沢菜の漬け物で夕食をとった。かつて奮発して買った北欧製のストーブの中で、絶え間なく薪が爆《は》ぜる音がしていた。その心地よい静けさを壊したくなくて、テレビもつけず、音楽も流さないまま、ストーブの焰《ほのお》を眺めていた。

別荘のキッチン戸棚の奥に、長年、しまいこんでいた箱入りのマッカランがあった。かつてここに遊びに来た誰かが持ってきたものに違いなく、新品状態だった。彼はそれを開け、うすい水割りを作ってちびちびと飲んだ。

身体のあちこちの痛みやしびれも、長く続いている倦怠感も気にならなかった。木村クリニックに行き、在宅の手続きをとりさえすれば、もう、ことは終わるのだ、いつでも休むことができるのだ、と思うと、しみじみとした深い安堵を覚えた。

カーテンの向こうの窓の外では、ウッドデッキの明かりが、仄白《ほのじろ》い雪原をぼんやりと照らしていた。あたりには数軒の別荘があったが、どれも離れており、この季節、滞在している者はいなかった。

雪明かりが、闇に閉ざされた木々の幹や梢の輪郭をおぼろに映し出していた。それは夢の中に現れる、昼でも夜でもない、時空を超えた世界の幻想的な風景を思わせた。

彼は二杯目の水割りウィスキーを飲みながら、雪に覆われた森の風景をガラス越しに眺めた。外は氷点下の寒さと知っていたが、やがて眺めているだけでは我慢できなくなった。セーターを二枚重ねに着た上、ダウンジャケットにマフラーを巻き、防寒用の長靴をはいてウッドデッキに出てみた。

たちまち、刺すような冷気に襲われた。デッキの上に積もった雪は凍りついており、クラッシュドアイスが敷きつめられているような感じがした。

彼はすべらぬよう注意しながら歩き、両手を伸ばしてデッキの手すりにつかまった。ひと呼吸おき、星空を仰いだ。

群青色《ぐんじょう》の空にちかちかと瞬《またた》く星が見えた。広大無辺な世界がそこにあった。世界は無言のまま、冷たく静かに彼を包んだ。

吐く息が白く顔にまとわりついた。冷え込みのせいか、それとも我知らず感情がこみ上げたせいなのか、視界がにじんだ。くちびるが細かく震え出した。

身体の芯に氷をあてがわれているような寒さだった。このまま、ここで眠れば凍死できる、と彼は思った。

そのほうがよかったのか。そうすれば、しちめんどうくさい準備も何もいらなかったではないか。だが、氷点下十度近くまで下がった外気に耐えながら眠るのは御免だった。できそうになかった。

おれは頭でっかちなだけで、めったに中身が伴うことがないからな、と彼はひとりごちた。おまけに柄にもなく弱虫ときている。

昔、ベッドの上で、つまらぬことから口喧嘩になった時、貴美子から「あなたって、結局、お坊っちゃまなのよ」と言われたことを思い出した。

「どこがお坊っちゃまなんだよ、ばかばかしい」と彼は反論した。「そう言うきみだって、おひいさまみたいな女じゃないか」

貴美子は素っ裸のまま奥歯をみせて大笑いし、「ほらほら、そう言って突っかかってくるところがお坊っちゃまなの」と言った。

むっとし、気を鎮めようとして彼が煙草に火をつけると、貴美子は急に真顔になった。辛辣《しんらつ》だった表情が影をひそめた。

代わりにとろりとした蜜のようなものを目の奥に湛えながら、彼女はシーツの音をたてて彼にすり寄って来るなり、獣のように四つんばいの姿勢をとった。そして首だけ伸ばし、ニコチンくさくなった彼の口もとにやわらかく湿ったくちびるを押しつけてきた……。

いやな咳が出始めた。こん、と咳をひとつするたびに、胸の奥深いところが鈍く痛んだ。彼は外にいることを諦め、室内に戻った。

ストーブにかじりつきながら、凍えた身体を温めた。三杯目の水割りを作って飲んだ。たちまち酔いがまわった。天井がまわるほどの酔いだったが、気分は悪くなかった。

その晩は久しぶりにぐっすりと眠った。睡眠導入剤も使わなかった。その必要がなかった。そして文字通り、死んだように眠りこけて目を覚ますと、寝室の細長い窓から、泣きたくなるほど美しい冬の朝日が射し込んでいたのだった。

……佐久市の中込《なかごみ》付近にある木村クリニックの専用駐車場に車を止めると、土屋夫妻は登志夫が後部座席から降りるのを手伝おうとしてきた。

そんなふうに、人から手を差し伸べられることには慣れていなかった。彼はやんわりと拒んだが、すぐにそのことを後悔した。

車高の高い、大型RV車の乗り降りはきつかった。どれほど両手で強く身体を支えようとしても、腰から下の力が抜けていくような感覚があった。膝ががくがくし、内心、慌てたが、かろうじて顔には出さずにすんだ。

これからどうしても銀行に行く用があるという夫妻は、戻ってきてまた、この駐車場でお待ちしてます、と言い、いったん去って行った。ウィンカーを出して左折しようとする銀色の車を見送り、登志夫はゆっくりと歩き出した。

足があがりにくい、というよりも、身体の重心そのものが、どこか別の空間に逃げてしまったような心もとなさがあった。

岡本医師からは、杖は早いうちに用意されておいたほうがいいですよ、と言われてきた。通販で買ってはみたものの、杖を使用するということに、自分でも不可解なほどの反発と抵抗があった。やせ我慢を重ね、結局、ここに至るまで杖など目もくれずにきたが、日常的に使っておけばよかった、と彼は後悔した。

木村クリニックは小ぢんまりとした医院だった。白壁に横長の平屋建て。傾斜のついた屋根は明るい煉瓦色で、日影になっている部分にはまだ少し雪が残っていた。

駐車場からのアプローチには、凍結した雪で足元がすべらないようにするためのコルクが敷きつめられていた。やわらかな感触のコルクの上をゆっくりと歩き、登志夫はクリニックのドアを開けた。

旧《ふる》くからあるクリニックと聞いていたが、最近になって建て替えられたらしい。外観同様、中も真新しかった。

天井が高く、天窓から午後の光が射し込んでいる待合室の壁には、院長の趣味なのか、何枚かの絵が掛けられている。淡い青色を基調とした、幻想的で美しい絵画だった。すべて同じ画家が描いたもののようだった。

床に置かれた木製の背の低いブックシェルフには、月刊誌や女性誌の他に文芸書が何冊か入っていた。登志夫自身はかかわってはいないが、文秋社発行の新書本で、以前、ベストセラーになったこともある『生活習慣病と共に生きる』も中に混ざっていた。

加湿器が二台、フル回転していた。耳をすませないと聴こえないほどかすかに、クラシック音楽のBGMが流れていた。モーツァルトのようだった。

死にかけている人間には、モーツァルトを聴かせるのがよい、と以前、療養病棟勤務の看護師から聞いたことがある。鎮静効果があるらしい。

ならば死のうとする時にもモーツァルトを流すほうがいいのか。いや、バッハでもベートーベンでもシューベルトでもいい。人によってはハチャトゥリアンの「剣《つるぎ》の舞《まい》」のほうが安らぐ、と感じるやつだっているだろう。

「剣の舞」の威勢のいい、賑やかなメロディーを思い出し、登志夫は内心、うすく笑った。事切れる寸前に何を聴いたって、かまわない。幕切れに至るまでの自由は死守しなくてはならない。世間の価値観に左右されないこと。自分に正直になること……。

受付カウンターの向こうに女性スタッフが一人。奥の診察室と通じているらしい通路を女性看護師が何人か、行き来しているのが見えた。規模のわりに看護師の数が多いのは、やはり在宅医療に力を入れているせいだろう、と登志夫は頼もしく思った。

あらかじめ予約を入れておいたため、さほど待たされずに名前を呼ばれた。彼は脱いだコートを抱え、診察室に向かった。

着々と、ことが計画通りに進行していた。外はよく晴れわたり、澄み渡った冬の空気は、さわやかな薄荷《はっか》の香りに満ちていた。見たかった雪もたっぷり残っていて、お誂《あつら》え向きに在宅を頼める医師までそろっている。

申し分のない舞台設定だった。岡本医師から紹介されたクリニックは、思っていた以上に小ぎれいで温かみがあった。待合室には文秋社の本まで置いてある。これ以上、求めるものは何もないだろう、と登志夫は深く満足していた。

白衣を着てドクターチェアに座り、ゆるりと顔をこちらに向けてにこやかに挨拶をしてきた医師も、ことのほか、感じがよかった。六十代半ばとおぼしき年齢だが、肌がつややかで若く見える。俗世における、薄汚れた負の感情を連想させるものが何ひとつ感じられない。

数多くの人間の看取りを続けてくると、こんなふうに表も裏もなくなり、人は心底、穏やかに和んだ気配を漂わせるようになるのかもしれない、と登志夫は思った。実際、医師というのは僧侶に似ているところがある。

木村医師はにこやかに挨拶をし、「岡本先生から詳しいことを伺っています」と言った。心のこもった温かみのある言い方だった。「こちらにはいつおいでになられたのですか？」

「一昨日です」と登志夫もまた、これ以上ないほどの笑みを浮かべて言った。「このたびは本当にお世話になります」

本題に入る前の軽いウォーミングアップのつもりなのか、木村医師は雑談を始めた。自分の長男は現在、東京の総合病院で勤務医をしていること。岡本医師と息子とは、医学部時代、同じヨット部で先輩後輩の間柄にあり、家族ぐるみで親しくしていたこと。すでに他界したが、長野の小諸《こもろ》市出身の医師だった父親が、この地に木村クリニックを開設したこと。父の後を継ぐために東京を離れて十数年になるが、こちらに来てからは岡本医師と会う機会がなくなってしまったこと。そのため、先日、久しぶりに連絡をもらった時は懐かしく、ついつい電話で長話をしてしまったこと……。

「そうでしたか」と登志夫は深くうなずき、笑顔を崩さずに言った。「それは初めて伺いました。ヨット部だったなんて、ちょっと意外です。岡本先生はシャイな方でねえ。あんまり個人的なことは話されないんですよ」

「ああ、わかります。そうでしょうね」と木村医師はにこやかに同調した。「昔っから、余計なことは話さなかったかもしれません。でも、優秀な先生ですよ」

「ええ、それはもう。ずいぶん支えていただきました。今回だって、ほんとにふしぎなご縁としか言いようがなくて……」と登志夫は言葉を選びながら言った。「どのあたりまで岡本先生から聞いてらっしゃるのかわからないんですが……はっきり言いまして、僕はこの先、そう長くはないことはよくわかってます。はい、それはもう、受け入れてます。積極的な治療を行わずにきたのも、全部、自分の意志でした。今は、最期まで気持ちよく自分の居場所で過ごしたい、と思ってます。それだけです」

木村医師は眼鏡の奥の目を瞬かせて、深くうなずいた。「岡本先生からも、だいたいのところは伺ってます。澤さんのお考えを尊重してきた、とおっしゃってましたよ。……澤さんは出版社にお勤めだったとか」

「ええ、ええ、そうなんです。編集の仕事をしてました」

登志夫は興に乗るあまり、今しがた待合室で見かけた文秋社の新書本の話を始めた。まさにその文秋社に勤務していたのだ、と教えると、医師は「そうだったんですか」と目を丸くした。「それはそれは」

「退職してからも、小説講座の講師の口があったんで、しばらく小説の書き方なんかを教えてまして。初めてがんとわかったのは、講師を始めてから二年目くらいの時でした」

「そうでしたか」

「昔っから、無茶な生活を続けてきましたからね。自業自得ですよ。データをご覧になって、とっくにご存じと思いますが、骨から肺に再々発と言いますか、またまた転移が見つかりましてね」

「そのようですね」

「岡本先生から、木村先生は在宅もやってくださって、しかもがんの疼痛にもお詳しい、と伺いまして。これはもう、佐久に行ったら木村クリニックのお世話になるほかはない、と確信したわけでして」

「親父が地域医療に力を入れてましたのでね」と医師は控えめな微笑を湛《たた》えながら、登志夫を見つめた。「在宅にも熱心でした。地元の方々から感謝されてきまして、私もそれをそのまま引き継いだ、という形なんですよ」

「今の僕にとって、本当にありがたいです。木村先生はもしかして、僕と同世代か、少し下、ってところですか？」

「私は昭和二十五年生まれです。澤さんの三つ下？　そうかな？」

「はい、その通りです」と登志夫は目尻いっぱいに皺を寄せて微笑んだ。「よかったです。人生の終盤に、世代が近い方に診ていただけるのは嬉しい限りです。世代が近いと、多くを語らなくても通じ合えるところ、あるじゃないですか」

「ああ、その通りですね」

「こっちでの住まいは、別荘地の中なんですが……笹森《ささもり》別荘地、っていうところです。ご存じですか」

「ああ、笹森でしたか。よく知ってます。いいところですね」

「ええ。病気になってからはなかなか来られなくなりましたけど、空気はいいし、山も森も見えるし、でね。最期をこっちで迎える決心をして、ほんとによかったと思ってますよ」

「お好きなところ、気持ちのいい場所にお住まいになるのが一番だと思います。……岡本先生から聞いたんですが、ご家族はいらっしゃらない、とか」

「そうなんです。ずいぶん前に離婚しましてね。娘が一人いますが、連絡はまったくとっていませんし。正真正銘の独り者です」

「それでしたら余計に、寒さには気をつけてくださいね。まだまだ、冷えますし、この地方ですと雪や凍結路面にも」

「それはもう」と登志夫は力をこめてうなずいた。「その点は心配いりません。身の回りの世話を頼める人も確保できたし、外に出なくても生活できるよう、準備万端、整えましたんで。……それでですね、先生。今日は早速、在宅の申し込みかたがた伺ったわけなんですが」

「在宅……？」と木村医師は聞き返した。眼鏡の細いフレームの奥の目が、おっとりとした瞬きを繰り返した。「在宅の申し込み、とおっしゃいますと？」

登志夫は作った笑みを浮かべた。「在宅診療をしていただくためには、申し込み手続きが必要だ、って岡本先生から聞いてましてね」

「その通りですけど……澤さんは、今から在宅を受けたい、と。そういうことでしょうか」

「はあ」

いやな予感がした。得体の知れない冷たいものが、頭から首筋を通って背中に流れ落ちていくのを感じた。

木村医師は椅子を軋《きし》ませながら、パソコンに向かった。右手でマウスを操作し、しばらくの間、画面を凝視していたが、やがて左手で顎のあたりを撫でながら、「腎がんの再発転移のため、痛みが強く、苦痛がある、ということでしたね」と言った。

「そうです」

「でも、拝見したところ」と言いつつ、医師はにこやかに彼を見た。「歩行には問題はなさそうですね。今日はお独りで？」

「いえ、さっきも申し上げたように、身の回りのことを頼める知人夫妻がこっちにおりまして。彼らに車を運転してもらって来ました」

医師はうなずき、「そうですか」と言った。感情を出さない、医師らしい理知的な目が登志夫を見つめた。「もともと、在宅訪問診療というのは、いわゆる寝たきりのような状態の方、そして、疼痛のコントロールが難しくなった方が対象になります。自力歩行が難しく、通院することが不可能か、もしくは緩和ケアが必要な方、ということですね。でも、澤さんはまだそこまでいっておられませんね」

「ですが」と登志夫は言った。口の中が渇き始めた。「疼痛はありますよ」

「岡本先生からもそのことは伺ってます。とはいえ、今はまだ服薬だけで充分な状態ですね。ええと、トラマールを日に四回でしたね。はい、当分はこの処方でいいと思います。岡本先生もそのようにおっしゃってました」

「あ、あの……」と登志夫は詰め寄った。思いがけないことが起こっている、という認識以前に、丹念に積み上げてきたものが一瞬にして瓦解《がかい》する、その無音の爆風を受けたような気がした。「では、僕は在宅を申し込んでも、受けることができない、ということですか」

「あくまでも今は、という意味ですよ」と木村医師はやんわりとした言い方で言った。「いつになるかわかりませんが、将来、緩和ケアや終末期ケアが必要になってきたら、その時に申し込んでいただければ充分です」

登志夫は顔が歪まぬよう注意しながら、微笑を浮かべてみせた。「これは変な言い方ですけどね、先生。体験入学ならぬ、在宅体験みたいなこと、やっていただくわけにはいかないですか」

「在宅体験？　どういうことですか？」

「その……介護施設なんかでは体験入居みたいなことをさせてくれますよね。だから、在宅に関しても、そういうことをやっていただけたらいいな、と」

医師が何か言おうとしているのを制するように、登志夫は話し続けた。「編集者時代に、しょっちゅう僕は点滴を受けてたんです。二日酔いとか風邪で発熱した時なんかに、社の一階にある小さな診療所で点滴をしてもらうんですよ。今は難しくなったみたいですが、当時は医者に頼めばふつうに点滴してくれました。すぐ気分がよくなって、担当してる作家との会食とか取材旅行とか、いろんな予定を変更しなくてすんで助かってました。僕は周囲から、点滴マニア、って呼ばれてたくらいで……」

「点滴マニア、ですか」医師は可笑しそうに笑った。「そんなマニアがおられるとは、知りませんでした」

ただの雑談だと思われている可能性もあった。彼は焦った。

「ですんで、在宅を申し込んで、点滴をこっちの家で受けられるのを楽しみに……と言ったら変ですけど、在宅をしていただけるクリニックを紹介してもらって、本当によかったと思ってた次第なんですが……。少しは痛みも緩和されるだろうし、気分もよくなるだろう、ってね。……体験だけでもさせていただくわけにはいかないですかね」

おどおどした言い方になっているのが、自分でもわかった。まずい、と登志夫は思った。点滴にばかりこだわるのはやめるべきだった。勘繰《かんぐ》られるようなことはあるまいが、注意しなくてはならない。

「たとえ有名な点滴マニアでいらしても、残念ながら、在宅体験という名目で点滴することはできませんねえ」と木村医師は笑いを喉の奥に潜ませながら言った。「さっきも言いましたように、訪問診療の対象にするためには、患者さんのほうで一定の条件を充たす必要があるんです。いや、もちろん、例外はありますし、そのつど臨機応変には対応しますけどね。でも、少なくとも澤さんはまだまだ大丈夫ですよ」

一瞬の間をおいてから、登志夫は首の後ろを片手でこすってみせた。ひどく歪んだ微笑が口もとに浮かぶのがわかったが、機転を利かせて冗談に替えた。

「やっぱりだめですかぁ。そうですよねえ。あわよくば、って思ってたんですけど……おかげさまでまだ、なんとか保《も》ってますからねえ。なんだか、損しちゃった感じもしますねえ」

「何をおっしゃいます。お元気なのは何よりじゃないですか」

「でも、近いうちに必ずくたばる時がきますから。その時はなにぶんよろしくお願いします」

木村医師は微笑してうなずき、おもむろに本題に入った。岡本医師から送られてきたデータをもとに、病歴や症状に関する質問が続いた。パソコンに向かって何か書き込んでは、またデータに目を通した。

最後に、処方箋をお渡ししますね、と言われたので、彼は礼を言った。再び笑顔で挨拶を交わした。よろよろと椅子から立ち上がった。

この場でわざと派手に転んでみせようか、と思った。そうすれば在宅の対象にしてくれるかもしれない。

だがそれは、子どもじみた愚かな発想だった。

深い絶望に包まれて、目には何も映らなくなっていた。何も聞こえなかった。頭の中が急激に溶け出した蠟《ろう》のようになり、何ひとつ道筋を立てて考えることができなくなるのを感じた。腰から下の力が失われ、待合室に戻ったとたん、へなへなと床にくずおれそうになった。

点滴のための留置針《りゅうちしん》や三方活栓《さんぽうかっせん》は、自分ではセットできない。誰かにやってもらわねばならない。しかもその「誰か」は通常、医療関係者に限られる。

点滴を受ける、という名目が成立しなければ、すべての計画を御破算にするしかなくなる。在宅を申し込みさえすれば、すぐにでも無条件に点滴をしてもらえるとばかり思いこんでいた自分自身の浅はかさ、医療知識のなさに彼は愕然《がくぜん》とした。

「言ったでしょ？　あなたはお坊っちゃまなんだ、って」……頭の中で貴美子に笑われたような気がした。「だからそうやって、なんでもかんでも勝手に思いこめるのよ。ある意味、幸せな人なのよ。ああ、可笑しい。結局、振り出しに戻っちゃったわね。ねえ、どうする？」

江藤淳は手首を深く切り裂いた。三島由紀夫は腹を切り、川端康成はガス栓を開け放った。ヘミングウェイも、あの美男だった俳優の田宮二郎も、共に猟銃をぶっ放したではないか。みんな、計画通りに淡々とことを運んだではないか。

どうしておれだけが、と思うと、いたたまれなかった。迂闊《うかつ》だった。貴美子の言う通り、愚かにも思いこんでいただけなのだ。万全の死に場所を確保できたというのに、最後の段になって、肝心のスイッチを押すことができなくなるとは、想像だにしなかった。

終末期を迎えた患者なら、誰でも例外なく在宅訪問診療を受けられる、と思いこんでいた。通院不可能な患者、緩和ケアが必要な患者、という条件を知っていたら、車椅子を用意してでも歩けないふりをしただろう。がんの疼痛により、認知症に似た症状が出たふりをしてもいい。恥も外聞もなく、本当に死にかけているふりをしてもよかった。三流の詐欺師が、三流の犯行に失敗した時の気分だった。自分は口ばっかりで間抜けな三流野郎だった、と思うと心底、いやになった。

待合室で会計を待つ間、佐久の別荘に梁《はり》はあっただろうか、と考えてみた。どう思い返してみても、梁など一本もなかった。あの家で縊《くび》れようとするのは、水洗便器の水に顔を突っ込んで溺死しようとするのと同じことかもしれない。

かといって凍死は御免被《こうむ》る。包丁で頸動脈を切り裂くのも自信がない。今になって、高いビルの上から飛び下りるのは願い下げだ。

そこまでして死にたいわけではなかった。本当は生きたいのだ。最後の最後まで、おれがおれとして生きられること。それだけが望みなのだ。

彼は思わず笑いだしそうになった。だが、腹の底からこみあげてきたものは笑いではなく、動揺するあまりの吐き気だった。

# 17

樹里が斎木屋でのアルバイトを運良く解雇されなかったのは、年末年始の繁忙期が重なった際、仲間が三人、次々とインフルエンザで倒れたせいだった。時期が時期だっただけに店側は弱り果て、なんとかならないか、と樹里に呼び出しをかけてきた。

澤登志夫との予定を最優先しながらも、樹里は空いている日はできる限り、アルバイトに出向くようにした。たとえわずかな日銭であっても、収入があるのとないのとでは、大違いだった。

ほしいものは何もなかったし、つましい暮らしを続けているので、金のかかることは何もない。だが、たとえば、澤に会いに行くために使う車の、ガソリン代にも事欠くようなことにはなりたくなかった。

いつかそのうち、彼を車の助手席に乗せ、彼が好きだと言っていた佐久の別荘に連れて行こう、と樹里は決めていた。その際のガソリン代や高速料金は全部、自分で払いたかったし、観たい映画を観たり、読みたい本を読むためにも、たまに友人の佐久間美香と会ったり、美香の働くワインバーに立ち寄ったりした時の飲食代もふくめて、折々、手元に金がないと困るのだった。

澤が佐久の別荘に滞在中、樹里は毎日、斎木屋でのアルバイトに精を出すことにした。澤の滞在は長くても二週間、と聞いている。出発を知らせるメールを送ってくれたのが二月二十一日だったから、帰って来るのは三月七日前後になるはずで、それまではどうせ澤とも会えないのだから、休まずにバイトを続けるつもりだった。

電車に乗り、渋谷に出て駅から斎木屋まで歩いて行く。仲間と挨拶をし合ったり、売り場の責任者から小言を言われたり、命じられるままに動きまわっている時は、一人取り残されたような想いに耽《ふけ》っている暇もなくなる。悲しみやさびしさ、憂いのような感情がうすれていく。

樹里は、澤が佐久の別荘に一人で滞在したい、とはっきり明言し、言外に「決してついて来るな」という気配を漂わせながら同行を拒絶してきた時、一瞬だが奇妙な違和感を覚えた。

これまで思い描き、想像してきた澤とは異なる人格を見てしまったような気がした。澤の中を流れている確固たる哲学は、単なる拒絶や受容といった、単純なかたちを取らず、抽象的な時空にこそある、と思っていた。それなのに、同行することをきっぱりと断られたことが、樹里に怯えのようなものを感じさせた。彼と自分との間に流れている、決して飛び越えることのできない深い河を目の当たりにしたようでもあった。

澤とは、男と女の関係にあったわけではない。内心ひそかに、そうなりたいと思っているのでもない。少なくとも彼は恋人ではなく、気軽に甘えたり、寄り掛かったりできる相手ではなかった。

澤は樹里にとって、いわば天人《てんにん》だった。小学生のころ、何かの絵本で見たことがある。白い絹の羽衣のようなものをまといながら、海辺の松の木の上で、ひっそりと休んでいる天上界の人……それは実は、長じて出会うことになる、澤登志夫ではなかっただろうか、と思うほどだった。

なんでも知っていて、なんでも教えてもらうことができる。そのすべてが、音もなく降り積もる雪のように樹里の中に堆積していき、たちまち自分自身の糧《かて》になっていく。どれほど敬意を払っても足りない相手であり、誰よりも大切だと思っていたが、それでも今、佐久への同行を拒まれると、自分でも理解しがたい寂しさと不可解さがつのった。支えたい、力になりたい、と思って懸命に寄り添ってきた自分の真摯《しんし》な想いが、簡単に踏みにじられたような気分すら味わった。

同行を拒まれた時、樹里は内心、烈しく狼狽した。そして、その狼狽ぶりを彼に気づかれまいとすればするほど、汚く醜い泡のような悲しみと不満が、新たにわき上がってくるのを覚えた。

一人で過ごしたい、という彼の気持ちは理解できないわけではなかった。雪を見たい、という気持ちも、森閑《しんかん》とした静かな環境の中で、一人、ぼんやり時間を過ごすことを望む気持ちも、きっとそうなのだろう、と想像することができた。

だが、有無を言わせず、同行することを拒まれる理由はどこにもないような気がした。図々しく別荘に寝泊まりさせてほしい、と申し出たわけではない。車で佐久まで送って行き、帰る時は迎えに行く。……申し出たのはそれだけのことだった。

澤の別荘を見てみたい、という気持ちは強かったが、だからといって、あがりこんで長居しようとは思わなかった。ふつうに言えば、見返りを求めない、純粋な親切心だと受け取られるべきだった。それをなぜ、一言《いちごん》のもとに拒絶されねばならなかったのか。

別荘にいる澤にしつこくメールを送ったり、電話をかけたりするつもりはなかった。彼のほうから、今後の予定や東京に帰る日時を連絡してくれるまで、こちらからは何も働きかけずにいようと決めていたが、そのくせ気持ちだけが揺れていた。

樹里が無心を装いつつ、澤にメールを送ったのは二十六日の朝になってからである。

『澤先生。その後、いかがお過ごしですか。静かな森の中で、雪を眺めておられるのでしょうね。私は毎日、休まずにバイトに出ています。東京は少しずつ春めいてきました。帰る日時が決まったら、ご連絡くださいね。東京駅までお迎えにあがります！

宮島樹里』

あざみ野駅のプラットホームで打ち込んだメールを渋谷に向かう電車の中で送信した。澤からの返信メールが届いたのは、その日の夕方になってからだった。

『メールありがとう。こちらに来てからは雪になっていません。晴天に恵まれています。アルバイト、頑張ってください。

澤登志夫』

素っ気ない返信だった。こんなメールなら、受け取らずにいたほうがよかった、と思うほど他人行儀な感じもした。

人とメールをやりとりすること自体、澤は煩《わずら》わしく思っているのかもしれなかった。そうだとしても、もう少し、ぬくもりのある言葉を送ってほしかった。東京駅まで迎えに行く、ということに関しての反応もなかった。拒絶どころか、無視されたも同然と言ってよかった。

その日、アルバイトを終えてから樹里は美香のいるワインバーに立ち寄った。一連の心の動きを美香に打ち明けてしまいたい、という衝動にかられたせいだが、それは澤からの返信メールに何か納得いかないものを感じたからでもある。

だが、美香の顔を見たとたん、澤のことを思い切って明かしてしまいたいという気持ちは急速にうすれていった。

例の小説講座を辞めた先生、一人で別荘に行っちゃったの。私を連れてってくれなかったし、メールしても、なんとなく冷たいの。どうしてなんだろう……そんなふうに話したら、美香がどう反応してくるか、目に見えていた。

目を丸くし、まるで今にも小馬鹿にせんばかりの勢いで「樹里ったら、その先生とつきあってたの？」と訊いてくるに決まっていた。「その先生って、末期がんだったたよね？　それに、おじいちゃんだよね？　樹里のお父さんより年上だったよね？　え一っ、ちっとも知らなかった。信じらんない。ねえねえ、もしかして、もう、そういう関係になっちゃったの？　てか、こんなこと聞いちゃ悪いけど、そういう人とふつうにデキるもんなの？」

病と老いに衰え、近づく死を正面から受け入れようとしている天人を、いきなり薄汚れた俗世の話題の中に振り落としてしまうような真似はしたくなかった。そんなことをする自分を想像するだけでも、背筋に怖気《おぞけ》が走った。澤を穢《けが》してはならなかった。

樹里は多くを語らず、まだ客のまばらなワインバーのカウンターに向かい、安ワインを飲んだ。美香が「お腹空いてるよね？」と言ってこっそりサービスで出してくれた焼きソーセージを食べ、硬いだけであまり美味しくないバゲットをむしり、美香の話に愛想よく相槌《あいづち》をうち続け、「そろそろ」と言って席を立った。

美香は、ワインバーのマスターである男との関係がここのところうまくいっているようで、機嫌がよかった。男は美香を悩ませている他の女たちとの関係を断ち切ろうとしている、とのことだった。

また来てね、と言いながら見送ってくれる美香に手を振り、店を出た。くたびれたコートのポケットに手を入れて、とっぷりと暮れた冬の街を歩きながら、樹里は澤から思いがけず抱きしめられた時のことを思い出した。

あの時、どうして自分から離れてしまったのだろう、と後悔した。突然のことに、照れてしまったのは確かだった。だが、決していやではなく、それどころかあまりに嬉しくて気が変になりそうだった。自分から抱きついていき、キスをせがみ、今にもくちびるを合わせてしまいかねないほどだった。

あの時、キスを交わしていたら、と樹里は思った。深いくちづけでなくてもいい。くちびるとくちびるをそっと合わせるだけでもいい。求めたくなる気持ちが伝わって、互いにもっと強く抱きしめ合っていたら、きっと先生は佐久の別荘に、私を連れて行ってくれたかもしれない。泊まって行きなさい、と言ってくれて、今頃、私は先生の別荘で、先生と窓辺に並び、静かに雪を眺めていたかもしれない。

肝心な時に腰が引け、身体を離してしまった自分に、舌打ちしたくなった。悔しくもあった。

それでも樹里にとってそれが、甘美な一瞬であったことに変わりはなかった。かけがえのない瞬間であり、未来に続くと思われる、おぼろな架け橋のようなものでもあった。

いつまで澤と、あのような触れ合いができるのか、わからない。澤が今後、どのように翳《かげ》り、衰えていき、どのような形で死の床につくのか、皆目見当もつかない。

でも、先生が生きている間に、絶対にまた、と樹里は思い、ポケットの中の手を強く握りしめた。また澤と抱き合いたかった。澤に抱きしめてほしかった。

新百合ヶ丘のマンションのトイレに入れ違いに入り、澤の温かな尿のにおいを嗅いだ時のことを思い出した。渋谷の夜の街の喧騒が、自分とはかけ離れた世界のもののように感じられた。

記憶を反芻《はんすう》しているうちに、全身が熱くなってきた。深い理由もなく、誰でもいい、通りすがりの男でもいい、誰かとすぐに肌を合わせたくてたまらなくなった。自分で自分の状態が摑《つか》みかねた。

歩みを速め、ついには駅に向かって走り出し、樹里は、はぁはぁと荒い息を吐きながら、地下鉄の改札口を駆け抜けた。

# 18

時間の流れの区別がつかなくなってきた。

明かりをつけず、ベッドに横たわったまま、時々、いやな眠りに落ち、また目を覚ましては室温がどんどん下がっていくのを感じる。薪ストーブの薪を足さなくてはならない、このままにしておいたら、消えてしまう、とわかっていても、なかなか起き出すことができない。

窓の外の仄暗さが、早朝なのか、深夜なのか、それとも暮れていこうとしている時刻なのかもわからなくなっている。スマートフォンは居間のテーブルに置いてきてしまった。

片時もスマートフォンを離さずにいなければならない情況ではない。ほしい電話もメールもない。まして、助けてくれ、と誰かにSOSを発信する必要もない。だが、スマートフォンは枕辺に置いておくべきだった、と登志夫は後悔した。外界とのつながりを保ちたいからではなく、今の時刻を知りたいからだった。

自分がどうなっているのか、よくわからない。だが、状態が悪化の一途をたどっているのは明らかだった。明らかにがんの疼痛やだるさとは異なる種類の不快感が、彼を苦しめていた。

登志夫が、なじみのない症状を感じ始めたのは、木村クリニックを受診した日の翌々日。二十五日の晩になってからだった。だるさがいつも以上にひどくなり、微熱が出始めた。

それでも、二十六日いっぱいはまだましだった。ふいに樹里から送られてきたメールに心乱され、返信すべきか、それとも無視すべきなのか、考える余力もあった。

無視すれば、二度三度とメールが送られてくるだろう。そのたびに気持ちが乱されることは確実だった。樹里をいたずらに心配させるのは本意ではなかった。まして、まだ死んでもいないのに無視し続けるのは、卑怯な気もした。

それならば、メールを返すのは今のほうがいいと判断し、短い返信を送り返した。その時点で、熱はまだそれほど上がっていなかった。

その後、安静にしていても熱はどんどん上がり続け、二十七日の午後には三十八度を超える勢いになった。それまではなんとか、治子が作りおきし、冷凍しておいてくれたシチューを温めて口に入れることができたのに、一気に食欲が失せた。だるさのあまり、何かを食べるために動くのも億劫になった。同時に咳も出始めた。

二十八日には痰《たん》がひどくなり、胸の重苦しさもつのった。ベッドでじっと横になっているほかはなく、水分も取らないまま、そうやっているうちに意識が朦朧としてきた。

冷蔵庫の中の冷えた飲料水を飲む気がなく、水道の蛇口をひねってやかんに注ぎ、コップと共にベッド脇のサイドテーブルに置いた。

咳をするたびに胸が痛み、痰がからんだ。このまま死ねるかもしれない、という思いがこみ上げ、登志夫はあまりの馬鹿馬鹿しさに笑いだしたくなった。

佐久に到着した日の晩、外の雪原の美しさに誘われて、思わず凍えたデッキに出た。それればかりか、氷点下の寒さの中にしばらく佇んでいた。それが原因で風邪をひいてしまったのは明らかだった。

肺炎を起こしてくれていれば、という願いが彼の中に芽生えた。それならそれでよかった。計画倒れになることには変わりないが、肺炎を放置しておけば、いずれ辿り着く最期は同じである。

登志夫が頼んでおいた薪を届けるために、土屋進がやって来たのは二十五日の午前九時半ころだった。その時はまだ症状が出ていなかった。何かほしいもの、必要なものはないですか、と訊ねられたものの、食料は充分そろっていたので、しばらくこのままで大丈夫、何かあったらこちらから連絡する、と答えた。

以後、土屋進も妻の治子も顔を見せていない。病身の登志夫を支えるために金で雇われている、という立場にあるとはいえ、頼まれもしないのに訪ねて来ては、あれこれ世話を焼くほど、夫妻は暇ではなかったし、彼に無償の愛を捧げねばならない義理もなかった。

うまくすればこのまま、と彼はひそかに思った。熱もだるさも不快だったが、それ以上に不快なのが痰だった。気管支の奥の奥にまで痰が執拗にからみついているのがわかる。いくら咳をしても切れない。ヒューヒューと鳴り続ける気管支の音は、カラマツ林を吹き抜けていく冷たくさびしい風の音に似ていた。

ともかく眠ることだ、と思い、いつも服用している睡眠導入剤、マイスリーの10㎎を一錠、飲んだ。

呼吸ができなくなり、心臓が止まってくれれば、と思うが、そう簡単にはいかないことはよくわかっていた。ともあれ眠りたかった。眠ってしまえば、目が覚めようが覚めまいが、次の段階に入ることができる。

薪ストーブの中の薪が燃えつきかけていた。彼は仕方なしに前かがみになりながら起き、エアコンをつけるためにベッドから出た。

エアコンは天井の高い居間に一台あるだけなので、それだけではむろん寒さをしのげない。やはり薪が必要だった。彼はストーブの前にあぐらをかいて座り、薪をくべた。

焚きつけには時間がかかった。痰がとれず、何度もえずきそうになる。食事をとっていないせいで、ふらふらした。

精も根も尽き果てた、という言葉が頭に浮かんだ。肉体も精神も疲れ果てていた。もう充分だった。尽き果てたのだから、何も考えたくない。考えられない。

それにしても、想像だにしないこととはいえ、あまりに馬鹿げたなりゆきだった。くすぶりながらも薪がやっと熱くなり、小さな焔を立ち上らせたのをぼんやり眺めながら、彼は深く絶望した。決行することが難しくなったと思ったら、不注意から風邪をひき、独り、誰もいない家で苦しんでいる。滑稽ですらある。

薪ストーブの中の薪が勢いよく燃え出した。太い薪のそちこちで黄色い焔がめらめらと上がり始めた。

周囲がたちまち温まった。ほっとして、寝室まで戻るのが億劫になった。彼はその場で横になった。

旧くなった薄手の、ラクダの模様がついたラグマットを通して床の冷たさが伝わった。それは無数の悪魔の指のようになって伸び広がり、たちまち彼のうすくなった身体を包み込んだ。


眠ったのか。悪夢を見続けていただけなのか。それとも失神していたのか。

海の底から引きずり出されるような感覚に見舞われて、彼が漸《ようよ》う目を覚ました時、そばには土屋治子が座っていた。

治子は「澤さん、澤さん」と呼びかけながら、彼の頰や肩のあたりを強く揺すった。いつのまにか、首から下が毛布で覆われていた。

そのやわらかなぬくもりに助けられるようにして、彼が少し口を開け、かすれた声で「どうも」と言うと、治子は「ああ、よかった。意識がある」と言った。そして、ほとんど泣きそうな顔をしながらスマートフォンを耳にあてがった。

夫と何か話しているようだったが、登志夫には何を話しているのか、よくわからなかった。救急車、という言葉が何度か繰り返された。その間中、治子は片手で登志夫の腕をさすったり、顎の下まで毛布を引き上げたりしていた。

背中と腰に痛みが走り、全身の関節が自分のものではなくなったかのように軋んでいた。睡眠導入剤を服用後、ストーブの前で横になったため、うっかりそのまま寝入ってしまったらしい。

通話を終えた治子が、今一度、スマートフォンに目をおとしたのを見て、登志夫は慌てて「やめてくれ」と言った。大声は出せなかった。口から迸《ほとばし》ったのは、痰のからんだかすれ声でしかなかった。

救急車を呼ぶなど、とんでもない話だった。病院のベッドに横たわり、痰を吸引されながら、何本もの管でつながれて、意識朦朧のまま無理やり生かされるのか。冗談にもほどがある。余計なことをしようとする治子の首を絞めてさえやりたくなった。

治子は驚いたように彼を見下ろした。次いで、おずおずと彼の額に手をかざし、「だって、こんなに熱が」と言った。「救急車、必要ですよ。すぐに病院に行かなきゃ」

「いや……」と彼はやっとの思いで言った。何があっても、治子を説き伏せねばならなかった。「大丈夫。睡眠薬を飲んで横になったら、そのまま眠ってしまっただけです。大したことはない」

「もともとご病気があるのに……肺炎になってたら、大変じゃないですか。病院で調べてもらわないとだめですよ」

「ただの風邪ですよ。冷えたんでしょう」

「でも……。澤さん、病院、いやですか」

「いやもいいもない。必要がない、と言ってるんです」

「わかりました」と治子は、息も荒く言った。「だったら、木村クリニックに電話します。あそこなら往診してくれるはずですから。電話しますよ。いいですね？」

登志夫が応える間もなく、治子は決然としてスマートフォンに向かうと、木村クリニックに連絡し、澤の容態を教え、笹森別荘地内の別荘番号を告げた。

それが終わると、薪ストーブの中に薪をくべ、火つけをした。そして台所に走り、湯をわかし、再び戻って来るなり、いかにもおろおろと怖じ気づいているかのように、登志夫の横に座って、祈るような姿勢をとった。

笑いたくもない気分だったが、登志夫はうっすらと微笑んでみせた。「奥さん、まだ死んでないんだから、大丈夫ですって。こんなとこで寝ちゃって、ふしぶしが痛いだけです」

起き上がろうとすると、全身の骨という骨、関節という関節が悲鳴をあげた。彼の小さなうめき声を耳にすると、治子は慌てたように彼の腕を支えた。治子の掌は温かく湿っていた。

外で車が停まる音がした。ああ、よかった、主人が来た、と治子が言った。

黒いダウンジャケットを着込んだ土屋進は、部屋に入って来るなり、小走りに登志夫に近づいてきた。

冬の朝のにおいが、一陣の風のように室内に運びこまれた。冷たく甘いにおいだった。

「すみませんね、朝っぱらから」と登志夫はおどけて言った。「風邪をひいたみたいで。ちょうど今、ベッドに戻ろうとしてたとこですよ」

土屋は眉をひそめながらうなずき、黙ったまま登志夫を抱き起こした。

力強く触れてくる進の腕や腰はたくましかった。すみずみまで温かく、生命が漲《みなぎ》っていた。

「なんとまあ、こんなことに」進は、登志夫を運びこんだベッドの傍らに立ち、憐れむように言った。「ゆうべ女房がね、澤さんと全然連絡がとれない、って言い出して。まだ外が暗いうちから起き出して、ともかく行って様子をみてくる、って言うんで、まさかとは思ってたんですが。女房の勘があたりました。もっと早く気付いていたら……」

「この人、ゆうべもまた、酔っぱらって帰って来たんですよ」と治子がなじるように言った。「まったくもう、何の助けにもなりゃしない」

「知ってれば、飲みになんか行かなかったよ」

「毎度のことでしょ。おんなじことを何べんも。澤さんが大変だ、っていう時に」

登志夫には、夫妻のやりとりが遠くに聞こえた。まるでテレビの中で演じられている、馬鹿げた夫婦《めおと》漫才を聞くともなしに聞いているかのようだった。

窓の外が明るかったのは、真っ昼間の明るさではなく、朝の明るさだった。となると、薪ストーブの前に倒れていたのは、四、五時間程度か。ストーブの中の薪が消えかかっても、寝入る前にエアコンをつけておいたので、室温はかろうじて保たれていたらしい。

再び外で車が停まる音がし、玄関のあたりが騒がしくなった。治子が走って行き、木村医師と中年の女性看護師を伴って戻って来た。看護師は白いユニフォームに紺色のダウンジャケット、医師は灰色のフラノのズボンに茶褐色の丸首セーターを着ていた。

木村医師は、「おはようございます、澤さん」と言った。数日前に登志夫がクリニックの診察室で見た時と何ら変わらない、落ち着いた物腰だった。

医師はベッド脇に立ち、登志夫の様子を観察してから、顔や首に軽く触れた。耳の脇の髪の毛が、寝癖で乱れているのが見えた。「まだ診療時間前だったんで、来ることができました。よかったです」

医師の手際は終始、てきぱきとしていた。

体温と血圧を計り、血中の酸素濃度であるサチュレーションを測定するため、パルスオキシメーターを登志夫の右手人指し指に挟んだ。胸に聴診器をあてがい、その音を聞いた。

「湿性《しっせい》ラ音ですね」と医師は言い、登志夫に向かって言い直した。「ラッセル音……肺の雑音のことです。ああ、$SpO_2$も95パーセントに届いてませんねえ」

そばで治子がおずおずと小声で訊ねた。「あのう、先生。それって、酸素なんとか、っていうやつですか」

「ええ。酸素飽和度です。90パーセントを切ってくると、入院が必要になります」

「え？　じゃあ、まさか肺炎に？」

「いや、今はまだ。でも危ないところでした。ここで治療を始められてよかったです。まずは、ひどい肺炎にならないよう、抗生剤点滴をしなくちゃいけないな」

言い終えると、医師は看護師に何か口早に指示した。医師は仰向けに寝ている登志夫に向かって、にんまりといたずらっぽく笑いかけた。「澤さん、お望みの点滴ですよ」

昔のおれなら、と登志夫は思った。こんなふうに言われたら、嫌味とも皮肉とも受け取って、腹をたてていたかもしれない、と。

だが、今は違う。なんという運命のいたずらか、と静かな喜びがこみあげてくる。

神はおれを見捨てなかった。神も仏も信じたことは一度もないし、宗教について深く考えたこともないが、神はおれを、と彼は思った。おれを救ってくれた……。

かちり、と音をたてて、運命の歯車が大きく回った気がした。久しぶりに耳にする、確かな澄んだ音だった。

看護師が医師の指示を受け、いったん車まで戻って、点滴スタンドを持って来た。「少しチクッとします」……看護師がもの慣れた言い方で言いながら、彼の左腕肘関節内側の静脈に、点滴のための留置針を刺した。そして、中の金属針を抜き、細いカテーテルだけを留置して、そこにつけた延長チューブと点滴チューブの境目に、三方活栓を取り付けた。

「抗生剤と一緒に、水分補給もしますからね」と医師は言った。「じきに楽になりますよ。そうだな、五日間くらいは続けましょう。看護師が、朝九時と夜の九時、一日二回、こちらに伺って、抗生剤入りの生理食塩水を入れます。それは十五分位ですみますからね。夜はそのつど、訪問看護ステーションからの派遣となりますが、申し送りは徹底しているので心配いりません。もちろん、必要があれば私も様子を見に来ますから」

土屋夫妻の目に、ほんのわずかではあったが、厄介なことになった、と言わんばかりの困惑に似たものが浮かんだことに登志夫は気づいた。困惑ではなく、憐れみだったのかもしれないが、いずれにしても彼らの気持ちはよく理解できた。

救急車で運ばれて、あとは病院に任せるしかない、という状態になったほうが、彼らにとっては楽だったのだ。仕事の合間に見舞いに行けばいい、というかたちになってほしかったのだ。

でも問題はないんだよ、と登志夫は胸の中でつぶやいた。あと数日で、自分自身のみならず、きみたちも解放してやることができる。二、三日の辛抱だ。そうすればもう、病気の老人と連絡がつかなくなったからといって、凍りつくような寒い朝、車を運転してここまでやって来る必要がなくなるんだ。

善意から引き受けたはずのことが、どことはなしに億劫になり、煩わしくなっていく。

安易に引き受けなければよかった、とさえ思う。その心の変容ぶりを、ひそかに申し訳なく感じる必要だってなくなる……。

やっと自分が求めていたものに追いついたような気がした。どれほど決意しても、覚悟を決めても、ごたいそうな観念を風呂敷のように拡げ続けても、決して本当には追いつくことのできなかった何かに。

彼は、治子が食事の内容について医師に質問し、時折、夫妻でひそひそとなにごとか相談し合ったり、医師と看護師が会話しているのを耳にしながら、左腕に取り付けられている点滴のチューブと、三方活栓をぼんやり見つめた。

恐怖も不安も悲しみも生まれなかった。自分には行動すべきことが残されていた。

唯一絶対の、厳粛な使命感が彼に力を与えた。まるで点滴チューブを通して、生命の最後の熱い滴りを注入されているかのようだった。

## 19

初めの一日は瞬《また》く間に過ぎた。

終始、うつらうつらしていたからだが、深い沼の底に落ちていくような感覚の中には、焦燥感に似たものがつきまとっており、熟睡することはできなかった。

夜の九時ころと朝の九時ころにやって来て、点滴を交換し、抗生剤を入れてくれる看護師には、土屋夫妻が別荘の合い鍵を渡していた。したがって、いちいちドアの鍵を開けに行く必要はなかったのだが、外で車が停まる音がすると、登志夫は全身の細胞を縮ませて身構えた。

医療に詳しい看護師の目をごまかしたり、何か余計なことに気づかせたりしないためには、万全の注意を払っていなければならなかった。

うとうとと眠ったふりをしながら、やって来た看護師にしゃがれ声で挨拶し、ついでに愛想よく微笑みかけた。いかがですか、と訊かれれば、なんとかおかげさまで、と曖昧だがしっかりとした口調で答えた。

沈黙しているのはどことはなしに怖かった。三月二日の晩にやって来た看護師に向かって、彼は「だんだんよくなる法華《ほっけ》の太鼓、っていう言い方、知ってますか?」と訊ねてみた。

三十になったかならないかの、若い看護師だった。夜間なので訪問看護ステーションから派遣されてきた、という。

彼女は笑顔でてきぱきと点滴の袋を交換しながら、首を横に振った。彼は説明してやった。「日蓮宗ではお経を唱える時に太鼓を鳴らすんですけど、太鼓の音がね、少しずつ大きくなっていくのと同じで、ものごとが少しずつよくなっていく、っていう意味の言葉遊びですよ。今はまあ、そんな感じですかね」

「そうなんですか。すごく勉強になります。ありがとうございます」と看護師が微笑む。

「だんだんよくなってるんだとしたら、もしかしたら点滴も五日間、必要ないかもしれませんね。もっと早く終わらせることができるかもしれませんね」

それは困ると思い、余計な雑談をしてしまったことを後悔したが、看護師はにこにこしながら、「でも」と言った。「先生のご指示通りに、点滴はきちんとしとかないと。こんなものくっつけてるとご不自由でしょうが、あと少しの辛抱ですよ」

そして、いつものように体温と血圧を計り、かたちばかり脈をとる。必要なことを見事に手慣れた様子でやり終え、あたりのものを手早く片づけて、何か他に困ったことはございませんか、と形式的に質問する。

彼はストーブに少し薪をくべてほしいとか、明かりはつけっ放しにしておいてほしいといった、小さなことを頼む。看護師が家の中にいるのは三十分程度。では、また、別の看護師が明日の朝九時に参りますので、と言いおいて、そっと玄関ドアを開ける。あら、雪、と言う彼女の声が聞こえる。澤さん、雪が降ってきました、あったかくしてお休みくださいね……。

玄関ドアの鍵がかけられる。ややあってエンジン音がし、雪上の轍《わだち》を踏む車のタイヤがじりじりと鳴る音が届く。

やがて車が走り去って行くと、あたりはたちまち静寂に包まれる。わずかに聞こえてくるのは、木々の細い枝を揺らしながら吹き過ぎていく風の音だけである。

彼は静まりかえった寝室のベッドに横になったまま、天井を仰いだ。明日だ、と思った。三月三日。夜番の看護師が来て、点滴を交換し、帰って行った後だ。

雛祭りに決行、というのも貴美子が知ったら、からかわれたことだろう。どうせなら、と彼女はくすくす笑いながら言うのだ。五月五日の男の子の節句の日にすればよかったのに。

そこまで待てないんだよ、と彼は心の中でつぶやく。もう、おれは「死の島」に向かうべく、小舟を用意してるもんでね。

そうみたいね、と言う貴美子の声が聞こえる。早くいらっしゃいよ。ここ、悪くないわよ。あなた、気にいると思う。ねえ、やっと会えるわね。すごく楽しみ……。

……ウィスキーも、充分な量の睡眠導入剤もそろっている。唯一、煙草だけは準備することができなかった。こんな状態で煙草を買ってきてほしい、と土屋夫妻に頼むわけにはいかない。だいたい、今のおれは、たとえ煙草があったとしても、肺の中に煙を一巡させることはできないだろう。

だが、それ以外のものは全部そろっている。左腕に挿入されたままになっている点滴のチューブ。その先の三方活栓……。ベッドの脇のサイドテーブルには、医師が置いていった金属製のトレイがあり、中にはゴム製の駆血帯《くけつたい》も入っている。あとはこの家のキッチンの床下に収納してある、ポリバケツを持ってくるだけでいい。

血液を受け止めるための容器に、青いポリバケツを利用するのは、あまりに興ざめであることはよくわかっていた。できれば九谷《くたに》や備前《びぜん》、有田《ありた》や伊万里《いまり》の焼き物の、大きな美しい瓶《かめ》、そうでなければ、ボヘミアンクリスタルの巨大な花瓶などを床に置きたいところだったが、そんなものを今さら揃えることはできないし、クリスタルの重厚な花瓶が真紅の血液で充たされている様は、想像するだに、かえっておぞましく醜悪であるような気もした。

ブドウ糖を入れた二十四時間持続点滴と、一日二回の抗生剤点滴。加えて、無事に決行できるようになった、という安心感がもたらされたせいで、皮肉にも登志夫の肉体は数日前に比べ、状態がよくなっていた。食欲がないのは相変わらずだし、全身の各所の疼痛も同じで、さらにひどくなっていると感じることもあったが、それらがあってこそ、かえって理性が研ぎ澄まされていくような気がした。

自分の中を長々と流れ続けてきた時間を自分自身の手で止めるのである。そのためにはある種の乾いた理性が不可欠だ、ということを彼は知った。感情に流されるだけでは、時は止められない。みじめな病気を抱えた自分、恐ろしい終末に怯えている自分を自ら憐れみ、幾多の生の軌跡を甦らせては懐かしんで涙しているうちは、何もできない。それはむしろ、生きたいということの証でしかない。

それにしても、こうやって自らの意志のもとに時を止める、ということは、生きているものの最上にして最後の特権ではないか、と彼は思った。動物は自殺しないと言われているし、実際そうなのだろうが、彼らとて、近づく死は理解する。深く感じ取る。

老いて全身の毛が禿げ落ち、瘦せこけ、群れから捨てられて歩く力も失いつつある雌ライオンは、もう狩をしない。口にものを入れることもしない。

彼女はサバンナの木蔭に身をひそめ、無数の蠅にたかられながら、朝日がのぼり、西の地平線に沈んでいくのをじっと眺めている。肉体が腐っていく。目が見えなくなる。音が聞こえなくなる。それでも最期の瞬間まで、彼女は自分の意志でそこにいる。

生きものはすべて、いずれは自身の死を受け入れるのだ。そして、流れる時が静かに停止する瞬間を待つことができるのだ……。

それは生命をもつものに平等に与えられた才能であり、さらにいえば、ひとつの偉大な力であるような気もした。

らなかった。

翌三月三日は温かな日だった。前夜、降り出した雪もじきにやみ、積もるまでには至

明るいうちは、燦々と太陽がさし、軒先《のきさき》に下がった氷柱《つらら》を溶かした。日に照らされ、まばゆく輝く氷柱からは、規則正しく水が滴り落ちた。そのさまは、点滴チューブの中に流れ落ちてくる薬液に似ていた。

昼の間に、彼はレポート用紙に遺書をしたためた。感傷的なことはひと言も書かなかった。書く必要のあること……わずかながらの現金、佐久の別荘と土地、そのすべては実の娘、里香に。それとは別に、弟には埋葬にかかるであろう費用を。また、新百合ヶ丘のマンションの大家にも、室内に遺したものの整理処分のための金を遺した。土屋夫妻には、当座、面倒をみてもらうための費用をすでに支払っていたが、何かと心理的な動揺を与えるであろうことを考慮し、少額ながら現金を遺した。

理由については触れずにおいた。書けばきりがなく、書いて言葉にした瞬間、すべて嘘になるような気がした。

後始末をさせることになって申し訳ない、という気持ち、これまで支えてくれた人々に対する感謝の気持ちも何も書かなかった。死んでいこうとする人間は、そうやって誰彼かまわず感謝しながら最期を迎えるものなのだろうか。彼にはわからなかった。死者は死ぬまぎわ、あまりまともなことを考えないほうがいい。

点滴チューブをつけていない右手で握りしめていたのは、樹里からもらった青いボー

ルペンだった。樹里はまさか、自分が贈ったボールペンが遺書を書くために使われるとは夢にも思っていなかっただろう。

樹里に幾ばくかの金を遺してやりたかった。彼女はまだ若く、家庭的なトラウマを抱え、金に困っている。金はいくらあっても足りないはずだった。

だが、室内に遺すものに、宮島樹里の名を記せば、後々、彼女に迷惑がかかる可能性がある。世間は侮れない。樹里がどんなふうに扱われるか、わかったものではなかった。たとえば文秋社の週刊誌に面白おかしく書きたてられる。ネットの中で中傷される。いずれ忘れてもらえることには違いないが、たとえいっときでも、彼女をその種の嵐の中に立たせるのは、何がなんでも避けたかった。

樹里と自分のことは、永遠に葬られるべきだった。葬られ、ないことと同じになったとしても、樹里の中に残されたものは、あるいはいずれ、小説というかたちを取って再現されるかもしれなかった。

その場合、何をどう書かれてもよかった。死人には無関係だった。彼女は死人に遠慮する必要など、ひとつもないのだ。

そのことだけは強調しておきたかったが、すでにそうするための方法はなくなっていた。メールでそんなことを書いて送れば、すぐに樹里が飛んで来る。そうでなくても、警察に通報して、三十分もたたないうちに、見知らぬ誰かがこの家の玄関ドアを烈しく叩くことになる。樹里の顔を見たら、決意が揺らぎそうだった。そればかりか、樹里に向かって死に水をとってくれと言ってしまうかもしれなかった。このおれが！

書き終えた箇条書きの遺書をざっと読み返し、三つに折り畳み、封筒におさめた。やって来る看護師の目に触れないよう、それを居間のキャビネットの抽斗《ひきだし》に隠した。

何くわぬ顔をして、彼は夜番の看護師が来るのを迎え、いつも通りの処置を受けた。お元気そうになりましたね、よかったです、と言われた。おかげさまで、と彼は微笑した。

帰りがけ、看護師はごそごそと持ってきたバッグの中をさぐり、桃色の小さな紙袋を取り出した。「つまらないものですけど、今日はお雛祭りなので。消化は悪くないから、もしよかったら召し上がってください」

雛あられだった。ふいに登志夫は万感の想いにとらわれた。娘の里香に、あるいは樹里に、同じことをされているような気がした。

ありがとう、と言うのがやっとだった。少し目をうるませてしまったことに気づかれたかと思ったが、ちょうどその瞬間、彼女のバッグの中でスマートフォンが震えだした。ちょっと失礼します、と言いながら、その場から離れ、ぼそぼそと何か話していた彼女が戻って来た時、すでに彼の涙は乾いていた。

「子ども、いるの？」と訊いてみた。

「はい、四つになる娘がひとり」と彼女は笑顔で答えた。「娘にも、おんなじ雛あられ、買ってやりました」

昼間温かくても、夜になると冷えこむので気をつけてくださいね、と彼女は言い、頼みもしないのに薪ストーブの様子を確かめてくれた。

「では私はこれで。また明日の朝、別の者が伺いますので」

「世話になります」と彼は言った。目を糸のように細めて、笑いかけた。彼女はかしこまったように深く一礼した。

彼女がいつも乗って来る四輪駆動の小さな軽ワゴン車が、冷え冷えとした夜の森の向こうに走り去った。後にはなじみ深い静寂が、水のように拡がった。

持って来たバッハの無伴奏チェロ組曲のCDを旧いミニコンポにセットした。途中で終わってしまわないよう、リピートボタンを押すことも忘れなかった。

抽斗から昼間書いた遺書を取り出し、居間の一番目立つテーブルの中央に載せた。点滴スタンドを引きずりながら台所に行き、床下から青いポリバケツを取り出した。ひどく汚れていたので、濡らした雑巾で拭いた。

マッカランのボトルとグラスを手に、寝室に戻った。薪ストーブの中で、赤々と燃えている薪が、室内を伝っている煙突を通し、家全体を温めてくれていた。

東京の岡本医師から処方されていた睡眠導入剤は、マイスリー10㎎だった。ふだんは一錠しか飲まない。だが、それだけでは不安なので、以前、処方されたまま飲まずに保管しておいたサイレース2㎎を加えよう、と思った。マイスリー10㎎を二錠、サイレース2㎎を二錠。そのくらいで充分だろう。

ふだん通り、眠りにつく状態を作ればいいだけの話だった。大げさに大量に飲む必要はなかった。

玄関の鍵は開けておいた。そのほうが親切というものだ。

居間の明かりを消し、ベッドに戻った。最後にデッキに立ち、夜の闇に沈む森を眺めたかった。だが、そんなことをして、足をすべらせて倒れ、意識を失ったりでもしたら、笑い事ではすまなくなるので諦めた。

ポリバケツを寝室に運び、ベッドの左側の床に置いた。スマートフォンに残された樹里とのメールなど彼女に関連するものは、すでに消去してある。その後、樹里からのメールはきていなかった。

スマートフォンを手に取り、電源をオフにした。外界とつながる唯一のうすい小箱は、たちまち無用の長物と化した。

寝室のドアは開け放してある。ヤーノシュ・シュタルケルのチェロが低く響いてくる。時折、ストーブの中で薪が烈しく爆ぜる音が聞こえる。

ウィスキーをグラスに注ぎ、四錠の睡眠導入剤をひと思いに飲みくだした。喉が焼けるような感覚があった。少し咳が出た。

ストレートで胃に流しこむウィスキーが、頭の芯を痺《しび》れさせ、意識の底にある棘《とげ》を根こそぎ溶かしていくのが感じられた。

薬の効き目が出始めるのを待った。ウィスキーの助けもあったせいか、そう長くはかからなかった。彼はおもむろにサイドテーブルのトレイから駆血帯を取り、右手と口を使って左の上腕部に巻き付けた。

枕の横には貴美子が遺した死の島の絵を拡げてある。貴美子のところに行ければいいが、おれのことだから、と彼は自分をあざ笑った。もしかすると、別れた妻と娘が、自分に向けて抱き続けてきたであろう憎しみと軽蔑、怒りが怨霊のようになって集まっているだけの、無間《むげん》地獄に辿り着くだけなのかもしれない。

だが、気分は悪くなかった。睡魔が生ぬるい水のようになって、ひたひたと押し寄せてくる。意識は遠のいていきそうになったり、また少し戻ったりを繰り返している。結果がどうであれ、おれはおれの人生を生きたのだ、と思った。

照明は消された。客席にはもう誰もいなくなった。舞台は暗転した。

彼は右手を伸ばし、左腕の、三方活栓の小さなコックを静かにひねった。

# 終章

　その年の三月二十六日、佐久地域に大雪警報が発令された。雪は終日、降り続き、その時期としては異例の、二十五センチもの積雪を記録した。文字通りの「春の雪」だった。

　水分を多くふくむぼた雪は、木々の枝に重たく付着し、悪くすると倒木の原因を作る。倒れた樹木が道路を塞げば、車が通行不能になる。電線を切断すれば停電を引き起こす。春も間近で、早く溶けるとはいえ、決して侮れない。

　とりわけ、市街地からはずれた別荘地に降り積もる春の大雪は、管理業者泣かせだった。ともかく雪自体が重いので、除雪に時間と手間がかかる。厳寒期のさらさらとした粉雪なら、数時間もあれば別荘地内すべてを除雪できるが、ぼた雪となると、その二倍以上の時間と労力がかかってしまう。

　まして、その頃は、子どもや孫の春休みを利用してやって来る家族連れなど、別荘客がぽつぽつと増え始める。所有者は業者に管理費を年単位で支払っているため、依頼された業者は、個別の敷地の雪かきも請け負わねばならない。そのため、春の雪が降るたびに、人手が足りなくなることも少なくなかった。

二十六日の大雪の時も例にもれなかった。除雪車をフル稼働させても、仕事は捗《はかど》らなかった。業者が佐久市の小高い丘の上にある笹森別荘地のすべての道路の除雪を終わらせることができたのは、二十八日午後になってからである。

横浜市のあざみ野から、紺色の小型四輪駆動車を運転して来た宮島樹里が佐久に到着したのは、二十八日の深夜だった。あらかじめ予約しておいた佐久平駅近くにあるビジネスホテルに宿泊したものの、少し眠っただけで、翌朝は六時半に起床した。

身繕いをしてから、前夜、コンビニで買っておいたおにぎりを食べ、缶コーヒーを飲んだ。茎の部分だけ、うすく水を張ったバスタブに浸しておいた薄紅《うすべに》色のトルコキキョウの花束は、まだ充分、活き活きしていた。前日、都内のフラワーショップで束ねてもらったものだった。

花束を抱いたままチェックアウトし、ホテルの駐車場に停めておいた車に乗りこんだ。

雲ひとつない、見事に晴れた朝だった。その時刻、気温はまだ低かったが、フロントガラス越しになだれこんでくる光には、長かった冬を押し退けていく力強さが感じられた。

初めて来る土地だった。何もかもがよそよそしく、どこか他人行儀な感じもした。遠くに連なる雪をかぶった山並みも、通行人の少ない街の風景も、溶けずに固まったまま路肩に残されている雪でさえ。

だが、樹里の脳裏には、あらかじめ調べておいた克明な地図が刻みこまれていた。町の名前、通りの名前。どの道のどの交差点をどちらに曲がればいいのか。どこで別荘番号を確認すればいいのか……。

澤登志夫の死を樹里に知らせたのは、スマートフォンに自動的に流れてくるニュースだった。

樹里はスマートフォンの画面を食い入るように見つめた。瞬きもしなかった。泣かなかった。声も出なかった。考えることが多すぎて、混乱するあまり時間が止まってしまったかのようだった。

ニュースは、長野県佐久市の別荘地内にある住宅で、病気療養中だった男が大量の血を流し、死亡していた、というものだった。発見者は在宅診療を行っている同市内のクリニックの訪問看護師であったこと、男の名は澤登志夫といい、死因は点滴の管からの失血であること、室内には遺書が残されており、自殺とみられること、などが報道されていた。

週刊誌が澤の死について書きたて始めたのは、それからわずか数日後のことだった。澤が以前、在職していた文秋社が発行する週刊誌は、「ある末期がん患者の荘厳な死」と題した短い追悼記事のようなものを掲載した。自社の社員であったせいか、その論調はあくまでも控えめで、死者を悼むニュアンスが強かった。

だが、他の週刊誌はこぞって、澤の死を大々的にとり上げた。彼の死の是非を問う特集があちこちで組まれた。街頭インタビューの数々が誌面を賑わせた。著名人のコメントは後を絶たず、中には授かった生命は何があっても途中で投げ捨てるべきではない、という、がん闘病経験者からの手厳しい意見も少なからずあった。

澤と共に、かつて取材で知り合った外科医から、三方活栓を使った自殺方法を聞いた、という作家は、押し寄せる取材依頼に困惑しつつも応じた。

偶然、耳にした方法を使って、澤さんは最期の幕をおろしたのでしょう、と作家はコメントした。取材先の外科医からその話を聞いた直後、二人で飲みに行き、あの方法は使えるね、役得だったね、などと冗談まじりに話し合ったという思い出話は、多くの関係者に衝撃を与えた。

澤の死に方は医学的には「脱血死」と呼ばれるものだ、と語ったのもその作家だった。以後、記事中に「脱血死」という言葉を使う週刊誌が急増した。

そうした記事の数々を樹里は探せるだけ探し、手に入れられるものはすべて手に入れて、目を通した。混乱はしたものの、何故、という疑問は不思議なほどわかなかった。澤がそのような方法を使って人生の幕をおろしたと聞かされても、別に驚くにはあたらない気がした。

澤は澤にふさわしい死に方を選んだ。自分が澤だったら、やっぱり同じことをしただろう、と樹里は思った。

澤に関して書かれた記事を読んでいる時だけ、気持ちが落ち着いた。まるで澤がそばにいるようでもあった。

巷《ちまた》にあふれる記事のどれを読んでも、遺書の内容にまで触れているものはなかった。どこからも何も言ってこないところをみると、樹里あての遺書がなかったことは明白だった。

最後の最後、電話どころか、メールの一通も送ってくれなかった彼の気持ちを恨みがましくも思った。だが、一緒に佐久に行くことを頑《かたく》なに拒み、何ひとつにおわせることなく、全身から血を抜きながら死んでいった澤は、やはり樹里のよく知る澤、樹里が特別の想いを寄せていた澤に他ならなかった。

……笹森別荘地入り口付近に、古びた大きな看板が立っていた。別荘番号と共に、別荘地内の道路地図が簡略に記されているものだった。

佐久に向かって出発する前日、樹里は東京文芸アカデミー青山教室の事務局を訪ね、澤の別荘がどこにあるのか教えてほしい、と懇願した。生前、講座で澤から教えられたことが一生の宝になったこと、澤のおかげでいい小説が書けるようになったこと、澤が、どれだけ尊敬してやまない講師であったかを伝え、現場となった佐久の別荘に鎮魂の花を手向《たむ》けてきたいのだ、と説明した。

言下に断られることも覚悟の上だったが、対応してくれた事務局の女性職員は、樹里がかつて、澤登志夫が才能を絶賛していた受講生であったことを覚えていた。職員はその場で文秋社に電話し、文芸アカデミーと関連の深い社員を呼び出して、澤の別荘の場所を確認してくれた。

教えられた別荘番号を看板の中の地図で確かめ、樹里はアクセルを注意深く踏みながら、ゆるやかな坂道を登った。三日前に降り積もった雪はあらかた除雪され、道路の両端に小山を作っていた。

スタッドレスタイヤが、じりじりと音をたてながら朝の簡素な道を進んでいく。前へ前へと進むごとに、空の青さが増していくような気がする。木々の枝はまだ立ち枯れていたが、周囲で鳴き続けている野鳥の声は賑やかで、どことはなしに春が近いことが感じられる。

「おれのことを書け」と澤は言った。

あの時、すでに、こうなることがわかっていたのだ。書け、と言ってくれたのは、まさしくこのことだったのだ。だから最後に抱きしめてくれたのだ。彼は私がいずれ、このことを書く、書くだろう、書くに違いない、と思っていたのだ。

心臓の鼓動が大きくなった。奥歯を強くかみしめながらも、澤先生、澤先生、とわけもわからずに大声で叫びたくなる。

樹里はハンドルを握る手に力をこめた。くちびるを強くすり合わせ、今にも声をあげそうになるのをこらえた。

目指す建物が近づいてきた。ネットのどこかで、あるいは何かの週刊誌のグラビアで、見ていた通りの建物だった。

家はひっそりとそこにあった。ごくふつうの、どこにでもありそうな木造の建て売り別荘、といった趣だった。

あんなことがあった後だが、特別に封鎖されている様子はなかった。平凡であっけらかんとさえしており、知らなければ、一人の男がそこで自ら荘厳な死を選んだとは想像もつかないかもしれなかった。

だが、樹里にとってその家は特別だった。衰亡の果てに自ら見切りをつけるため、澤が……樹里にとっての「天人」が……最期のとどめをさした、特別の場所だった。

樹里は車を離れた場所に停めた。エンジンを切った。助手席の上にある、薄紅色のトルコキキョウの花束を腕に抱いた。

車から降り、澤が最期の地として選んだ場所、その建物、敷地との区別が難しいほど鬱蒼《うっそう》と立ち生えている木々の群れ、厚い雪に覆われたままの大地を眺めた。

吐く息が白かった。胸が小刻みに震え、くちびるがわななないた。

太陽が冬枯れた木々の梢をぬうようにして、煌《きら》めく光を投げてくる。それらは無数の小さな十字架を思わせる。じっと眺めていると、気が遠くなりそうなほどの光の束である。

澤の別荘のすぐ近くで、その時、何かの気配がした。樹里ははっとした。

大きな美しい、番《つが》いの雉鳩《きじばと》だった。二羽は折り重なるようにして次々と、清冽なほど澄んだ空に向かって飛び立っていった。朝の冷気をかきまわすような翼の音が、あたりに響きわたった。

はずみで木々の枝に降り積もっていた雪が、音もなくゆっくりとこぼれ落ちた。どこに飛び去ったのか、雉鳩の姿はまもなく見えなくなった。野鳥の声も聞こえなかった。あとには死のように深い静寂だけが残された。

澤のことを小説にしよう、と樹里は思った。澤が生きた時間、澤の想いを書き残そう。いつかきっと書こう、と心に決め、彼女は澤の別荘の、まだ雪の残る敷地をゆっくりと、しかし、力強く踏みしだきながら歩き、玄関に通じる古ぼけた木の階段の途中に、トルコキキョウの花束を手向けた。

# 解説　神秘的な時間の交わり

白石　一文

小池真理子さんの作品は、どれも虚無の超克をテーマとしている。

それは、別の言葉で言うならば、事の是非善悪を越えて、人間はいかにすれば自由に生きられるのかを常に自作のなかで追究しているということでもある。

虚無というのは人間存在の根幹をなすもので、「不自由」という言葉に置き換えることもできる。なぜなら、虚無は自由意志の一切差し挟まれる余地のない「誕生」によって生じ、これまた一切の意志を撥ねつける「死」によってあらかじめ決定づけられたものだからだ。人は何の意志もなく生まれさせられ、死にたくないと叫びながら死なされてしまう。最初と最後に選択権のない私たちの人生に真実の自由があるはずもなく、その徹頭徹尾不自由な「我が人生」の本質が虚無以外の何ものかであろうはずがないのである。

真実の自由が与えられていないがゆえに、むしろ私たちは、この短くはかない人生の中で自由を求める。自由とは、自分が自分として自分らしく生き通したいという謙虚で切実な願いに過ぎない。小池さんは小説というメディアを使って、その謙虚で切実な願いの成就がいかに困難なものであるかを丁寧につまびらかにし、にもかかわらずそうした自由を求めることが私たちの人生にとってどれほど大切で尊いものであるかを訴えつづけている。

このどうしようもなくむなしい人生に抗うには、否応なく自由を求めねばならない。たとえそのことによって「孤独」という耐え難い副作用を呼び起こしたとしても、最後には一人ぼっちで死んでいかねばならない私たちは、それでもなお自らの自由を守り抜くべきなのだ――そんなふうに小池さんの小説はいつも私たちを励ます。

自由につきまとう孤独をいかにして飼いならすか――これもまた小池作品の重要なテーマの一つである。『恋』にしろ、『欲望』、『無花果の森』、そして私の大好きな『虹の彼方』にしても小池さんは男女の複雑な関係を巧みに表現することで、恋愛が孤独を癒す最も重要な手段の一つであることを示唆してきた。それはまた、人生の虚無自体を一時的に打ち破る、限りなく実体に近い幻影ともなり得るのだと彼女は説き、その小説世界における説得力は圧倒的と言ってもよい。

不動の生死によってのみならず、人は人生の盛りの真っただ中にあっても様々な形で自由を制約される。国家やイデオロギーのくびき、倫理道徳のくびき、金銭のくびき、学校や会社、仕事や結婚、親や子、きょうだいのくびき。数え上げればきりがない。世界は、私たちが生きたいように生き、やりたいようにやることを徹底的に阻むありとあらゆる障害物で満ち溢れているかのようだ。

そうした現実世界の障害物など片っ端から蹴散らしてしまえばいい――不倫、ドメスティックバイオレンス、性的不能、近親相姦といったただならない男女関係を物語の中心に据えて、小池さんは長年、本当の自由の意味を問いかけてきた。何よりも私たちにとって重要な課題は、この人生という虚無とどうやって対峙するのかということ、自由の代償として甘受せねばならない孤独というものとどうやって折り合いをつけるかということ、その二つだけだと彼女の小説はいつも語っている。

言わずもがなも甚だしいが、小説とは人間を描くものであり、人間とは何か？　という問いに作家が真剣に答えようとする作業それ自体でもある。従って人間に対する何らかの新しい知見、目を瞠るような表現が一つでも含まれていなければ、それはちゃんとした小説とは言えない。

人間を人間ならしめているものは一体何なのか？　当然人間は他の動物と地続きの存在ではあるが、その発達した神経細胞によって動物的な諸機能を整理、分析、統合し、情動という非常に複雑な系を組み立てている。従って、人間を知るためには、情動を丹念に観察して言語化しなくてはならない。そうすることによって初めて私たちは人間性の本質というものに触れることが可能となる。

この情動という複雑系を描くのが小池さんは本当に上手い。ほれぼれするほどで、私などにはとても太刀打ちできないのだが、負け惜しみとして言うなら、やはりそこには女性という精密な肉体を持たされた者の利点が多分に反映されているのではないかと考えている。

たとえば『恋』という作品で提示されているような、四人の男女を巡る込み入った愛憎関係はあのアクロバティックな筆力がなければとても小説化できるものではないだろう。憎しみに裏打ちされぬ愛などは一時的な感情の明滅に過ぎず、そのような恋愛を描くのは、黒という色を抜いて絵を描くようなものだが、一方、小池さんという作家はその黒の使い方が絶妙の域に達している。だからこそ、『恋』をはじめとした多彩な愛憎劇をあれほどリアルに作り上げることができるのだと思う。

そんな恋愛小説の名手である小池さんが、近年は、徐々に恋愛を介在させない男女関係の世界へと領域を広げているように見える。

実父の人生を半ば借りながら、自分を捨てた父親の晩年に寄り添う長女の姿を追った二〇一二年刊行の『沈黙のひと』にはこれまでのような恋愛関係は出てこない。主人公は、かつて母と自分を置き去りにして愛人のもとへと奔《はし》り、いまは病気によって言語能力を失ってしまった父親の人生を辿ることで、自身の人生と父親の人生とをじわじわと重ね合わせていく。そしてその途上で、たとえ血が通っていたとしても別個の生き物であるはずの父と娘の垣根は次第に取り払われ、二人の過ごした別々な時間もまた神秘的な混ざり合い方をし始めるのだ。

『沈黙のひと』は、中年を過ぎた独身女性の人生を物語りながら、彼女の自由と孤独がいまは亡き父親との関わりによって深い意味を獲得していく過程をしっかりと描き切っている。そうした点で、男女の恋愛を主題としてきたこれまでの小池作品をさらに凌駕するであろう文学的達成を見ていると思われる。

『沈黙のひと』に続いて書かれた本書『死の島』もまた恋愛を持ち込まない男女関係を取り上げた小説だ。

末期の腎臓がんを患う六十九歳の元編集者と、彼の小説講座に通う二十六歳の女性とのあいだに恋愛は成立しない。だが、ここにおいてもその老いた教師と若い教え子とが個別に抱え込んでいた時間は、物語の進行とともに徐々に神秘的に交わり、最終的には老教師の死をもって彼の時間はいまだ生き続ける彼女の人生へと織り込まれていく気配なのである。

「死者は死ぬまぎわ、あまりまともなことを考えないほうがいい」と自嘲する主人公は、一方において、次のように思う。

「生きものはすべて、いずれは自身の死を受け入れるのだ。そして、流れる時が静かに停止する瞬間を待つことができるのだ……。

それは生命をもつものに平等に与えられた才能であり、さらにいえば、ひとつの偉大な力であるような気もした。」

そして、彼は自分を慕う若い教え子に向けて、自らの手で止めた「自分の中を長々と流れ続けてきた時間」を差し出すのである。

この『死の島』は単行本刊行時にすぐに読了した。三年ほど前だが、爾来、この本のことはしばしば思い出しつつ現在に至っている。一番印象に残ったのは、やはり主人公が実行した自決法で、作中の主人公さながら「そんなうまい手があったのか」と感心し、実はいまでも「脱血死」という言葉を頻回に想起している。

というのも、とうに還暦を過ぎた私自身が、最近しきりに、

――一体自分はどうやって死ぬのだろう？

と考え込んでしまうからだ。そして、そう考えるたびに本書の主人公のイメージが自然と呼び覚まされてくる。

そもそも、この主人公の人物設定が私にとってすこぶるリアルなのだ。彼は文秋社という大手出版社で長年文芸編集者として働き、退職後は文秋社が出資し、OBが理事長を務める文化事業団体「東京文芸アカデミー」で小説講座の講師を務めているのだが、まずもってこれがどうにも身につまされる。二十年余りを文藝春秋で編集者として働き、四十を過ぎて作家にはなったもののいまだにサラリーマン気質が抜けていない我が身とすれば、いかにも「俺のことじゃなかろうか」という気にさせられてしまうのである。

小説講座の講師というのも作家にとって身近な仕事だ。小説で食えなくなれば私もそうした講師の口をきっと探そうとするのだと思う。主人公の境遇も似通っている。私も彼同様に四十を過ぎて妻子と別れ、残してきた三十代の一人息子とはほとんど音信不通のありさまだ。両親ともにがん家系とはいえ、幸いいまだがん患者ではないが、しかし三年前に偶然、脳の深部に重大な病変が見つかって、それ以降はその意外な伏兵を前に

して毎日をびくびくしながら送るしかなくなっている。

——俺はどんなふうに死ぬんだろうか？

と常々思ってしまうのもやむを得ない状況にはあるのだ。

目を閉じてそのときの光景を想像してみる。死因は何か？　場所はどこで誰がそばにいるのか？　自分はどんな姿で、いかなる心境で末期《まつご》の風景を眺めているのだろうか？　真剣に意識を集中すればかなり正確にその場の情景を予知できるような感じもするのだが、やはりそういう気にはなれない。極度に根を詰めた想像は現実化しやすい、というおそれが自制を生んでしまうのである。

そんな臆病な私にとって、本書に描かれる主人公の心模様は、まさしく自らの死への道筋を目の当たりにさせられるようなリアリティーに溢れていた。心理描写に卓越した小池さんは、非常に丹念に、まるで舌なめずりでもするかのように「脱血死」へと歩みを進める主人公の内面を描いていて、それはもう真に迫ることこのうえない。

死病を得たら俺はきっとこんなふうに考えるのだろうといちいち頷き、まるで自分の番の予行演習でもさせられている気分で随所に赤線を引きながら私は本書の再読を終えたのだった。

いやはや途方もない筆力というほかはない。

聞くところでは、この作品が上梓された直後に、小池さんは、三十数年連れ添った夫君の藤田宜永さんが末期の肺がんであることを知らされたという。そして去年の一月に藤田さんが六十九歳で亡くなるまで彼のそばに寄り添い続けたのだった。そうやって間近で最も大切な人の死をつぶさに観察した小池さんは、いま、この『死の島』で描いた主人公の姿を一体どのような気持ちで見つめ、またそこにどのような新しい発見を付け加えることができると考えているのだろうか？

いずれその答えが見事な作品となって形を成すのを、私はずっと待ちつづけようと思っている。

（作家）

付記

この小説は、作者と同世代である二人の医師の的確な指導と助言があってこそ、書き上げることができた。宮尾陽一先生と、滋賀県甲賀市の木村医院・院長である木村一博先生に、この場を借りて心から御礼申し上げたい。ありがとうございました。

初出　オール讀物　二〇一六年十一月号～二〇一七年十一月号
単行本　二〇一八年三月　文藝春秋刊

Ｐ３　ベックリーン「死の島」
バーゼル市立美術館蔵
（写真提供　ユニフォトプレス）

JASRAC出2100692-101

文春文庫

死《し》の島《しま》

定価はカバーに
表示してあります

2021年3月10日　第1刷

著　者　小《こ》池《いけ》真《ま》理《り》子《こ》

発行者　花田朋子

発行所　株式会社 文藝春秋

東京都千代田区紀尾井町 3-23　〒102-8008
TEL 03・3265・1211(代)
文藝春秋ホームページ　http://www.bunshun.co.jp

落丁、乱丁本は、お手数ですが小社製作部宛お送り下さい。送料小社負担でお取替致します。

印刷製本・凸版印刷

Printed in Japan
ISBN978-4-16-791655-8

（　）内は解説者。品切の節はご容赦下さい。

角田光代
**それもまたちいさな光**
幼なじみの雄大と宙ぶらりんな関係を続ける仁絵。しかし、二人には恋愛に踏み込めない理由があった……。仕事でも恋愛でも岐路にたたされた女性たちにエールを贈るラブ・ストーリー。
か-32-8

角田光代
**おまえじゃなきゃだめなんだ**
ジュエリーショップで指輪を見つめる二組のカップル。現実とロマンスの狭間で、決意を形にする時―すべての女子の、宝石のような確かで切ない想いを集めた恋愛短編集。
か-32-11

川村元気
**四月になれば彼女は**
精神科医・藤代に〝天空の鏡〟ウユニ湖から大学時代の恋人の手紙が届いた――失った恋に翻弄される十二か月がはじまる。恋愛なき時代に挑んだ「異形の恋愛小説」。（あさのあつこ）
か-75-3

菊池　寛
**真珠夫人**
気高く美しい男爵令嬢・瑠璃子は、借金のために憎しみ抜いた相手のもとへ嫁ぐ。数年後、希代の妖婦として社交界に君臨する彼女の心の内とは――。大ブームとなった昼ドラ原作。（川端康成）
き-4-4

北川悦吏子
**運命に、似た恋**
シングルマザーのカスミと売れっ子デザイナーのユーリ。運命に導かれた二人の恋の行方は……。NHKの連続ドラマとして話題を呼んだ、ラブストーリーの神様による純愛と救済の物語。
き-42-1

小池真理子
**存在の美しい哀しみ**
異父兄の存在を亡き母から知らされた榛名は、兄のいるプラハに向かった。――視点をいくつもに変えながら、家族の真の姿を万華鏡のように美しく描き出す、感動の長編。（大矢博子）
こ-29-6

（　）内は解説者。品切の節はご容赦下さい。

小池真理子・桐野夏生・村山由佳・桜木紫乃・林 真理子
野坂昭如・勝目 梓・石田衣良・山田風太郎
**エロスの記憶**
官能を開発する指圧院、美貌の男性講師ばかりのアートスクール、挿入のないセックスを追求するカップル、許嫁を犯された忍者の復讐など、第一線の作家たちの官能アンソロジー。
こ-29-7

小池真理子
**ソナチネ**
刹那の欲望、嫉妬、別離、性の目覚め……。著者がこれまで一貫してテーマにしてきた人間存在のエロス、生と死の気配が濃密に描かれる、圧巻の短篇集。（千早 茜）
こ-29-9

桜木紫乃
**氷平線**
真っ白に凍る海辺の町を舞台に、凄烈な愛を描いた表題作、オール讀物新人賞「雪虫」他、全六篇。北の大地に生きる男女の哀歓を圧倒的な迫力で描き出した、瞠目のデビュー作。（瀧井朝世）
さ-56-1

林 真理子
**不機嫌な果実**
三十二歳の水越麻也子は、自分を顧みない夫に対する密かな復讐として、元恋人や歳下の音楽評論家と不倫を重ねるが……。男女の愛情の虚実を醒めた視点で痛烈に描いた、傑作恋愛小説。
は-3-20

林 真理子
**野ばら**
宝塚の娘役の千花と親友でライターの萌。花の盛りのように美しいヒロイン達の日々は、退屈な現実や叶わぬ恋によってゆっくりと翳りを帯びていく。華やかな平成版「細雪」。（酒井順子）
は-3-59

奥田英朗・窪 美澄・荻原 浩
原田マハ・中江有里
**恋愛仮免中**
結婚を焦るOL、大人の異性に心を震わせる少年と少女、残り時間の少ない夫婦……。人の数だけ、恋の形はある。実力と人気を兼ね備えた豪華執筆陣がつむいだ恋愛小説アンソロジー。
は-40-51

（　）内は解説者。品切の節はご容赦下さい。

平野啓一郎
## マチネの終わりに
天才クラシックギタリスト・蒔野聡史と国際ジャーナリスト・小峰洋子。四十代に差し掛かった二人の、美しくも切なすぎる恋。平野啓一郎が贈る大人のロングセラー恋愛小説。

ひ-19-2

村上　龍
## 心はあなたのもとに
投資組合を経営する西崎は翳を持つ風俗嬢サクラに強く惹かれていく。彼女が抱えている「秘密」とは？　643通のメールのやり取りを通して男女の深淵を描いた長編。（小池真理子）
む-11-6

村山由佳
## ダブル・ファンタジー（上下）
女としての人生が終わる前に性愛を極める恋がしてみたい。三十五歳の脚本家・高遠奈津の性の彷徨が問いかける夫婦、男、自分自身。文学賞を総なめにした衝撃的な官能の物語。（藤田宜永）
む-13-3

村山由佳
## 花酔ひ
浅草の呉服屋の一人娘結城麻子はアンティーク着物の商売を始めた。着物を軸に交差する二組の夫婦。身も心も焼き尽くすねじれた快楽の深淵に降り立つ、衝撃の官能文学。（花房観音）
む-13-5

村山由佳
## ありふれた愛じゃない
真珠店に勤める真奈は、出張先のタヒチで元彼と再会。誠実な今の恋人との約束された愛か、官能的な元彼との先の見えない愛か。現代女性の揺れる心を描いた恋愛長編。（ブルボンヌ）
む-13-6

森　絵都
## この女
釜ヶ崎のドヤ街に暮らす僕に「自分の妻をヒロインにした小説を書いてくれ」との依頼が……。嘘吐き女の正体、絡み合う謎、そして罠。極上の読み応え、恋愛冒険小説のカタルシス！

も-20-6

（　）内は解説者。品切の節はご容赦下さい。

山田詠美
**風味絶佳**
七十歳の今も真っ赤なカマロを走らせるグランマは、孫のままならない恋の行方を見つめる。甘く、ほろ苦い恋と人生の妙味が詰まった極上の小説六粒。谷崎潤一郎賞受賞作。（高橋源一郎）
や-23-6

唯川　恵《けい》
**息がとまるほど**
同僚にプロポーズされたのを機に、不倫中の上司と別れる決意をした朋絵だったが、最後のデートを後輩に目撃され……。女たちの心に沈む思いを濃密に描く、八つの傑作恋愛短篇。（岸　久）
ゆ-8-2

唯川　恵
**夜明け前に会いたい**
元芸者の母と二人暮らしの希和子二十四歳。新進の友禅作家との恋が始まったかに思えたが——。金沢を舞台に純粋な恋の歓びと哀しみ、親子の情愛を描いた長編恋愛小説。（中江有里）
ゆ-8-5

渡辺淳一
**シャトウ ルージュ**
フランスの古城で「調教」される妻。その裸身を覗く医師の夫。背徳の行為の結末には何が？　恋愛小説の第一人者が、現代の男女の「愛と性」に正面から挑んだ官能の問題作。（藤田宜永）
わ-1-25

綿矢りさ
**勝手にふるえてろ**
片思い以外経験ナシの26歳女子ヨシカが、時に悩み、時に暴走しながら現実の扉を開けてゆくキュートで奇妙な恋愛小説。文庫オリジナル「仲良くしようか」も収録。（辛酸なめ子）
わ-17-1

綿矢りさ
**しょうがの味は熱い**
煮え切らない男・絃と煮詰まった女・奈世が繰り広げる現代の同棲物語。二人は結婚できるのか？　トホホ笑いの果てに何かが吹っ切れる、迷える男女に贈る一冊。（阿部公彦）
わ-17-3

（　）内は解説者。品切の節はご容赦下さい。

吉村　昭
**蚤と爆弾**
第二次大戦末期、関東軍による細菌兵器開発の陰に匿された、戦慄すべき事実とその開発者の人間像。戦争の本質を直視し、曇りなき冷徹さで描かれた異色長篇小説。（保阪正康）
よ-1-52

吉田修一
**パーク・ライフ**
日比谷公園で偶然にも再会したのは、ぼくが地下鉄で話しかけてしまった女性だった。なんとなく見えていた東京の景色が、せつないほどリアルに動き始める。芥川賞を受賞した傑作小説。
よ-19-3

吉田修一
**横道世之介**
大学進学のため長崎から上京した横道世之介十八歳。愛すべき押しの弱さと隠された芯の強さで、様々な出会いと笑いを引き寄せる。誰の人生にも温かな光を灯す青春小説の金字塔。
よ-19-5

吉田修一
**路**《ルウ》
台湾に日本の新幹線が走る。新幹線事業を背景に、若者から老人まで、日台の人々の国を越え時間を越えて繋がる想いを色鮮やかに描く。台湾でも大きな話題を呼んだ著者渾身の感動傑作。
よ-19-6

吉本ばなな
**体は全部知っている**
日常に慣れることで忘れていた、ささやかだけれど、とても大切な感情――心と体、風景までもがひとつになって癒される傑作短篇集。「みどりのゆび」「黒いあげは」他、全十三篇収録。
よ-20-1

よしもとばなな
**デッドエンドの思い出**
人の心の中にはどれだけの宝が眠っているのだろうか――。どんなにつらくても、時の流れとともにいきいきと輝いてくる思い出の数々、かけがえのない一瞬を鮮やかに描く珠玉の短篇集。
よ-20-2

（　）内は解説者。品切の節はご容赦下さい。

よしもとばなな
## ジュージュー
下町の小さなハンバーグ店に集う、おかしくも愛しき人たち。つらいことがあっても、生きることってやっぱり素晴らしい！　おなかも心もみたされる、栄養満点・熱々ふっくらの感動作。

よ-20-7

よしもとばなな
## スナックちどり
離婚し仕事をやめた「私」と身寄りをすべてなくしたばかりのいとこのちどり。傷付いた女二人がたどりついたのはイギリス西端の小さな田舎町だった。寂しさを包み合う旅を描く。

よ-20-8

吉村萬壱
## ボラード病
こんな町、本当にあるんですか―〈空気〉に支配された海辺の町で少女が見たものは？　震災後の社会の硬直・ひずみを「小説」にしかできない方法で描いた話題作。（いとうせいこう）
よ-25-3

米澤穂信　編
## 世界堂書店
不思議な物語、いじわるな話、おそろしい結末、驚愕の真相。あの米澤穂信が世界の名作から厳選した最愛の短編小説が一堂に！　あらゆるジャンルを横断する珠玉のアンソロジー。

よ-29-2

渡辺淳一
## 光と影
西南戦争で共に腕を負傷した二人の軍人。片や腕を切断され、片や軍医の気まぐれで残される。運命の皮肉を描いた直木賞受賞作「光と影」をはじめ初期の傑作全四篇を収録。（小松伸六）
わ-1-26

綿矢りさ
## かわいそうだね？
同情は美しい？　卑しい？　美人の親友のこと本当に好き？　滑稽でブラックで愛おしい女同士の世界。本音がこぼれる瞬間を描いた二篇を収録。第六回大江健三郎賞受賞作。（東　直子）
わ-17-2